咸鱼飞升

重关暗度 作品

CNS PUBLISHING & MEDIA
湖南文艺出版社
HUNAN LITERATURE AND ART PUBLISHING HOUSE
博集天卷 CS-BOOKY

宋潜机

雨是天外生机。这场春雨落下来，万千生灵因此得活。

不仅孟河泽突破，他也打通周身关窍，自创功法的思路已经理顺。

这套功法叫什么好？就叫“春夜喜雨”吧。

咸鱼飞升

重关暗度 作品

孟河泽笑了笑。他生得清秀，纵然满身血污，笑起来也有种天真羞涩之感，与残忍暴戾的气质杂糅在一起。令人心惊又目眩神摇。

『丁叁陆伍孟河泽胜——』场边执事最先回神，高声喊道。

人心所向，
当仁不让！

目录

拟将春风添鲜色
平生万事恩怨休
天下英雄谁敌手
求仙不如种土豆

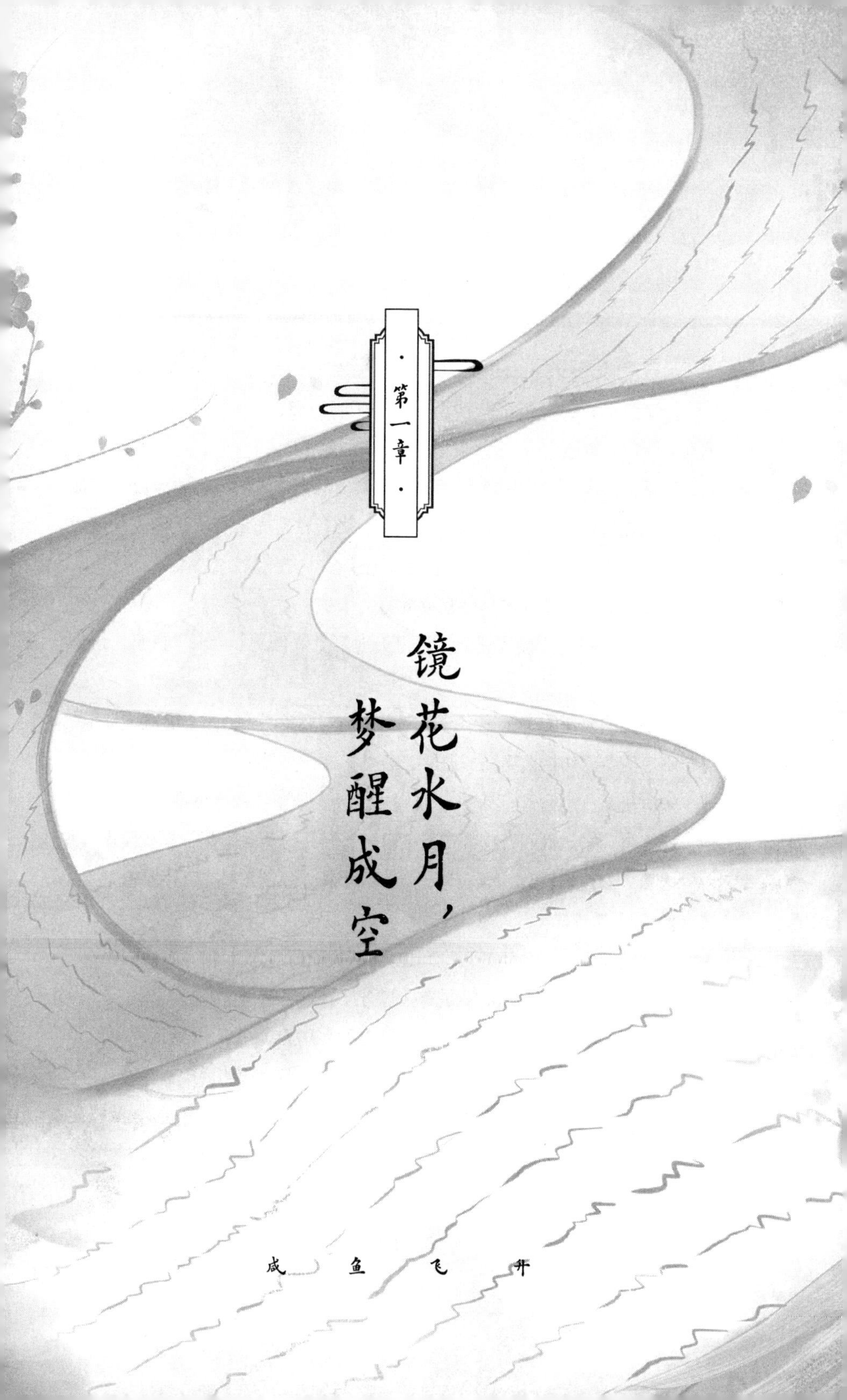

第一章

镜花水月，梦醒成空

大雪落时，宋潜机在逃命。

他御剑而行，穿过茫茫沙漠，翻过千岩万壑，从大陆最东边的海岸，逃向最西边的雪原。

于是他的敌人从四面八方拥向雪原，像汹涌的波涛，誓要淹没一座孤岛。各式飞行法器，密密麻麻布满天空，各色法宝光晕交织，形成一道道绚丽的光幔。

漫天白雪，四周竟被照得五彩斑斓。

这场追截围杀持续了三天，杀得天地不见本色，举目不见日月，堪称奇观。

宋潜机的血快流干了，但他不觉得疼痛，只觉得冷。本命剑摇晃歪斜，终于不堪重负，如折翼飞鸟般坠落，轰然扬起一阵雪尘。

宋潜机从雪地里爬起来，一眼望去，天上地下，八方皆敌，包围圈向他飞速缩小。好似世间万物都围着他打转，转得他头昏眼花，视线模糊。

他抹去唇边血线，望天自嘲一笑："真来这么多人啊，又不是赶庙会，有必要吗？"

同样的问题，来杀他的人也问过。"四大仙门通力合作，天罗地网，三天三夜，只为杀一个人，是不是有些过分了？"

天际最高处的云船上，传下行动发起者的意志："不过分，因为他是'百战不死宋潜机'。但凡给他一丝生机，他就能卷土重来。"

众修士一路追得精疲力竭、怀疑人生，才明白这话不假。

"宋潜机堂堂大能，怎会如此擅长遁术?！三天之内，咱们七次收阵不成，都被他杀破出口。"

"哈哈，你以为他生来就金尊玉贵？他本是散修泥腿子出身，要是不会逃命，早去投胎了！"

宋潜机以剑撑地，挺起脊背。他心中隐隐有种直觉——这次已是最后一次。

上天无路，入地无门。

穷途末路。

风大雪急，天似囚笼，每张脸上的表情如出一辙：正气凛然，同仇敌忾。

他们为能参与大事，出一份力而自豪，又为即将见证一位大能陨落而激动。

宋潜机目光扫过一张张或陌生或熟悉的面容，神色逐渐变得平静。

他问："妙烟何在？我一人做事一人当，尔等不必去为难她。"

没有人回答他。

宋潜机这样的人物，就算虎落平阳，谁知道还有什么死前一搏的厉害手段。

众修士心有忌惮，停在二十余丈外，不再上前，只隔着茫茫雪幕向他喊话，或劝告，或喝骂。

"交出净瓶，交出不死泉！"

"擎天树将死，此方世界已到存亡之际，莫再执迷不悟！"

纷乱之际，忽而一阵琵琶声响起，嘈嘈切切，如泣如诉，穿透风雪，压过人声，似仙宫天籁降凡尘。

曲声深远，隐蕴道法真意，众修士心神大震，闭口不言。

人声消寂，风声、雪声也淡了，唯有琵琶乐音越来越激昂，越来越悲怆，直至震彻天地。

宋潜机微怔，喃喃道："万军阵前曲一首。好个《霸王卸甲》，摧人心肝。"

他涣散的目光倏忽一凝，穿过人群，射向曲声来处，喝道："妙烟，你既然来了，为何不现身？"

宋潜机虽至末路，但厉喝之时，仍带着昔日睥睨天下、万夫莫敌的气势。

琵琶声似遇惊雷，戛然而止。

众修士如梦初醒。

"竟是妙烟仙子到了！"

"仙子高义，要亲手了结此魔头！"

人群一阵骚动，向两边分开，露出一辆华贵车辇。一女子五指如兰，轻轻撩起纱幔。

妙烟怀抱琵琶下辇，莲步轻移，白裙与臂纱迎风舒展，如烟似雾。

很多人忘记身在战场，只痴迷地望着她。

宋潜机冷声道："你也是来杀我的？"

妙烟杏眼一眨，泪水无声落下。

修仙界第一美人，果然名不虚传。她永远那么美，一颦一笑仿佛都计算过最佳角度，没有瑕疵。

这滴泪也一样，沾湿纤长卷翘的睫毛，滑过瓷白脸庞，砸在宋潜机心湖。他的质问说不出口了，浑身伤口本已麻木，此时忽然钻心地疼。

妙烟声音柔婉，微微哽咽："潜机，对不起。"

众修士手中的法器光芒，在她身后慢慢铺展，像烧了一场火，又像出现了一片晚霞。

宋潜机被剧痛折磨得精神恍惚，竟想起初见妙烟那日，也是个晚霞天。

他生于凡俗小镇，生来凡胎，童年时光清贫却快乐。直到华微宗的修士来测灵根收徒，他才懵懂地离乡去国，与数千个孩童、少年挤在云船上，飞往未知的命运。

暮色四合时，天边飞来一束红光，瞬间掠过云船上空，照得他们脸色通红。有孩童惊惶大喊："天上着火了！"

来接引的师兄们却笑道："那是妙烟仙子乌金车的轨迹，传说她是修仙界第一美人……你们太小，还不懂这些，以后若能亲眼见她一面，也不枉此生了。"

乌金车凌空划破云层，留下一道淡红色弧光，最终消失在天尽头，晚霞最浓处。

云船甲板上众人抬头，脸上露出向往的神色。

宋潜机也是抬头仰望者之一。

初探仙途，新世界的大幕在他眼前拉开，露出一道波澜壮阔、浓墨重彩的剪影。腾云驾雾，日行千里，将山河踩在脚下，哪个凡人不会头脑发热，心生万丈豪情？

原来世上还有比云船更高、更美的——第一美人。

他想，他再不要浑浑噩噩地过这一辈子。

做人当做修仙者，娶妻当娶妙烟仙！

千万人都曾这般幻想过。与其他白日做梦的少年不同的是，宋潜机真的做到了。

他本是没用的假灵根，入内门不成，不肯下山，在外门打杂苦熬数年。后为争夺入内门的名额，遭人设计被判死刑，他一路逃亡，做了散修。

散修无依无靠，谁都能来踩一脚，与敌人狭路相逢，只能比谁手段更多，比谁心更狠。

他六闯牢亡山，七杀血河谷，八探死海秘境，九死一生，才有了今日的通身修为。

风水轮流转，百年转瞬即逝，宋潜机百战不死，晋升化神大能。

对他下过追杀令的华微宗，由盛转衰，来求他谅解。

对他不假辞色的妙烟仙子，与他订下婚期，待他温柔小意。

各大门派宗主、长老们心里不屑他的散修出身，面上却敬他、怕他，争相招揽他做客卿。

地位，力量，财富，美人，命运不给他的，他自己抢来了。

宋潜机的人生终于迎来高光时刻，但修仙界乃至整个人族的命运却正好相反。

一场浩劫即将降临。

近一年间，天地灵气日渐枯竭，地震频发，山呼海啸，众修士深深惶恐。

大陆尽头，支撑天穹的擎天树生机将尽。若擎天树根系寸断，树冠枯死，则大陆皲裂，天穹倾塌。

宋潜机历尽艰辛，才登临绝顶，还没享受多久，世界就要玩完了？

这事他不答应。他要救世。

比他强的还在闭关，比他弱的没本事出头。于是他号召所有门派的修士，放下宿怨，摒弃前嫌，共渡难关。

他翻遍上古典籍，重访上古秘境，寻求救世之法。功夫不负有心人，他孤身探险死海深处，寻回一口生机强大的不死泉，存入他亲手炼制的净瓶。

这便是救活擎天树的最后希望，亦是修仙界乃至整个人族命运的最后转机。

情况最坏的时候，众人视宋潜机为救世主，唯他马首是瞻。一旦柳暗花明有了活路，各方势力便各怀心思，人们又开始忌惮他，揣测他的动机。

流言不知从何处而起，传闻宋潜机将用净瓶中的不死泉，自创一方小世界，在其中做创世者、主宰者，不再管现世中人的死活。

“宋潜机仗着自己是散修，一贯独来独往，行事肆无忌惮，他怎会甘愿折损修为寻找不死泉，不图回报，只为救世？”

“不错，他本就是靠不择手段才有今日，我早就觉得他不怀好意，另有谋算。我们都被利用了，都是他的棋子。”

人心惶惶，从质疑到愤怒。

加上有心人添柴拱火，设局挑拨，便有了这场史无前例的追截围杀，整个修仙界空前团结，喊出口号：“杀宋潜机，夺不死泉，救世救己！”

宋潜机神经敏锐，在事情发展到不可挽回的地步之前，已察觉到些许苗头。

他闯死海伤势未愈，最好的选择是交出净瓶，既可以洗清自己，表明没有私心，又能卸下担子，闭关养伤。

但救世法宝无论交给谁，他都不相信。他只信自己。

他御剑奔行，杀破重围，要到大陆尽头的擎天树下，亲手完成这件事，可惜功败垂成，被拦截在雪原，听了半首《霸王卸甲》。

妙烟见宋潜机沉思不语，深吸一口气，高声说给众人听：“只要你将净瓶交给我，我愿以道心起誓，保你性命无忧！今日谁再想杀你，就是与我为敌。”

“这话谁教你说的？”宋潜机望天，只见那些飞行法器依然高高在上，不由得笑起来，“我的性命，何时用得着别人来保？”

伤口的血已经凝固，再多不甘心、不平意都随风雪散去，他只觉得好笑。

真是一场笑话。

于是宋潜机仰天大笑，声音回荡震颤，远处四面山崖的积雪簌簌落下。

“我一生机关算尽，人不信我，我不信人，走到今日这一步，皆是我咎由自取，我谁也不怨……然救世之举，我问心无愧，此言敢鉴天地，不畏鬼神！”

他边笑边呕血，鲜血浸透衣袍，惨烈骇人。

他天生模样俊俏，此时脸色苍白，薄唇沾血，墨发玄袍猎猎飞扬，更有种冷厉整肃、惊心动魄之美。

众修士不约而同退避数步，心中有着说不清的憋闷，不愿或不忍与他对视。

妙烟泪如泉涌，欲言又止。

宋潜机收了笑容，神色变得温和。

“我以为有力量就能站在顶峰，有了不死泉就能救回擎天树，是我错了。渡过灾劫之法，不在神兵，不在修为。我今日事败，只败在人心。

“我死后，天下必乱。我的道法传承藏在流亡途中，去寻找吧。乱世造英雄，愿终有一人，挽大厦于将倾，人心所向，当仁不让！”

妙烟面色忽变，忘记维持仪态，尖叫一声：“不！”

话音未落，轰然巨响惊天动地，刺目明光照亮半边天空。

宋潜机自爆身亡。

他毕生修为化作一场瑞雪，降临大地，泽披苍生。

追杀三个日夜，雪落也是三个日夜。待天朗气清，天地间仿佛余音犹在——

“人心所向，当仁不让！”

宋潜机本以为死去万事空，然而剧痛之后，他仍感觉到自己意识的存在。

漆黑，空无，没有边界和时间。这是死后的世界，还是……自己没死？

一道冰冷的声音响起，电流般直击宋潜机的脑海。“宋潜机枭雄一世，不得善终。他在流亡途中，将丰厚传承藏在茫茫雪海，他的传承成为卫真钰攀登仙途的第一步台阶。救世英雄卫真钰的征程，从此……”

宋潜机：“等等。”

那道冰冷的声音顿了顿。“你能听到我说话？”

宋潜机：“……我不该听？”

那道声音磕磕巴巴。“好像……并不是很应该，这是第一次有人跟我对话。”

宋潜机到底见过许多大场面，强自镇定。“你便是天道？”

“不，我是旁白。这个世界的本质是一个故事，我，就是故事旁白，你能理解吗？”

宋潜机沉默。

死去的工具人与看不见的旁白，相对无言。

宋潜机想：“这‘旁白’非人非物，应是某种精神存在，言语间类似旁观者视角，跟自己如今的处境相似，那该如何试探……不对，我都死了，再没什么可失去的，还怕什么？”

他大大咧咧地问：“现在到底什么情况?！就算是故事，那我死了之后呢？”

旁白被他吓了一跳，小声嘀咕：“你还是自己看吧。”

无数微光亮起，细看是一幅幅熟悉又陌生的画面，汇聚成一条璀璨长河，在他面前奔涌而过。

宋潜机看到了无数个未来片段。

他活着的时候，人们不信他，等他真撂挑子不干了，死干净了，大家又念起他的好，打着为他报仇的旗号互相攻击。

底层修士与凡人苦不堪言，将他的遗言当作预言，等待一个“救世主”出现。

大难临头时，一个名叫卫真钰的修士挺身而出，找到宋潜机留下的传承，扭转乾坤，救活擎天树，结束人间浩劫，然后登高位，娶妙烟，享万民香火供奉，白日飞升。

宋潜机站在光阴长河前，从震惊到愤慨，再到默然不语。

他的第一反应是——怎么自己死了十年，第一美人还是妙烟？修仙界的审美未免也太没进步了。

第二反应是——这个卫真钰又是从哪里冒出来的？

自己活着的时候，此人默默无闻。自己死后，此人声名鹊起，万千气运凝于一身，出门必有宝藏掉落，他可以不要，但天不会不掉。这厮哪儿是“救世主”，该叫“捡漏王”吧？

宋潜机没忍住骂了句脏话。

旁白劝他：“文明点。一个世界只能有一个主角，芸芸众生中的其他人，是来给他提供生命体验的，你是个好道具。”

宋潜机：“我折腾这一辈子，到头来就是为了做个道具？”

旁白：“多少人想做道具，还轮不到呢！”

宋潜机平复怒气。“算了，不看了，万事已成空，速速送我去投胎。”

旁白弱声道：“对不起，这个故事里，没有‘让谁投胎’这种设定，我做不到。既然你自己走不了，那咱俩搭伴凑合过吧。”

宋潜机甩袖大怒。“谁要跟你过?!”

…………

没过多久，宋潜机就改口了。

他瘫在锦裘软榻上，嗑着瓜子，吃着点心，使唤旁白。“再来点水果。葡萄、荔枝、樱桃，要冰镇的。”

没设定的事，旁白做不到。但“吃穿用度”皆有设定，旁白做来易如反掌。

除此以外，有光阴长河里数不清的故事看，有旁白和他闲聊吹牛，再不用打打杀杀争名夺利，耗费心血算计到头秃。

一旦接受这种设定，日子就太好过了，让他飞升做神仙也不换。

宋潜机看得多了，即使看到过去的自己，也像看别人的故事，不仅不心疼，还能毫不留情地嘲讽。

看到十三岁的“宋潜机”不愿交外门保护费，被打得像狗一样瘫在地上吐血。

“你有病啊？谁要你头铁硬上，你有几颗头啊？”

看到十四岁的“宋潜机”不识货，遭人骗去全部身家。

“你是傻子啊？真有捡漏这种好事能轮到你，就凭你脸比别人白啊？”

看到十五岁的“宋潜机”已经褪去蠢笨天真的模样，请同伴来悬崖边赏月谈心，表面谈笑风生，心中天人交战。

月黑风高，万丈深渊，他咬牙向同伴后背伸出的手忍不住颤抖。

嗑瓜子的宋潜机大骂："自作聪明！入内门的名额内定了，少了他一个，也轮不到你。推了他一个，以后你麻烦无穷，只能一条路走到黑，再回不了头了！"

他说得激动，下意识伸出手，想要阻拦。

指尖穿透画面，整条长河剧烈颤抖，无数破碎画面旋转，化为巨大漩涡，当头罩下。

宋潜机感到呼吸困难，天旋地转。

他再睁开眼，软榻没了，瓜果没了，旁白没了。久违的晚风吹过他额发，他听见林海波涛声，闻到草木和泥土的味道。

"啊！"同伴少年向崖底飞速坠落，凄厉地惨叫着。

而他站在崖边，仍维持原本伸手推人的姿势、复杂纠结的表情。

这本是宋潜机漫漫仙途中，第一块踏脚石。

漫天星辰冷冷地俯瞰着他，无底深渊凝视着他，看他从这里开始，踏上一条血火浇铸的不归路。

宋潜机悚然回神，惊惶四顾，仰天大骂。

骂完，他向深渊纵身一跃。

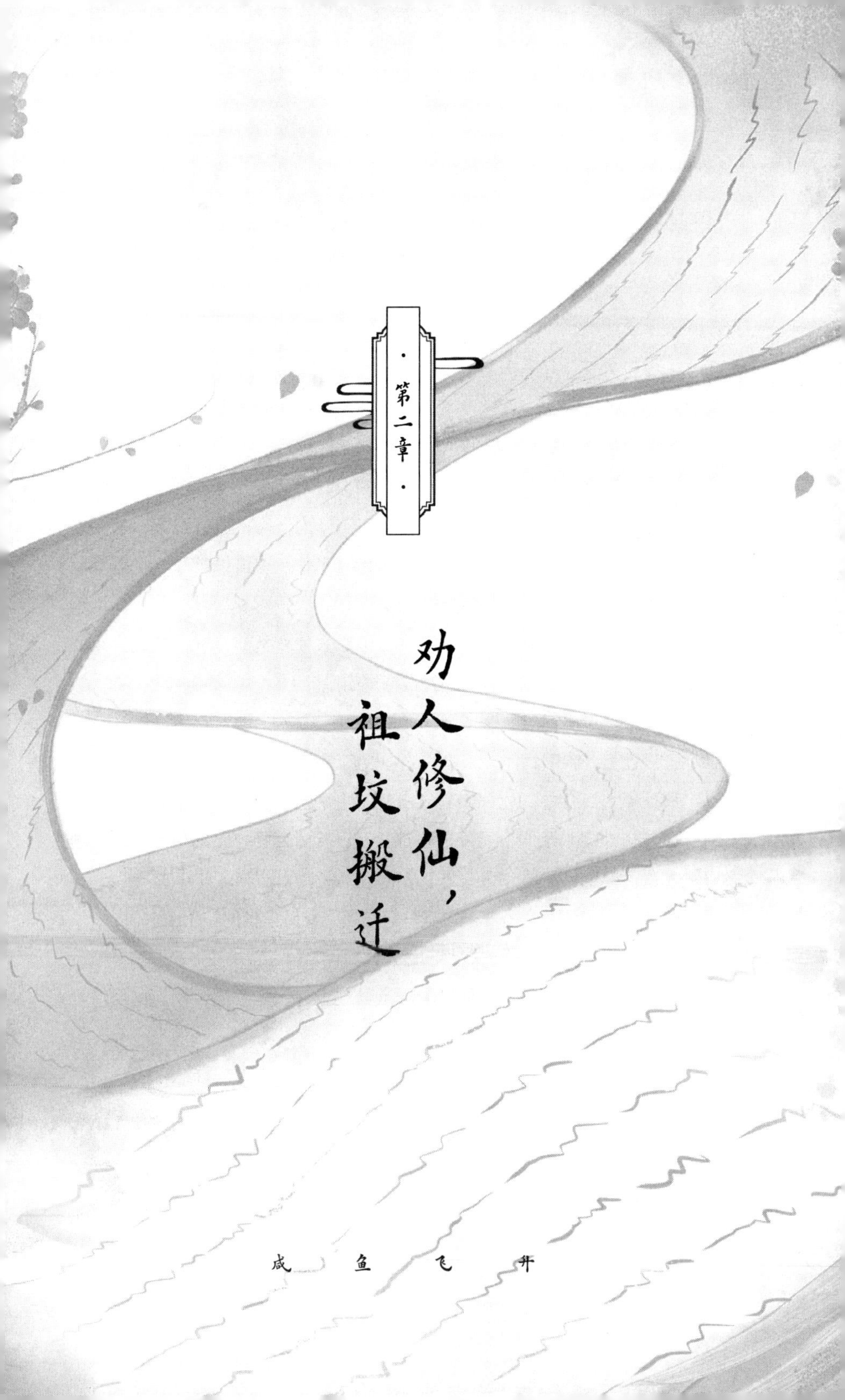

第二章

劝人修仙，祖坟搬迁

宋潜机急速下坠，耳畔狂风呼啸。他下意识动念，要召本命剑救人。“来！”

无事发生，坠崖少年惨叫声依旧。

原来，最令人难受的不是“穷途末路自爆”，而是“乐极生悲重生”。

现在的“宋潜机”是华微宗外门弟子，修为低微、道行浅薄。那柄招之即来、纵横天下的本命剑，要一百年后才出炉。宋潜机咬牙，猛蹬崖壁借力，如离弦的箭般扑向坠崖少年。

他长臂一伸，捞到对方一只衣袖，抢在衣袖断裂前，一把握住少年的手腕，几乎同时摸出怀中短匕，狠狠钉进山崖。

碎石迸飞，擦着他面庞飞过。

坠势顿止，惨叫骤停，宋潜机的耳根终于清静了。

那少年大口喘息，死死攥着宋潜机右手手腕。两人衣着相似，华微宗统一派发的外门弟子服，无外乎粗布白袍、靛蓝束腰。此刻两人长袖灌满夜风，在空中晃晃荡荡，活像两个吊死鬼。

两“鬼”重量，全吊在宋潜机青筋暴起、紧抓短匕的左手上。

圆月冷清，普照千峰，却照不透无底深渊。

此处山崖地脉特殊，天然抑制修士灵气运行，是个适合杀人抛尸的好地方。

山间兽吼如雷，崖底白雾升腾。十丈外的岩壁上，一棵葱郁古树横斜而生。

宋潜机喝道：“抓紧了！”

少年惶急，手心满是湿滑的冷汗，哽咽着胡言乱语：“我抓不住了，我不行，爹，娘，我对不起你们。”

“看见那棵树了吗？我数三声，把你荡过去。”

宋潜机低头，惨淡月光下，他对上一张苍白失血的面容。

十三四岁的年纪，五官清秀稚气，满目绝望。

他一时间记不起对方名字。这第一块踏脚石，应是个无名之辈，加上时间久远，自然印象模糊。

“宋潜机！”对方却先叫出他姓名，双眸赤红，“我孟河泽行事磊落，不曾害人，更与你无冤无仇，你为何……”

宋潜机开始倒数：“三，二……”体内稀薄灵气被他尽数抽空，他猛然发力：“一！”

名叫孟河泽的少年身形腾空，在空中画出一道弧线。“啊！”

老树的枝丫剧烈摇晃，落叶簌簌。

孟河泽四肢并用趴在树枝上，惊魂未定，崩溃大吼：“你有病啊?!说扔就扔，能不能让我有点心理准备？如果你没扔准怎么办?!我可差点死了！”

他一回头，却见宋潜机的右臂不自然地下垂，以诡异角度扭曲着。

——已然断了。

宋潜机满额冷汗，但表情平静，只微微抿嘴忍痛，明显早有预料。

孟河泽怔了怔，怒气稍散。“喂，你没事吧？”

今夜命悬一线，他脑子被晃得似一团糨糊。宋潜机为了救他，竟毫不犹豫地自伤一臂。

这可是使剑的右臂。

外门弟子谁人不知，宋潜机勤勉练剑，寒暑春秋，风雨无阻，刻苦到变态的地步，只为通过考核，进入内门。

明早外门比试，今夜却断臂坠崖，这无异于自毁前程、自断仙途。

宋潜机若右臂不伤，本可以凭匕首独自爬上去。不，宋潜机根本不用跳下来。

为什么？

“难道他喜欢我，因不能与我‘生同衾’，便求‘死同穴’，打算先杀了我，再跳崖殉情，但下手后幡然悔悟，又舍命救我？可我不搞断袖啊。”

孟河泽心情复杂。“宋师兄，你还好吗？”

宋潜机如果知道对方心中所想，一定会破口大骂，十几岁小孩的脑子里没点正事，全是情情爱爱的废料！

但他暂时顾不上回答。不是因为疼痛，前世苦痛吃了个遍，这点小伤他还不放在眼里。

而是骇然。

就在刚才，他右臂脱臼时，发现这具身体虽然根基浅薄至极，连个轻身术也使不出，但紫府内却光华隐现，竟似蕴养着一件厉害的法器。

一道潺潺暖流从紫府渗出，悄悄滋养着他的右臂经脉。想不到，这还是一件疗伤法器。

这种事不应当发生在他身上，十五岁的宋潜机，甚至没摸过真正的法器。他只有一柄低阶剑，从内门执事处买来，是亲传弟子铸剑剩下的废料所造，已花空他全部积蓄。

不是法器，自然不能炼化，无法收到体内紫府蕴养。宋潜机每日练完剑，立刻仔细擦拭它，藏于匣内，平时出门只带一把短匕防身——正是此刻钉入山崖的那把。

一个“穷”字逼死人。剑若损伤，没钱修补重铸，外门考核时拿什么打？

宋潜机小心翼翼地感知紫府，神识尚弱，勉强施展坐照自观之法，只看见一个模糊的白色轮廓，形似宝瓶。

是净瓶！

那件他亲手炼制、用来盛放不死泉的空间法器，可保灵气不散，流水不腐。

宋潜机微微颤抖，他看见了净瓶透射的五彩蕴光。

没人比他更熟悉瓶中物——不死泉。他九死一生求得，引来举世追逐争夺，蕴藏无穷生机的天地至宝，本该随他的自爆消亡，如今却静静悬浮在他的紫府，焕发柔和光彩。

上辈子直到死，宋潜机也没发现不死泉有疗伤之效，或者说他根本没有尝试探究不死泉的其他效用。

人们都怀疑他要将宝物据为己有，其实他默认那是“公物”，甚至不曾收入紫府，而是放在随身的空间法器中。

宋潜机试着取出净瓶，神识却像被烈火烧灼般剧痛。宝物有灵压，类似大能身上的威压。他现在修为低微，神识孱弱，无法触碰这种级别的法器。

空有宝山，触不可及。

宋潜机并不着急，只长叹一声，感怀万千。

他想，既然救世主由上天选定，人族命运轮不到他操心。不如去凡间寻个清静荒僻处，有了不死泉的无尽生机，任何死地荒山都能变成世外桃源。

凡人平均寿数为五十岁，他若保养得法，活到九十岁，天地浩劫还有一百二十年才开始。天灾之前，四海太平，人间繁荣，我还有许多好日子。

一条崭新道路浮现在眼前。路上没有血腥杀戮，只有一片良田，一群鸡鸭，一座大宅……

他抓着匕首吊在半空中，被山间寒风吹得摇晃，模样狼狈。心情却极舒畅，好像被一场大风吹走胸中块垒，才真正地重获新生。

这仙途谁爱修谁修。这天地谁爱撑谁撑。

今夜出得华微山，混入凡间做凡人。走犬斗鸡种田地，潇洒短命过一生。

“宋师兄，你说句话啊！”孟河泽锲而不舍地呼喊他。

“我没事。”宋潜机睁开眼，心情很好，“此处地脉特殊，山河走势恰成一道‘困龙锁’，你从前的灵气路径运行不通，我传你一套新的轻身术口诀，你仔细记好，学会了就能来去自如。”

“你为何杀我又救我，现在还教我功法？”孟河泽表情纠结。

宋潜机：“凝神静气，抱元守一。”

孟河泽不愿错失良机，盘膝于枝上，端正地打坐。初时他半信半疑，之后越听越心惊，这显然不是一套普通口诀。精妙深奥，却深入浅出，不知宋潜机从何处得来。

外门弟子名为弟子，实际在门派中的地位与杂役并无不同。种灵田，喂灵兽，挖灵石矿，服侍内门弟子和执事，以此换取微薄的灵石，购买功法去修炼。除了最基础的吃穿，门派什么都不为他们提供。

修仙界的功法、灵石、宝地，被各大门派、世家牢牢把持，瓜分殆尽，底层弟子的上升通道几乎被断绝。

不愿意做杂役换资源没关系，少了一个你，还有数不清的凡人等着机会登仙途。

孟河泽心中滋味莫名，宋师兄的这套精妙功法，必然是大费周折求得，为明早外门考核准备的杀手锏，现在竟对自己倾囊相授。

“都记下了？”宋潜机皱眉，不满对方走神。

“一字不差，多谢师兄传道。”

宋潜机神色缓和，没想到这小子资质不错，一心二用也能过耳不忘。

看在一句“多谢师兄传道”，且孺子可教的分儿上，他决定救人救到底。“你找个地方好好睡一觉，谁都别见。等明早考核结束再露面。”

孟河泽大惊。“你想要我错过考核？你右臂负伤，我也缺席，入内门的名额岂不是白送给姓赵的了？我不甘心，难道你甘心？”

宋潜机想了想上辈子的经历，顿觉万分头大。“赵济恒是内门赵执事长的家族子侄。赵执事长效力华微宗五十年，收拾几个外门弟子易如反掌，这次考核只是走个过场，赵济恒算是内定了，明白吗？不然你以为咱俩为什么大晚上不睡觉，吊在这儿吹风？乘凉啊？”

前世他受人教唆，与赵执事长交易，以为除掉孟河泽就能换取入内门的机会。考核大会上，宋潜机推人落崖的影像被反复播放，公开处刑。

群情激愤，他受众人唾骂，死罪既定，当场领了三百下打神鞭。

赵济恒顺利入选，还得到为同门伸张正义的美名。至于被推下深渊的孟河泽，没人真的关心他的死活，更没人搜山为他收尸。

宋潜机拼死越狱逃生，从此做了散修。

孟河泽不笨，一点就通。“赵济恒竟与赵执事长有这层关系，怪不得，赵执事长要你除掉我，你若不假意答应，他还会使别的手段。所以你将计就计，让他们以为我们死了，等考核结束，我们就安全了。”他神色略显尴尬，“宋师兄用心良苦，我还以为你对我……”

宋潜机不解。“我对你什么？”

“不，没什么！”孟河泽转移话题，“经此一事，我才真正认识宋师兄。师兄品行高洁，不屑与小人同流合污。你救我性命，传我功法，从前是我对你多有误解。”

“误会！”宋潜机赶忙打断，“绝非如此！你就当我上辈子欠你的，行吗？”

凭孟河泽的资质，前世若坠崖未死，也该成一方人物吧。

他一时起了惜才之心，真诚劝告："仙途路远，莫太计较一时的得失。区区外门考核，错过何憾之有？下个月初三，便是十年一度的登闻雅会，这次轮到华微宗做东，外门弟子也能参与。你早做准备，养精蓄锐，到那时，不愁没有出头的机会。"

该说的，能说的，他已经说完了，是时候假死脱身，下山种地了！

宋潜机踌躇满志，五指一松。

孟河泽听得感动，如此重要的消息，宋潜机毫无保留地分享，指点自己出路，甚至不挟恩图报，说出"就当我上辈子欠你的"这种瞎话。

他想感谢天，感谢地，感谢恶势力赵执事长，感谢"修二代"赵师兄，让他在捧高踩低的外门交到一个真正的好朋友。

"好，就等登闻雅会开幕，你我兄弟二人齐心协力……"

话未说完，忽见宋潜机虚弱一笑，左手中的短匕滑落，整个人直直坠入深渊。山崖树杈横斜，他一路撞断七八根，依然去势不减。

"宋师兄！"孟河泽的笑容瞬间凝固，脸上血色尽失。

少年撕心裂肺的呐喊声在深渊回荡。"不——"

宋潜机恨不得仰天大笑。

"再见了，小兔崽子！

"再见了，华微宗！

"再……他为什么跟着我跳?!

"年轻人能不能有点主见，跳崖也跟风?!"

"宋师兄别怕。"孟河泽轻盈敏捷得如燕子抄水，身似猿猱，足不点地，他一把拉住宋潜机，将人背在背上，"这次换我救你！"

之前看起来无处落脚的陡峭绝壁，现在如履平地。

孟河泽也没想到，自己竟能在极度危险的时刻，潜能爆发，使出宋潜机刚才传授的轻身术。

夜色越来越深，狂风越来越大，虫鸣兽吼声不绝。后半夜阴云涌动，遮蔽明月。林海涛声阵阵。闷雷乍响，夜风吹来寒凉雨丝。

细雨中，一人背着另一人，起落间碎石坠落，尘埃阵阵。

宋潜机从震惊到无语。

大意了。这是个还没被修仙界毒打过的三好少年，道德责任感强得出奇。

前世除了使剑和炼器，宋潜机逃命、自愈的本事也是一流。但他现在不能使疗伤功法，只能交给紫府中的不死泉慢慢修复伤处，否则恢复速度太快，惹孟河泽起疑，再被华微宗内其他人知晓，会横生事端。

宋潜机既然没打算杀人灭口，那便不能露出破绽。下山种地之事，只能从长计议。

“现在崖上必定有赵执事长的人把守，往下。”宋潜机道，“按我指的方向走。”

“好！”孟河泽全然信服他。

夜雨潇潇，山壁湿滑难行，孟河泽的脚步却很稳。

他冒着细雨，背宋潜机钻进山洞，从怀中摸出一张火符，照亮四周。洞内遍布尘埃、蛛网，还有碎骨和干草残留，应是山间野兽废弃的旧巢。

孟河泽点了篝火，清扫出干净的空地，又堆出一个松软的草堆，让宋潜机倚靠它休息。

刚安顿妥当，他一拍脑门。“糟了！忘了你的匕首，我回去取！”

宋潜机懒洋洋地瘫靠在草堆上，摆摆手。“不必了。已经卷刃，取出来也废了。”

“我找炼器师给你修！”

宋潜机纳闷。“你有灵石？”

“我……我……”孟河泽支支吾吾，沮丧窘迫。

宋潜机哈哈大笑：“不就是没钱嘛，不寒碜！”

外门弟子有一两件镶刻符文、勉强称得上“法器”的兵器，已是有了宝贵身家。孟河泽想，宋师兄这一夜，使剑的右臂伤了，防身的匕首也废了，真是太惨了。

他咬咬牙，从怀里摸出一物，塞到宋潜机手中，郑重地道：“宋师兄，这个送给你。你戴着吧，对你伤势有好处。”

入手之物光滑细腻，宋潜机低头看。

只见手里是一串红灵玉念珠，圈口缀着白流苏。十八颗珠子晶莹润泽，火光映照下，暗红念珠光彩熠熠，珠内似有血丝流淌。

最中间两颗，分别刻着一个古字。

宋潜机念道："争，先？"

"我字争先，未上华微山修行时，家住天南洲青鹿郡，家里人叫我孟争先。"孟河泽露出羞涩的笑容，对宋潜机掏心掏肺，"小时候我曾遇见一位佛修，他说我有慧根能修行。这串红灵玉念珠就是那位大师送我的，让我以后去天门寺寻他。可出家当和尚有什么意思？我还是偷跑来华微宗求仙缘了。"

宋潜机盯着念珠出神。"天南洲，青鹿郡，姓孟，字争先，当和尚……"

好熟悉的物件，好熟悉的名字和来历。

他不由得坐直了，重新打量孟河泽，少年身量未长成，脊背却挺拔如松。五官清秀干净，目光坚定，眉眼间仍存三分稚气。

忽然灵光乍现，一种莫名寒意蹿上宋潜机后背，正直少年脸与另一张妖异面容重合。

他吓了一跳，脱口而出："你是邪佛！"

孟河泽低头看了看。"我鞋什么？"

宋潜机不敢置信，喃喃自语："你是孟争先。"

宋潜机心想："孟河泽就是孟争先。前世被我推下悬崖的第一块踏脚石，就是七十年后的修仙界第一大魔头，邪道之主，欢喜禅孟争先。"

宋潜机恨不得指天大骂——

"好你个贼老天，我以为你把不死泉还给我，该是良心发现了，原来憋了大招，在这儿等着我呢！"

"爹娘取的字。算起来我好久没回家看他们了，等我入了内门，就衣锦还乡。"孟河泽赧然。

宋潜机："你还有爹娘？你今年多大？"

"我十四啊。"孟河泽喜笑颜开，"宋师兄，你真逗。我又不是从石头里蹦出来的，谁生来没爹娘？"

"不，我不逗。"宋潜机想。传闻孟争先十六岁时亲眼见到自己满门被屠，从而走火入魔，坠入邪道。

"现在离你十六岁还有两年，你还双亲俱在。

"你上辈子修的功法名为'欢喜禅'，可你从没个欢喜模样。一言不合就杀人，深沉冷酷不会笑，好像谁都欠你一千万块灵石，还一百年没还。"

在邪修孟争先毫无底线的衬托下，散修宋潜机都显得品德高尚了。

要论死状，他比宋潜机更惨。宋潜机自爆虽痛，最起码干净利落，孟争先却受尽千刀万剐而死。

孟争先死后留下的传承被主角卫真钰发现。救世主拿走法器遗产，却没有修炼一种速成的邪功，而是将功法改良，去芜存菁，使其变成真正的神功。

宋潜机心中升起一种“同是天涯工具人”的感叹。

他点点头。“你说得对。我失态了。”

没人生来就没爹娘，也没人生来就是邪魔。这一世，孟争先还叫孟河泽，他没有被人推下山崖，也没遭灭门劫难。

命运的恶意藏着苗头，一切灾祸还没发生。

孟河泽见他神色复杂，略一思索，诚恳道歉：“宋师兄，对不起。我忘了你是孤儿。我出口伤人，实非君子所为。”

“呵呵。”宋潜机扯出一抹笑容，“没事。”

邪道之主跟他讲狗屁君子道，这个世界太魔幻了。

宋潜机与孟河泽钻进山洞躲雨时，赵执事长点了琉璃灯，坐在窗边煮茶。

无论是死敌还是好友，身处华微宗，就要听同一场春雨。

起初，夜雨淅淅沥沥，打在林间，如饥饿的群蚕啃噬桑叶，发出极细密的沙沙声。

不多时，雨势渐大，溪河涨水，瀑布轰鸣。大雨敲击千檐万瓦，时轻时重，如乐人击缶。

赵执事长一边听雨，一边煮茶。

窗户半开，夜雨伴着凉风灌进来，吹得煮水风炉火芯飘摇。隔着一面珍珠似的雨帘眺望，华微宗群山的黑色剪影融在雨幕中，显得更高远、沉默。

执事堂位于半山腰，赵执事长独享一座五层高楼。这是整个执事堂独一份的体面。

他坐在窗边，低头恰能俯瞰山谷间成片的低矮房舍。那是外门弟子们的住所，灰瓦白墙任由风吹雨打，小窗里灯火暗淡，星星点点。

倏忽，两三只仙鹤振翅而起，纵然冒雨飞行，一样姿态潇洒。

这些坐骑并非凡物，平日里有专人豢养照料，饥食朱果，渴饮灵泉，活得比外门弟子更像样。

仙鹤扶摇直上，消失在山巅的重重宫阙间。

那是坐骑主人——内门弟子和长老大能们的居处，远在阴雨云之上，沐浴着漫天星光与月华，如瑶池仙宫，高不可攀。

高低总是相对的。

赵执事长幼时入华微宗，家族前辈只告诫他一句话——“认清自己的位置”。

这道理，他深信不疑。

他出身于天北洲清安郡赵家，虽然只是某个旁支。他在华微宗修炼，每月领取灵石、灵药，虽然只是管理外门的杂务，服侍内门的执事，但凭借这两点，他足以胜过凡间和修仙界底层的无数杂鱼。

山上掉下一块石头，落在他头上，是一座擎天高山。

他吹一口气，砸在外门弟子身上，是一场狂风骤雨。

“赵执事长。”一个年轻执事走进来，立在赵执事长五步之外，轻声唤他。

赵虞平垂眸看茶汤。“讲。”

“小人跟随宋潜机、孟河泽前去断山崖，果然不出您所料，物证已取。”

那人双手捧着一块白色玉璧，恭敬呈上。

赵虞平又吐出一个字：“放。”

环形玉璧亮起，光束投向半空，凝聚成影，依稀可辨认宋潜机与孟河泽的面目。

赵虞平抬起眼皮瞧了一眼。“收。”

年轻执事怀揣留影璧，如身藏万金。难得接触这样贵重的法器，可惜只能用这一次。他谄媚笑道：“那宋潜机推下孟河泽后，还骂了一个字，应该是脏字。我没敢录进来，怕污您耳朵。”

赵虞平身体后仰，满意微笑，终于不再只说一个字。“哦，他后悔了。后悔有什么用？只要他走错第一步，就会万劫不复。”

年轻执事连忙拱手。“您英明。他跟着孟河泽跳下去了，的确万劫不复！”

“哦，他跟着……什么?! ”赵虞平猛地起身，神色骤变，“你说什么?! ”

茶具被打翻，净白衣袖被茶汤污染，名贵琉璃碎裂一地。

“他……他先推下去孟河泽，不知为什么，他自己也跟着跳下去了。属下就回来复命了。”

赵虞平脸色阴沉，从牙缝里挤出两个字：“废物。”

年轻执事不敢反驳。

夜风吹雨，寒意浸透房间。

赵虞平转头，从窗户向下望，目光落在那片简陋寝舍上。

每年都有数不清的凡间少年挤进华微宗做外门弟子，他们的灵根仙骨平平，却怀揣着一步登天的修仙梦想。

他们聪明，刻苦，干得多，拿得少，努力巴结内门弟子，互相拼命争斗。

而鱼跃龙门、真正逆天改命的人，千里挑一。

至于其他人，只有等到许多年后，认清现实，便去为门派打理山下产业，似凡人一般兢兢业业、庸庸碌碌，所求无非延年益寿，寿命比凡人长一些。

前赴后继的血肉肥料，供养着华微宗这样的修仙界大门派，令它长盛不衰，永远欣欣向荣。

外门弟子像可爱的秋后蚂蚱，偶尔出现几个自命不凡或真正不凡的，也蹦不出他的手掌心。

可是宋潜机发什么疯，为什么要跟着跳下去？他难道不想活了？不想修仙了？

开什么玩笑？

“谁许了他好处，让他敢坏我的事？”

赵虞平眯起眼，回忆与宋潜机接触时的每个细节。那个将心思写在脸上的少年，绝没有本事自己临场变卦。

是谁收买了他，教唆了他？是戒律堂的人，还是执法堂的人？

管理外门，油水最多，那些老不死的早就想分一杯羹了。

“真沉得住气，非等到入门考核前一夜才发难，想打我个措手不及。”

做梦。

一个小小的外门弟子，还不如一颗棋子。

赵虞平："去，派人搜崖底。每寸地皮都搜干净，就算他俩摔成肉泥，也要给我拼出人形！"

年轻执事试探道："那他们要是真的活着……"

赵虞平笑起来："断山崖灵气隔绝，两人处于炼气初期，哪儿有坠崖不死的道理。明白吗？"

电光撕裂雨夜，照亮他古怪的笑脸。

年轻执事连连点头。"明白，明白！"

"带可靠的人去，做干净点。"

赵虞平取出另一套茶具，轻掸衣袍，重新坐下。既然今夜注定无眠，不如泡壶浓茶，等这场雨停。

篝火旁，宋潜机将红灵玉念珠塞给孟河泽，像还一块烫手山芋。"以后不要随便拿出来给人看！"

孟河泽："宋师兄，这是我的一点心意，你就收下吧。"

"其实它不单单是灵物，还是一件上等法器，只是需要配合特定功法，才能完全发挥出上等战力。"

"啊？"孟河泽跳起来，"上……上等法器？当真？"

宋潜机点头。

孟河泽犹在震惊，喃喃自语："那岂不是比赵执事长的中等法器'阴阳玉尺'还厉害？"

他毫不怀疑宋潜机的话，双手捧起红灵玉念珠，微微颤抖。

上等法器只有内门亲传弟子才可能拥有，这还是在家大业大的华微宗。

宋潜机："别急着高兴，它的气息不正统，依我平日钻研器件古籍的经验，它似是邪道物件。送你法器的佛修恐怕没安好心。"

宋潜机所谓钻研器件古籍自然是胡扯，幸好现在的孟河泽没见过世面，缺乏修仙知识，十分好忽悠。

宋潜机继续道："你以后纵有机缘取得配套功法，也要小心谨慎。不如先滴血使其认主，等你的修为突破小乘，神魂更强大，心志更坚定，再将其完全炼化，收进紫府……"

“多谢师兄！”孟河泽心潮澎湃，当即运灵力刺破指尖，逼出一滴心头血。

血滴落下，一闪即逝。红灵玉念珠的光泽转为深血红色，其上的“争”“先”二字散发淡淡微光。

孟河泽年轻的面容被红光照亮，下意识屏住呼吸。

今夜之前，若有人对他说：“你会拥有一件上等法器。”他只怕要反问：“阁下何必消遣我？”

原来这就是有自己的法器的感觉。

那些焦虑、迷茫，全都一扫而空，他无限期待未来。

孟河泽缓过神，重新打量宋潜机。只见对方神色如常，眼神中甚至有赞许之意。

整个“鉴宝”过程，宋潜机竟没有流露出一丝贪念，字字句句全然替他着想，就算亲兄弟也难如此。

他扪心自问，与宋潜机易地而处，有机会拿到一件上等法器，据为己有，多半会犹豫动摇，挣扎片刻才能物归原主。

可是宋潜机作为外门中最努力、最想登仙途的人，实力高强，见识广博，心地磊落，坚守本心。

孟河泽的眼眶红了。“我曾以为自己在外门弟子中，是一枝独秀的正人君子，可若要与师兄相比，我实在惭愧。从前我误解师兄太多，师兄才是真正……”

宋潜机急忙否认：“我不是！你别瞎说啊！”

他想：“我这个要去种地的人，拿你一串念珠作甚？给土里的蚯蚓超度吗？”

孟河泽只当他谦虚。“宋师兄，我们回去之后怎么办？只要让赵济恒得到入内门的名额，赵执事长就能放过我们吗？我觉得没这么简单。”

宋潜机心想，不错，知道脚踏实地，先解决眼前的问题，没因为得到一件上等法器，就飘得找不着北。

他做散修独来独往，一意孤行惯了，很少征求别人意见。但既然现队友当过邪道大佬、混世魔王，他愿意把对方当个人用。“你有什么想法？说来我听听。”

孟河泽："我就想听宋师兄的！"

宋潜机噎了一下。

算了，十四岁的孟河泽，刚才挂在悬崖上哭得眼泪、鼻涕糊满脸，还是先别当个人用了。

宋潜机："那就装吧。"

孟河泽麻利地爬起来，睃巡山洞一圈。"装什么？装多少？你歇着，我来装！"

宋潜机："……"

装 × 啊弟弟！这点本事还用我教吗？他想。

宋潜机轻咳两声："装你背后有人。"

"别吓我，这山洞怪瘆人的。"孟河泽下意识回头看背后，拍拍胸口，"难道你想扯虎皮做大旗，引虎搏狼？可赵执事长在执事堂一手遮天，他怕谁？"

"执事堂内宛如铁桶，那执事堂之外呢？"宋潜机捡起一根树枝，在地上画出三个重叠的圆圈，一上两下，"这是执事堂，发布门派任务，主管人事；这是戒律堂，定规矩，颁律令，开审堂；这是执法堂，执行赏罚制度，也管门派布防。"

"三堂共理华微宗的大小事务，有问题可以直接向宗主禀报，三足鼎立，互相牵制。好事大家都想抢，黑锅大家都不想背。表面一团和气，其实谁也不服谁。"

宋潜机回忆自己少年时的处境，淡淡道："赵虞平生性多思多疑，这次他谋算落空，一定不肯善罢甘休，非要找出问题出在哪里，搞清楚为何我出尔反尔，脱离他的控制。"

孟河泽听得想鼓掌。"有理！"

宋潜机扔了树枝。"所以你不如将计就计，假装手里有他'以权谋私，残害外门弟子'的证据，而且你背后有人支持，让他不敢轻举妄动。你只要练好我教的功法，撑到登闻雅会开幕，就能离开外门，不再受他管制。"

这办法夙归夙，胜在省事稳妥，宋潜机想，孟河泽自己应付得来。

孟河泽却没注意到他说的是"你"，而不是"我们"，以为宋潜机夸奖、信任自己，一把拍向对方右肩。"就按师兄说的办。我一定不辜负师兄的期望。"

“咝——”宋潜机倒吸一口凉气。

冷静点，我对你没期望!

宋潜机摁住他的手。“来搭把手，我先把这条胳膊接上。扶这里，扶稳了。”

孟河泽羞愧难当。“我只顾着与你说话，忘了你还有伤。你要自己接骨？能行吗？我们去外门医馆吧，那里的医修跟我很熟。我别的本事没有，只是人品正直，人缘上佳……”

宋潜机腹诽，哪儿有人这样夸自己的？手上使劲，骨头发出咔嚓脆响。“帮我找点树枝，我先搭个支架固定一下。”

孟河泽被他熟练的手法惊得目瞪口呆。“你……”

“嘘……”宋潜机表情微变，低声道，“有人来搜山了。”

孟河泽凝神细听。除去自然的声响，他捕捉到极微弱的脚步声、呼吸声、石块掉落声。

赵虞平的走狗!

少年眼中愤怒、狠戾之色一闪而过，随即信赖地望着宋潜机，努力做口形：怎么办?

“别怕。”宋潜机没注意他的神色变化，安慰少年，“我再教你一套敛息之法，可隐藏气息，融于天地，和光同尘。学成之后，与人对战也用得上。”

孟河泽心想：“宋师兄什么都会，真神人也。他有这么多本事，若真有意害我，我死一万次都不够。今夜他还与我一同遇险，都只是为了救我。我何德何能，又何以为报？”

春寒料峭，洞口雨帘潺潺。随着时间的推移，水珠变得断断续续地滴落。

黎明前，搜山的众人遍寻不获，已渐渐远去。

土腥味混着篝火燃烧的烟气飘浮在山洞中，两人皆外袍残破，灰头土脸，颇有几分“患难兄弟”的样子。

宋潜机闭目养神，自观紫府中的净瓶和不死泉。

孟河泽一会儿端详念珠，一会儿端详宋潜机，心里不觉得“有难同当”，只觉得“必有后福”。

即使在寒冷的雨夜里，满身狼狈，少年人也能做白日梦："我这次坠崖，倒因祸得福了。我一定能在登闻雅会上崭露头角，进入内门。等我修炼有成，三花聚顶，大陆四大洲三十六郡、海外七十二岛，任由我们兄弟来去自如，区区华微宗算什么？区区赵执事长又算什么？让他给我……不，给你提鞋洗脚，每天洗二十次……"

呵呵，弟弟行为。宋潜机没搭理他。

"等各大门派、各路豪族齐聚登闻雅会，不知是何等盛况。从前我只听说四大洲地大物博，大人物风华绝代，可我们每天不是埋头挖灵石矿，就是给灵兽铲屎、在灵田插秧。修仙界如何精彩，只听别人说得天花乱坠，可我们屁都没见过。"孟河泽托腮望雨，他说到这里，眼神中流露出不加掩饰的憧憬，"师兄你说，那妙烟仙子会不会来？我多想亲眼见见修仙界第一美人。不过就算她来了，我们这种外门弟子，也是见不到的吧？"

妙烟仙子，第一美人。

宋潜机的表情瞬间僵硬。这是他重生后第一次从别人口中听到这个名字。

耳畔潇潇风雨声，变作一首琴曲，他记忆里的抚琴女子忽而抬眼，盈盈一笑。

宋潜机欲去往大陆尽头，以不死泉救擎天树，临行前一夜，妙烟说想看看他的剑。他不想扫了准道侣的兴，缓缓拔剑出鞘。"当心伤了你。"

月照绮窗，长剑映月，一泓秋水，满殿寒光。

妙烟双手接过剑，小心翼翼地捧着，唇边梨涡浅浅。"孤光，果然不凡……呀！"

森冷剑气外溢，刺破细嫩指尖，殷红血滴溅落在白玉砖石上，似雪地上红梅绽开。

凄厉的剑鸣声同时响起。

妙烟眼前景物扭曲。

烈火燃烧，硝烟冲天，秃鹫盘旋。一人以剑尖指地，走出杀场。他满身血污，大袖猎猎。

妙烟竭力想看清来人面容，可是腥风血雨泼天，打着她娇嫩的脸颊，吹得她睁不开眼。

“小心。”是宋潜机的声音。

话音刚落，妙烟手指上的伤口瞬间愈合，幻象消散无踪。她仍在天上仙宫，享受清凉晚风与月华。

她终于看清了幻象里那人的面容，神清骨秀，很是俊美。

——宋潜机近在咫尺，一身月白锦袍，墨发如流云般垂落，清清淡淡，如静影沉璧。

妙烟打了个寒战，反倒觉得提剑蹚血海才是他的真面目。

一柄剑要斩杀多少强者大能，才能杀出那样恐怖的灵压，以及逼真的幻象？

“好凶的剑，跟你一样。”她竟然笑起来。

“我何曾对你凶过？”宋潜机略感冤枉。

“你对别人出剑时，我只在旁边看着，也会害怕。”

宋潜机淡淡道：“等你我合籍之后，夫妻一体，气运相连，世上再没有值得你畏惧之事。”

若非登临绝顶，根本生不出这等非凡自信。因为他说得出，就做得到。

妙烟却不满足，一双秋水剪瞳映着剑锋的寒光，也被染上些许冷气。“包括这柄剑？”

宋潜机点点头。“孤光再凶煞，也是我的剑。”他笨拙、生疏地安慰准道侣，“你别怕。”

美人蛾眉轻蹙，幽幽道：“你我订婚事起仓促，我对你所知甚少，总怕我不能让你事事满意。倘若有一天，我做了错事，你可会用此剑杀我？”

宋潜机想不通。“即使你犯了错，我作为你的道侣，自然要替你担当，怎会打杀你？”

妙烟像被这句话刺激到，猛然抬眼，两行清泪涌出，声音颤抖，如紧绷至极的琴弦。“如果我当真犯下弥天大错呢？如果我背叛你、欺骗你、害了你呢？你会不会对我出剑？”

她在心中嘶声呐喊——

“就像你的仇人那样，不论上天入地，总会死在孤光剑下。别说什么道侣情义，你是百战不死宋潜机，你这种人，娶我不过是见色起意，为了彰显权力，怎么可能有半分真心？你为何还装模作样？敢不敢露出真面目?!”

宋潜机只静静地望着她，轻轻掰开她柔嫩的五指，拿回孤光。

长剑归鞘，悠悠一声轻鸣。

妙烟陡然回神，拭去泪水，勉强微笑。“失礼了。”

却听宋潜机叹气：“我不会杀你。我只是……会伤心。”

好没道理。

无可奈何的弱者才会伤心，宋潜机乃当世第一强者，除了神剑，他还有百般神通，千种道法。

但他许下誓言：“孤光剑，永不对你。”

妙烟怔然。

良久，她重绽笑颜。“我再给你弹一首曲子吧。”

宋潜机不记得那首曲子的名字，只记得曲调轻柔缠绵，恰似此刻将停未停的春雨。

倏忽，七弦琴断，月缺花飞。

铮铮琵琶声刺耳，金戈铁马，十面埋伏。

那女子怀抱琵琶，臂纱飘扬，立在漫天风雪中，黯然垂泪。“潜机，对不起。”

对。对。对。

“对不起个头，”宋潜机心想，“我是欠你一千万块灵石，还是怎么对你了，值得你这样挖坑埋我？我可有半点亏待你？”

他再看孟河泽满目憧憬、嘴里念叨“娶妻当娶妙烟仙”的一脸蠢相，气得他牙酸胃疼。“傻狗。狗脑子玩不过美人计，结道侣不如回家种地！”

孟河泽没听清，径直扑过来，半跪在他身前。“师兄，你怎么了？可是伤口疼？渴了还是饿了？冷不冷？是不是坐久了腿麻？我给你捶捶……”

跳跃的篝火照出少年的紧张神色。

宋潜机忽然很难再生气，忍不住发出一声轻笑。

洞外，天光微明，春雨将歇，千山葱翠。

他默默地想，年轻啊，年轻真好。

“什么叫没人？他们两个处于炼气初期，一个十四岁，一个十五岁，加起来还没有你们岁数的零头大，真能长翅膀飞了？”

赵虞平面色阴沉，堂下一群执事战战兢兢。

平日跟随他左右的李执事站出来，硬着头皮解释：“或许他们手中有隐藏气息的法器。断山崖灵气隔绝，我们这边的一些寻人手段不方便施展。”

赵虞平更加相信，宋、孟二人背后有人指使，否则区区外门弟子，何来如此大的本事。

“宗门护山大阵没有动静，那两个兔崽子一定还在华微山。既然没想跑，早晚要回来。回来后就让他们死得明明白白！”他强压怒意，揉揉眉心，“速速通知济恒，今日宋、孟二人现身前，他不能出现！真出了什么事，也免得他惹上一身腥。”

赵虞平与赵济恒的亲戚关系，外门弟子不清楚，他的亲信执事们却心知肚明。

末尾一人应声，赶着去跑腿。

话到此处，忽听一声钟响。山谷间群鸟被晨钟惊起，扑簌簌飞了满天。

执事们也像受惊的鸟群，瞪大眼睛望着赵虞平。“时辰到了！”

“现在怎么办？推迟考核吗？”

赵虞平整了整衣冠，换上一副和蔼面色。“去广场。”

这一夜过得太快。

山门晨钟刚敲过三响，华微山外门广场上已聚集上千个外门弟子，人头攒动，人声鼎沸。

为了参加一年一度的外门考核，许多弟子天不亮时便来此等候，从落雨等到雨停。

一群十几岁的少年人，还没磨出稳重心性，如此大规模地聚集一处，像一窝叽叽喳喳的小鸡崽。

“今早谁见过孟河泽师兄？我一直找不到他，我还给他带了早饭。”

“赵济恒师兄也没来，莫非昨晚又下山喝酒喝多了？”

“哎，那‘宋落’好像也没来。”

“‘宋落’做梦都想入内门，今年再考不上，就是‘宋三落’了！哈哈哈！”

哄笑声接连响起，传遍广场，简简单单的三个字，竟为数千个人带来欢乐。

宋潜机确是外门名人，绰号宋落。

据说他刚上山时，有亲传女弟子看中他的好容貌，想收他做随侍，签终身契约，却被他拒绝。他说不愿终生做人奴仆，要凭本事做内门弟子。

求仙途光靠本事，显然是做梦。

第一年，他得罪了收保护费的执事，买不到好功法，落选。

第二年，他被人骗走全部身家，没灵石买功法，落选。

今年已是第三年，宋潜机终于买到一本像样的剑诀，不用再练剑法初探。

好事的弟子们私下排出“宋、孟、赵”三位候选人。没想到，三人今早竟一同迟到了。

论人品，孟河泽正直爽朗，乐于助人，不怕麻烦。许多愚钝的弟子迈过炼气门槛都是靠他的无私指点，他自然威望最高，弟子们的呼声最响亮。

论财力，赵济恒出手阔绰，且不知有何背景门路，与执事们关系亲近，脏活累活永远轮不到他干。他平日不是修炼高等功法，就是呼朋引伴，溜去山下花楼，请客喝酒。

相比之下，宋潜机实在穷酸又孤僻。

他一心练剑，废寝忘食，总显得别人不够努力。他独来独往，没有朋友，无论如何优秀，也不会给旁人带来任何好处。

不少人看他不顺眼，偏偏他的修为在外门弟子中鹤立鸡群，别人使些小绊子奈何不得他，只能真心实意祝愿他再落选一年。

“喧哗嬉闹，言行无状，成何体统？”

一道厉喝自天空落下，声如奔雷。

数千个弟子心神震颤，同时闭口，抬头只见十余道白光滑过头顶，由远及近，似流星坠地，落在广场的高台上。

众人一边行礼，一边羡慕。

那些人穿戴黑长袍，白高冠，配色非黑即白，一人高声道：“迎戒律堂长老——”

方才训斥众人的刘长老率先上台入座。他身后有十余个弟子侍立，动作整齐划一，规矩更甚提线木偶。

“迎执法堂长老——”

人群又是一阵骚动，众外门弟子再次行礼，自最外层层层分开。

一群穿戴墨蓝劲装，朱红袖章的修士越众而出。

为首的李长老负手走上高台，他身后的七八个弟子腰佩长刀，与他一般神色冷肃，眼神严厉。

两方坐定后，众执事才步履匆匆地赶来，簇拥着赵虞平入座。一群人的褐色长衫稍显凌乱，神色仓皇疲惫。

赵虞平错失最中间的席位，心里又把宋潜机、孟河泽痛骂一万遍。

“赵大执事贵人事多啊。”执法堂李长老不阴不阳地讽刺了一句。

赵虞平打量对方神色，温和试探：“二位长老有所不知，昨晚有两个外门弟子外出未归，我方才还在寻找他们，耽搁了些时辰。”

李长老闻言皱眉，外门弟子有数千个，每年都有几个失踪的、意外死亡的，或者叛逃下山的，赵虞平何曾真正关心过？

戒律堂刘长老冷声道：“考核既定，缺席视作弃权，过时不候。”

赵虞平笑道：“可这两人是外门中数一数二、出类拔萃的人才，今天有很大希望进入内门。”

他身后的李执事连忙凑趣道：“赵执事长身为执事堂总管，一贯秉公处事，惜才爱才，实在不忍见他们错失良机……”

李长老听不下去了，想讽刺两句，话到嘴边又改口：“不知是哪两个弟子？”

事出反常必有妖，且看姓赵那厮打什么算盘。

赵虞平：“宋潜机，孟河泽，二位可认得？”

没听说过！外门弟子归赵虞平管，他们认得个鬼！

两人心里同时大骂，表面上却连连点头，做恍然大悟状：

“哦，原来是他们！”

“那的确是两个好苗子！”

赵虞平心神不定，看谁都像背后摆他一道的人。他猛然起身，高声道：

“诸位，昨夜巡值外门寝舍的执事刚才禀告我，说宋潜机、孟河泽昨天深夜外出，至今未归。宗门虽然有护山大阵守护，但阵法只防外敌，不防深山妖兽。私以为，他们若非遇到危险，绝不可能考核迟到。”

他停顿片刻，抬手向下压了压，示意台下炸锅的弟子们安静，声音再次拔高。“大家别担心！人命关天，执事堂绝不会坐视不管。什么时候确定二人平安无事，我们什么时候再组织考核。大家以为如何？”

此言如冷水入油锅，刺啦一声，台下更加沸腾。

台上的长老们目瞪口呆，姓赵这厮发什么癫病，现在立关爱弟子的人设，是不是太晚了？难道那个赵济恒并非他家族后辈，只是一个幌子，这两人才是这厮真亲戚，他们刚失踪，他就急疯了？

赵虞平见状很是得意——没想到吧？先发制人，后发制于人。“执法堂、戒律堂一向深明大义，二位想来不会有异议吧？”

两位长老相对无言，赵虞平此举，不论事出何因，表面上已占尽仁义道理。就算对待外门弟子的公平、公正、公开是做表面功夫，也要做得足够漂亮，才能让大多数人信服，守规矩。

台下弟子群情激昂，有人已叫嚷起来：

“孟师兄从来不跟‘宋落’来往，两人怎会一起失踪？一定是那‘宋落’害了孟师兄！他怕今天比不过孟师兄，竟使这等手段！”

“别慌，我们也帮忙找人，孟师兄吉人天相，必定化险为夷！”

两人同时失踪，人缘却是两个极端。不多时，宋潜机已被推定为害人的凶手，只差原地开堂审问了。

赵虞平长舒一口气。有这个铺垫在先，谁还想举告自己，只要自己一口咬定是诬告和做伪证，不愁翻不了盘。至于找人嘛，自己的人先找到他们，就能先动手除掉他们。

他深深吸气：“那便听我安排，今日暂且……”

“我找到他们了！”一句大喊在广场边缘炸响。

赵虞平对那声音极熟悉，那人因为过于激动而中气十足，声音在山间回响。“宋潜机、孟河泽来了——”

赵虞平眼前一黑，一口气哽在胸口，险些晕倒。

喊话者，着锦袍玉冠，通身富贵——正是赵济恒。

赵济恒昨晚没喝醉。他在华微山下的春风如意楼包场，请与自己交好的外门弟子喝酒听曲。

一个富贵少年，从不缺同龄人捧场。鲜花烈酒美人枕，金杯玉杯琉璃杯。

与赵济恒的阔绰大方相比，他的跋扈脾气不值一提。

众人喝得酩酊大醉，只有他一反常态，浅尝辄止，眼神清明。

天色未明，有貌美侍女进门服侍他，沐浴熏香，穿衣佩剑，梳头束冠。

赵济恒摸了一把美人滑腻的小脸，感叹道："还是这里住得舒服，就像回家一样。"

"赵仙师可别忘了奴家。"

美人嬉笑，伸手勾勾缠缠，被他轻巧挡开。"不闹了，爷今天有正事。"

外门寝舍简陋，他视其为猪圈狗窝，很少回去过夜。白日修完功课，他便呼朋引伴匆匆下山，夜夜留宿花街柳巷。

没关系，这样的生活很快要结束了。叔父已安排妥当，过了今天，他便可以进内门，去那天上仙宫，学那无上道法，做那人上之人。

今天是他的大日子。

赵济恒穿上自己最华美的法袍，带上最贵重的法器，揽镜自照，微微仰头，自觉意气风发。

"走了！"他呼喝一句。

楼上一扇扇房门被争相推开，昨夜留宿此地的外门弟子拥出来，一边整理衣冠，一边追随赵济恒的脚步下楼。

一时间，楼梯吱呀，楼板震动。

狗腿子们的夸口奉承声，美人们的殷切挽留声，送别恩客的琵琶小曲声，整座春风如意楼里的人瞬间惊醒，赶在黎明前吵成一锅粥。

赵济恒前呼后拥，在喧闹中举步，跨过门槛，前脚刚落地，一道烟尘迎面扑袭而来，有人高呼："等等！"

那人身穿华微宗执事服，神色焦灼。赵济恒眉头一皱，直觉不妙。

市井楼宇鳞次栉比，御剑不方便寻人，下山来传话的执事只能提气急奔，找遍了城中所有勾栏酒肆，才寻到此地，气还没喘匀，那执事先将赵济恒拉出人群，低声道："赵……赵少爷，你不能去啊，事情有变，赵大执事交代，让你找个清净地方，暂且避一避！”

一场夜雨，洗得今早春山更绿。

晨风微凉，白雾涌流如海潮，山道湿滑而崎岖。

孟河泽足尖点地，背着宋潜机跳过一片片青苔，如一只轻灵的飞鸟，直向山谷深处掠去。

他们已经离开断山崖，抄了一条人迹罕至的小路。

宋潜机：“我的伤在手臂，不是瘸了。”

孟河泽不好意思地笑笑：“宋师兄，你教我的轻身术，我还不熟悉，想顺便做一下负重练习。”

“沙袋”工具人宋潜机无语。

飞速起落间，曦光穿过滴水的松枝迎面照来，晃得他微微眯起眼。

“等等。”宋潜机突然拍了拍孟河泽的肩膀。

孟河泽的心思全在轻身术上，没留意周围动静，脚下想停，身体仍因惯性向前冲出十余丈，顺着山道拐了弯，才堪堪稳住身形。

“怎么了，宋师兄？”

晚了。宋潜机在心中叹气。

赵济恒闷头登山，广袖甩得哗啦作响。

赵虞平让他找个清静地方，他当然不能留在市井，毕竟他是花街名人，走到哪里都会被热情招待。他只能上山，并且只能走僻静小路。

风吹林海，鸟鸣啁啾，伴着他身后的七八个外门弟子兼心腹狗腿子变着花样帮他骂人的声音：“那宋潜机、孟河泽分明是自知比不过赵师兄，不敢来丢人，躲起来了。”

“凭什么他们躲着，考核就要推迟？这还有什么可比的，内门名额就该是赵师兄的！”

“闭嘴！”赵济恒知道叔父为什么让他暂避，但他不能说，只是脸色青白，咬牙切齿，“那两个狗玩意，要是让我遇见……”

话未说完，山道转弯，赵济恒下意识抬头。

双方照面，俱是一怔。

大道开阔，他们不走。深山小径，狭路相逢。

“啊！”赵济恒跳起来，指着孟河泽的鼻子，“好哇！你……你们果然没死！”

孟河泽冷声道：“托福，我命大。”

赵济恒心想：“你俩不是一起跳崖了吗，跑这儿来干什么？”

孟河泽心想：“你不是内定了吗，不去广场大显身手，跑这儿来干什么？”

赵济恒试探道：“宋潜机，你不去参加考核？”

宋潜机：“不去了，我受伤了，劳烦你帮我们告个假。”

他神色淡定，语气理所当然，仿佛拜托同窗帮忙打饭一样。

赵济恒下意识点头说“好”，突然反应过来。“你胡说！你什么时候受的伤？你们两个什么时候关系这么好了？”

他身后的外门弟子不甘示弱，七嘴八舌叫嚷起来：“因为你们而推迟考核，耽误了赵师兄的登仙路，你们担待得起吗？”

孟河泽厉喝道：“你们想干什么?!”

他自从学了宋潜机教他的术法，又得了红灵玉念珠这件上等法器，底气十足。

冲冠一怒气势非凡，真把一群人震得向后退去。

但宋潜机对小孩互扯头花没兴趣，只对下山种地有兴趣。他拍了拍孟河泽的肩膀，示意少年冷静，温和地道：“赵师弟，你看，我现在路都走不了，还要靠孟师弟背。可见我与内门无缘，这次就算了吧。”

赵济恒用见鬼的眼神盯着他。

宋潜机是谁？华微宗外门头号奋斗者，名声响亮！

赵济恒更清楚，宋潜机为了这次能出头，不择手段到何种程度。

此时他越说不去，越像要施展一出阴谋诡计。

“你觉得我很蠢吗？”赵济恒冷笑，“身受重伤是吧？动不了是吧？我今天就是抬轿子，也给你抬上去！”

他猛然挥手。“来人！”

七八个外门弟子一拥而上。

“人，我已经带来了！”

人声鼎沸的广场，因为赵济恒一句大喊陷入短暂寂静。

外门弟子一齐转头张望。

赵济恒沐浴着朝阳、晨风，迎着各色目光，顿觉自己干了件扭转乾坤的大事。“请看——”

四个外门弟子，齐抬一把朱红躺椅。他们昂首挺胸，脚步稳健，自信地走来。

孟河泽神色戒备，紧紧跟随在侧，做保护姿态。

软垫躺椅上，赫然瘫靠着一个人。

宋潜机一路穿过人海，排场招摇，仿佛游街示众。

广场上鸦雀无声，众人齐齐张嘴，上千道震惊的目光，几乎将他射成筛子。

宋潜机面无表情，心如死灰——重生还要吃这种苦，这个世界讲不讲道理？

这种出场方式，超越了外门弟子贫瘠的想象力。

台上的两位长老再见多识广，想破头也想不出赵虞平打算唱哪一出。“赵执事长，什么情况？”

赵虞平一万个冤枉，心想：“济恒，叔父平时待你不薄，你怎么不能长点心呢？”

“后面抬椅子的，都给我放下来！”还嫌不够丢人现眼吗？赵虞平怒目而视。

可惜距离太远，赵济恒对上叔父的激动目光，误以为被表扬，挥手大声招呼：“放！”

椅子稳稳落地，宋潜机揉了揉眉心。现在的年轻人，到底要懒到何种程度，才会在储物袋里放一把软垫躺椅？还能说抬走就抬走。

“孟师兄回来了！”不知谁先喊出声，十几个外门弟子顷刻间拥向孟河泽。

“孟师兄，你没事吧？”这些人平时受他帮助，关切之情溢于言表，“你有没有受伤？”

孟河泽才从山洞钻出来，发冠歪斜，衣袍上沾着泥点和杂草，样子颇为狼狈。众人见状，猜测他遇险逃生，便对赵济恒一伙人怒目而视，当然也没放过躺椅上的宋潜机。

赵济恒不甘示弱，握住腰间剑柄，他身后的七八个人随之握剑，好像只要孟河泽说一句不利于赵济恒的话，两边的人就能当众动起手来。

孟河泽却只笑道："管他魑魅魍魉兴风作浪，只要有宋师兄在，我都能因祸得福。"

众人听得一头雾水。

啊？哪个宋师兄？他和宋潜机很熟吗？

一个通晓医术的女弟子站出来。"孟师兄，你可有受伤？我帮你看看。"她想将孟河泽带走，先远离此处，化解这剑拔弩张又古怪的气氛。

孟河泽不走。"宋师兄因救我而受伤，我要照顾他。"

赵济恒也不肯放人。

于是以宋潜机为中心，几十个外门弟子乌泱泱围了三圈，两伙人互相戒备，硝烟弥漫。

赵虞平恨不得活剐了宋、孟二人，却笑容亲切地快步走下高台，站在一群外门弟子中，确保自己的话音能远远传开。"执事堂很为你们担忧啊！你们平安回来了就好，今早的考核也不必推迟了。依我看，便从宋潜机开始吧。"

孟河泽对上他那道看似慈祥，实则阴毒的目光，心中升起一阵恶寒，却不肯躲闪，直直地瞪着赵虞平。

宋潜机微笑。"多谢您的好意。不巧，弟子昨夜意外受伤，只能弃权了。"

众人哗然。

"'宋落'说弃权？我是不是听错了？"

"没错，他点背，这次真成'宋三落'了，哈哈！"

"不对吧！难得赵执事长关怀，'宋落'趁机讨一瓶灵药，不耽误他上场。"

这话一出，很多人顿觉有理。外门弟子受了重伤，放在内门不过是吃一颗丹药的小事。当着众人的面，想来赵执事长不好意思不答应。

"大家小声点，别给'宋落'提供思路！"

外门弟子弃考不稀罕。每年都有超过半数的人自愿放弃机会。没本事还要上场，无异于自取其辱，不如做个观众，看其他人大显身手。

但谁也没想到，宋潜机肯做观众。

谁让他那张脸长得就不像观众。

赵济恒微微俯身，右手握剑柄，左手猛地抓向躺椅扶手，低声冷笑："你到底想要什么花招？你要是真能放弃入内门，我能把这椅子吃了！"

"啪"！宋潜机拂袖，轻巧地将他的手拍开。"别在我这儿蹭吃蹭喝。"

"你！"赵济恒的怒火哽在胸口，"这是爷的椅子！"

孟河泽隔开两人，警告道："别碰宋师兄。"

赵济恒跳起来，刚要开口，对上赵虞平的眼神，又把满肚脏话咽回去，胸口起伏不已。

"弃权当然没问题！大不了明年再考。"赵虞平依然挂着一张笑脸，望天感叹，"可你今年已经十五岁，明年就该十六岁了。你又是习剑的，骨龄很重要，十六岁时再入内门，还有剑修长老肯收吗？十五岁到十六岁，这一年之差，有时候就是天差地别……"

宋潜机没搭话，垂眸似在思考，其实在漫不经心地走神。

与其相反，孟河泽的面色越来越沉重。

他知道这是真的。那些仙门世家子弟，六岁握剑，七岁比剑招，八岁"磨剑骨"。"磨剑骨"一般由师父指引，配合灵药和功法，从小干预骨骼和经脉的生长，这样长出的根骨更适合习剑。

宋师兄已经十五岁了。往后拖延，只会一日比一日更难。

赵虞平伸手，身后跟随的执事机敏识趣，摸出一个小玉瓶放在他掌中。他转动瓶子看了看，居高临下地递到宋潜机面前。"我实在不忍看见明珠蒙尘。你还年轻，不知道有些事情错过了，就不能重来了；有些路走错了，就回不了头了。"

这是一次意味深长的暗示，赵虞平相信宋潜机能听懂——你昨夜临时反悔没关系，我可以既往不咎，再给你最后一次机会。

玉瓶玲珑剔透，在朝阳的照耀下，熠熠生辉。

不少外门弟子十分眼红。

"'玉露回元丹'！谁说'宋落'点背，好运不是来了？"

孟河泽一样眼红。

玉瓶的光辉落在他眸中，像一点星火。怒气烧得他双目泛红。

宋潜机为救他而受伤，他却拿不出半颗好丹药。哪怕罪魁祸首假惺惺地施舍，他也只能隐忍不言，如木桩般杵在一旁。无能至此，枉为君子！

宋潜机抬起眼皮，环视周遭。

赵虞平好手段，如果他真的十五岁，早被巴掌加甜枣哄得找不到北了。

前世此时，他受尽唾骂，审问，定罪，挨鞭子，一条龙送走他。

这辈子他破罐破摔无欲无求，瘫着晒太阳，浑身暖洋洋。

紫府净瓶中的不死泉生机焕然。周围一张张青涩稚嫩的脸，是他很久以前见过，却已记不清楚的。

宋潜机缓缓伸手，动作慢得周围人恨不得替他接灵丹。

他的手指终于碰到玉瓶，却是向外推去。“赵执事长，您的好意我心领了。但这样对其他人不公平。我想凭自己的本事入内门。倘若因为骨龄错过好时机，那便是无缘仙途，怨不得旁人。”

出乎意料，广场忽然寂静下来。

宋潜机拒绝了?！除孟河泽外，没人想到会发生这种事。

“你有病啊？”赵济恒震惊，“你知道瓶子里是什么吗？十个你也买不起！”

这一幕惊人地熟悉。不少人的记忆被唤醒，想起宋潜机初上山时，拒绝当亲传弟子的随侍。

那时自信骄傲、挺拔如松的少年，如今因受伤瘫靠在躺椅上，却依然不假思索，说出与那时一样的话。

你以为三年不得志能把他的傲气磨没了，只剩阴郁孤僻，可他的骨子里还有骄傲。

他还是想凭自己的本事。

他还是想要公平。

众人一念及此，心中五味杂陈。

平时再看不惯宋潜机的人，也说不出嘲讽的话，最多酸溜溜地嘟囔一句：“这宋潜机倒是硬气。”

宋潜机不是硬气。他是只能扯出这种理由，否则无法解释他为什么拒绝。要真说他不想修仙了，更没人相信。

赵虞平瞳孔微缩。他忽然觉得看不透眼前的少年。宋潜机变了，但到底哪里不一样了？

他面上的笑容终于彻底消失。

高台上的两堂长老，没摸清赵虞平在搞什么，但已经失去耐心。

李长老沉声催促：“既然人回来了，还不快些开始？”

赵虞平仿佛没听到，仍保持着递玉瓶的姿势。

气氛急转直下，无比僵冷。没人再羡慕宋潜机。

若赵执事长非给不可，他敢不要吗，敢不上场吗？

突然，一只手从旁边探出，五指抓过玉瓶，像一柄快剑向斜突刺，快如闪电，不留余地。

孟河泽右手攥紧玉瓶，微微颤抖，用左手抓向躺椅扶手，眼中似有火光燃烧。“我来！我替宋师兄比这一场！”

“你们谁来都一样。”赵虞平微笑点头，甚是满意，不给他反悔的余地，径直走向高台。

“别碰爷的椅子。”赵济恒一把拍开孟河泽抓躺椅的手，终于扬眉吐气一次。

孟河泽没跟他计较，只对众人朗声道：“若我侥幸夺魁，请让宋师兄进入内门！”

“喀喀喀！”宋潜机惊骇之下，被呛得连连咳嗽，急忙摆手，“不必了！”

他心想：“谁想进内门?！你别搞我啊！”

“你说什么?！”赵虞平猛然回身，目光锐利如刀，直刺孟河泽。

台上，戒律堂长老喝道：“胡闹，考核是为择取最优秀的弟子入内门，从未有替人比试一说。”

孟河泽冲高台一拱手。“论修为，论人品，宋师兄皆胜我百倍。我如果能做到，此事对他更是轻而易举。只是他有伤在身，不方便与人过招。”少年面无惧色，字字掷地有声，“弟子愿与所有参选者逐一对战”！

孟河泽说完，胸中郁气一扫而空。

人一生要说多少话，真话假话醉话，他只觉得从未有哪句话，说得比这几句更痛快。自他离家上山，拜入华微宗外门，总在帮助别人，而别人很少有机会帮他。

他向往丰富多彩的修仙世界，向往真正肝胆相照的友谊。可生活沉闷枯燥，索然无味地日复一日，看不到尽头，直到他与宋潜机坠崖。

今日情形，宋师兄被逼至此，我若还能忍，以后宋师兄教我的本事，我也没脸再使！他想。

孟河泽想向所有人证明，向自己证明，宋师兄没看错人，没救错人，更没教错人。

赵虞平忽然笑了，他今日第一次笑得如此真诚。“二位长老，虽说此事并无先例，但每年选拔考核的规则都有变化，难得我宗外门弟子中有人有这样的气魄与情义，给他个机会试试又何妨？”

孟河泽冷笑一声：“多谢赵执事长成全。”

孟河泽疯了。哪儿有人主动申请打车轮战？

广场上众人无论立场如何，此刻想法都惊人地统一。

赵济恒替他们喊出心声：“喂，你搞什么？难道宋潜机给你下蛊，把你控制住了?!”

“替我照顾好宋师兄。”

孟河泽没有再解释，只嘱咐一句跟随他的外门弟子，便向广场中央走去。

宋潜机的声音在他背后响起。“别这样做。”

孟河泽回头，只见宋潜机皱着眉头，似乎有些困扰。

宋潜机坚定地拒绝他。“我不需要你替我比试。这件事很没意义，更没必要。”

“不，宋师兄。我非去不可！”

宋潜机叹了口气。“那你慢慢打，我已经弃权，就先回去了。”

他突然起身，赵济恒吓了一跳，仿佛看到瘫痪的病人独立行走。“你……你不是有伤吗？怎么……”

“我伤在手臂和肩背。”

赵济恒崩溃。“你腿没事?!那来的时候又背又抬，搞什么？”

宋潜机走远。“……是你非要抬的。”

孟河泽没料到宋潜机会是这般反应。那人并不高兴，甚至在生气。但他觉得自己没做错，轻声喊了一句“宋师兄”，似有话要说。

宋潜机没理会孟河泽，他穿过人海，走向广场外明媚的春光和青山。好像孟河泽要做的事与他毫无关系，他竟一刻也不肯停留。

于是孟河泽也不再言语，转身与他背道而驰。

“请诸位赐教了！”

少年神色坚毅，响遏行云。

这一刻，他的身影顶天立地，不知为何，却显得有些落寞。

山道百转千回，草木深深。

宋潜机走得并不快，且每一步都走得认真。

他在赏景，看道旁苍翠的古槐，天上洁白的流云，枝头自由自在的燕子，还有风中颤颤，犹带露水的桃花。

外门弟子们看过这景色千万遍，其他弟子早已习以为常，视而不见。宋潜机却眼神明亮，像第一次春游的孩子。

该赶的路，他上辈子已经赶到了尽头。既然要换种方式生活，那也得换种方式走路。

赏景就是赏景，不必再以景物观想剑招，蕴养剑意。

春雀争鸣，春水潺潺，春光烂漫。

山道尽头，一片白墙灰瓦的屋舍跳脱而出，映入他眼帘。

外门弟子的寝舍，自外远观，一般简陋。走近才知内里乾坤，各不相同。

宋潜机住在位置最偏僻、地势最低、排水及采光最差的那间寝舍。每逢阴天下雨，水漫金山。小院内积水如湖，“湖”上漂满落叶，像打转的小船。他从不收拾，更不在乎。一无闲心，二无闲时。

他一直用近乎自虐的生活方式逼迫自己专注修炼，尽早离开这里。

这曾是他的十五岁。

卑微，枯燥，单调，孤独，沉到泥水里。

坐井观天，奈何青天高远，伸长脖子踮起脚尖，也望不到山巅宫阙。

老旧木门发出令人牙酸的吱呀声，宋潜机一脚踩进水坑，笑着摇了摇头。他挽起袖管，将衣袍下摆别进腰带，从墙角抄起一把秃扫帚，如挽剑花般潇洒地比画两下。“干活！”

世上有潇洒的剑法，却没有潇洒的勤杂工。

清理落叶，扫除积水，上房补瓦……宋潜机动作生疏，却耐心细致，好像在做一生最重要的大事。

时间从瓦砾的缝隙间悄然流逝，从日上三竿到日影西斜。

天色渐渐昏黑，倦鸦归巢。起伏的远山被笼罩在橘色暮光里，似要化作连绵春水。

宋潜机的右臂带伤，只有左手灵活，虽然狼狈，但心境平和自在。

他有多么自在，人们看到他就有多么愤怒。

那六个外门弟子走进他小院时，宋潜机正拿着铲子翻土。

小院逼仄，瞬间被挤得满满当当，最后一人只能缩在门槛上，但仍不放弃瞪着他。

他们像一窝气势汹汹、羽毛耸立的斗鸡。

“孟师兄打赢了！”领头的一个女弟子开口，语气冰冷，“他一个人，打了整整三百场。”

后来的参选者并非打不过他，而是发自内心地敬服畏惧他，被他不要命的打法震慑，不敢上场。

“哦。”宋潜机没回头，手上的铲子也没放下。

他背后响起几句脏话，显然“斗鸡”们被他的态度激怒了。

“他受了很重的伤，此刻在外门医馆治疗，昏迷前还惦记着你，说要把这瓶灵丹交给你。”

女弟子拿出先前赵虞平递出的灵丹。

宋潜机：“不必了。”

女弟子娇美的面容扭曲一瞬。“他为你出生入死，你连去看他一眼都不肯吗？难道你真的无情无义，一点都不担心他？他可是差点……没命了！”

女弟子说到最后，声音微颤，近乎哽咽。

翻土的铲子被放下，宋潜机仍摇头。“我不担心。”

孟河泽头铁命硬，上辈子坠崖死不了，统一邪道死不了，还能被一群外门弟子搞死？担心这小子，不如担心自己到底什么时候能下山。

孟河泽总不可能跟他去种地，那自然没必要牵扯更多。宋潜机不打算让对方继续误会，错把自己当兄弟。

在许多人看来，宋潜机与孟河泽本无交情。一夜之间孟河泽能为对方出生入死，无疑是很古怪的。

“我不知道昨夜你们发生过什么事，但孟师兄秉性纯良，干净磊落，容易被人骗，容易被人利用。我猜，你现在很得意吧？”女弟子双眼圆瞪，怒火烧得脸颊通红，更显娇艳，“可你良心过得去吗？我本以为你只是孤傲，没想到你还奸诈！”

宋潜机终于转过身。

想来这六人平日与孟河泽关系不错，所以跑到这里替他打抱不平。

宋潜机打量领头的女弟子，隐约记得她名叫周小芸，会些医术，活泼开朗，也是外门有名的美人。可惜他看惯了妙烟那张脸，早已不辨美丑。

“周师妹，你误会了。”宋潜机平静地道，“我也不想……”

“呸，假惺惺！”缩在门槛上的人啐了一口，吐脏了宋潜机刚才扫过的地，“你终于能进内门修仙了，得了便宜还卖乖！”

宋潜机脸色渐冷。提起这事他就来气，心想：“谁想进内门？谁想修仙？我像那种对生活失去希望，对未来失去信心的人吗?!”

“现在谁最想让孟河泽死？”宋潜机问。

叫骂声戛然而止，众人对上他森冷的目光，不知为何心头一震。

周小芸皱眉。“你什么意思？”

“他坏了谁的好事，害谁丢了面子，谁就想让他死。反正他重伤昏迷，身边无人看护，不论遇到什么危险，都毫无还手之力。”宋潜机的声音变得轻缓，似带笑意，“你们知道他用的什么药？喝的什么水？治他的医师姓什么？如果他伤势恶化死在医馆，正是合情合理的死法。”

周小芸遍体生寒，下意识退后。

“最想让他死的人又不是我，你们都守在我这儿干什么？”宋潜机上前两步，“等我留你们吃晚饭吗？”

“你……你这……”

有人还想争论，被周小芸抬手制止。“算了，孟师兄的安全要紧。”

一群人来势汹汹，去时匆匆。院子重回冷清，只有色厉内荏的声音飘过院墙。“你等着！”

宋潜机笑了笑，重新拿起铲子，低头干活。

唉，到底年纪小脸皮薄，骂人都词穷。

孟河泽与他们一样年轻，一样词穷。

“你的邪术从何处学来？”

沉重威压几乎将他的五脏六腑碾碎，但他仍抿着唇，一言不发。

作为所有战斗的胜利者，他本该收到整个外门的祝福和庆贺。但赵虞平派人使用留影壁，暗中录下他每场比试的影像，考核结束后第一时间将影像送入内门，请精通万法的授业堂长老过目。

半个时辰后，孟河泽被抬出外门医馆，押送到戒律堂受审。

“谁教了你这些？什么时候教的？”

孟河泽面无表情，浑身剧烈疼痛令他一时清醒，一时昏沉。

戒律堂弟子的质问刺到他耳中，也忽远忽近，就像窗外暮色里破碎的树影。

少年始终牙关紧咬。他不愿说出宋潜机的名字，便只能词穷。

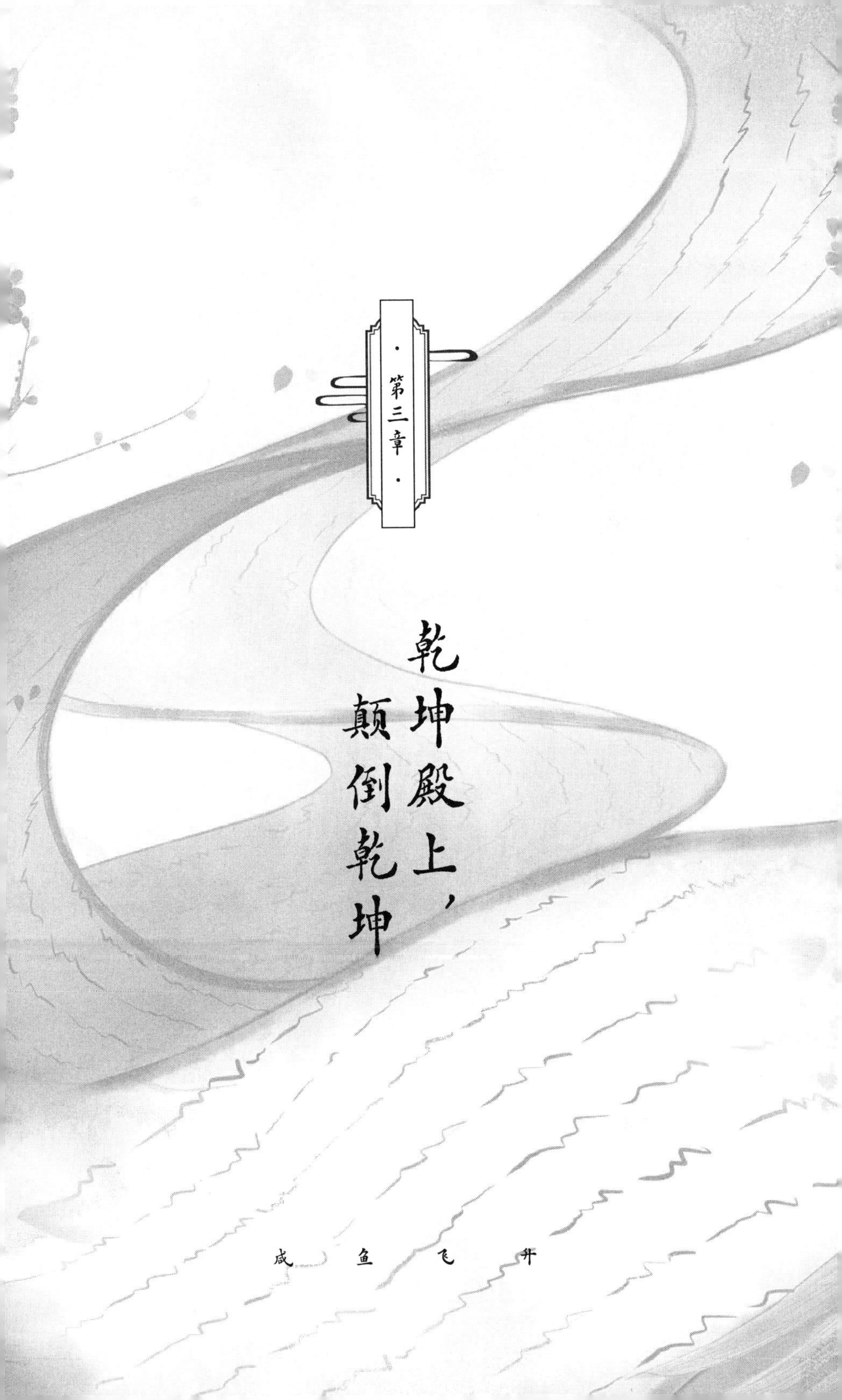

·第三章·

乾坤殿上，颠倒乾坤

夕阳最后一缕金光，敛没云山之间。

黑暗如潮水漫过院墙，宋潜机放下铲子，打了一桶井水洗漱。

一天充实的劳作之后，他搬出一把旧椅子，在院中找了个最顺眼的位置放下它，理直气壮地瘫上去。

虚度时光容易，最难的是心安理得、毫无负担地虚度时光。

宋潜机仰头。院墙将夜幕框作四四方方的一小块，视野又被桃花树繁密的枝叶遮蔽，他只能看到巴掌大的星空。

凉风无价，吹得院外一树桃花扑簌簌落下，吹起他披散的头发。

“明天就把这棵树往边上移点，再买些菜苗、花种，哪些品种比较好养活呢？”

当人们踏破夜色冲进小院时，便看见宋潜机披头散发，穿着松垮的旧袍子，趿拉着布鞋，靠在椅背上乘凉。整个人闲得长毛，像只没骨头的懒猫。

这一次，“斗鸡”们变成一群无头苍蝇，围着旧椅子嗡嗡乱转。“他才不会管孟师兄的死活！怎么办？”

“是‘宋落’说孟师兄有危险，结果真被他说中了，说不定他也知道如何化解。”

“都住口。”周小芸喝止众人，走到宋潜机面前，哑着嗓子问，“孟师兄被押去戒律堂了。你是不是早就猜到了？你还知道些什么？”

他们本不该来，可事出突然，大家都没了主意，莫名又想起宋潜机八风不动，稳如泰山的模样。等他们反应过来，都已经站在院里了。

宋潜机皱眉。

修仙界道法万千，浩如烟海。然而轻身术、敛息术这样的入门基本功，各派都会修习，修炼之初大同小异。

他教孟河泽的功法，只比华微宗所教的更精妙，并非邪法魔功。按理说，孟河泽至少要突破筑基之后，才能练到第二层，两种功法才会分出明显的优劣。这么早就露相，只有一种可能：有眼力极高、偏爱钻研的强者，看到了孟河泽出招，而战斗使人爆发潜力，孟河泽进步得太快了。

孟河泽这种天赋，入门时测灵根的结果真的准确吗？他本应该直接进内门，难道有人故意让他进外门？

就像有人故意赠他红灵玉念珠。

坠崖不死是否也在那人预料之内？

上辈子孟家的灭门惨案，真凶是谁？

孟河泽最终成为邪佛，看似每一步都是形势逼人，求生所为，但背后有没有一只手在推他？

宋潜机忽然意识到，自己即使重生，即使看见光阴长河的碎片，对这个世界、对他人命运也并非全然了解。还有许多秘密，许多隐情，如草蛇灰线，绵延千里。

宋潜机思考时，小院里渐渐静下来。

众人见他眉眼冷淡，好似无动于衷，不禁心往下沉。

"孟师兄用半条命给你换来进内门的机会。你现在就这样事不关己吗？戒律堂的人说他私自修炼别派功法，要按门规处置，将他逐下山去！"周小芸情绪激动。

宋潜机忽然抬眼。"你再说一遍。"

"不管如何审问，他都不回答……"

"最后四个字！"

"逐下山去。"

宋潜机猛然起身，旧椅子"哐当"一声倒地，摔得四分五裂。

下山！世上还有这种好事？

"喂，你去哪儿？"周小芸忽觉面前一阵风掠过。

"戒律堂！"

众人慌忙追出院子，见漆黑夜幕下，宋潜机双袖生风，人影已远，只一道声音飘来："你们准备接人吧。"

"'宋落'真有办法救孟师兄？"

"难道这人面冷心热，我们误会他了？"

周小芸：“你们两个去医馆借担架，其他人跟我先去戒律堂外守着！”

一群“斗鸡”重整旗鼓，气势汹汹地出发了。

戒律堂大门紧闭，门口点着两盏明黄的灯，在夜色里很是醒目。

孟河泽今天大出风头，无论是出于讨厌他，崇拜他，还是想看他热闹，外门弟子们都不肯轻易离去，聚在堂外议论纷纷。

还有人买了夜宵吃，害得执法堂弟子也不能休息，大晚上戴着朱红袖章维持秩序。

宋潜机终于挤出水泄不通的人群，却被拦在门外。

“堂内审案，闲人止步。”

宋潜机只好自报家门。

那佩刀弟子盯了他片刻，忽然大喊：“是你！你就是白天被抬花轿的那个人！”

宋潜机顶着四周惊奇的目光，无语凝噎。“……是躺椅。”

“你进不去。”忽听一人道，“我带你进去。”

宋潜机转头，见赵虞平从檐下阴影里缓步走出。

他笑了笑。“辛苦您久等。”

赵虞平皮笑肉不笑。“不辛苦。”

两人跨过门槛时，声音只有彼此能听到。

“你俩真是兄弟义气，互相逞英雄。可你救得了他吗？”

“我试试。”

“上次救他断了一臂，这次准备断什么？”

“不知道。”

他们走进灯火通明的审堂，宋潜机向审问席上的诸位长老行礼。

“只能自断生路了。”赵虞平心想。

孟河泽跪在浅浅的血泊中。白日比试时留下的伤口尽数破裂，他像个浑身渗血的葫芦。

宋潜机看了他一眼。只见他的头颅低垂在胸口，毫无反应。

孟河泽今天流了太多血。他开始觉得很冷，冷得牙齿打战，骨缝结冰，只有手腕上那串红灵玉念珠隐隐发热。他意识飘忽，想千里之外的家乡和月亮，想家里的爹娘。

他知道自己怕是过不了这一关了。

好在临死时也痛快一场。死在这辈子最痛快的一天，总比没名堂地死在崖底好。

昏沉间，他断断续续听见熟悉的声音。"……是我教的。他并不知道自己练的是什么……此事与他无关，弟子愿一力担当……我是来认罪的，我愿意被逐下山，但我还有话说——"

那声音像一道道电光，终于劈开他眼前的夜幕。

宋师兄!

孟河泽猛然睁眼。他看见宋潜机挡在他身前。

瘦削的身影挡住各色目光与刺眼灯光，像一棵小树奋力舒展枝叶，替树下花草遮风挡雨。

"弟子习得这些功法，是因为一次天大的奇遇。此事干系重大，不能在这里说。"宋潜机道。

"放肆，这儿是审堂，你不在这儿说，还想在哪儿说？"执掌戒律堂的刘长老含怒喝问，威压外露。

"弟子想见掌门真人。"

听闻宋潜机此言，刘长老忽然发笑："见谁？我没听错吧？"

戒律堂弟子们也笑起来。

宋潜机平静地重复："弟子要见掌门真人。"

"想见"变成"要见"，他甚至换了一个字。

"我刘鸿风执掌戒律堂六十年，审案的卷宗装满十个储物袋。我听过世上所有狡辩、求饶、忏悔之辞，还从没听过这种要求。"

宋潜机接道："那您不听实在可惜。"

"你说，你想怎么见掌门真人？"

戒律堂弟子们终于笑够了，努力做出严肃表情，大晚上加班，谁心里没点怨言，没想到赶上一场热闹，都兴味盎然地盯着宋潜机。

"弟子写一句话，掌门真人只要看到，自会见我。"

"如此简单？"

"对。"宋潜机点头。

刘鸿风冷笑："如果真有这么简单，你也不必见掌门真人了，直接抹脖子见道祖比较快。你莫不是消遣我等？"

他想，掌门真人近些年修身养性，已经三年没有走出乾坤殿。就算各峰各堂有事请示，也很少有人能见掌门真人真容，大家多半依靠仙鹤、道童与传音符和掌门真人交流。这事不算秘密，只有宋潜机这种外门弟子不知道。

"是真是假，何妨一试？"

"宋潜机！"赵虞平突然喝问，佯装痛心疾首之态，"此地是戒律堂，此时正在公审。堂审戏言，罪加一等，我也救不了你！你可知道？"

"弟子知道！"

"若掌门不见你，你要挨三百鞭，然后被废除修为，驱逐下山。你可清楚？"

"弟子清楚！"

赵虞平满意地点头。

戒律堂弟子们忍不住私语：

"为了救人这么拼，堂下跪的是他亲弟弟？"

"别瞎猜，一个姓宋，一个姓孟，最多是表弟。"

"我要是有这倒霉表弟，上炷香都算尽过兄弟情分了。"

"如你所愿。"刘鸿风挥手，"给他纸笔。"

他身旁的弟子急忙应"是"。

"不必麻烦。"宋潜机走向角落阴影下的小方桌，对负责记录堂审内容的弟子笑笑，"借点地方。"

那弟子正悄悄打瞌睡，闻声抬头，忽见满堂的人目光灼灼地盯着他，惊得他掉了笔。

笔在半空中被宋潜机抢下，蘸上饱满墨汁。他撕了桌上的半张白纸，挥毫疾书。

有人觉得他要写状子向掌门讨饶喊冤，求一线生机。

可他真的只写了一句话。

宋潜机搁笔。那半张纸被他折作三角形，像个小粽子，有字的地方藏进内里。

"哪位师兄愿意辛苦一趟？"他朗声问。

刘鸿风本来随手点了一个弟子，想了想，又加上一人，与其同去。

两个戒律堂弟子表面平静，拿了东西转身便走，眼神却异常明亮，满是好奇。

宋潜机：“路上别拆，为你们好。”

一个弟子回头，脸颊涨红。“谁想偷看?!”

“送信的人已经出发，我们在这里的人，也不能一直干等下去，总该有个时限。”赵虞平转向刘鸿风，“事情出在外门，刘长老不必担心我会袒护弟子。一炷香的时间为限如何？”

刘鸿风皱眉，赵虞平突然变得如此刚正不阿，还真让他不适应。

一炷香的时间是不是太短了？

入夜之后去主峰，路上难免遇到几队巡逻的执法堂弟子，需停下接受盘查、问话，到了乾坤殿外，再等掌门真人的道童进殿禀告。掌门真人看到字条，总还要思考些时间。

宋潜机却说：“不必。半炷香的时间足矣。”

众人露出见鬼的表情。

刘鸿风重新打量宋潜机。

戒律堂肃穆庄严，森寒慑人，总令初来乍到者惶恐不安。但宋潜机从进来到现在，竟没变过一下姿势，没说过一句废话。

过于镇静，好像算准自己不会出事。一个年轻的外门弟子，倚仗的是什么？

“来人，点香。”

剪断一半的线香，瓷白色的莲花香盘。

淡雅香气随青烟袅袅升起，弥漫整个戒律堂，混着孟河泽的血腥味，在这微凉夜晚为众人提神醒脑。

“宋师兄……”孟河泽嘴唇颤抖，发出微弱的气音。

宋潜机向他走去，俯身道：“再撑一下，很快就能回去。”

“我去之后，我的东西，都托付给你。我这串念珠……”

宋潜机看了一眼周围的戒律堂弟子，打断他。“你不会有事，别胡说。”

孟河泽：“我该听你的，我不该逞一时之快，你一定很生气吧。”

“没事。我不生气。”

宋潜机心想：“我反而要感谢你，给我一个下山的机会。”

“真的吗？”

“真的。”

每个人都盯紧点燃的香，只有宋潜机好像不关心时间，只断断续续与孟河泽低声说着话。

青烟飘摇，气氛紧张诡谲，他们像一对等待末日审判的兄弟。

香头上，星火闪烁两下，终于熄灭。

赵虞平微不可闻地松了口气。

刘鸿风却好似有些遗憾。“你还有何话要说？”

宋潜机直起身子。“弟子无话可说。”

两个戒律堂弟子上前，默契地拧过他手臂。

“你们放开宋师兄！”孟河泽爆发出如濒死野兽般的嘶吼，“放开他——”

谁能想到一个血几乎流干的人，还能凶悍暴起。看守弟子们被撞得踉跄两步，又很快一拥而上将他摁住。

孟河泽激烈挣扎，双目泛起奇异的赤色。

宋潜机心道不好。“冷静！”

红灵玉念珠若此时发作护主，戒律堂内众目睽睽，孟河泽才真的活不成了。

“你被摁了一晚上都没崩溃，现在搞什么？”宋潜机心道。

“哐当”一声，大门被撞开，狂风灌进来，伴着送信弟子的高喊声：“掌门真人有请——有请宋潜机！即刻出发！”

满堂惊愕！

华微宗群峰林立，有名的山峰只有六座。

就像峰主有五位，掌门只有一位。

掌门居住的主峰拔地而起，孤绝地耸立云海间，与四周各峰互不相连。若不被允许御剑或乘飞行法器，那通往主峰的路只有一条。

宋潜机正走在这条路上。

他跟随那两个送信弟子，踏上一座长达百米、跨越云海的白玉拱桥。此桥名为“逝水桥”。桥下流云如水，奔腾不息。

这样高的地方，本该寒冷彻骨，狂风呼啸，直要将人从桥上吹下去。但因为有阵法护持，温度宜人，颇有清风明月，淡月疏花的娴静之美。

四下里无其他人，天上只有星月照耀，那两个弟子也不端架子了，忍不住跟宋潜机搭话：“你第一次来内门，就能直接上主峰，运气真好。”

“以主峰为中心，方圆十里，都是我们华微宗的云海阵！吐纳灵气、日常防御、杀伐外敌，三效合一，赫赫有名。”

宋潜机应了几声，二人说得更起劲，像两个话痨导游。

只是关于字条内容，二人闭口不提，不是不好奇，而是怕冒犯掌门的隐秘。

方才字条被送到乾坤殿，殿外道童进去禀报，不过片刻，道童匆匆出来，面无表情地说：“掌门真人问，你们看过没有？”

二人当机立断，以道心发毒誓说“没有”。直到恍惚地走出主峰，二人回想殿内传出的恐怖威压，满身冷汗，好像死过一次，才知道宋潜机说“路上别拆，为你们好”，竟是真的为他们好。

高个弟子说：“逝者如斯夫，不舍昼夜，光阴如水，永不再来。逝水桥这个名字就是告诉我们，每天都要珍惜时间，勤勉修行。”

矮个弟子不同意。“俗，你说得太俗了。”他转向宋潜机，却见对方一脸平静，“你第一次见这些，不觉得稀奇吗？你不想放声大喊吗？你心情不激动吗？”

宋潜机只好点头。“我激动。”

“我没看出来。”

“……”

上辈子宋潜机来过这里，却没走这座桥。

华微宗，乃至世间绝大部分门派的规矩礼法，都不是为他所设。他那时已经名扬四海，受华微宗掌门——虚云真人邀请，前来论道。

华微宗的人在这里为他举办了一场声势浩大的欢迎仪式，钟鼓礼乐响过半日，虚云真人带领所有峰主，亲自等候在乾坤殿外。

而宋潜机不仅迟到，而且驾云而来，搅乱整个云海阵的气机，吓得五色鲤狂翻白肚，他们也不敢抱怨半句。

若云海中灵气充沛，便可蕴生五色鲤。这些灵气所化、游在云中的小鱼，鳞片最为美丽。鳞片在日光下反射五色光芒，跃出云海时像一道道彩虹，月光下，鳞片转为无色，如琉璃般精致剔透。

宋潜机第一次看到时不理解，为什么这些天地造化的灵物不能餐风饮露，竟要用新鲜血肉来饲喂。

后来他明白了，世上所有高高在上的美丽事物，下面都少不了累累白骨的堆砌。就像华微宗山巅这些云上宫阙，修建它们的人，早化作了尘土，享用这里的人，却青山不老。

“你真的激动吗？我怎么觉得你，你根本不……”

声音戛然而止。

两个弟子怔在原地，好像被人贴了定身符，张着嘴望向同一个地方。

宋潜机顺着他们的目光向前望，只见桥那边走来一个人。

是一个女子。

走在同一座逝水桥上，夜深人静，迎面相逢，自然会看到她。

但就算走在人山人海中，也没人看不到她。

月光银辉泼洒下来，照得她皮肤近乎透明，她的面容像一朵精致雕琢的冰晶花，毫无瑕疵。走动间，湖蓝色裙摆轻摇，挽臂纱飘飞，她似要乘风归去了。

桥下五色鲤甩尾，沉入云层深处，羞于见她。

只是宋潜机看她一眼便皱起眉头。妙烟怎会在此？

宋潜机看到妙烟的时候，妙烟也看到了他。

她的第一反应是觉得麻烦，如果那两个呆头呆脑的华微宗弟子突然大喊大叫，甚至激动得跌下桥去，自己总不能不救。若她出手施救，可能引出更多麻烦事。

然后她才看到二人身后的宋潜机。

那人披一件旧外袍，明显不属于这里，却神色自若。他眼神平静，没有丝毫惊艳、痴迷。他的第一反应居然是皱眉，虽然很轻，但妙烟善于捕捉人脸的细微表情，这不是天生的直觉，而是后天练出来的本事。他的表情，就好像……看见一个不该出现在这里的摆件。

其实妙烟很早就知道，并不是每个人都喜欢看她。比如那些紫云观的道士、红叶寺的和尚，即使自己与他们同处一室，他们也要做出“视而不见，充耳不闻”的姿态，仿佛只有这样，才显得他们道心稳固、佛性超脱，不为一张美丽皮囊所侵扰。

可那人既不是道士、和尚，也没有高深修为。十四五岁的模样，正该是少年躁动，最没定性的时候。

一个身份低微的外门弟子，为什么见她皱眉，又凭什么皱眉？

疑惑一起，她心里有点微妙的不舒服。但她面上笑容浅浅，似有似无，姿态依旧完美无瑕。

宋潜机的眉头很快舒展开来。

自己明日就要下山，开始过崭新的人生。妙烟就算来华微宗主峰埋一车火药，也跟他没半点关系。

修真者讲究“财、侣、法、地”四宝。上辈子他已经拥有巨额财富、风水宝地和本命法器，只差个道侣。

他想娶妙烟，恰好对方也乐意嫁他，两人便订下婚期。

死后才知，原来是他自作多情，误会一场。

不止对妙烟，前世的恩恩怨怨，他不是原谅了、忘记了，而是不想耽误这辈子，懒得再计较、再纠缠。

妙烟于他，已成过眼云烟，明日黄花。从这座逝水桥上擦肩而过，此生便不会再遇到。以后你弹你的琴，我种我的地。我们井水不犯神仙水。他想。

“别看了。”宋潜机催促身前二人，“走吧。”

两个送信弟子回神，“啊”地惊叫出声，顿觉失礼于美人，面红耳赤，扭捏低头，磨磨唧唧。

宋潜机只好先行一步。

“站住！”

一声娇喝。

两个送信弟子心神一颤，抬头只见妙烟身后跳出一个红衣女子。那红衣女子腰别软鞭，柳眉飞扬，眼眸细长上挑，气势凌厉。

原来，妙烟身形高挑，裙摆与臂纱飘扬，正好挡住红衣女子的娇小身形。

前者穿蓝裙，后者穿红衣，一个像沉静的湖水，一个像燃烧的红莲。

送信弟子躬身行礼。“陈师姐。”

被对方一瞪，立刻改口。“大小姐。”

宋潜机恍然，难怪觉得对方面熟，原来是掌门虚云真人的独女，陈红烛。

如今华微宗还未有衰微之气，陈红烛要风得风，要雨得雨。比人间的公主尊贵，也比公主脾气大。

她冷冷地打量宋潜机。“你就是刚才递字条给我爹的外门弟子？”

宋潜机：“是我。”

陈红烛轻哼一声：“不知你写的什么昏话，害仙子这一整夜的琴曲都白弹了。”

她嘴上说着责怪的话，眼睛却瞥向妙烟仙子，眼神里带着幸灾乐祸的笑意。

妙烟神色不变。“明夜此时，我来重弹。”

说罢翩然而去。

两个送信弟子满脸茫然，听不懂她们在说什么。

宋潜机心知肚明，却只能装不懂。

原来妙烟是来给虚云那老头调息的。

也对，妙烟的师父望舒仙子，与虚云是至交好友，妙烟本人也与华微宗颇有渊源。

妙烟修习天音术，乐声既可助阵杀伐，扰乱心神，也能安抚暴动灵气，助人调理内息。

虚云突破化神失败后，境界不稳，又不愿让外人知晓，便深居简出，极少见客。但登闻雅会开幕在即，各派齐聚华微山，虚云表现得再低调，总要露面几次，才能免遭猜疑。他想借天音术尽快调息，只得让女儿以思念闺中密友为由，请妙烟来华微山做客。

今夜因宋潜机写的一张字条，虚云心绪忽乱，使妙烟无功而返。

宋潜机理顺前因后果，忍不住用“怜爱傻子”的眼神看了一眼陈红烛，想：“妙烟白弹了，倒霉的不是你爹吗？你高兴个什么劲？妙烟不是你表姐吗，你俩能有多大仇？”

陈红烛不经意对上那眼神，怔了怔。

她若与妙烟同行，人们总是只看妙烟。所以她讨厌跟第一美人并肩走路，要么走在妙烟前面，要么落后几步。

但这人不一样。陈红烛想："他看妙烟第一眼就皱眉，看我的眼神却充满怜惜之意……华微宗的其他弟子看我，总是畏惧，师兄和爹爹看我，总是宠溺纵容。荒唐，我何时轮到一个外门弟子来可怜？"

她的双颊飞上一点胭脂色，随即大怒。"放肆！你看什么看！"

宋潜机垂眼笑笑："失礼了。"

"你笑什么?!"红衣女子一鞭子抽上白玉栏杆，声音清脆。

桥下的五色鲤受惊，在云海间跳跃。

宋潜机也不跟她计较，只是收了笑。

两个送信弟子见状，对宋潜机万分同情。这人本来就是为倒霉兄弟孟河泽出头"背锅"，终于如奇迹般求得一线生机，若此时被"陈霸王"莫名其妙抽上一鞭子，还真没地方讨公道。

高个弟子壮着胆子说："大小姐，他只是个外门弟子，第一次进主峰，什么规矩都不懂，请多担待。"

矮个弟子也帮腔。"掌门真人还在等……"

"闭嘴！"陈红烛不耐烦地打断，瞪着宋潜机道，"别再让我看见你！"

红衣女子甩着鞭子，疾步而走，奔出二三十步，忍不住停下，回头望了一眼。那人的背影渐渐远去，影子被月光拉得斜长。

逝水桥有阵法加持，纤尘不染。他的布鞋上却沾着泥点，他一路走过，自然在白玉桥面留下痕迹。很浅的泥印，却很刺眼。但他一点不自在也没有，走得很稳。

陈红烛蹙眉。

她了解自己的父亲。她父亲修为深厚，见惯了风浪，泰山崩于前而面不改色。就算表情有喜怒的变化，心思也如平湖般不起波澜。可是，今夜父亲闭了闭眼，面无表情地向妙烟致歉。于是琴声静默，妙烟行礼告辞。

一朵流云飘来，长桥尽头的背影她再也看不到了。

"你的字条上，到底写的什么？"

宋潜机望见乾坤殿大门时，那两个弟子比他更紧张。

"你平时去山下赌场吗？"高个弟子问。

"什么？"

矮个弟子解释：“你这个外门弟子，第一次进内门，就能上主峰；第一次上主峰，就能见到妙烟仙子。就算被陈霸……不，陈师姐为难，也没伤半根发丝。你这样万里挑一的好运，闭眼进赌场也赚个盆满钵满！”

宋潜机摇头笑了笑：“我的运气，一直很坏。”

“别谦虚！如果你能全身而退，走出这乾坤殿，我俩这辈子就跟你去赌场下注了！”

接引道童垂目走来，两个弟子止步于殿门外，奋力冲他挥手。“我们在这儿等你啊！”

大殿空寂，灯火摇曳，帘幔低垂。

沉重的大门在他身后关闭。

宋潜机打起精神，扮演一个忽得奇遇的外门弟子，端正行礼。“弟子见过掌门真人！”

两道目光穿过飘荡的帘幔，落在他身上。

帘幔后那人虽然坐着，却像一座大山。目光如有重量，似两柄利剑，要将他五脏六腑射穿。

宋潜机保持行礼姿势，默默逼出额上的冷汗。

虚云看着眼前的年轻人。无论怎么看，他都是一个修为低微的外门弟子，没有任何被老鬼夺舍、魂体不合的迹象，脆弱得可以被自己用一根手指消灭。

如果是一个内门弟子，他的生辰八字、性格、作息，由谁招入门派，甚至祖籍何处、俗世亲缘如何，事无巨细，都能在半盏茶的时间内，被人整理成一卷厚厚的档案，放在虚云的案头。

但宋潜机是不起眼的外门弟子，他的资料信息很少——

十五岁，上山三年。勤奋，一心进内门。孤僻，不讨人喜欢，还与赵执事长有点过节。

赵虞平以为虚云不知道的事，虚云其实都知道。

只要外门稳定，大方向不出问题，小事上虚云愿意睁一只眼闭一只眼。否则没有任何油水的差事，谁还会拼命地干？

乾坤殿虽然在云上，支撑云海阵运转的巨额灵石却来自地下深不见底的矿井。

虚云很清楚，如果修士的眼里不容沙子，心中只有修仙问道，不懂经营、谋算、知人善任，那只适合当个闲散长老或独行强者，而不是掌门。

尤其是执掌华微宗这样的名门大派。

宋潜机进殿之前，他觉得这个年轻人很简单，没有任何秘密。但此刻面对宋潜机，他心中竟然感到隐隐不安。

修为高强者感应天地，趋吉避凶，从不轻视自己的直觉。

“起吧。”

宋潜机身上的压迫感散去，一个苍老而平静的声音响起。“你写的这句话，是什么意思？”

“弟子不知道。”

虚云对这个答案很满意，声音更缓和，像个和蔼的老人。“你不知道，为何要让我看？”

“是一个人告诉弟子的。他说，如果有机会，就把这句话传给掌门真人。”

“什么人？你在哪里遇到他的？”

“七天前，黎明时我晨起练剑，一道人影忽然出现在院墙上，那人跟我说话。护山大阵没有动静，他又大大方方坐在墙头，我便以为他是我派的长老，还向他行礼。他说的第一句话是：‘小子，你这样练不出名堂……’”

在虚云这种人精强者面前，排练再多次的谎言，也会被一眼识破，所以宋潜机真的在回忆，回忆光阴长河中的碎片，那位“救世主”的师父，是何等样貌打扮。还有他第一次见到“救世主”时，两人进行的对话。

宋潜机语速时快时慢，说话颠三倒四，反而更加可信。

至少虚云已经信了一半，心中已有三四个人名。有的强者放荡不羁，不按常理出牌，路过别派，乘兴指点一个外门弟子，不算多荒唐。

华微宗真正厉害的阵法在内门，外门阵法在化神强者面前，脆得像薄纸。既然留下那句话，说明那人没有恶意。

虚云笑问：“他教你，你便学了，不知者无罪，这不怪你。他长什么模样，你还记得吧？”

宋潜机：“他梳着单髻，衣袍破旧，前襟却别了一朵野花。他没佩剑，却说自己是天下最强的剑。”

帘幔后，虚云的脸色忽然变得苍白。

宋潜机还在说："他总是笑，好像天生的笑脸，腰上挂着一个小酒坛，说两句话就要喝一口酒。"

虚云满是皱纹的面皮开始微微颤抖，眼底竟有恐惧之色。

"对了，我想起来了，他说他叫……"宋潜机张口，一个名字即将吐出来。

"且慢！"厉喝突然响起。

宋潜机心神一震。难道虚云看出我身怀不死泉？

虚云如今未到化神境界，如何能看到不死泉这等天地至宝？

若不是经过一整日的磨合，自身气息与紫府中的不死泉浑然一体，宋潜机也不敢冒险上这乾坤殿。他脑海中闪过许多破局之法，但没有妄动。他只是继续说出了那个名字。好似闭口不及，无心之失。

那声音很轻，很弱。"冼剑尘。"

话音刚落，殿外明月忽暗。大风卷起，碾碎流云！

"哐！"

满殿窗户大开，寒风狂涌，帘幔破碎，烛火俱灭。

"轰！"

天降惊雷，劈在乾坤殿！

整个云海阵颤抖！

五道流光从五座山峰飞出，转瞬即至，破殿门而入！

虚云真人拔剑指天！

可是天塌地陷只在一瞬间，当他拔剑出鞘，五位峰主破殿门而入时，无端的狂风已经停了。

阴云散，明月出。

颠倒的乾坤复位。只有满殿狼藉和雷音回响，证明方才不是错觉。

有位峰主气急败坏地大喊："是谁？谁说了那个名字?！"

宋潜机也惊呆了。

原来世上真有这种人，提起他的名字就要遭雷劈。

"救世主"的师父——冼剑尘，不愧是你。

虚云保持着出剑的姿势，怔在原地。

好像那个人就坐在他眼前的废墟上，笑眯眯地说："别害怕，我真的不想杀你们，以后也不会再回来，华微宗就交给你们了。不过，我这个人不喜欢别人在背后说我坏话。所以，你们以后千万不要在这座乾坤殿上提我的名字，明白吗？别光点头，有没有人能说句人话？”

虚云听见自己微弱的声音。“我……我明白。”

“明白就好，这坛酒送你喝，就你了，以后来当掌门吧。”

二百年的时间过去了，这一幕却好像发生在昨天。

虚云喃喃道：“那个人，还活着……还活着啊！”

他跺脚，要哭不哭，要笑不笑，满脸皱纹抽搐在一起。一反平日威严冷肃的模样，很是滑稽。

宋潜机沉默，心想：“你们想弄清楚洗剑尘是死是活还不简单？没事就在乾坤殿大喊他的名字，看会不会被雷劈呗。反正又劈不死人，就算照一日三餐的频率喊，不过动静大点。洗剑尘到底给你们留下多大的心理阴影？竟让一群顶层强者甘愿当鸵鸟。”

他忘了“鸵鸟”也是看人下菜碟的。

“竖子找死！”

一声暴喝如雷，一道火光直冲宋潜机面门。

准确地说，是炽热如火的剑气。

整座大殿被笼罩其中，温度瞬间升高。

华微宗的五位峰主之中，数赤水峰峰主赵太极的脾气最暴烈。他冲冠一怒，出手即杀招，要让这个闯下大祸的外门弟子当场毙命。

宋潜机纹丝不动。

剑气迫近面门，热浪吹起他的额发。在别人看来，他是被吓傻了。

剑气洞穿宋潜机喉头的前一秒，一个人拦在他身前。

虚云真人广袖拂动。

大殿的炽热火光消散无踪，只剩清冷月华斜照琉璃砖。

“师兄?!”赤水峰峰主惊怒，“你拦我作甚?!”

虚云道：“那个人与此子，曾有半师之谊！”说罢不再理会他，只转向宋潜机道：“我念在你是无心之失，且饶你一次！你记住，绝不能在这座大殿上说出那个名字！”

“弟子知晓了。”

殿内，五位峰主神色微变。

半师之谊?

他们换了一种复杂阴沉，极具穿透力的目光，从上到下、里里外外地打量宋潜机。

十四五岁的少年郎，旧衣布鞋，难掩容色俊朗。虽然守礼，却不局促，不惶恐，理直气壮地站在金碧辉煌的仙宫，好像自己回家了，他们这些长辈强者才是客人。

他们讨厌这种理直气壮，因为这让人想起穿破袍子的“那个人”。

方才含怒出手的赵太极眼角微微抽动，拳头在袖中握紧，最终却松开。

世上知道“洗剑尘”这个名讳的活人已经很少了。那些没见过他、敬仰他的人，称其为“剑神他老人家”。那些见过他、畏惧他的人，只敢说“那个人”“那柄剑”。

只要“那个人”一日不死，华微宗乾坤殿上、掌门与各位峰主头上，就悬着一柄利剑。

这是禁忌，是秘密，更是耻辱。

谁能想到，今夜，一个外门弟子踩着带泥的布鞋，像饭后散步一样走进乾坤殿，这样简单、直接地说破了这个秘密。

他身份低，修为更低，还一脸无辜，极度惹人恼火。可他们偏偏不能拿他怎么样。因为“那个人”见过他，教过他，还给他留了一句话。

虚云此时再念这句话，不再觉得是对方的善意提醒，只觉得是在嘲弄、敲打自己。“死海莲花落，生门云里开。”

每个字都狠狠打在他脸上。

他突破化神失败，需死海银莲花入药疗伤，然而死海广阔，危险重重，且银莲花灵性特殊，只开一夜便凋落。他派心腹久寻而不得，本已打算放弃，洗剑尘却随便找了个外门弟子，对自己说“生门云里开”，意为让他去死海中生云海峡一带寻找。

“那个人”这种兴致上头，随口指点的做派，像极了当年的随手一指，便指到他做掌门。

虚云透过宋潜机潦草的字迹，仿佛看到洗剑尘笑眯眯地说：“你能当上这掌门，而且一当就是二百年，不是因为你可以。只因为我高兴。”

他无声吸气，再对宋潜机开口时，已恢复威严平静之色，甚至像个和蔼的长辈。“教你的那位前辈，数百年前也是我宗弟子。只是后来有些误会，他才离宗远游。既然他认可你，我本该继续教导你……”

宋潜机假作憧憬，眼神明亮。

虚云继续道：“但他辈分太高。他与你虽无师徒之名，却有师徒之实，我若再收你为徒，便乱了辈分。不仅是我，华微宗的任何一位峰主、长老，都不能乱这辈分。”

宋潜机露出失望之色。

虚云话锋一转。“你学的敛息术和轻身术，是那位前辈离宗后自创的功法，的确不算我宗功法。戒律堂上孟姓弟子的案子，我已经知晓，他本无辜，可宗有宗规，就此放过他不合规矩，也不能服众！”

宋潜机又做出紧张表情。“那要如何处置他？”

“废去修为倒不必。只是，不得不让他下山了。”虚云惋惜地长叹，话却说得残酷，“你教那弟子，本是为了他好，不承想却因此害了他。以后他生死由命吧。”

宋潜机行礼。“既然是弟子的错，那弟子愿意替他担当，自请下山！”

“是吗？”虚云没想到这么顺利，反倒怔了怔，“你心甘情愿，发誓不因此生恨？”

“我心甘情愿！”

虚云双手扶起他，连连夸赞：“好孩子，好孩子！你明日下山，我必派人送你！”

到底是少年心性，拿话一激，他就敢逞英雄。

宋潜机也笑：“不敢劳烦掌门费心。”

“敞亮人，跟你搭戏太舒服了！”宋潜机在心里想。

殿上的五位峰主彼此对视，也没想到如此简单，齐齐松了口气。他们也怕虚云缩了头，反而指他们中的一人去做宋潜机的师父。要是把这兔崽子放在眼皮底下，以后看见他就想起“那个人”，“恨屋及乌”，谁受得了？

杀又杀不得，收又收不得。还是虚云老狐狸道行深，三言两语糊弄走他，眼不见，心不烦。哪怕以后这小子回过神，追悔莫及，也是恨那孟姓弟子，恨不到他们头上。

宋潜机再次行礼，告辞。

六位华微宗的强者慈祥地微笑，依依送别他，气氛和洽得令人害怕。

宋潜机走出殿门时，第一眼没看见云海明月，而是那两个戒律堂弟子。

“真出来了！他全须全尾地出来了！”高个弟子抢先喊出声。

宋潜机心情不错地点头。

三人返程，踏上逝水桥。

高个弟子回头望。“刚才真是奇了，突然打雷刮风，我以为我要被劈死了！”

矮个弟子轻哼一声：“不做亏心事，不怕天打雷！”

来时，二人走在宋潜机身前引路。去时，宋潜机健步如飞，二人追着他跑。

高个弟子问：“你什么时候去山下赌场？我叫丘大成，他叫徐看山，交个朋友，以后我们跟你下注！”

“我明日要下山。不去赌场。”

徐看山问：“那你什么时候回来？”

“不回来了！”

丘大成一怔，惊叫：“你被赶下山了?!”

宋潜机点头。

徐看山跳起来。“不会吧?！折腾这一宿，最后还是替你的倒霉兄弟背了锅，那何苦来哉！”

再看宋潜机，他却毫无愤懑之色，反而由内而外散发出淡淡喜悦。

二人怔怔地跟在他后面，越看越觉得此人背影高大。

高山仰止。

不知为何，二人还有点羡慕孟河泽。

天色未亮，宋潜机已经收拾好包袱。

本来也没什么东西，他不准备带剑，包袱里只有旧衣服。他只是有点惋惜，刚翻好院里的土地，还没来得及种东西。

虚云真人让他“明日下山”，他便没有连夜出发，那样显得太迫切，容易引对方起疑反悔。他想趁孟河泽在医馆养伤，周小芸那群外门弟子顾不上他的时候，悄悄跑路，所以他将院门紧闭，装作人在主峰，还没回来的样子。

他没想到，那两个戒律堂弟子——丘大成、徐看山会去通风报信，导致孟河泽“垂死病中惊坐起”，让人抬着担架来了。

“我们是来道歉的。”周小芸先开口，“对不起，宋师兄，之前对你多有误会。”

少女脸颊涨红，但声音坚定洪亮，利落地鞠躬。

她身后数人齐声大喊“对不起”。

宋潜机扶额。

“宋师兄，你用什么样的剑，能否借来看看？”周小芸问。

宋潜机：“为什么？”

之前一个骂过他的弟子有点不好意思地挠头。“我们凑了点钱，打算给你买柄好剑。”

宋潜机：“……不用了。”

“宋师兄，千万不要推辞，请让我们为你做点事吧。”

“真不用，我以后用不上剑了。”宋潜机笑起来，是那种发自内心的轻松笑容，“我今天就下山了！”

小院忽然陷入一片死寂，只有风吹花落的声音，枝头喜鹊的叫声都变得凄清。

担架上的孟河泽直到此刻才出声。“不。”

他声音沙哑，脸色惨白如鬼，双眸凹陷，直直地盯着宋潜机。

“你别多想。”宋潜机望天，“我自己愿意下山的。你看这华微山，红花开，黄叶落，碧云卷，紫云舒，好像永远没尽头。凡人不一样，凡人寿短，几十年的工夫，一眨眼就过去了。”

想到自己前些天还以登仙途为执念，突然放弃实在不合理，倒不如做出心灰意冷的模样。

宋潜机最后感叹：“华微山三年，只当做了一场梦吧。”

孟河泽喉结动了动，声音微颤。“宋师兄，你是我见过最努力、最了不起的人，你不该有这样的结局。”

周小芸等人同样目露伤感。

他们也不叫他“宋落”了，凄凄切切地喊着“宋师兄”。

宋潜机宽慰他们：“世上没有该不该，只有能不能。万般都是命，我就没这个命。”

命？设计害人的人平步青云，宋师兄却前程梦断。只恨苍天无眼。孟河泽胸中烧起一股不平之气，烧得他双眼泛红。宋潜机怎么会认命？他凭什么认命？曾见过通天大道，谁甘心再做凡人?!

“我决不会让你流落凡间，只要我有一口气在，一定助你登上仙途！”少年忽然抬手，指天发誓，“我孟河泽立誓，待我修炼有成，一定下山接你，否则我……”

“喀喀喀！”宋潜机不可置信地瞪大眼，急忙摁下他的手，心想：“我与你无冤无仇，你为何执意害我?!”

“宋师兄……”孟河泽还要说些什么，忽地一阵风掠过，一抹红影奔至他眼前。

那个人也不敲门，直接踢门闯进来，好像这华微山没有她去不得的地方。

她头上簪着飞蝶步摇，反射朝阳的光芒，一步三晃。一身红裙，腰别长鞭。

孟河泽等人不认得她，却从她的打扮和行事风格猜出她的身份，一时惊疑不定，不再开口。

宋潜机也怔了怔。

昨晚乾坤殿上，掌门说过今日派人送他下山。但他以为那只是客套话，目的是定下时间，让他早点滚蛋。

也好，送他，他还能早点走。

宋潜机立刻辞别孟河泽等人：“不说了，我该走了。”而后他转向陈红烛，未语先笑，看她如看送财童子。“有劳陈师姐。”

陈红烛对上他的眼神，不知想起什么，脸色一变，随即大怒：“你笑什么笑?! 不准笑！”

宋潜机收了笑，拿起包袱。“好，我们走吧。”

“等等。”陈红烛轻哼一声，“你先谢过本小姐！”

宋潜机也不问为什么。“多谢陈师姐。”

“你当然应该感谢我！”陈红烛因他听话而大笑，“我来告诉你一个好消息！”

宋潜机心中忽生不妙的预感。

“你不用下山了！”

陈红烛得意的声音回荡在耳畔，宋潜机顿觉天旋地转。

不，我们对“好消息”的定义不太一样。

他抱紧包袱，艰难地问：“为什么？”

昨晚他将剧本编得丝丝入扣，演技真挚带动全场，更有洗剑尘劈下一道惊雷万里助阵。可谓天时地利人和，有心算无心，算得华微宗那六人被他牵着鼻子走。

一觉睡醒，陈红烛忽然跟他说功夫全白费了。这世道，还能讲理吗?!

“因为我！”陈红烛骄傲地仰头，金色步摇在鬓边摇晃，如蝴蝶振翅欲飞，“我今早去乾坤殿找我爹，知道了你的事。看在你没有被妙烟迷晕头的分儿上，我瞧你也算顺眼，就替你说了两句好话。”

她顿了顿，等着看宋潜机感激涕零的反应。

没等到，她便以为对方太过惊喜，继续说：“只要你跟在我身边，就能以随从身份与我一同在内门修炼，我能练的功法，你都能练，还不用签终身契约。如此一来，不算谁的弟子，也不怕乱了辈分。有我罩着你，在华微宗你可以横着走啊！”

小院中短暂地爆发一阵惊呼。

那些外门弟子——除去孟河泽与周小芸，都露出羡慕神色。本以为山穷水尽，谁知柳暗花明，宋潜机再次走了大运。

陈红烛的笑容明艳如火，像朵怒放的芍药。“你也不用太感谢我，肝脑涂地免了吧，以后好好服侍我就行。我指东，你不能往西。”

“我不愿意。”宋潜机面无表情。

“你！”陈红烛怀疑自己听错了，咬牙道，“难道你宁愿断送仙途，也不愿意跟着我?!”

她在华微宗从来是要什么就有什么，何曾被人拒绝过？还是被一个外门弟子这样干净利落、不留面子地拒绝。

“跟师姐没关系。只是如此仙途，不登也罢。”宋潜机轻笑，“下山的路我自己认得，倒也不必你送。”

陈红烛眼睁睁地看着他向院门口走去，他竟一刻都不愿多留，一眼也不多看自己。

她当即脸色骤变。“等等！”

宋潜机回头。“陈师姐还有事？”

“你们都先出去！”陈红烛冷冷地环顾四周。

孟河泽不走，沉默地拒绝。

其他人也被宋潜机那句“如此仙途，不登也罢”震蒙了，一时僵在原地。

陈红烛伸手摸鞭子，正要发怒，宋潜机忽然道：“没事，出去吧。”

孟河泽点点头，周小芸和给他抬担架的弟子们才退出去。

小院重回清净。

两人相对，宋潜机的神色更冷淡。

陈红烛反倒气势先弱下去。“其实，我是骗你的。”

宋潜机的脸色才缓和，却听对方话锋一转。“你现在下山，一无所有，如何过活？我向父亲求情，给你一个参加登闻雅会的机会，你听我慢慢说……”

春日微凉的晨风中，宋潜机感到人生实在荒谬。

小院内只有一把破木椅，陈红烛的眼底露出嫌弃之色，却仍坐了下去，还端起石桌上的裂纹粗瓷杯，喝了口凉白开。她饮惯了灵泉甘露，以为世上的白水都一般清甜，竟不知还有这么难喝的水。一股土腥味直冲鼻腔，呛得她连声咳嗽。但她没抱怨，擦擦嘴角，仰头望着宋潜机。“你还不知道吧？登闻雅会在下月初三开幕，这次我们华微宗做东，外门弟子也能参会。那些没拜过师父的弟子，若有幸被其他门派世家看中，还能改投别派。如果得了好名次，还能得到好法器、好功法。”

“你们是想让我……参加完登闻雅会再下山？”宋潜机忽然打断她。

陈红烛点头，双眸明亮。“你这半个月好好准备，在大会上为自己争个前程。”

她说完这些话，自觉胜券在握。

试想一下，你是宁折不弯的硬骨头，自尊心不允许你做别人的随从，她便坐你的椅子，喝你的水，与你拉近距离，字字句句为你着想。况且她本是一位身份高贵、脾气跋扈、容貌娇美的少女，肯这样放下身段对你，哪个草根少年能不感动得晕头转向？

宋潜机只是轻笑一声。

上辈子他与陈红烛无甚交集，仅见过她几面。但虚云真人陨落后，其座下大弟子袁青石继任掌门，听说，上任之初华微宗的老一辈并不信服这个“大弟子”，是陈红烛一改骄纵性情，果敢机敏，善断善谋，帮袁青石坐稳了掌门的位置。

“你笑什么？”陈红烛一怔。

宋潜机念了念“登闻雅会”四个字。没想到，自己在断山崖用来忽悠孟河泽的理由，今天被人用在自己身上。

“好，好得很！”

陈红烛心道不好，还是低估了他。

宋潜机缓缓开口：“可惜，‘那个人’没教我剑法。就算你们让我参加登闻雅会，还是什么都看不到。”

陈红烛的脸色瞬间苍白，竟没有恼羞成怒。她用一双黑眸深深盯着宋潜机。“我不信！”

宋潜机是练剑的，他也是练剑的。宋潜机练剑时遇到他，他教了宋潜机其他术法，怎会不教剑法？

“你不信？”宋潜机平静地问，“你能怎么样？”

陈红烛瞪着他，震惊地张了张嘴，却没发出声音。

片刻后，她发现自己真的不能拿他如何，双眸泛起一层水光，却只能像普通小姑娘一样拍桌发脾气。“你给我滚出去！我再也不想看见你！”

宋潜机又用“怜爱傻子”的眼神看她，心想：“你昨晚也这么说，为什么今早还来找我？”

“……这是我家。”

哐！

一阵红色飓风刮过，尘土飞扬，旧木门被她撞得四分五裂。

宋潜机无语，心想：“‘夺门而出’还真夺门啊，你夺乾坤殿的门不行吗？”

院外，一群人抬着担架冲进来。

“宋师兄，你没事吧？”孟河泽看着满地破碎的门板，担忧地蹙眉。

宋潜机摇头。“没事。”

众人面面相觑，宋潜机本就跟赵执事长有过节，现在又得罪“陈霸王”，以后日子怎么过啊？

周小芸鼓足勇气，挺了挺胸膛。“宋师兄，你别害怕，我们会保护你的！我们筹钱给你买宝剑！”

他们一定买来全外门最好的剑，比赵济恒的剑还要好。

宋潜机摇头。“真想给我买东西，你们就买扇门吧。”

周小芸一怔。“买门？”

宋潜机摸了摸鼻子。

陈红烛坐过的旧椅子，留下一股淡淡的花香胭脂味，飘荡在院里。

他皱眉道：“椅子、茶杯也扔了，换新的。”

既然要再留半个月，那么每天都得舒舒服服地过，走的时候也不能空着手了。宋潜机想：“华微宗在俗世凡间有许多附属郡国，我要分走一块封地，种一辈子地。”

陈红烛昨晚一夜未眠。

她满心谜团，一会儿猜测字条的内容，一会儿想起那个人怜惜的眼神，以及逝水桥上挺拔的背影。黎明时她赶去乾坤殿，却见自己的师兄袁青石已经到了，正与她父亲坐在白玉案边谈话。他们有说有笑，像在谈一件令人愉快的大事。

乾坤殿一如往昔，大气庄严、巍峨肃穆。她定睛细看，殿内的桌椅摆设、帷幕纱幔竟都换了全新的。

好像一夜之间这里出过什么大事，却被无声遮掩过去。

“红烛，你来得正好。”虚云真人和蔼地唤她上前，“登闻雅会上人杂事多，你也要替你师兄分忧啊。”

“父亲，师兄。”

陈红烛坐下，心不在焉地听了片刻，越看乾坤殿，越觉得古怪。

她终于忍不住问：“爹，昨晚来的外门弟子，叫什么名字？”

虚云收了笑容。“宋潜机。”

“哪两个字？”

“潜龙勿用的潜，机关算尽的机。”

“他这人怎么样？”

虚云的表情依然慈祥，只有声音稍显严厉。“人怎么样都跟你没关系，他今天就要下山了！”

“为什么？”陈红烛大惊。

“昨晚，他是替‘那个人’传话！”

虚云知道女儿的性格，对任何事都要刨根问底，索性将字条扔给她。

“难怪……”陈红烛喃喃道，“原来是‘那个人’。”

“此事不必再提。”虚云显然不愿继续这个话题，“登闻雅会的开幕，你有什么想法？”

“不行，不能让宋潜机就这么走了！”陈红烛忽然起身，“‘那个人’如果知道，他派的弟子刚传了话，就被我们赶下山，心里会怎么想？”

虚云笑容消失。

袁青石有些责怪地阻拦她。“师妹，够了！”

“如果‘那个人’还教了他剑法呢？我们不如多留宋潜机半个月，借登闻雅会，看一眼他的剑法！”陈红烛慢慢揉碎手中的字条，“‘那个人’不是真的神，他也会老，也会死。再过一百年，这天下在谁的手中还说不准。”

少女抬眼，眼神冰冷：“我要看‘那个人’的剑！”

虚云厉喝：“你大胆！”

白玉案上，香炉烟气一颤。

陈红烛与他对视，毫不退缩。

虚云无声地凝视自己的女儿，乾坤殿内，气氛僵冷至极。

当袁青石忍不住要替师妹赔罪时，虚云忽然叹气：“罢了。”他垂下眼，变回一个老父亲的角色。“我这些年如履薄冰，稳中求胜，锐气早被磨没了。你被我惯得无法无天，敢想常人不敢想之事。对我华微宗的未来，倒是件好事。”

陈红烛笑起来：“那您跟执事堂打声招呼，以后别去管他，不用给他安排活，也不用安排课，无论他想干什么，在登闻雅会开幕之前，且随他去。”

虚云皱着眉，似在思考。

“如果您和叔伯们不想看见他，看见他就想起‘那个人’，我可以负责盯着他，反正我没见过‘那个人’，我没阴影啊。”陈红烛挽着父亲的手臂嬉笑，“脏活累活我来干，这总行了吧？”

她最终如愿了。

红衣女子蹦蹦跳跳地跑在逝水桥上，桥下云海翻涌，五色鲤跃动，鱼鳞映着朝阳，漾开一道道彩色光线。

袁青石追上她，开她的玩笑。“小师妹，说实话，你想多留那小子一阵，真没私心吗？”

“我有。”陈红烛坦荡荡地承认，“他见妙烟第一眼就皱眉，我有种直觉，有他在，早晚能气死妙烟！”

“你无聊！”

“我就是无聊。”陈红烛单手一撑逝水桥栏杆，飞身跃上，坐在上面晃荡小腿，“我的人生除了修炼和气妙烟，还有别的乐趣吗？”

不修炼的时候，她总是这样一个人坐在这里看流云，偶尔割破手指让鲜血滴落，喂喂五色鲤。

她不像赵济恒那种“修二代”，热衷于呼朋引伴，收一群跟班和他聚会玩乐。她的师兄和父亲对她很好，但亲人不是朋友，也没人敢跟她交朋友。

华微宗的大小姐陈红烛，就是个没朋友的人。

袁青石哑然失笑：“你为什么总是同妙烟过不去？你们是表姐妹。”

“正因为我们是表姐妹，我才知道她有多么虚伪。她美得像个假人，一个专门让人观赏的假人！整个修仙界都喜欢假人，这难道不荒唐吗？”

她拔高声音，吓得五色鲤躲进云层深处。

“爱美之心人皆有之，你莫生嫉妒心。”袁青石老气横秋地叹气，“我也有错，都怪我和师父平日太娇惯你，惯得你毫无容人之量。”

陈红烛冷笑，乜斜他一眼。“哦，我就知道，你也喜欢假人。”

“跟你说不通，我先去练剑了。”袁青石落荒而逃。

陈红烛望着他背影，嗤笑一声。为什么想找一个发自内心不喜欢假人的人，就这么难呢？

偌大的华微宗，竟然只有宋潜机。

宋潜机很快换上新院门。

桃木门，刷鲜艳朱漆，配光亮铜环。门前悬两盏碧纱灯笼，纱绢上绘着斜斜的桃花枝，意态风流。

春风一吹，轻盈摇晃，好似院门外那一树纷飞的花瓣，无意沾染在灯面上。

孟河泽的朋友们手脚麻利，送货带安装，人多力量大。

周小芸还在门边挂了一块精致的小木牌，牌上刻两个工整的字：宋院。

宋潜机不得不承认，女修的审美确实比他这种糙汉强得多。

孟河泽坐在木轮椅上点头。“不错，挺有排面。”

“挺有排面”是谦虚的说法，现在宋潜机寝舍的门，绝对是全外门最有排面的。只是门一开，里外对比，更显得院内空荡寒酸。

陈红烛坐过的椅子、用过的茶杯已经被扔了。地面被宋潜机翻过土，清理了碎石、杂草，还没来得及扎篱笆，种花草和菜苗。

百废待兴，正如他重生而来的这个春天。

宋潜机满意之余，略感唏嘘。

上辈子很多人抢破头替他做事，别说他要换一扇新门，就算他想换个新宫殿，也有人拱手送上。但那是因为他们害怕他，或有求于他。他们讲利弊，讲交换，唯独不讲情义和真心。

“谢谢你们。”宋潜机说。

“谢什么呀！”周小芸喜笑颜开，“宋师兄，你太客气了。我们该去打工了，明天再来给你换其他家具！”

华微宗收录上千个外门弟子，约等于包吃住招了一群低薪的杂役。他们每天去执事堂领任务，如下矿井挖灵石，为灵兽梳毛铲屎，给内门弟子跑腿，等等，以完成度换取微薄灵石收入。

做门派任务被他们戏称为“打工”。

除非像赵济恒那般不缺钱，只将外门当作一块跳板，纯体验生活的。否则，修炼与打工就是外门弟子生活中难以平衡的矛盾。

不打工，没灵石去购买、借阅功法；勤打工，没时间修炼。

孟河泽因为养伤，最近几天暂时不打工。

其他人有说有笑地向外走，脚步忽然停下，笑声渐止。

门口站着一个人，正挡住他们的去路。

那个人身穿翠绿色锦衣，头戴玉冠，腰上佩剑，剑鞘嵌满各色宝石，华丽至极。

他用一根指头挑起门边的木牌，轻蔑地笑道："宋，院。"

春风吹来凉意，院内的欢乐气氛荡然无存。

众人将孟河泽、宋潜机挡在身后，警惕地怒瞪那个人。

锦衣少爷又抬头看摇晃的灯笼，依然嬉笑："你们不知道吧？山下的市井晚上比白天热闹，花楼的姑娘们在门口点上桃花灯笼，就说明开始接客了。我看这宋院，也有异曲同工之妙啊。"

周小芸涨红了脸。"赵济恒，你下作！"

"哟，这不是小周师妹吗？"赵济恒装作才看见她，惊讶地凑上前，"咱们华微宗总共没几个漂亮的女修，像你这样如花似玉的珍贵品种，整天跟他们混在一起，太暴殄天物了。"

孟河泽冷冷地问："你来干什么？"

他转动轮椅，越众而出，好像比站着的赵济恒更有底气。

赵济恒下意识后退两步，但想到这个人现在身受重伤，又笑起来："我来送礼！你们不讲待客之道，不合适吧？"

说罢，他向门外招呼："抬进来！"

他的四个跟班抬着一张熟悉的躺椅，整齐地跨过门槛。

"放下吧。"赵济恒趾高气扬，"宋潜机，这花轿送给你了，你再坐上试试。"

经过戒律堂"递字条见掌门"一事，宋潜机在三堂中彻底出名。

戒律堂和执法堂的大多弟子，从前没见过、不认识他，每当有人问起"哪个是宋潜机"，总会得到这样的回答："就是外门考核迟到，被人抬花轿来的那个。"

这话传到赵济恒的耳朵里，笑得他捶胸顿足。"我当时怎么想到把'宋落'抬到广场游街，我真是天才啊！"

他今天来，正打算嘲讽、侮辱对方，顺便炫耀一番。

赵济恒拍着躺椅的扶手。"你看，你们折腾这么久，差点被逐出门派，而进内门的还是我。我本以为你见到掌门，是有了靠山呢，怎么还是灰溜溜地回外门了？”

孟河泽气得差点从轮椅上站起来，单手抄起躺椅，甩飞出去。

赵济恒跳开，仗着孟河泽打不到他。“你想砸就砸，想扔就扔。我明天还来送。虽然我现在住内门，来一趟有点麻烦……”

“谢谢。”

赵济恒像被雷劈了，猛然回头，只见宋潜机接住躺椅，一脸微笑。

“你说什么？”

“我说谢谢你。”宋潜机拖着躺椅，在石桌边找了个合适的位置摆放它，“挺舒服。”

有人白送东西，省得他去买，好事。正适合他干完地里的活，晚上瘫着吹风喝茶。

赵济恒愣了愣，他正想问“你有病吗”，手臂忽然被人拉住。

“您怎么跑到这儿了？赵执事长到处找您呢！”

“没看见我正忙着吗？等等。”赵济恒见来人是叔父手下的执事，并不放在心上。他不耐烦地甩手，竟没能甩开，一脸惊愕。

“不能等了！”一群执事冲进来，前后左右将他包围。

怕他闯祸犯事，执事们按赵虞平的吩咐，用一道神仙索绑住他的双手。“这就跟我们回去吧！”

“喂喂，干什么？”赵济恒大惊失色，像只被拎着后颈的鸡崽，扑腾翅膀，挣脱不得。他的跟班见执事堂的人来真的，畏畏缩缩不敢上前。

领头的执事转向宋潜机，换上一副客气的笑脸。“你以后不必去领任务了。”

宋潜机点头，看来虚云已经同执事堂打过招呼。

执事堂不能再找自己的麻烦。至少明面上不会为难自己，更不会留下证据和把柄。至于赵虞平暗地里怎么做，还有什么手段，又是另一回事。

领头的执事打开储物袋。“赵执事长说，咱们原先有些误会。他知道你最近在收拾院子，特意吩咐我们准备了一些薄礼，还请笑纳。”

桌椅板凳，床榻衣柜，锅碗瓢盆，加上各种鸡零狗碎的其他的生活用品，流水般被取出，小山般堆积在院中。

宋潜机假作感动。“有劳了。”

领头的执事欣赏他的识趣，又说了几句示好的虚话。

一时间其乐融融，言笑晏晏。

赵济恒大怒："你们到底在干什么?!"

他的躺椅混在一堆崭新家具里，好像他真是来送礼的。

非常离谱。

没人理会他，他被一群执事架了出去。

他从没受过这种委屈，偏偏宋潜机还倚着门边笑："来一趟不容易，喝杯茶再走吧。"

"宋潜机，你大爷的！你别得意！"

赵济恒骂的是从山下学来的脏话，周小芸等人憋红脸也憋不出一句回嘴。

骂声嘹亮，响彻山林。

住其他寝舍的弟子们正准备去上工，闻声纷纷驻足宋院门口，指指点点地看热闹。"难道'宋落'又惹出乱子了？"

直到那群执事的背影消失，赵济恒的污言秽语还隐约飘来。

"啪"的一声脆响，孟河泽咬着牙，把轮椅的扶手掰断了。

宋潜机面不改色。

人们看不到他羞愤的反应，甚觉无趣，正准备原地解散，各打各的工，忽听一阵喧嚣响起，山道尽头烟尘弥漫，一群穿戴黑长袍、白高冠的戒律堂弟子来势汹汹。领头人大喊着宋潜机的名字，一路惊飞鸟雀，转眼奔至院门前。

人们立刻呼朋引伴聚回来。

"执事堂的人刚走，戒律堂的人就来了？"

"我今天就算旷工，也要看完这场大戏！"

周小芸等人手足无措，一种悲凉、辛酸感油然而生。为何宋师兄这样的好人，却处在龙潭虎穴中？

却听宋潜机笑问："你们怎么来了？"

丘大成气喘吁吁："要紧事，宋兄帮帮忙！"

徐看山："潜机兄，你可要为我俩做证！我跟人赌了五十块灵石啊！"

宋潜机早知道这两个人是赌鬼。他俩和他一起去过一趟主峰，非说他运气好，缠着他进赌场捞钱。

一众外门弟子看得满头雾水。

“你们别串通！”戒律堂弟子的队伍中走出一人，“让我来问！”

事情说来简单。偶遇传说中的“修仙界第一美人”，比路上白捡极品法器的概率还小，足够他们吹嘘十年，少吹一天都算血亏。

丘大成、徐看山回到戒律堂后，吹得天花乱坠。可惜没人相信。

“妙烟仙子如果真来了，她的乌金车呢？”

乌金车飞行时散发绯红色光芒，所过之处，层云尽染，如烈火燃烧，金乌西坠。

“她没坐车。是陈霸……不，陈师姐一路送她出去的。我猜她住在陈师姐的无忧殿，说不定，她现在还没走！”

“接着编！”众人还是不信，“谁能做证？”

当时桥上有五个人，能为他们做证的，只有陈红烛和宋潜机。

除非他们对生命失去兴趣，才敢找“陈霸王”对质。他俩只能找上宋潜机，带着一群人，还有对赢得赌局的期待。

那个戒律堂弟子打量宋潜机。“那晚在逝水桥上，你们真的遇见了妙烟仙子？”

“妙烟仙子”四字一出，像某种咒术，宋院门口顿时变得安静，无数双眼睛亮起来。

宋潜机笑容淡了些。“是。”

寝舍区炸开锅。呼喊声、吸气声迭起，震惊的目光似要将宋潜机射穿。

丘大成、徐看山享受着众人羡慕的目光，兴奋得飘飘然。“你快告诉他们，妙烟仙子有多美，简直美得不像真人！”

宋潜机想了想。“还行。”

跟上辈子比起来，现在的妙烟名望正盛，未经坎坷，眼里没有复杂谋算，眉间犹存一丝单纯稚气。

“就跟你们差不多吧。”宋潜机望着一群人期待的眼神，补充道。

他觉得自己客观真诚，但其他人不这么想，仿佛听到某种笑话。

“啊？你说的是什么话？”

“你说的是人话吗？”

“堂堂妙烟仙子，怎么可能‘还行’，怎么可能跟普通人‘差不多’？”

一群人说他们见了假妙烟，是对妙烟的侮辱，丘、徐二人据理力争，舌战群儒。

至于宋潜机，开始被人疯狂输出：

“妙烟仙子修习天音术，天赋极高，十四岁便筑基。”

“她容貌无瑕，冰肌玉骨，飘然出尘，令人见之忘俗。”

“她谱写的乐曲，篇篇金章，传唱整个修仙界，你不会不知道吧？”

宋潜机：“哦。”

那人被他敷衍的态度气到。“哦？我说了半天，嘴都说破皮了，你就一个‘哦’？”那人说着一把扯住他的袖子，“你今天非得说清楚，妙烟仙子到底长什么样！”

宋潜机抬眼。

那人对上他冷漠的眼神，忽然失语，下意识缩回手。

宋潜机起身，春风拂过颤巍巍的树枝，花瓣落了他满怀。春天应是耕种的季节，种什么活什么。他愿意在烂漫的春光里，认真地做全世界最无聊的事。

除了跟人聊妙烟。

因为妙烟这个人没什么可聊的。

宋潜机转身离开，只留下一声嗤笑：“红粉骷髅，妙你个头。”

朱红院门被无情地关上，铜环振荡。

门外的众人目瞪口呆。

“……他……他居然骂妙烟仙子？他变了！”有个外门弟子惊道，“我记得，他刚上山那年也说过‘娶妻当娶妙烟仙’！”

“这不叫变了，这叫疯了。”

“都说他为救孟河泽，伤了使剑的右臂，外门考核时才弃权。现在看来……”说话的弟子崩溃叫喊，“他是磕坏了脑子啊！”

那些愤怒的眼神变为同情的眼神。“年纪轻轻的，就这样了。”

孟河泽大声申辩：“宋师兄这样说，肯定有他的理由！”

宋潜机也想不到，“不辨美丑”的脸盲名声，从今天起，就要跟他一辈子。

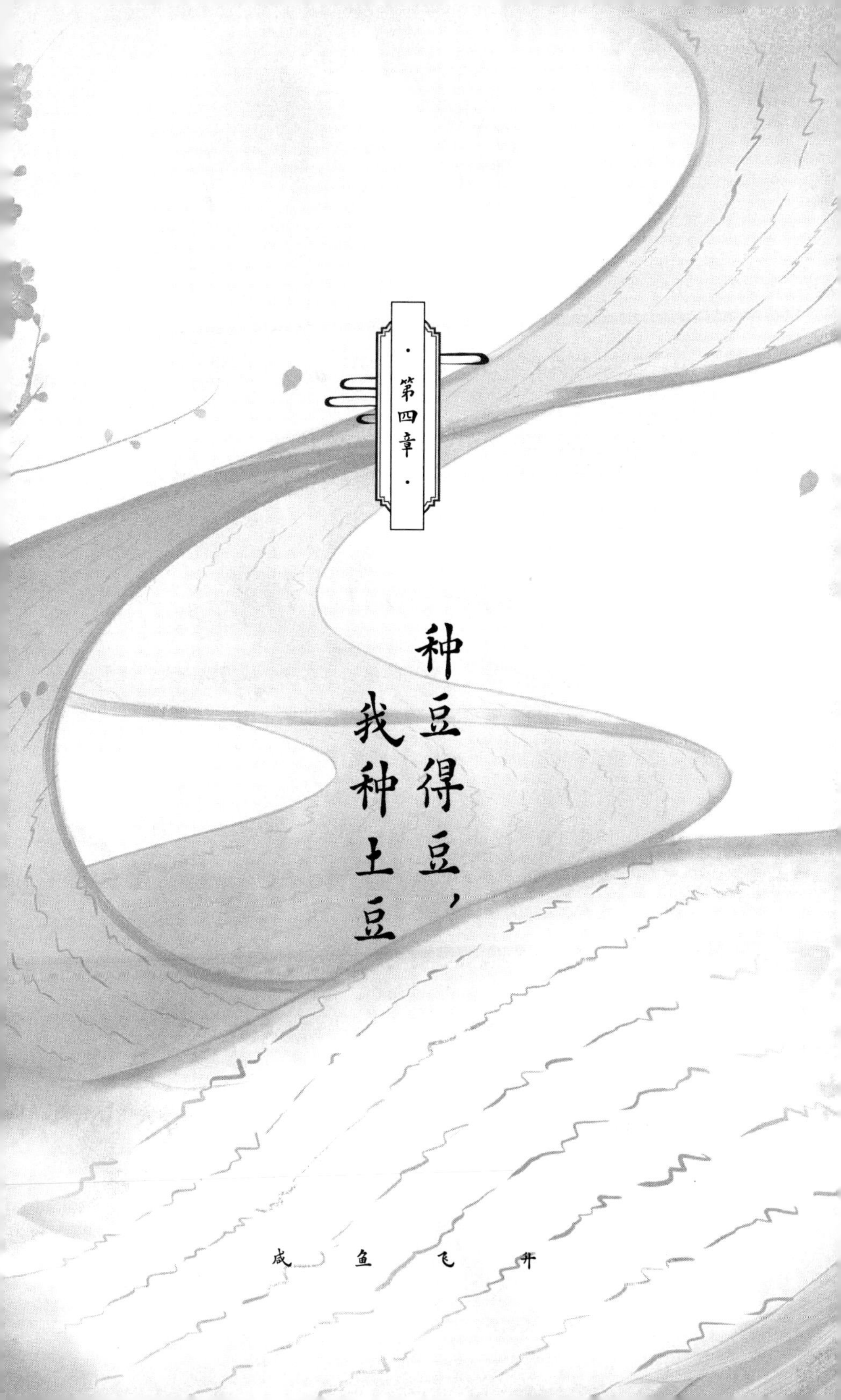

第四章

种豆得豆，我种土豆

赵济恒被押到执事堂时，还在高声叫骂："你们竟敢这样对我，我要告诉叔父！"

"行了！"赵虞平揉了揉眉心。

明明都是差不多的年纪，为何宋潜机那般心思深沉难对付；孟河泽发起狠来不像活人，而像红眼野兽。只有自家的子侄最傻，上赶着给别人送菜。

幸好家族中的优秀晚辈如云，后继有人，不差赵济恒一个。他心中稍感安慰。

他出身于天北洲清安郡的赵家——虽然是旁支。华微宗赤水峰峰主赵太极，才是根正苗红出身于本家。但赵家乃修仙世家，名门望族，掌控整个清安郡，就算是旁支也背靠大树，比普通修士容易出头。

"不要再去招惹宋潜机。以后遇到他，就当没看到，明白吗？"赵虞平有心教导几句，对上晚辈愤怒、委屈、含泪的双眼，只能再次疲惫叹气，"算了，去玩吧。别回来太晚，你刚进内门，要给师父和师兄们留下好印象。"

赵济恒得到沉甸甸的一袋灵石，怨愤的表情登时一变，嘴里念着"几日不见，不知姑娘们可还好"，脚步轻快，衣袍飘扬着奔下楼。

"恭喜您。"年轻执事这才敢上前凑趣。

"何喜之有？"赵虞平冷笑，"你以为济恒进了内门，我们也跟宋潜机和好了，现在就万事大吉了？"

"宋潜机刚才收下礼物，很客气地道谢……"

"你仔细看过他的眼神吗？"赵虞平摇头，"他这种人，心思深，手段多。一旦结了怨，就再留不得他。你不动他，他早晚要杀你！"

年轻执事心头一紧，冒出冷汗。如果赵虞平出事，首先被推出去背锅的，还是他们这些小喽啰。

“你怕什么？这不是我的意思。”赵虞平用单手指了指天，“是上面的。”

年轻执事飞快地看一眼赤水峰的方向，又垂下头。

乾坤殿上，赵太极对宋潜机动了杀心，愤而出剑。后来虚云真人改变主意，要将宋潜机留到登闻雅会结束后，无疑让赵太极很不满。

这件事很少有人知道。除去那晚殿上那七人，只有赵虞平知道。

忽然，一个执事快步进门，对赵虞平附耳轻言。

赵虞平稍怔，表情错愕，随后大笑：“他真的这么说？”

“千真万确！几乎所有的外门弟子和十来个戒律堂弟子，都听到了。”

赵虞平眯起眼。

自己正愁找不到合适的刀，宋潜机就递来一把，未免太善解人意。

若没有狂热的、出身于名门的追随者，妙烟“第一美人”的名声从何而来？不少人将妙烟仙子的名誉看得比自己的名誉更重要。

对妙烟仙子不敬，比对他们本人不敬更严重。

他们掌握着修仙界年轻一代的话语权，表达喜欢时，便不允许别人表达不喜欢。

男修说妙烟不好，他们要去“讲道理”；女修说妙烟不好，则会被贴上心胸狭窄、嫉贤妒能的标签。

久而久之，没人愿意在公开场合说妙烟的不是。

只有宋潜机，不知道又发什么疯。

这事不像跳断山崖，看似找死，却能跳出一条生路。宋潜机逞一时口舌之快，必然惹上无尽的麻烦。

“登闻雅会总有人先到。”赵虞平问，“青崖书院、仙音门的人什么时候到？”

“十日后。”

“太慢，安排云船去接。”

年轻执事连连点头。

赵虞平取出茶具，开始煮水，最后吩咐道：“他们来之前，我要华微宗的内门外门、上上下下，都知道宋潜机说过那句话。”

雕花五色琉璃盏，配春天的新茶。琥珀色茶汤，映着窗外粉嫩的桃花。他还未饮茶，已然陶醉了。

好个“红粉骷髅”。

宋潜机在削竹条，扎篱笆。

孟河泽转动轮椅跟着他，想帮忙却插不上手，只能偶尔递根麻绳，递把剪刀。

“宋师兄，你不练剑吗？”孟河泽跟了他半晌，实在忍不住地问，“你不吐纳灵气，不打坐修炼吗？”

“不练。”

“是不是因为我在这儿不方便？那我立刻出去。”

宋潜机只能解释：“今天不想练。”

孟河泽感到为难。不想修炼是很糟糕的事，换了别人，自己一定督促他站起来修炼，偷懒没有好下场。

但这人是宋师兄。

宋师兄以前过于勤勉自律，早该歇歇了。真不练也没关系，自己努力修炼，就能保护他。努力攒钱，就能买丹药灵草给他吃。努力变强，就能帮他娶道侣……呃，这个好像还不行。

但总之能把他送上仙途。

宋潜机表现出的异常举止，孟河泽靠自我开解想通了，只有一件事依然在孟河泽的心里。“宋师兄，你之前为什么要说那句话？”

“哪句？”

“红粉骷髅，妙……妙……”后半句，他实在难以启齿，小声地嘟囔着。

惹得宋潜机哈哈大笑，双手一抖，削坏了一根翠绿竹条。

孟河泽急了。“你为什么不喜欢妙烟仙子？她是天下最美的人啊！”

宋潜机反问：“什么是美？”

孟河泽一时被问蒙了，惊讶地瞪着他。

宋潜机换了种问法：“你为什么会觉得妙烟美？”

“这还需要原因吗？初入修仙界我们就知道。”孟河泽本以为，就像太阳东升西落，修炼要用灵石，妙烟之美也是一条常识，“她容貌无瑕，天赋高，通音律，善良，温柔……”

“这些都是真的吗？”宋潜机唰唰地削着竹条，“你亲眼见过吗？你对她的了解，远不如了解周小芸多，为什么你不觉得周小芸天下最美？”

孟河泽怔怔道：“但大家都说她美。”

“因为有很多人追捧她，称赞她，所以你觉得她美？”宋潜机说，“那你是喜欢她，还是喜欢别人对她的追捧，喜欢她的名声？”

“我不知道。这事真禁不起琢磨，我快被你绕进去了！”

孟河泽苦恼地皱眉，宋潜机提的问题他无法回答。

他想：“什么是美？谁规定妙烟就是美人？我根本没见过她，怎么知道她符合我的审美？”

孟河泽的脑中闪过一道灵光，忽然喊道：“不对，我根本没有审美！”

妙烟符合上层修士的审美。这个世界，连美丑都由他们说了算。

他心里泛起一点酸苦滋味，心想：“我们底层修士的生活已经足够辛苦，天天给你们打工，怎么连“美”的标准，也要你们定？”

宋潜机将麻绳缠在竹条上，一根根绑紧。“妙烟精通天音术，她的境界虽高，却没有太强的攻击性，听她的琴音可以增益修为；她容貌美丽且善解人意，不会与你争执对错；她出身高贵且娴静温柔，看起来不关心乐曲之外的事……

“所以概括起来——九个字：长得美，用处多，屁事少。”

孟河泽被这种说法惊呆。“所以他们也不是真的喜欢妙烟，只因为对自己有好处，才追捧妙烟。”

“越像妙烟的女修，越容易被人夸赞。”宋潜机埋头调整篱笆的位置，平静地道，“妙烟是一把衡量完美的标尺，一个寄托幻想的虚影，唯独不是一个真人。这对她不公平，但也是她自己选的。”

“我怎么觉得……你很了解她啊。”孟河泽喃喃自语。

宋潜机已经扎好两排竹篱笆。他还没有种子，翻遍家里，只找出三个土豆。土豆发出几簇浅青色嫩芽，他越看越觉得可爱，决定先种它们。

“宋师兄，既然你不喜欢妙烟……”孟河泽本想跟他同仇敌忾，“那我从今天起，也不……不喜……”

少年支吾了半天，却很难说出违心的话。

宋潜机终于放下手里的宝贝土豆，回头看他。

“如果你四十岁，四百岁，我可能会劝你算了。但你才十四岁。所以你喜欢什么，就大声说。想要什么，就拼命争。犯了错就改，闯了祸就扛。不用顾忌任何人，更不用在意我。”

天大地大，少年最大。

孟河泽只要这辈子不做邪道之主，随便他怎么折腾。

少年的眼睛亮起来，大声喊道：“我想参加登闻雅会。”

“挺好。”

“我想拜一个最厉害的师父！”

“不错。”

“我想做大人物！”

“可以。”

孟河泽的声音忽然低了。“我还想娶个漂亮道侣。被所有人羡慕，总比被所有人欺负好。”

“我不是你爹！”宋潜机摔土豆，“不用什么都告诉我！”

摔完还得赶紧捡回来。

宋潜机摸摸土豆的小嫩芽，心疼地道：“没摔坏吧？”

新翻的土地松软整齐，被和煦的阳光晒过，像一床蓬松的棉被，散发着泥土特有的清香。他将发芽的土豆削块，每块留几个芽眼，挖坑把土豆埋到土里。

春天是种土豆的好时候，只要下几场春雨，它们就能抽出青翠的叶子，开出淡紫色小花。

好像现在的孟河泽，灰头土脸地做白日梦，但只要借他一阵东风，他必能扶摇直上，一飞冲天。

“宋师兄，我错了，你别生气。”孟河泽坐在轮椅上，看着宋潜机亲自拿铲子填土，更觉愧疚，“等我伤好了，我替师兄种地！”

宋潜机一惊。

他心想：“我本是好心安慰你，你居然想要我的地？我就有这一块巴掌大的地，被你种了，我种什么?!”

“回医馆养伤吧。”宋潜机微笑，真诚地劝退，“伤好之前，别来我这儿了。”

孟河泽感动得连连点头。

宋潜机忘了这小子有红灵玉念珠傍身，虽不如不死泉的效用霸道，但也是一件护主疗愈的上等法器，加上孟河泽的底子硬，短短两天后，孟河泽便带着一群外门弟子，活蹦乱跳地卷土重来。

“宋师兄，执事堂今天宣布了举办登闻雅会的消息。”周小芸如献宝般捧出一张纸，“我们给你抄了一份大会规则。全都在这儿，一字不差！”

宋潜机正在给地里的土豆浇水。虽然这张纸对他没用，但他还是双手接过纸，道了谢。

前些天已有风声从内门传出。但大会的举办消息正式公布时，仍在外门引起巨大轰动。

修仙界十年一度的盛会，这一届轮到华微宗做东。

东道主的外门弟子也能报名参会。就算不参赛，全程做普通观众，亦足够他们大开眼界，回味余生。

孟河泽神采飞扬，丝毫不见受伤的痕迹，只能看出他个头蹿高些许，体魄更显结实。“比赛一共有四大项，琴，棋，书画，武。我仔细看过，我们报武试最好。宋师兄，我去替你报名吧。”

宋潜机：“我报书画试。”

孟河泽大惊。“不行！”

“我上山之前，也喜欢在家里画几笔花鸟鱼虫。”周小芸委婉地劝阻，“但此书画非彼书画。报名这项比试的大多是青崖书院的书生，他们平日专修画符，力透纸背，我们这种业余爱好者，画不过人家。”

孟河泽接着劝：“还有琴、棋两项，表面是弹琴、下棋，其实考验的是天音术、阵法和推演，报名的人多是仙音门、紫云观的修士，我们也不行。”

登闻——登高山而闻名于天下。

雅会——不论是真的意趣高雅，还是附庸风雅，总之有诸多讲究，不能像比武打擂一样血肉横飞。

分明可以直接比天音术，比阵法造诣，比画制符箓，但他们偏偏要比奏乐，比下棋，比书画。唯一留给武修们施展身手的武试，也要打得赏心悦目，所以武试也叫表演赛。

宋潜机能理解。如果那些名门世家的弟子，也要为一件法器、一块封地，打得头破血流、出生入死，那跟他们这些底层修士有什么区别？

“没事。我就报书画试。”

无论是弹完一整首曲子，还是下完一整盘棋，都太慢，太麻烦。只有书画试的规则最简单，可以随便写两笔。

孟河泽忧心忡忡。“你会画符箓吗？”

宋潜机：“会一点。”

他是散修出身，术法学得零散，什么都会点，只是这种闲情逸致的聚会，上辈子跟他半点不沾边。他总是在逃命，赶路，求生，战斗，从不肯停下，也不能停下。

宋潜机想：“陈红烛只说要我留到登闻雅会结束。但我偏不使剑，虚云他们也不能拿我如何。”

他们都怕洗剑尘，宋潜机不怕。因为直到上辈子他亡命于雪原，洗剑尘也没有丝毫消息传出，不知死活。

谁让“救世主”卫真钰才是天道的亲儿子。剑神给他开好金手指，就该功成身退，不能抢他风头。

其实不止洗剑尘，宋潜机还在底层奋斗时，修仙界有“一仙一鬼，一圣一神”的说法，指“琴仙，棋鬼，书圣，剑神”这四位化神境强者。

这四位绝世大佬，只因“投缘”二字，就将毕生所学传授给“救世主”，且不图回报。留下传承后，他们有的寿终正寝，有的因病陨落，有的隐居避世……

再后来，轮到年轻一辈百花齐放。

邪道之主孟争先兴风作浪，百战不死宋潜机号令群雄。

经过短暂辉煌，也如流星坠地。

大浪淘沙，“救世主”卫真钰姗姗来迟，挽大厦于将倾，得尽天下人心。

宋潜机死后看光阴长河的碎片，根据细节推定，卫真钰最多比他小几岁，应是他的同辈。但此人如此好运，前期怎会寂寂无闻？

重生后宋潜机释然了，孟争先都能有原名孟河泽，卫真钰或许也改过名字，很可能他披了“马甲”，前期走闷声发大财路线，后期才能猛然爆发，横空出世。

登闻雅会上，有许多上辈子想杀他或被他杀过的人即将再次登场，宋潜机都不想见。

他只想远远看一眼那个天道宠儿、气运之子。

卫真钰，会来吗？

宋潜机想见卫真钰，并非抱有某种恶意，只因好奇。

他刚死的时候确实嫉妒过对方，但在小黑屋里躺平看戏那么久，仙都不想修了，哪儿还犯得着嫉妒别人的好运？

“气运”二字，变化莫测。

出身于名门望族的修士，祖上积德多，洞府风水好，更有附属国或封地。若他们能庇护一方风调雨顺，让万千凡人供奉他们的金身塑像，香火越盛，气运越好，则仙途越顺，良性循环。

普通修士既没有宝地、法器的护持，祖上也没出过飞升大能，凡间更无人供奉他们，他们只能靠“多行善事，积累福报”自我安慰。

还有条剑走偏锋的路——以术法掠夺他人气运，赌的是欺天瞒地，稍有不慎，必遭反噬。

宋潜机从没在这方面动过心思。

但他曾经见识过一门紫云观道术，名为“望气术”。

宋潜机晋升化神后，各派前来拜贺。紫云观观主当众展示望气术，观主看别人尽是五色交织，云蒸霞蔚，可推算此人因何发迹，说得头头是道。看他时，只见一片散不开的浓重黑烟兼滚滚腥风，差点刺瞎观主的双眼，观主又不敢说宋潜机的不是，只能说“望气百年，未见此景。因何成事，不得其解”。

意思是没见过像他运气这么差的人，不得天道半点眷顾。奇就奇在这人竟活到今日，还有如此成就。

宋潜机从此凶名更盛。

修仙界的人普遍认为他无德，命硬心狠，阎王不收。

不管人们背后如何说，表面都愈发敬他畏他。

宋潜机想，若卫真钰满身金光，明亮如日，落在会望气术的修士眼中，无异于孩童抱金过市，难免遭人觊觎，或被人设法掠夺气运。

卫真钰必然身怀秘术，可遮掩气运，和光同尘，才能闷声发财。

所以，这次登闻雅会，各派声名显赫的天才他不看，只找默默无闻的卫姓小弟子。

“宋师兄，你在想什么？”孟河泽打断他的思绪。

“没什么。”宋潜机摇头。

孟河泽以为他在担心登闻雅会的比赛。“我去给你买笔墨纸砚，方便你练习书画。”

“不用。”宋潜机浇完地，收了水壶，“我想买点种子。”

“种子？”孟河泽不解，“哪一种灵植种子？”

“不要灵植种子，要普通种子。”宋潜机不挑食，“菜苗也可以。”

周小芸忽然道：“那容易，外门的大灶膛就有！”

还未辟谷的外门弟子，平时在大灶吃饭，吃不到灵植、灵米、灵兽肉，但米、面、时蔬管够。

“我们这就去灵石矿打工，下工正好路过大灶，把种子给你带来。”孟河泽起身告辞。

宋潜机点头道谢。

土豆新发的嫩芽沾着晶莹水光，蕴含饱满生机，躲藏在泥土里。

这是宋潜机第一次种出东西。他伸出手指，小心翼翼地碰了碰。觉得有些新奇，有些欢喜。

因为身怀生机最强的至宝不死泉，他对生命的感知也变得敏锐——不只是对人和其他活物，而是对一切有生机的东西。

比如，他能感觉到一片叶子什么时候从枝头掉落，叶底的一朵桃花什么时候由盛转败。

他想：“说不定，自己真有种地的天赋。

“万丈高楼平地起，总有一天会拥有自己的农庄！”

种子和菜苗的问题解决后，宋潜机为了改善院墙内的采光条件，将院门前的桃树移栽到三丈外。门前的土地被他仔细翻动清理，朱漆门的两侧都扎起竹篱笆，开辟出两个新菜园。

他干活的时候很认真，用铲子翻土这种无聊的粗活，他也全神贯注，一丝不苟，好像在做全世界最有趣、最重要的事。

宋潜机爽了，盯他的人快崩溃了。

“报！宋潜机买种买苗，好像要种地！”

“报！宋潜机真的开始挑水耕地了！”

“报！宋潜机今天种茄子、小葱、蒜苗……”

“报！宋潜机打算在门前种花……”

“滚滚滚，别报了！”

赵虞平怒而甩袖，桌上的茶盏摔落，碎片飞溅。他站在满地碎片中跺脚。“这兔崽子到底想干什么?!”

一个没时间玩乐，甚至不舍得睡觉，每天恨不得挤出四十个时辰修炼的炼气期“杂鱼”，忽然有一天跑去种地了，而且他自从开始种地，再也不修炼了。

赵虞平越想越不安，总觉得宋潜机这般反常，是在憋一个大招，就像一柄剑悬在头顶，猜不出对方的计划，令他焦虑不安。“青崖书院和仙音门的人什么时候才到？夜长梦多，派人催催他们。”

陈红烛也不舒服。她自告奋勇，盯着宋潜机，不是为了听对方每天如何插秧、如何浇水的。

陈红烛买通了宋院周围二十户外门寝舍的弟子，给他们留下灵石和传信纸鹤，附送声色俱厉的威胁：“如果宋潜机有什么动静，你们没及时发现，没报给我，就等着挨鞭子吧！”

威逼利诱之下，她的消息比赵虞平更灵通。

宋潜机却好像察觉到了什么，深居简出，他需要的种子和农具由孟河泽等人送进院子。

“他宁愿每天做这种闲事消磨时光，也不练剑。他是不是在故意气我？”

一旦生出这种念头，陈红烛练剑时心不在焉，打坐时心浮气躁。

“宋潜机出门了！”

纸鹤带来最新消息，陈红烛骤然起身。

宋潜机关上朱漆门，举步欲行，忽然抬眼看向桃树。

阳光和暖，繁花层层叠叠，开得热闹，红衣女子坐在枝头晃荡双腿，笑嘻嘻地问：“准备去哪儿啊？”

宋潜机皱眉。“你怎么来了？”

没有丝毫灵气波动。她仿佛凭空出现，惊飞鸟雀。

“用这个！”陈红烛摸出一块菱形令牌，“你只要有动静，我立刻就能赶到！”

令牌金光闪烁，映着阳光晃了宋潜机的眼。

“你也知道，我爹和我的那些师叔，都不想看见你，盯你这种脏活累活，自然交给我了。借此机会，我找我爹借来华微真令。手持此令，便可借助华微阵法，在宗内自由来去，转瞬即至。”陈红烛得意道，“比如后山摘星台，以我的修为暂时上不去。但自从得了它，晚上我睡不着，随时去看星星。这一点，我真要感谢你。”

有过上次打交道的失败经验，她觉得面对此人，隐瞒反倒不如坦荡，但她没说她为什么睡不着，想来对方也不关心她。

宋潜机无语。她这跟公费旅游、公款吃喝有什么区别？但想到陈红烛的身份，薅自家羊毛也不犯法。

他转身就走。

陈红烛跳下来，追在他身后问：“你去哪儿练剑？”

“不练剑，去灵田看看。”

陈红烛咬了咬下唇，下定决心。“登闻雅会快开幕了，你不能因为置气，这样耽误自己！之前对你无礼，我可以道歉！”

想她横行霸道十八年，头都没低过，何谈道歉？对方若再不给面子，她真要生气了。

“你还不知道吗？”宋潜机问。

“什么？”

“我报了书画试。”

陈红烛剧烈咳嗽起来：“你真的疯了！”

“修炼本如逆水行舟，只要走上这条路，就要不停争斗，与人争，与天争，否则一步落后，步步落后。”陈红烛语重心长地劝道，“同样是十四五岁，有人处于炼气初期，有人炼气圆满，看似差不多，越往后差距越大。等你朋友孟河泽结金丹时，你还在冲筑基，你急不急？”

“我不急啊。”

宋潜机一边走，一边赏景，神色悠然。

陈红烛怒其不争，恨不得抓他的双肩猛摇。

“你这个处于炼气期的弟子，能得‘那个人’亲自指点，是天大的机缘，别人祖坟冒青烟都求不来，你为什么不珍惜？你凭什么不珍惜！”

她深吸一口气。“就算你不想跟同辈的修士比。但哪怕是一个不修仙的凡人，也明白世上最简单的道理：不想被人欺负，不想任人宰割，就只能拼命。每个人都想做人上人，所以才成全了这人吃人的世道。”

“你急什么？”宋潜机笑了笑，“你是我娘吗？”

“你！”陈红烛差点被他气跑，眼睛一转，忽然道，“你之前说的那句话，我听说了。不止是我，现在整个华微宗都知道了。妙烟有很多狂热的追随者，他们也来登闻雅会。你要有麻烦啦，怕不怕？”

宋潜机想了想，很诚实地点头。“怕。”

人能成为狂热的追随者，脑子必然不怎么好使。他上辈子已经见识过。

妙烟请他到寒湖听琴。他们就躲在湖底，伺机破坏，却惊醒湖中一只沉睡的千年鳄，被追着跑出四十里水域。

妙烟请他泛舟品茶。他们躲在舟下，准备行刺他，却怕被湍急的水流冲散，便用绳子绑在了一起，拎一个人就能提溜出一串人，一根藤上七个瓜。

这些智商与赵济恒不相上下的人，为宋潜机前世枯燥的修仙生活提供了难得的笑料。但那时他端着大能的架子，尤其在妙烟面前自恃身份，不愿被当成没正形的散修。

想笑却不能笑，憋得很辛苦。

现在没包袱了，想怎么笑就怎么笑。若再和他们见面，他怕自己会被活活笑死。

陈红烛却一噎。

她知道这人骨头硬，若被她激怒，应该会逞英雄说“谁怕谁，只管放马过来”，那她正好骑驴下坡，督促对方努力练剑，准备教训那群人。

现在对方干脆利落地认㞞，她反倒没话了。

宋潜机忽然问：“他们来，你也很怕吧？”

“笑话，我会怕?！”陈红烛怒发冲冠，“怕个头！本小姐就是不喜欢妙烟，谁敢因此欺负我们，先问问我的剑。”

“你不是使鞭子吗？”

“我这鞭子是用来吓唬别人的！像过年放爆竹，听个响而已。”陈红烛认真地道，“剑是凶器。一柄伤人的剑，不能轻易示人。”

“原来你还懂这个道理。”宋潜机有些惊讶，“你不错啊。”

“原来你还会夸人，我以为你只会气人。不过，你也很不错。”陈红烛被夸得喜笑颜开，投桃报李地表扬他，“我猜妙烟现在气到手抖，恨不得把竹楼的栏杆拍断，却还要假装不在乎！”

宋潜机摇头：“不。她不会的。”

说话间，层层垒砌如千叠雪浪的灵山梯田跃然眼前。

妙烟站在栏杆边，安静地赏花。

她无论身在何处，总有鲜花。

她与陈红烛“相看两相厌”，自然不愿意住进陈红烛的无忧殿。

两人虽是表姐妹，却没有相伴长大的手帕情谊。陈红烛是虚云老来得女，一出生便是华微宗的大小姐，而妙烟的父母早亡。她母亲陨落前，将她托付给她做华微宗掌门的舅舅。

可惜她灵根孱弱，灵脉纤细柔韧，最不适合修习刀剑。无论如何努力，总让虚云摇头皱眉，只当华微宗养了个闲人，多一双筷子。

陈红烛出生后，妙烟便从主峰搬到后山僻静的竹林，直到望舒仙子来华微宗做客，看她适合修习天音术，收她为徒，倾囊相授，妙烟的人生从此改变。

等她再现身于人前，便成了天资优异、光芒万丈的九天神女。

好像她生来如此。

华微宗的人在陈红烛的无忧殿内为妙烟修了一座天籁阁，以示两人是闺中密友，情深意长。但妙烟更愿意住从前的竹楼。华微宗的人只得将竹楼翻新，挂上白色鲛纱，放上夜明珠，布置得清雅出尘。

侍女进来时，见妙烟怔怔望花，眉间似有忧色，误以为她被人言困扰，急道：“您也听说了？”

“什么？”妙烟一怔，才想起那句不怎么好听的话，笑着摇头，“没事。”

侍女愤然：“华微宗请您做客，宗内弟子竟有人敢对您无礼，若让我当面遇到……”

“不。与他无关。”妙烟转身，拿起一把金色小剪刀，修剪盆栽内多余的花枝，“竹楼偏僻，你能听到风言风语，是因为有人想让我听到，想让我生气。”

侍女沉思片刻，忽然拍手道：“那他们注定要失望了。我从没见过仙子生气！”

妙烟微笑。

她习惯将所有爱恨喜怒都倾注在乐声中。琴声停下，她抬起头，又变回完美无缺的仙子。她从不在人前显露负面情绪。

“何况一个小小的外门弟子，更不值得您动气。”侍女笑道。

“咔”，金剪一错，花苞落地。

妙烟的笑容淡了。“外门弟子？”她放下剪子，莫名想起逝水桥上的相遇，那人冷漠的神色，以及轻蹙的眉头。

如果是那个人，看起来确实会说那种话。

“呀，花掉了！”侍女讶然，随即安慰道，“没关系，新的鲜花在楼外，我这就端进来。”

旧花被丢弃，新花被摆上露台。金线兰花，五色牡丹，水晶杜鹃……清雅出尘的竹楼，顷刻间花团锦簇，香气袭人。

侍女捂着嘴笑：“看那些人，人还未到，花先到了。”

妙烟喜欢看花。

名花美人两相欢，别人也喜欢送花给她看。追最美的人，送最艳的花，许多人以此为风雅之事。

侍女跟在妙烟身边多年，与其情同姐妹，早已见遍世上所有奇花异草、名贵灵植，看什么都不觉得稀罕。

“仙子，这次送来的花，您偏爱哪一种？”

“没有。”

妙烟转身，任姹紫嫣红开遍，也不再看一眼。她坐回竹案边，低头抚琴。

“那这些送花的人，您最喜欢哪个？”

“都不喜欢。”

侍女想了想，确实从来没见过妙烟对谁特殊，忍不住问：“您到底喜欢什么样的人啊？”

“知音人。”美人拨了两下琴弦，琴声不成曲调，却似泉水激石般流泻而出，清新悦耳。

可惜知音少，弦断有谁听？

侍女不明白，想问什么人是知音人，忽然眼前一亮，像扑蝴蝶一般抓住一只纸鹤。“望舒仙子来信了！”

妙烟没有抬头，只问道：“师父说什么？”

“请您在登闻雅会琴试结束后，弹奏一曲，为大家清心安神，增益修行。”

“知道了。”妙烟扶了扶鬓边珠钗，笑道，“师父还是这样好胜。”

有自己压轴，谁还会记得今年的魁首弹过什么？年轻人参会，哪个不是为扬名而来？辛苦练习，夺得魁首，却不曾被人记住。有点可怜。

妙烟在心里提前说了句“抱歉”。

前辈强者自恃身份高贵，不会下场。当今修仙界，愿意亲自出场、公开演奏的乐道修士，她自信没有人能胜过她。

每年都有人被捧为“小妙烟”，却不过昙花一现。

妙烟永远只有一个。

她想到这里，一种冷硬、执拗的神色显露，彻底破坏柔和美感，让她几乎变了一个人。但她低着头，谁也看不到。

华微山的灵田环山而建，埂回堤转，远看像层层叠叠的柔美波浪。那些深浅错落的绿色不断攀高，及半山腰，被白茫茫的云雾笼罩，看不分明了。

每一层田地，种有不同的灵植、灵稻，有二十余个穿着外门弟子服的少年穿行于其间。他们将衣袍下摆扎在腰上，挽高袖子，露出结实的小臂，埋头收割。很少有人停下闲聊，早点干完，就能早点回去修炼。他们往往一弯下腰，就再没空挺起来。

山脚下，一方凉亭，五六个低阶执事正在监工。

他们眺望着层次分明的梯田喝茶、嗑瓜子，脸上挂着自得享受的微笑，仿佛是来春游赏景的，随时可以摆出一桌骨牌。然而一旦有高层执事下来巡察，或内门长老偶尔经过，这些人便像惊弓之鸟，飞速冲向梯田。有的亲自弯腰帮忙，有的为外门弟子擦汗，有的大声吆喝：“大家辛苦了！这边再加把劲啊！”

此刻，他们中有人喊道：“那是宋潜机吗？”

亭内谈笑声骤停。

宋潜机是个很特殊的外门弟子。上面吩咐过，他不用再上工，无论他想干什么，只要不违反门规，大家都对他视而不见。

众执事看着宋潜机向梯田走去，一道红影追在他身后，众执事心中惊疑。

“大小姐怎么也来了？”

于是他们匆忙起身，放下茶杯，吐出瓜子皮，赶到亭外迎接。

陈红烛抬手示意他们止步，转头投来一个眼神，暗含警告。众执事一时间不敢上前，也不敢坐下，比埋头劳作的弟子们还难受。

“你来这儿干什么？”陈红烛问。

宋潜机说：“看看。”

他围着梯田转圈，时而低头，时而抬头，看地上运行的阵法，以及空中灵气的变化。

华微宗的灵田，不用操心阳光雨露、水肥地质。因为地里和山顶设有多重阵法，可调节灵气、施云布雨，将灵植一夜催熟。

外门弟子一日种植插秧，一日收割采摘。

这里只种普通的灵植、灵稻，供给内门。一些入药入丹的特殊品种，金贵娇嫩，几十年甚至上百年才开花结果，有医师或炼丹师专门栽培。

宋潜机拔起一株颗粒饱满的灵稻，微微皱眉。以阵法催熟的灵稻，虽长势旺盛，却有种死板僵硬之感，不如自家菜园的菜生机勃发。

他没有种地的经验，纯靠自己摸索，还正在学习的阶段。每日在菜地里呵护生命，不知不觉间，他对待世界的方式，也变得温和起来。

或许红叶寺老和尚说得有道理，创造生命，比毁灭生命更难。

救一人比杀一人更难。

陈红烛跟在宋潜机的身后，一路顶着周遭弟子的惊奇目光，欲言又止，强忍心中疑惑。她见对方的神情专注，想来不愿被人打扰，于是闭口不问。

她不打扰，不等于别人也不来打扰。

“宋师兄，请等等！”

喊话的是一个外门弟子，声音嘹亮，好像鼓起了莫大勇气。

见宋潜机当真止步回头，那弟子又吓了一跳，磕磕巴巴地小声打招呼：“宋师兄，你好，我有点事，想麻烦……”

陈红烛火气上头，喝道：“有事就说，吞吞吐吐作甚？”

那弟子被她吓得一激灵，转身想跑，却不知想到什么，深吸一口气：“我……我听周师姐说，向师兄献上一袋种子，便能得师兄指教一句……”

宋潜机一怔，正想说没这回事。孟河泽和他的朋友们帮自己搜罗种子，有时遇到修炼上的疑难，自己便指点一句。点到即止，没有传下道法，也没有多言。只是顺手而为，比油瓶倒了将其扶起来还简单。

那弟子显然已经豁出去了，从袖中摸出一个储物袋，开了口：“我从前有冒犯师兄的地方，请师兄原谅。今献凤仙花种一袋，斗胆向师兄求个指教！”

他说得坚定，心中却极忐忑。他刚报名了表演赛，也想求一线转机，争个前程。他心想：“周小芸是不是要我玩？还是我穷疯了，才能把‘献上一袋灵石’，听成‘献上一袋种子’？”

近些日子，与宋潜机来往的数个弟子，修为突飞猛进，实在让人眼馋。除去孟河泽本身天资过人，其他人本来都很普通。

外门弟子没有师父，靠自己的悟性摸索，勤学苦练。内门弟子不只垄断秘籍、法器等资源，更垄断开悟诀窍、修炼经验。

外门弟子进授业堂、藏书楼，其中的长老必然态度冷淡，极不耐烦。即使愿意开口，他们也喜欢故弄玄虚，留下两三句“真言”，要你回去慢慢参悟。

宋潜机的“不”字刚说出口，忽听“凤仙花种”四个字，他轻咳一声，接道：“不是不行，你问吧。”

这是他还没收集的新种子，正适合种在门口。

那弟子不料如此容易，走近宋潜机身旁，激动得红光满面。“多谢师兄！”

陈红烛见状，嘴里嘟囔着“他懂什么修炼”，却走向一旁观赏梯田风光，以示避嫌。

“我体内灵气充沛，打坐运行时没有丝毫凝滞。”那弟子低声说，“我自觉炼气二层已十分圆满，为何迟迟不能突破三层？”

他还要再详细叙述，宋潜机看了他一眼，打断道：“确实圆满。这半个月以来，你的灵气只在体内运行，从没消耗过？”

那弟子稍惊。“我随时准备突破，事事小心，不敢损耗。”

“灵气行于经脉，如水流行于田埂。你不用它，它就是一潭死水，怎会有生机？月圆则缺，水满则溢，你且将体内的灵气挥霍一空，以新换旧，自然水到渠成。”

那弟子茫茫然呆怔片刻，忽然眼神一亮，长揖及地。“多谢师兄。”

“不客气。”

宋潜机接过储物袋，打开验货，见种子生机充沛，很是满意。他转身走了，陈红烛追上去。“这么快就说完了？等等我啊！”

凉亭外的执事们收回目光，对视一眼。想起陈红烛凶神恶煞的脾气，一时不知该羡慕还是同情宋潜机。

宋院门前，落英缤纷，两块菜地郁郁葱葱。

宋潜机走近，见几株豆角苗爬上他插好的细木条，引蔓发叶，蹿到小半个人的高度。春风吹过，三角状的嫩绿叶片飘摇，好像一群孩童在招手，欢迎他回家。

宋潜机心中甚慰。

陈红烛想不通，这人为何如此快乐。他本应是个很复杂的人，快乐却来得如此简单、容易。

青云间，忽然传下一声鹤唳。

陈红烛抬头，一只仙鹤振翅出云，盘旋于二人头顶，翩然落下，亲昵地蹭了蹭她的肩膀，见到宋潜机它却退后两步，眼神警惕畏惧，似通灵性。

“这是我师兄的鹤，他喊我回去帮忙。”陈红烛说。

华微宗近日陆续有宾客到来，根据不同的身份，分别由宗内不同的人迎接。

陈红烛负责接待与其年纪相仿、出身相似的女修。

经过这一天的观察，她已经接受了宋潜机性情大变，只关心种地的事实，决定换个策略。

她略微思索，取出一只红色纸鹤。“这是我的传信符，三堂的人都认得，你若要去山下的市井买种子，带上它就行。”

三堂修士、内门弟子可以随时带人下山，比如戒律堂的丘大成、徐看山，将山下的赌场混得比自家还熟。赵济恒有执事堂发放的令牌，夜夜带跟班睡在花楼也没事。只有普通外门弟子，出山门必遭执法堂的巡守查验。

“从现在起，到登闻雅会结束，如果有人为了妙烟而找你麻烦，你随时用此符向我传信。华微宗内，我手持真令转瞬即至；华微宗外，我骑鹤而来，绝对比‘那个人’来得快。”

“他们可不知道你与‘那个人’有关系！万一，我是说万一啊，不是咒你，你没了命。死去万事空，‘那个人’浪迹四海，等他知道了，再来替你报仇有什么用？”

陈红烛说得口干舌燥，终于见宋潜机接过红色纸鹤，低头打量它。

她快活地笑起来：“我对你这么好，你心里是不是十分感动？现在想不想练剑给我看？”

宋潜机：“如果我没看错，这应该是一张两用符，既可传信，也可追踪，上面有你的一道灵识。我若带在身上，去往何处你都能知晓。”

“你还懂符箓？”陈红烛一怔，抓了抓发髻，有些尴尬，“‘那个人’教的？他到底教了你多少东西？”

宋潜机微笑不答。

陈红烛很快变得理直气壮。“这张符，你可以下山逛街的时候带上，它只显示你的踪迹，至于你买了什么种子，见什么人，说什么话，我又不知道。这也不算过分吧?!”

“我若不带，你还要想别的法子盯我。这是一件很消耗元气、浪费时间的事。”宋潜机认真劝告，“你的心思一日不专，就一日摸不到结丹的门槛。”

陈红烛语塞，黑脸。

她骑上仙鹤，被气跑了。

宋潜机的小院已经发生翻天覆地的变化。

他重生之初，这里阴暗破旧，积满灰尘。如今院墙已翻修，地砖已重铺，家具已换新。每一面墙，必有藤蔓攀爬，墙边的每一座花架上，必有花草生长。架下有用篱笆圈出的菜园，每棵蔬菜都鲜嫩水灵。这一片绿意，参差错落，远看极有层次感。

整座小院自然清新，生机盎然。

宋潜机结束一天的劳作后，瘫靠在赵济恒送的躺椅上，享受凉风明月，等待吃面。

他辟谷得早，不重口腹之欲，但他种的春葱郁郁葱葱，再不剪便要长老了。孟河泽见了，自告奋勇，说自己会做葱油拌面。

一个外门弟子恰恰在此时登门拜访。

“宋师兄，我有事相求。”那弟子向他行礼，却不直说，先如献宝般捧出储物袋，“我带来一袋紫藤花种子，仔细挑选过，没有一颗坏种，撒下就能发芽。”

宋潜机逛灵田时，很多人都看到了。那个前来献种子的人问完，回去便成功突破，晋升炼气三层。

外门没有秘密，消息飞速传开。

宋潜机心想，紫藤花，他还没有，很不错。他靠在躺椅上。“你说。”

那弟子凑近些，压低声音：“师兄请看，我家传的此物，后来家族衰败……我见它不是法器，也不知它有何用途。”

弟子面露期待，又很紧张。怕宋潜机说不知道，更怕他问自己为何不上交执事堂鉴定。如果真是灵物，交去执事堂哪儿还有自己的份儿？

幸好宋潜机只看了一眼，什么也没问。“玉简。不是法器，应该是一册功法，你筑基之后再看，上面的文字自然显现。”

弟子喜出望外，连声道谢：“多谢师兄，多谢师兄！”

宋潜机收下种子。“不谢，回去吧。”

“宋师兄。”那弟子低头，支支吾吾，“以前，我……”

“你还有事？”

“……没有。”

宋潜机纳闷。“那你还不走？等我留你吃晚饭吗？”

孟河泽闻言跑出来，手里抄着大漏勺，做凶恶状。“谁要留下吃晚饭？我们没有多余的碗，也没有多余的饭。”

平时乐于助人、热心正直的孟师兄忽然变脸。

那弟子想起孟河泽在外门考核时的凶煞之态，仓皇后退，跌了一跤，一溜烟跑出院门。

孟河泽冷哼一声。

“宋落”这外号，就是这个人最先取的。但宋潜机或许早已忘了。

“面好了吗？”宋潜机问。

“来了来了！”

一碗细面被端上石桌。浇淋过葱油，面条呈现诱人的酱色，香气四溢。

“宋师兄，你人太好，脾气太好，这些人都来占你的便宜。”

孟河泽忽然闭嘴，双手攥紧衣摆，想起从前别人喊“宋落”，自己也跟着笑闹。后来又得许多便宜，不过也是仗着宋潜机人好，自己与这些人有什么区别？真配被称君子吗？

宋潜机没察觉对方情绪上的敏感变化，只低头吃面，含糊地说：“顺手。”

他想：“拿到种子的是我，这不是我占便宜吗？这就是我占便宜啊！”

外门弟子的修炼热情空前高涨，打工都更有精神了，不知从何时起，没人再喊“宋落”，只喊“宋师兄”，并且这个称呼特指宋潜机，其他姓宋的外门弟子，自愿被称为师弟。

因为他们都知道，遇到疑难，看不懂道书或功法，授业堂长老懒得搭理你，这时你只要送一袋好种子，就可以得到宋师兄的珍贵指点，倾情帮助。

你请他鉴宝，他绝不贪恋你的宝物。

你的家传功法，不如他吃面重要。

林林总总，堪称“无私扶贫”。

虽然孟师兄凶神恶煞，但只要你得到答案就走，不多打扰，不吃他的面，他也不会为难你。

宋师兄这样厉害的人，偏偏报了书画试，与打算参加表演赛的其他弟子没有利益冲突，反而为他们减少了竞争压力。

当一个人变得有用时，他从前的所有坏处都成了好处。

他孤僻独行，是面冷心热，不在乎人言。我们多有误解，实在不该。

他不辨美丑，是境界超脱，不耽于皮相。我们以貌取人，太过肤浅。

宋潜机成为外门最有威望、最受敬爱的人。

人们远远看到他，便会向他行礼。

宋潜机由衷感到快乐，因为家里的种子越来越多，足够他下山后再种很多年。至于别人对他的看法和评价，还不如他的地里的春葱发芽重要。

地上有人勤勉修炼，有人翻土耕种。

天上云里，有仙鹤引路，青鸟拉车。

不同门派的修士陆续抵达华微宗，衣饰打扮得迥异，苍翠山间忽添许多颜色。

这个春天，注定如宋潜机的菜园一般，百花齐放，生机勃勃。

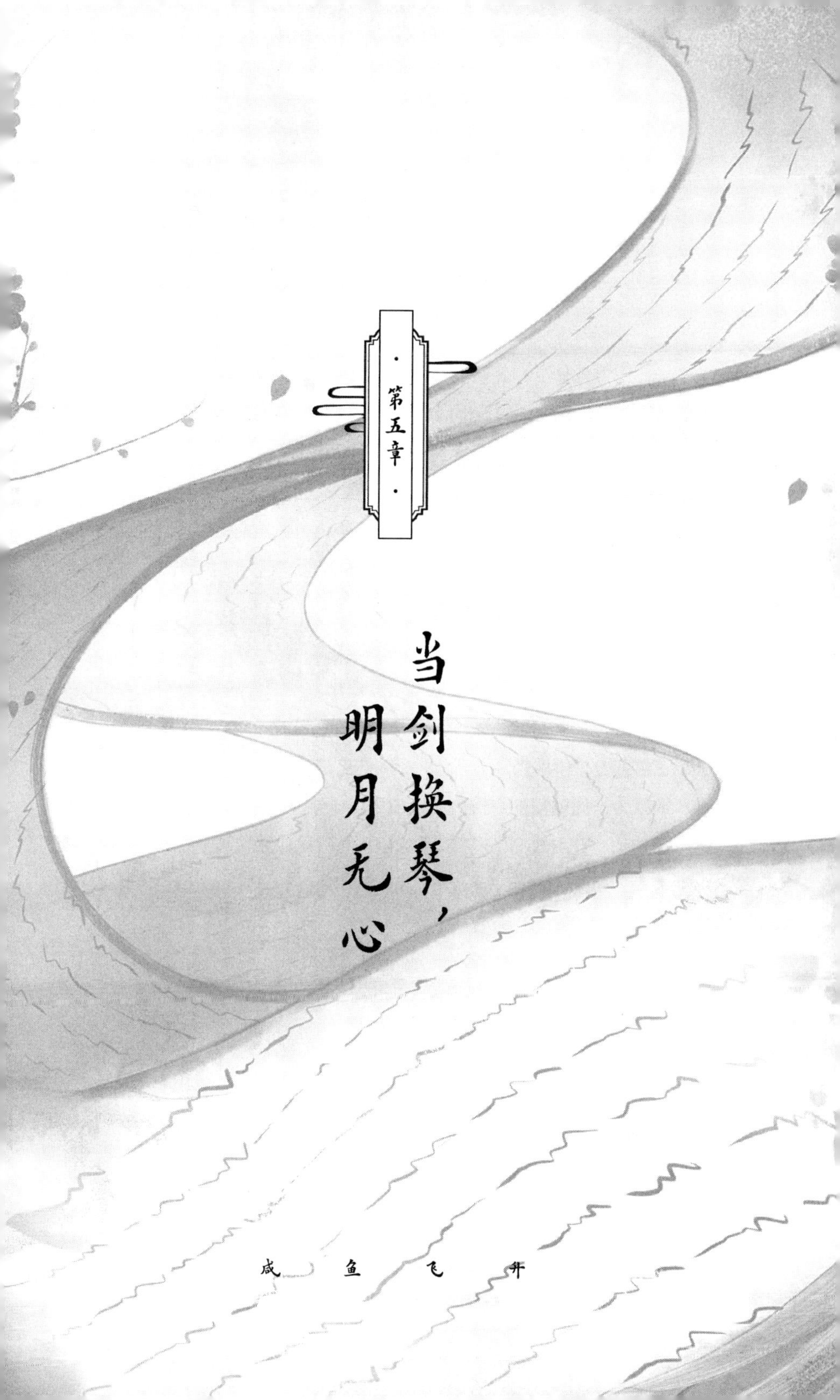

第五章

当剑换琴，明月无心

华微山群峰林立，外险内秀，间或有悬泉飞瀑，清溪湖泊。其中最灵秀的水泽当数瑶光湖，如蓊郁山林间嵌入一面琉璃镜，碧波千顷。

春日湖畔，六个少年修士穿花拂柳，谈笑徐行。他们的春衫轻薄，衣色鲜明艳丽，配饰华美贵气——甚至浮夸。

水映山容，也映着他们的笑容。春花争艳，他们的笑容却有淡淡倦意。

若一个人家境优渥，所有的欲望都被满足，又没有更大志向，百无聊赖，便会习惯性地露出这种倦意。

做客的人可以倦怠，待客的人却要打起十二分精神。

两个华微宗执事跟在他们身后，引经据典地点评风景，穿插介绍宗门的光辉历史。二人使出浑身解数，说学逗唱，口若悬河。

这群富贵少年郎兴致不高。

本以为，凭他们的身份，总该由大弟子袁青石亲自来迎。可袁青石忙得不见踪影，陈红烛也去接待别人，华微宗竟只打发两个年轻执事过来。但他们一路被极力奉承，热情招呼，心中那点不满已经消散得七七八八，便应了几句不值钱的客套话：

“华微宗不愧是独霸天西洲的大宗门，人杰地灵，风光毓秀。”

“华微三景，果然名不虚传。”

一个执事笑道：“‘云海锦鲤’‘山巅星台’两景四季常有，诸位已看过。这最后一景‘瑶光菡萏’，却要等到盛夏才显风姿……”

他的话未说完，被人打断。

“我幼年时随家父拜访掌门真人，曾见瑶光湖十里菡萏，莲叶接天，的确美不胜收。但瑶光湖已成旧景，我来时听说，华微山近来还有一处‘新景’。”

说话的人十六七岁的年纪，身穿惨绿色锦袍，头戴翠色珠冠，言辞客气有礼，神色却倨傲。

其他少年修士听见“新景”二字，俱是眼前一亮。

他们穿衣要穿新的，法器要用新的，玩乐花样要翻新，赏景自然也不能与别人一样赏旧景，否则如何彰显不同？

两个执事对视一眼，其中一个解释道：“其实不是景，是敝宗外门寝舍里的一座小院，人称‘外门宋院’。院里住着一个名人，名叫宋潜机。”

“名人我见得多了！却不知那是什么样的名人，也堪称新景？”另一个着松烟绿色衣袍的少年问道。

一个执事道：“他的居所门庭若市，每日都有人拜访。”

“天下熙熙皆为利来，他一定很有钱！”

那执事摇头。“不，他没钱。而且他不接任务，不事生产，全靠其他外门弟子供养他。”

“底层修士皆畏惧强权，他一定很凶恶！”

执事否认：“不，那些弟子心甘情愿。”

少年们啧啧称奇：“的确是奇人，我们有空也去看看。”

那执事接着道：“不仅如此，他还曾在主峰逝水桥与妙烟仙子有过一面之缘。他回来后，便说了那句很有名的话。”

惊叹声、嬉笑声戛然而止。最近关于妙烟，且很有名的话只有一句。

“呵呵，我当是谁？原来就是他！”一个着葱绿色锦袍的少年冷冷地说，“这样气焰嚣张、不知天高地厚的外门弟子，贵派不管一管吗？”

那执事苦笑道：“他虽言行无状，却没有违反门规。戒律堂素来按规矩办事，如何定他的罪？”

气氛僵冷时，最先挑起话头的惨绿服色的少年笑道：“不错。没有哪派门规写着‘不许说妙烟仙子的不是’，咱们来华微宗做客，也不能不讲道理。”他转向两个执事，礼貌却直白地说：“我们师兄弟有些闲话要叙，二位今日辛苦，不必再送了。”

执事们行礼告辞，临走时看似担忧地叮嘱他们：“诸位身份贵重，何必以美玉击顽石，与那人计较？倘若因此违反门规，坏了登闻雅会的规矩，反倒不值。”

那些少年没有理会他们，自顾自讨论：

“那个人好大的胆子，这次定要给他个教训，让他知道什么话不能说。”

"且慢，不知者无罪。万一他真的不辨美丑，并非有意对仙子不敬呢？我们贸然找他麻烦，师出无名。"

"世上有瞎子，却没有明眼人不识美色吧?！我倒觉得他是哗众取宠，想引起仙子注意。"

"华微宗做东，我们是客，在别人家的地盘做事，不能不讲道理。"

惨绿服色的少年忽然道："其实要试探一个人是否真的不辨美丑，我有个法子再简单不过。"

"什么法子？"

"去请何师妹。"

"何师妹"这三个字一出口，众人恍然大悟，心照不宣地露出笑容。但那笑容不怀好意，十分古怪。

惨绿服色的少年道："等他见到何师妹，违规在先，我们想如何，便能如何了！"

当下定计，兵分两路。三人去找何师妹，另外三人去宋院打前站。

天色近黄昏。

通往宋院的路有很多条，但有一条路最显眼，它被外门弟子们重新铺上青石板，还在道旁种了各种鲜花。

春日里，鲜花引来翩飞的蝴蝶、蜜蜂。

三人走在这条路上，心神恍惚，仿佛已经走出华微宗，走进凡间乡野，正要拜访一位隐士。

曲径通幽，一扇朱漆木门，合在花木最深处。夕阳晚照，金色光芒照过两排竹篱笆、三丛水红色凤仙花，篱笆内插着五六根木条，有绿色藤蔓顺着木条攀爬，晚风中叶片招摇，绿得耀眼又明亮。

"这种的是什么灵植？"一个着水绿色长衫的少年问道，"莫非是昼夜草？"

"昼夜草的叶子更小，这倒似璃草。"

他们越说越奇，竟争执起来。

旁边忽然响起一声笑："你们快看，居然有人不认识豆角！"

豆角？什么豆角？凡人吃的豆角？

三个人的面色瞬间涨红，手里握紧法器，正要发作，转头却见一个笑容可爱、举止活泼的少女。

有气撒不出，更是憋闷。

“周师姐，别笑了。看他们的打扮，应该是其他门派来参会的。”旁边有人提醒。

这三人确实打扮得很有特色。

青崖书院大儒如云，也聚集了一批混资历的“修二代”。他们今年不穿去年的旧衣，而每年又流行不同的颜色和衣料。既丑，又贵。这个春天恰好流行绿色。

水绿色，葱绿色，油绿色，深深浅浅，甚是晃眼。

周小芸莫名想起宋潜机在菜地里种的大葱。原来这是三根葱。她又忍不住掩嘴笑。

三人丢了面子，脸色不好看。

葱绿服色的少年冷哼一声：“此地可住着一位宋道友，名唤宋潜机？”

只见那被称为周师姐的少女伸手一指。“上面有字呀。”她这次没笑，脸上的表情却像在问“难道你们不识字”。

三人凑近些，果然见门边挂着一块小木牌，上面端正地刻着“宋院”二字。

当即怒火中烧，运足气势，喝道：“请宋道友出来一见！”

“请宋道友——”

“吱呀”一声，朱门忽然开了，一个系着白色围裙的少年出现在门内。

“有事吗？”他冷冷地问。

少年五官清秀，但他抱臂而立，直挺挺地站在朱门内，竟有种“一夫当关，万夫莫开”的英武气势。

三人俱怔然。

这个英武少年便是宋潜机？果然狂妄，不知天高地厚。

狭路相逢勇者胜，万万不能被他的气势盖过。

为首的着葱绿色锦袍的少年一拱手，傲然道：“青崖六贤之三，詹登高，曾良骏，曹博学，前来拜会宋道友。”

任何一个人赶在饭点拜访宋潜机，都不会受到孟河泽的欢迎。

面条在锅里，滚水咕嘟咕嘟冒着热气，择好的青菜放在铜盆里，还没下锅。此时此刻，孟河泽看谁都长着一张缺醋少盐的蹭饭脸。

“青崖什么咸？有多咸？”他眉头一挑，“没听说过。”

三人不料他如此嚣张。若非做客于别派，多有顾忌，这样身份低微、修为普通的小弟子，早被他们身边的书童打破头了。

“竖子无礼！”

孟河泽闻言，眼神更冷，单手解开围裙，举步逼近。

“小孟。”

剑拔弩张之际，院内忽然响起一道声音。低沉，清淡，有些含混。

堵在门口的少年听见这声呼唤，霎时收起锐利锋芒，转身迎回院内。“宋师兄，你睡醒了？面快出锅了。”

他的笑容开朗热情，像变了个人。

少年离开门口，三人才看见院内景象。好一片怡红快绿，盎然春光。

紫藤花架下，置着一把躺椅、一张石桌。说话的人身上落满细碎的紫色花瓣，一边起身，一边用袖子掸衣袍。很显然，他刚才就躺在花架下打盹。

原来这位才是宋潜机。

确实生得好皮相，但有那气势逼人的少年在先，这人显得懒怠、温和，没什么特别。

宋潜机等饭时睡着了。

不怪他犯春困，要怪就怪春风太温柔，暮色太昏黄，花香太醉人。赵济恒送的躺椅太舒服，靠垫太软和，像小兽温暖的巢穴铺满了蓬松的干草。

前世他用打坐吐纳取代睡眠，即使疲累到极点，手边也一定有剑，并随时可以出剑。哪怕后来住进山巅仙宫，寝殿设有最精密、最强大的阵法，他也认为睡眠浪费时间，且不安全。

梦境中飘着紫藤花香，有一座寸草不生的荒山、一片水土流失的荒漠。他日日辛勤耕耘，不畏寒暑。春去秋来，万顷荒地终变绿洲。

宋潜机沉迷种地不愿醒，隐约听到吵闹声，睁眼便看见孟河泽以单手解围裙，一副要跟人打架的阵势。

好梦破碎，他下意识皱眉，先喊了句“小孟”，定睛细看门边的三个不速之客，又忍不住发笑：“请进吧。”

原来青崖书院“修二代”圈今年流行各种绿色，幸好他们只喜欢摇扇子，不喜欢戴帽子。

三人跨进门，本欲挑剔宋潜机待客失礼，却见那人一脸笑容。并非他们常见的谄媚笑容，也不是敌意明显的阴冷笑容。笑得三人摸不着头脑。

敢自告奋勇来打前站，就已经做好被对方嚣张挑衅或巴结讨饶的准备。无论碰见哪一种情形，他们都有应对之策，但绝不包括现在这种情形。

宋潜机竟像看见什么滑稽的事，发自内心觉得好笑，于是毫无顾忌地笑了，甚至将紧张的孟姓少年打发到一边。“没事。”

三人终于回过神，此人根本没把他们放在眼里！

身着水绿色长衫的少年正要发火呵斥，被着葱绿色锦袍的少年摇头制止。

宋潜机刚刚在睡觉，没听见他们介绍身份。不如再给宋潜机一次机会，于是着葱绿色锦袍的少年再次自报家门：“青崖六贤之三拜会宋道友。他们二位分别是延水郡曾氏曾良骏、伏阳郡曹氏曹博学。我出身于崇文郡詹氏，乃三真老祖之孙，铁笔道君之子，区区不才，詹登高是也。”

灶台边的孟河泽听见了，心想这气息也太长了，不学个报菜名多可惜。

宋潜机的脸上依然挂着那种微笑。“哦，你们好，吃了吗？”

三人一愣。

凡夫俗子才问吃没吃，修士之间很少这样打招呼。难道这是一句嘲讽?！嘲讽他们修为不济？

穿水绿色长衫的曾良骏年纪最小，最没耐性，张口撑回去：“我早已辟谷，你管得着吗?！”

话音刚落，孟河泽端着面碗，稳稳放在石桌上。“宋师兄，小心烫。”

青瓷碗，阳春面，上面漂着几滴小磨香油。水红的萝卜丁，碧绿的小葱，鲜嫩的青菜。

原来对方真的在问他们吃饭没，三人的脸色涨红，随即目露轻蔑，心想：“这种东西也敢拿出来待客？我等食不厌精，脍不厌细，乡野粗鄙之物怎能入口？”但一股自然清香飘出面碗，萦绕鼻间，久久不散。

“我管不着。”宋潜机说着开始动筷，“我还没吃。”

他吃得不疾不徐，专注咀嚼，一言不发。

于是场面更不对劲了。

宋潜机坐着，他们站着。

宋潜机吃着，他们看着。

三人紧盯面碗，心中大恨，心想："吃碗阳春面而已，至于这样认真吗？我们说不吃，你也不谦让一下？此人果然是个狠角色，心机深沉，笑里藏刀，绵里带针，偏让人奈何不得！"

"刘师兄，你们什么时候来？快点啊！"

或许老天爷听见了他们内心的祈祷，不忍再添折磨。宋潜机终于吃完了。孟河泽端上泡好的清茶。

而通往宋院的鲜花小径，又走来三个贵气少年。

"此户可是宋院？"惨绿服色的少年笑问。

周小芸打量来客。惨绿色，豆绿色，松烟绿色。她心想，宋师兄菜地里的葱，什么时候也能长得这么好？面上笑道："正是，不知你们又是哪根葱？"

忽见三人表情难看，她才知失言，捂了捂嘴。"我是问三位道友高姓大名，来找宋师兄做什么？"

惨绿服色的少年朗声道："青崖六贤之三，刘天翰，魏泓，康嘉许，请宋道友出来相见。"

院内的三根葱顿时眼睛一亮，忙不迭向外跑，站在另外三人身旁，排成一列，昂首挺胸。

来得好，喊得好，就该让宋潜机出门，凭什么他们进去？

不等门外之人再喊话，宋潜机已经带着孟河泽出来了。

宋潜机想："院子地方狭小，地种得满满当当。若再挤进来三个人，撞翻或踩坏了我的花草菜苗怎么办？"

后来的三人却误以为自己名声响亮，声震寰宇，不由得露出得意的笑容。

"你们到底有什么事？"孟河泽冷声问。

刘天翰笑道："听闻宋道友志趣高洁，清贵脱俗，在他眼中，鲜花粪土，红粉骷髅，别无二致。"

宋潜机心想："你在鬼扯什么？"嘴上说着："不敢当。"

“红粉骷髅”四个字一出，谁不知他们是为妙烟仙子出头，上门找麻烦的。不过片刻，鸡鸣狗跳，烟尘飞扬，一大批华微宗外门弟子跑来宋院门外，人多势众，对来客虎视眈眈。

青崖六贤早听说宋潜机在外门的地位非凡，见此场面也不以为忤。

“诸位别紧张，我们没有恶意。”魏泓笑道，“只是我们这些人不相信世上真有人不辨美丑。问道于青崖书院，做学问刨根问底，我们平日遇到困惑疑难，也非弄个明白不可！”

“是了！我们书院的人万事讲理，不会无理取闹，冤枉别人！”詹登高扬眉吐气，“更不会颠倒黑白，心里明知是美，嘴上却不愿承认，反而出言不逊，哗众取宠。”

“我们只是想请宋道友见一个人。”曾良骏的表情兴奋，“如果宋道友面对此人，还能把那句话再说一遍，我们立刻就走，绝无二话！”

“见谁？”宋潜机被他们勾起些好奇。

后来的刘天翰等三人，忽然向道旁让开。

这一让，便现出他们身后被挡着的人。

那人身姿纤细，身穿简单的白裙，没有任何装饰。头戴幂篱，以罗纱遮面，看不清其五官。

当她走出来时，人们都忍不住盯着她。

看身形，是个少女。虽然不见其头脸，但其身段窈窕风流，绰约而柔美多姿，行动之间，颇有弱柳扶风之态。

周小芸暗暗惊叹，难道这就是荆钗布裙，难掩丽色？以女修的审美，她着实羡慕对方。

白裙女子浑身包裹在衣裙和幂篱中，只有一双手露在外面。

十指修长，骨肉匀停。指甲修得很规矩，指节有力，指腹有薄茧，不曾破坏这双手的美感，反而更添一种坚韧之美。

这是一双弹琴的手，必下得苦功，日日练习。

夕阳暮光镀在光泽的指甲上，泛着薄红。

不少人忍不住想，就算是最擅琴道的第一美人妙烟仙子，若只露一双手，能比眼前的人更美吗？

只有孟河泽冷笑。以宋师兄的定力，别说带个美人，就算带来十个不穿衣服的美人，一起在他面前跳舞，他也不会皱一下眉头。

周小芸轻声问：“这位道友，你叫什么名字？”

那人不动幂篱，只低声答了三个字：“何青青。”

声音微颤，透着怯懦，像只受惊的白兔，更加惹人怜惜了。

“‘兰若生春夏，芊蔚何青青’，好名字！”

外门弟子中，不知谁赞了一声，接着赞叹纷纭：

“人如其名，也像兰草杜衡一般。”

“青崖书院竟有如此美人！”

少女身形止不住发抖，好像在害羞。

青崖六贤笑起来，笑意很古怪。

周小芸看这打扮朴素的少女，比看那群珠光宝气、衣饰浮夸的少爷顺眼得多，便笑道：“何道友，你好。”

那少女却向后退去，险些跌倒，更剧烈地颤抖。“你……你也好，你很好……”

周小芸终于察觉到不对劲。这女子不是羞涩腼腆，而是如惊弓之鸟般惶恐。难道从没有人向她问过好，以至于她竟不知如何回应？

“宋道友是华微宗的名人，我这位师妹，在青崖书院也很有名。”刘天翰笑道，“今日特意带她来，还请宋道友赏脸，看上一看！”

他说到最后四字，声色陡厉，一把扯下白衣少女的幂篱。少女像被人狠狠抽了一巴掌，惊呼一声，猛地低头躲避。

却已迟了，她的脸暴露在众目之下。

一张没有五官的脸！

仿佛被烈火烧过，被刀剑砍过，红肿的瘢痕纵横交错，彻底掩盖了五官。瘢痕下透出漆黑色泽，像某种活物在跳动，就要破皮而出。

夕阳余晖普照，被这张脸一映，顷刻阴冷诡谲，鬼气森森。

是人是鬼？

人身鬼脸。

“怪物啊！”有人惊叫一声。

紧接着，尖叫声此起彼伏，众人轰然四散，你踩我的脚，我撞你的肩，争相逃离怪物。

若平时见到她，他们不会做出如此反应，只是今日之见的前后反差太大。见别人惊叫奔逃，其他人忍不住从众跟随。

宋院门前，人仰马翻。

青崖六贤早有预料，纹丝不动。

他们快活地笑。

咎由自取，最美的妙烟他敢不敬，就来面对最丑陋的怪物吧。

一片混乱中，刘天翰突然伸出手，向何青青的后背狠狠推了一把！“怪物”猛地向宋潜机跌去。

孟河泽按剑。“师兄小心！”

青崖六贤笑意更深。

如不出所料，任谁被一个怪物迎面扑上来，都会忍不住发起攻击，这完全是正常修士受到极度惊吓，恶心、厌恶时的本能反应。

宋潜机一旦被激怒，出手伤人，那他们为保护同门还手，全在情理之中了。

——你不是不辨美丑吗？为何看到何师妹会被吓到动手？

何青青向前跌去，紧紧闭上眼。她已习惯忍受痛苦，因此面无表情，一滴眼泪也没掉。

“你没事吧？”

出乎意料，她没有被打，也没有跌在地上，反而被一双手扶起来。她闻到一阵紫藤花香，听见头顶响起一道声音，很冷淡，却温和。

何青青睁开眼，见一个容貌俊美、身材颀长的少年郎扶着她。

他眼里除了惊讶，没有其他情绪，就连惊讶也一瞬即逝。

孟河泽心想，好险，这人不是来伤害宋师兄的。

宋潜机也想：“好险，若非我出手够快，这人差点撞翻我的豆角苗木架。豆角苗何其娇嫩，哪儿经得起撞。”

宋潜机扶着人，向前走了三步，确定远离菜地，才松开手，抬头困惑地问对方：“所以你们到底要给我看什么？”

他的疑惑发自真心。

有邪道魔修在活人体内炼蛊毒，时间一长，就算将蛊取出，受害者的面容也已受损，需割肉削骨，不可恢复。他见过许多，早就不以为奇。

前世有同行衬托，邪道之主的欢喜禅，倒不算最阴险狠毒的功法了。

他下意识看了一眼孟河泽。

孟河泽稍怔，羞愧地低头。他想："不过是个修为低微的女修，容貌异常而已。我刚才一惊一乍，果然令宋师兄心生不满。明天煮什么面呢？"

青崖六贤的惊恐也发自真心。他们眼睁睁看着宋潜机扶起何青青，对那张鬼脸视若无睹，甚至淡然地向他们走近三步。

宋潜机进，六人就退，退得满头虚汗，脸色惨白。

他们不约而同地想："这人还是不辨美丑吗？这是不辨人鬼吧？"

那个孟姓少年也不正常。

外门宋院，恐怖如斯。

"走，我们走！"

不知六人中谁最先掉头跑路，其他五人忙不迭地跟上。

何青青虽然睁开眼，看见了扶起她的少年，但只一眼，便似被烈日灼伤般低下头。她怕吓到对方，以袖掩面，转身去寻幂篱。

方才人们乱奔，幂篱被刘天翰随手丢弃，又被人们踢来踩去，早已破碎不堪，沾满泥土，印满脚印，她却慌忙戴在头上，就像溺水者抓紧浮木。

"等等。"何青青听见那少年又开口，不由得僵立在原地，浑身冰冷。

话却不是对她说的。

六根青葱齐刷刷地回头。他们此刻看宋潜机更像白日见鬼。

"你还想怎么样？"刘天翰色厉内荏地吼道。

"我想问你们，做这种事，院长知道吗？他不管吗？"

那人的声音依然冷淡，却不再温和。

何青青隔着脏污的面纱抬眼偷看，不知为何，突觉眼睛有点发酸。好奇怪，明明很久没哭过了。

"就算院长不管，子夜文殊不在吗？他也不管你们吗？"

邻居家兔崽子玩蹴鞠打脏你家院墙，你不会直接上手打孩子，往往会问一句："你家大人呢？你家大人不管吗？"

上辈子宋潜机看他们，像看一群制造笑料的谐星；现在看他们，像看一群熊孩子。

六人却仿佛受到莫大冒犯，哆哆嗦嗦伸出手指。

“你大胆！竟敢直呼院监师兄的名讳！”

“以你的身份，根本见不到院监师兄，你不要以为能威胁我们！”

宋潜机：“好了，都回去吧。”

六人如蒙大赦，慌不择路，消失在鲜花小径的尽头。

“你学会了吗？”宋潜机回头问。

“学……学什么？”何青青声如蚊蝇。

她不知道自己为什么没走，也没想到这个少年居然愿意与自己搭话。她手足无措，更无地自容。

“下次再遇到这种事，就学我刚才的样子，问那两个问题。”

宋潜机说完，便回家了，留下何青青呆怔地站着。

他是在为自己出头吗？

孟河泽忍不住走过去，虽然这是别家门派、别人的事，他丝毫不知内情，但少年人路遇不平，无法视而不见。

他问：“你一直被他们这样欺负？”

何青青不说话。

“他们让你来，你就来？你不会反抗吗？”

何青青被他的气势吓退两步，仍闭口不言。她今天若不来，处境会更艰难。

“我从前听说，青崖书院礼法森严。他们欺负同窗，你不会告诉师长吗？”

何青青摇头。她从来不会向师长或师兄告状。对命运施加在她身上的诸多不公，她唯一擅长做的只有忍耐。

从被人救出魔窟，送进青崖书院前，她已经习惯忍耐，这是她得以活命、深信不疑的生存经验。

孟河泽三句话问不出一个响，怒其不争，甩袖进门。

夕阳渐渐沉入山脉另一头，星子一颗接一颗点亮，宋潜机拎着水壶，借最后一缕落日余晖，给每一棵蔬菜、每一株花草浇水。

他能隐约感知到作物的生命力，比如它们需要多少水、养分够不够。

孟河泽在花架下以单手比画剑招，却怕伤到菜苗，不敢动丝毫灵气。

“宋师兄，你说表演赛我能赢吗？”

“赢不重要。”

“那什么重要？”

“好看。”宋潜机说，“打得好看，就够了。”

“如何好看？”

“动作流畅，落招精准，伤口小而深，不能砍得血肉横飞。要让人看得舒服，不能出下三烂的招数。别担心，你这外形就比别人有优势。”

孟河泽心想：“原来你不是真的不辨美丑，只是不愿对女修以貌取人。少年中谁不爱美色，我如何才能修炼到宋师兄这般境界？”

“宋师兄，今天的种子到了。”周小芸叩门进院，将三个储物袋放在石桌上。

宋潜机家里的种子已经很多，足够他下山之后开垦一座荒山。外门弟子们依然兢兢业业地为他收集着种子。

周小芸送完种子却没走，犹豫半晌，终于开口问：“之前那位青崖书院的师妹，是身患恶疾吗？”

她觉得自己方才的反应过分了，但也不知如何补救。

宋潜机摇头。“邪道中有些功法，专以活人血肉炼制蛊毒。日久天长，蛊人的容貌变异，就算能除蛊保命，面容仍难以恢复。”

周小芸吸气。“那她岂不是很可怜？”

孟河泽冷哼：“青崖六贤，‘咸’他个头。”

他说完，才发现自己也能像宋师兄一样，脱口而出“某某个头”，不由得稍感自得。

“那是他们自封的。”宋潜机笑问，“你们见过剑神说话时自称‘剑神’，书圣出了门自称‘书圣’吗？”

二人将头摇得像拨浪鼓。

周小芸：“我明白了！封号要别人捧出名堂。自己封的、常常挂在嘴边的多半是草包！”

宋潜机：“去掉‘多半’也可以。”

青崖书院内大儒聚集，贤者如云，无人敢妄称一个“贤”字。只有被家族交钱送进院门来混资历的“修二代”，不怕被人在背后笑话，聚众玩乐时互吹互捧，自称“六贤”。如果是真正重要的人物，华微宗的高层就算忙得没觉睡，也不会只打发执事去迎接他们。

“回去吧，我要看星星了。”宋潜机说。

他知道孟河泽才真的忙得没觉睡，每天除了打工，还要给自己做饭泡茶。为了表演赛，孟河泽没日没夜地修炼。但如果他让孟河泽别来煮面，省出些时间，孟河泽又像受了天大的委屈。

二人告辞，小院重归清净。宋潜机瘫进躺椅，仰望夜空。

除去六根青葱来访，他这一天很圆满——认真种地，认真吃饭，认真看星星。

晚风徐徐，吹散出满园鲜花、青草、泥土的味道。

宋潜机十分满意。

直到他听见一阵哭声。

那哭声悲悲切切，如泣如诉，顺着夜风飘进院墙。

宋潜机的眉头微皱，动了动耳朵。是黄昏时来的那个女修。她竟然又回来了。

宋潜机闭上眼，耳畔哭声愈发清晰。

他起身，开门。

如果有恶霸上门打砸闹事，宋潜机有一万种方法让他消失，但何青青只是蹲在门口，埋头啜泣。

他的三丛凤仙花都被哭得没精打采，花瓣闪躲，在晚风中瑟瑟发抖，豆角苗也垂头丧气，叶片萎靡地享受着月光。

它们也是有情绪的，哪儿受过这委屈？宋潜机看在眼里，疼在心里。

“你哭什么？”他问。

何青青被开门声吓了一跳，向后倒去。

宋潜机一把拉住她。“小心！”

花菜何辜？小心踩踏！

何青青没想到他会伸手拉自己，紧张地屏住呼吸。那阵淡淡的紫藤花香气仍旧飘进鼻腔，笼罩周身，令她头晕目眩。直到宋潜机松开手，她才恢复知觉，重回人间。

“对……对不起。”少女小声说。

她换了新的面纱，即使身处漆黑深夜，依然严密地遮着脸。

“你为什么要在这里哭？”宋潜机问，他的本意是“你可以换个地方哭”。

何青青一怔，却以为他问自己哭的原因。

从来没有人问过她，也从来没人关心她。一直紧绷的弦断了，压抑已久的情绪全盘崩溃。

少女几乎不管不顾，一股脑地发泄出来：“我的琴没了，被他们砸坏了。没有琴，我去不了登闻雅会。全完了，彻底完了……”

她从没对人倾诉过委屈，说得颠三倒四。

宋潜机听了片刻，终于明白。

她将登闻雅会的琴试当作最后的希望，是难得的人生转机。现在，她没有琴了。

不管沙漠里的骆驼如何挣扎，命运的最后一根稻草，还是压了下来。

“你可以再买一把。”

“不可能了。那把琴，是我用所有东西换来的。”

宋潜机想说：“不就是没钱嘛，我给你钱，赶紧拿去买。你我萍水相逢，无冤无仇，别在我的菜地旁边哭，耽误我种地。”

摸兜，兜比脸干净。

他突然意识到，自己重生以来，不事生产，全靠吃白饭，一时间有些尴尬。

“问题不大。”宋潜机说。

等他再走出来，手里竟然拿着一柄剑。长剑的色泽陈旧，但在华微宗外门，已是难得的好剑。

“你……你！”何青青骇然，浑身颤抖。

她却一咬牙，说出今晚最清楚、最完整的几句话：“你要杀便杀吧！我受够了，这世道谁还想活！我早该死了，我宁愿死在你这样的人手上！”

因为绝望，声音极凄厉。

宋潜机：“……你在这里等我。我现在出去一趟。”

何青青茫然。

他走出两步，回头叮嘱：“千万别乱动。”

他见对方坐在石阶上，抱膝缩成一团，与竹篱笆保持距离，这才满意地走了。

不就是买琴吗？大活人还能被几块灵石难倒？

何青青抱膝坐在夜风中，望着少年清瘦挺拔的背影，直到那人走出小径，与满天繁星的夜幕融为一体，令她再也看不见。

她想，这不是真的吧？

好像做了一场梦啊。

宋潜机回屋取剑时，顺便带上了陈红烛送他的符箓。

一路畅通无阻，遇到三队执法堂的巡逻弟子，巡逻弟子刚拦下他想盘问，望见他前襟别的红色纸鹤，又很快让开。

山门前，值守弟子也客气地与他打招呼，目送他走出山门牌楼，却不知联想到什么，神色古怪，羡慕中掺杂着同情之色。

宋潜机的背影刚消失，他们便迫不及待地聚众八卦。

守夜枯燥无味，终于有一件新鲜事解了困乏，他们能唠一整晚。

“深更半夜，他出去干什么？你没问吗？”

“他带着大小姐的符，我敢问吗？你怎么不问？”

“唉，谁说男人的长相不重要？人家长得好看，就是事事占便宜。”

华微宗位于天西洲上林郡。

放眼整个天西洲，华微宗一家独大，好似擎天巨树，叶大根深，依附它的凡人城镇、邦国部族数不胜数。

各个属地皆设有神仙庙，百姓在皇室或属地仙官的带领下，按时供奉华微宗掌门和峰主的金身塑像，为宗门增益气运。

华微城只是其中之一。

它距华微山不过数里，背靠大树，邪修不敢来犯，尤为繁华，人口多达上百万。

春夜里走在这座没有宵禁、夜不闭户的雄城，夜风都变得更轻柔、更醉人了。

宋潜机若往城东去，舞榭歌台，金灯如昼，还会碰见赵济恒之流一掷千金，眠花宿柳。

若往城南去，赌坊钱庄，吆喝喧天，说不定徐看山和丘大成正在摸牌下注，捶胸顿足。

宋潜机只往城北去。

城北是一条老街。住在这里的人们睡得早，夜里偶尔出一点动静，也是犬吠猫叫孩子哭。街边的酒肆、面馆、绸缎庄、胭脂铺已经关张落锁，只剩几面半旧的酒旗在风中飘摇。

老街逼仄狭长，如蛛网般纵横交错。初来乍到的外乡客，没有本地人领路，难免撞进死胡同，需摸索一个月，才能勉强不迷路。

但宋潜机的脚步笃定，毫不迟疑。他没有走错一步路，没有拐错一次弯。

春月凉凉，长街寂寂。

石板历经风雨，被打磨光滑，映着宋潜机斜长的影子。他忽然想起，前世此时，自己也走在这条路上。

华微宗堂堂大宗门，一个外门小弟子却在宗内杀了人，还越狱了，华微宗的人觉得有失威严，在整个修仙界悬赏追杀他。

宋潜机逃命不止靠逃，他初下山才至炼气期，杂鱼一条，哪里逃得过高阶修士的搜查，他更多时候靠藏。

靠细致的观察、步步为营的谨慎，靠高阶修士的疏忽和傲慢。

他故意留下逃往城外的线索，大胆地折返，隐匿于华微城，一边扮丑扮残扮乞丐，一边拼命修炼。

华微城所有的暗巷小路和狗洞，他比打更的更夫还熟悉。他的心里刻着一张地图，时刻假设敌人从哪条路出现、自己走哪条路、逃往哪里可以最快脱身。

虽然，很多年后修仙界称他为百战不死宋潜机，但他学会的第一件事，并不是拔剑战斗，而是拔腿逃命。

旧地重游，正逢月圆。

宋潜机手拎长剑，顶着月光散步。

这辈子，他再也不要逃命了。

老街幽静漆黑，只有一家店铺还亮着灯。宋潜机停在店门前，目露一丝感怀。四字门匾掉漆，依稀可辨后两个字：当铺。

华微城的大当铺，都开在赌场边。

这家当铺实在太小、太老，一灯如豆，掌柜在打算盘，伙计在打苍蝇，老猫在打瞌睡。

走进厅堂，正对面的白墙上贴着一副不成文、不对仗的对联。

上联：人生自古谁无死。

下联：钱财乃身外之物。

横批：半晌暴富。

宋潜机站在厅堂，甚至没人招呼他，只有对联里一个惨烈的“死”字扑面而来。

作为一间做生意的当铺，这里实在太晦气了。

“来活了！”宋潜机先招呼伙计，“当东西。”

“当什么？”老掌柜抬起眼皮，微微眯眼打量他。

“当剑。”

他将旧剑拍在长桌上，“啪”的一声脆响，惊醒在窗下打盹的老猫。

“十块灵石，不还价。”

掌柜使了一个眼色，伙计进后台点够灵石塞给客人，一脸爱要不要的表情。

“十块灵石，正好买把琴。”宋潜机说。

“你怎么知道我们还卖琴？”伙计这才正眼看他，惊奇道，“不对，你怎么知道我们的琴正好卖十块灵石？你以前又没来过！”

“你怎么知道我没来过？”宋潜机笑了笑，“说不定是你忘了。”

小伙计不服。“不可能！我过目不……”

“话多！”掌柜低声道，狠狠瞪了伙计一眼，“拿琴。”

一把琴与宋潜机带来的剑，一齐摆上长桌。宋潜机入手掂了掂，试了两个音。

琴身很结实，音很准，七根弦组成一个小型扩音阵，正适合初入门的音修。

整座华微城里，这把琴绝对是用十块灵石能买到的最好的琴了。

“不对。”宋潜机却皱眉。

“哪里不对？”小伙计不忿，“我只看一眼，就知道你最适合什么琴！我们店里，没有比这把琴更配你的。”

掌柜又嫌伙计话多，抄起算盘敲他脑袋。

“并非我用。”宋潜机说，“太重，有没有轻一点的？”

琴身重，瘦弱的女子可能抱不动。弦也重，指力不够弹不出音。

“你是给别人买琴？”掌柜和伙计的神色都变了。

“是。”宋潜机点头。

“送人啊？送女修吧？”一直懒得说话的老掌柜，忽然笑得极亲切，“怎么不早说呢？来，快来坐下聊。小斫，愣着干什么？给客人泡壶茶，咱们来生意了，看这倒霉孩子，没点眼色！”

名叫小斫的伙计一翻白眼，端茶去了。

宋潜机：“不用麻烦，我只买一把琴。”

“给女修买琴，想不麻烦也不行。”掌柜笑呵呵道。

宋潜机心想：“你别糊弄我。”

为了妙烟，他前世买过不止一把琴。名琴如名剑，可遇不可求。

他曾大费周折，寻来十卷珍稀古谱和一把已绝迹于世的名琴太古遗音赠予妙烟，作为聘礼。

十方精美的檀木匣子被摆上来，一字排开，伙计开匣，光华乍泄。

有的琴身描金画凤，有的琴面点缀金箔，有的雕刻花纹，有的镶嵌明珠……

破旧的小当铺，顷刻间金碧辉煌，光彩流转。

“你有没有中意的？”掌柜问，“这批不行，后面还有。”

“我只要一把普通的、轻点的琴就可以。”宋潜机说。

“不可以！送女修的琴，普通的多没面子，我们不会做。”掌柜连连摆手。

宋潜机扫了一眼琴匣上标价的木牌，感到一阵头晕目眩。“你定如此高价，卖得出去吗？这里不是仙音门，城里没几个弹琴的女修吧？”

掌柜毫无愧色，坦荡地说：“就算女修们买不起，也会有你这样的人来买单。所以，女人的钱永远比男人的钱好赚。”

宋潜机无法反驳。“……有道理。”

掌柜很得意。“谁不明白这个道理，谁就做不成大生意！你留下这柄剑，二百二十块灵石的琴，算你二百块灵石怎么样？”

他显然把宋潜机当作冤大头，想宰一刀。

宋潜机摇头。“我没钱。”

“没钱?! ”掌柜立刻变脸，“没钱你买什么礼物？没钱你追什么女修？”

宋潜机懒得解释，取回剑，起身欲走。

掌柜在他身后喊：“一把琴都送不起，你一辈子没道侣！”

宋潜机心想：“呸，我上辈子送过天下最好的琴，还不是没道侣。”

“算了吧。他也不是非买不可。”伙计小斫笑着，好像很高兴掌柜这单生意没做成，嘴里没诚意地劝道，“看他那副样子就知道，对他来说，这世上没什么重要的事。区区道侣，何足挂齿？”

宋潜机的左脚已经跨出门槛，忽然想起自家门口被哭得没精打采的豆角苗和凤仙花。

人生在世，怎会没有什么重要的事？一个黑店伙计，凭什么说我没有？

他回头，径直走向老掌柜。“我没钱，但我要买琴。”

来都来了，总该为门前菜园再努力一次。

掌柜气笑了：“你还想抢啊？你也不看看这是什么地方，原以为你是个懂行的……”

“我要下楼。”宋潜机说。

掌柜的讽笑戛然而止。胖乎乎的老猫呜咽一声，跑得没影了。

小斫跳起来，如惊弓之鸟，哐当，关上店铺大门。

“我要下楼。”宋潜机重复。

“你从何处来？”掌柜问。

宋潜机神色不变。“不问来路！”

“你到何处去？”

“不问去处！”

“东西不干净，可能有麻烦。”

“不问死活！”宋潜机最后答。

“好，请！”

老迈的掌柜目露精光，金丹修士的威压隐隐泄出。

稚嫩的伙计脊背笔挺，竟也是个筑基修士。

贴着晦气对联的墙壁忽然无声分开，露出幽深的入口。

春风吹起街上的酒旗，却吹不进窗户大开的当铺。不知何时，此间如陷困阵中，气机封锁，如一潭死水。

这本来就是家地下黑店。

这阵势足以吓到大部分人。但散修宋潜机逛黑店如回家。

他走到黑暗深处，熟门熟路。

类似的黑店，修仙界共有六家，华微城的这家当铺只是其一，其他黑店伪装成米粮铺、胭脂铺、肉铺等。

在店里只要“下了楼”，买主不问卖家的身份，卖家不问卖给何人，又做何用。

黑店最适合销赃分赃，倒买倒卖，为前世的宋潜机提供了极大的便利，但直到亡命于雪原，他也不知黑店背后的龙头是谁，只隐约猜测，应是个已经陨落的强者。

人虽然不在了，其手下依然忠心耿耿地经营遗产，以寄哀思。

圆月挂在桃树枝头，将树影筛落在院墙上，斑驳陆离。

何青青抱膝坐在院门口，夜色愈深，夜风愈寒，她忍不住轻轻打战。她抹了把脸，发觉泪痕已经干透，指尖比脸颊更冰凉。

其实她很久没哭过了。

其他女孩子哭，是仙子落泪，梨花带雨，见者伤心，惹人怜惜。

她哭是椎心泣血，别人见了只会觉得恐怖，胆小的人晚上要做噩梦。

草丛里虫鸣声喧闹，衬得夜晚更孤寂。

何青青又冷又饿，忍不住想：“那个人还会回来吗？会不会只是耍自己？如果他真的耍我，那……那也没关系，反正习惯了。”

她看得出来，那个人在华微宗外门很有威望，很受人尊敬，大概如子夜师兄在青崖书院一般吧。

她在泥地里，他们在天上。人心本就不相通，何况云泥有别。

小径尽头，鲜花晃动，忽然响起脚步声，一个人远远走来。

“宋……”何青青霍然起身，等她看清来人，眼里的光又熄灭。

来的是一个红衣女子。娇艳明丽，裙摆飞扬，像一支火把，几乎将夜幕点亮。

何青青既羡慕又害怕，不敢多看，低下头，等对方走远。

对方却不是路过，而是径直向她走来，近到与她面对面三步远才停下，极具压迫感。

“你是谁？”那红衣女子问。语气好像主人问一个不请自来、擅闯门厅的恶客。

“青崖书院，何青青。”白裙少女屈膝行礼，低声道，“道友好。”

下一个问题本该是——你在这里做什么，陈红烛却突然问不出口了。她觉得何青青这个名字莫名熟悉。

宋院周围二十户，她刚才一一走过。

白日里，没有一个人告诉她宋潜机的动向。因为追踪符的动静，她才知道宋潜机晚上下山了，逼问过执事堂的人，才知道白天发生了什么。青崖书院那六个人前来寻衅，带来一个容貌异常的女修试图刺激宋潜机，却反被宋潜机吓跑。至于之前她发展的二十户眼线，他们将她给的灵石和传信符放在院门口，一句话也没传来。

态度再明显不过，他们不愿意再通风报信，哪怕有利可图，哪怕隐瞒不报可能挨鞭子。

陈红烛第一次在华微宗说话不顶用，她以为自己会勃然大怒，但心中的疑惑大于怒火。她本可以踹开那二十户弟子的房门，将那些不识好歹的外门弟子拎出来，狠狠抽一顿。但她没有这样做。

她由衷地感到迷茫，为什么每次到了宋潜机这里，事情就变得不对劲？

令人恐惧的鞭子不能震慑人心，用于利诱的灵石失去效用，足以让她毛发直立。

外门弟子虽然身份低微，却是支撑华微宗这样的名门大派的基石。

外门弟子应该最听话、最好管，只要给一点希望，他们就能拼命争斗、为宗门奉献血汗。

如果宋潜机这样的人不只一个，而是有千万个。那华微宗对外门弟子、对附属国、对天西洲所有底层修士的控制还能稳固吗？

她毕竟是掌门虚云真人的女儿。今天发生的事，让她意识到，以恐惧维持的统治，必将被尊严打败。

在外门，没有人真正尊重她，他们却尊重宋潜机。

幸好只有一个宋潜机，他不是书院的教书先生，目前只能影响一批外门弟子。

想到书院，陈红烛又想起白日里自己和师兄去接青崖书院的院长和院监。

就算是院监子夜文殊，那般绝世天才，也要靠整日拉下一张“死人脸”，严以律己，以身作则，才能在人前保持威信，得到书院诸生发自内心的敬意。

为什么宋潜机每天种种地、浇浇花、吃吃面，就能做到一样的事？

子夜文殊若知道，真不会气死吗？

陈红烛浮想联翩，思绪到此处，忽然脑海中闪过一道电光。

她盯着何青青，目光似要穿过薄薄的罗纱。“你就是子夜文殊当年独闯西海魔窟带回来的那个姑娘？”

何青青浑身一震。

子夜文殊成为院监之前，已经名动修仙界。

每个书院弟子都能倒背如流他十六岁独闯西海魔窟，诛杀蛊魔，解救被当作蛊人的无辜百姓的故事。那故事惊险、刺激，院监师兄以金丹初期的修为越级斩杀元婴期的邪修，因而一战成名。

其实那场战斗打得昏天黑地，威力波及甚广，被解救的凡人最后只活下来一个。

一个十二岁的小女孩。

子夜文殊送人进青崖书院，不过一句话，打一声招呼的工夫，然后他继续游历四大洲，书写更多传奇故事，等他回来，已经忘了这件事。

何青青作为这个故事的人证，脸上瘢痕是邪修为恶的证据，她幸运地进入青崖书院，误打误撞地闯进修仙界的大门。

年复一年，每当有人提起院监的传奇，提起青崖书院收留受害者的贤德，就要拉出她来展示一番。

每个人都告诉她应该感恩戴德。

何青青因为做不到感恩，时常感到愧疚和痛苦。她只能做到忍耐。但有时候你越退让、越容忍、越怕事，欺负你的人越多。

“我是。”她听到自己艰难地承认。

她很怕对方像书院每个女学生一样，好奇又激动，问她关于子夜文殊的事。她根本什么都不知道，更无法回答。而且根据她的经验，无论答什么都是错的。

那红衣女子却道："我是陈红烛，你认得我吗？"

何青青讶然。

华微宗掌门的独女。人们称她为华微大小姐、大公主。

自己竟跟她在深更半夜相逢，面对面说了这么久的话。

"你在这儿干吗？"陈红烛问。

问题回到了相逢最初。

"宋道友说，让我在这里等他。"何青青答。

不知为何，陈红烛的心中烧起无名怒火。

"为什么让你等他？"

"不知道。我之前在这里哭，他出门看见我，然后让我千万别乱动，等他回来。"越说何青青的声音越小，"宋师兄是个好人。"

陈红烛心想："我派弟子是什么人，不用你这个外人告诉我。"

"呵呵，你以为他脾气很好？他看似好说话，其实性子最倔，骨头最硬，软硬不吃！"陈红烛想起自己在宋潜机那里结结实实碰了三次钉子，皱眉冷笑，"不过是你哭得他心烦，他躲出门练剑罢了！"

"我……我相信他。他让我等，我就等。"何青青的话才出口，她自己先吓了一跳。这是她第一次反驳别人，竟是反驳陈红烛这样身份的人。却不是为了自己，她只想证明宋潜机言而有信。

"我赌他今晚不会回来的。"陈红烛收拾裙摆，席地而坐，"我也等。"

两个少女并肩坐在院门前的石阶上，红衣如火，白裙如霜，望着同一轮明月，想着不同的心事。

陈红烛想，华微宗若要千秋万代，宋潜机这种人，一定不能多。

何青青想："如果宋师兄真不回来，我也不怪他。他这种人，我遇到一次就该知足。"

山月不知心底事。

宋潜机并不知道，他的院门前已有两个人在等他，还赌了他今夜会不会回去。

摸黑下得五十余阶，光线忽然亮起来，不是灯笼蜡烛那种有温度的火光，而是四面冰冷墙壁散发出的柔和光泽。壁上嵌满上千颗明珠，身处其间，如坠星海，财大气粗，甚是壮观。

宋潜机在“星海”间穿行，路过三道门，那三道门上分别写着：灵草丹药，功法秘籍，法器材料。

每道门都刻有阵法，只留一个碗口大的小洞。

他在第四道门前停下，抬手敲了敲门。

门内传出一道冰冷苍老的声音：“买还是卖？”

“卖符箓。”

“养气符二百块灵石，聚气符二百五十块灵石，追踪符三百块灵石……”

宋潜机打断他。“我只卖养气符。”

“你有多少？”

“一张。”

门内沉默。

宋潜机几乎能感到对方的郁闷：你这比蚊子腿还小的生意，有必要跑到黑店做吗？

“递进来吧。”苍老的声音无力地传出。

宋潜机摸摸鼻子。“我没带在身上……”

门内之人还未说话，宋潜机的背后响起老掌柜的低斥：“年轻人，我不管你是谁家的后生。难道家里长辈没告诉过你，来黑店消遣，是要付出代价的？”

宋潜机转头看他。“麻烦借我用一下符纸、符砂和符笔。”

“你要在这儿现写？”门内的声音拔高。

“马上就好。”宋潜机点头。

年轻符师制符前，往往闭门谢客，沐浴焚香，静坐凝神数日，使精神状态达到巅峰，趁气息饱满时，连写许多张符箓，直到神识不堪重负，灵气不济才停笔。精神稍散，笔力不到，符箓就算废了。

一般的符师，要等结成金丹，才敢尝试提笔成符。

“呵呵，那我倒要开开眼界。小斫，拿给他。”

老掌柜显然不信眼前修为处于炼气期、穷得买不起一把琴的年轻人，真能写出什么东西。老掌柜见多识广，如果真有这么穷酸的符师，是对整个行业的侮辱。

小伙计端来托盘。除了宋潜机要的东西，盘中还有一个香盘、一碗清水和一块干净毛巾。

宋潜机没净手，也没点香。他用一只手将淡黄色符纸摁在门板上，以另一只手提笔，蘸满朱红色符砂。

他甚至没有完全站直，像在路边摊吃早点赊了账，随手给摊主打一张欠条。

他悬腕，闭了闭眼，然后下笔。

笔锋过处，一种极为奇妙的气韵跃然纸上。灵气如泉涌，从宋潜机的紫府中流出，行经周身的经脉气穴，凝聚笔尖的符砂，最终随笔画注入符纸。

宋潜机收笔，符纸上的朱红色线条亮了亮，好像变得更有重量了。

“好了。”他将符箓递到门洞内，整个过程，只在眨眼间。

一气呵成，立等可取。

老掌柜沉默无语，小伙计不知所措，甚至不知道这符制成没制成。

门洞内半点声音也没有。

宋潜机催促：“给钱。”

“我没看清。你再写一张！”老掌柜最先回过神，目光变得热切，“符纸管够，算你三百块灵石！你还会制什么符？”

宋潜机摇头。“一张二百块灵石，说好的。”

“除了琴，你总还需要其他东西吧？”老掌柜有点着急。

“没有了。”宋潜机说。

“年轻人，我们这里珠钗、水粉、驻颜丹应有尽有，与琴搭配，最适合送给女修，你再仔细想想，肯定能想出自己需要什么。”

宋潜机略感不耐，时间不早了。

“我想要个山头。”他挑眉，“你们给得了吗？”

“山头？”老掌柜错愕，是他想的那种……山头吗？

这要求实在出乎意料。

“要山头的话，我需要请示，你明天此时再来吧。”

宋潜机心想：“我明天此时躺在小院看星星不舒服吗？哪儿还用看你们

这满墙的假星星？”

“给钱。”他再次敲门催促。

从门洞内递出一个储物袋，伴随着一个惊疑的声音：“你真是符师？可你的身上分明毫无符意。”

就像剑修的身上有剑气，一个经常提笔的人，行止间气质也与常人不同。

“我不算，只会一点。”宋潜机将储物袋掂了掂，满意地扔给老掌柜，“买琴。”

“这叫‘会一点’？那我这些年……”门内之人又低声说了什么，但宋潜机已举步上楼，没听清楚。

只听见伙计小斫拍门大喊：“郑老，长江后浪推前浪，您可千万不要想不开啊！”

其实老掌柜也有点想不开。

这个人的骨龄最多十五岁，修为最多是炼气后期。披着华微宗的外门弟子服，不重穿戴，穷且抠门。

这个人不该来当剑，不该会制符，尤其不该知道黑店的存在。

浑身谜团。

按“不问来路，不问去处，不问死活”的“三不问”法条，他绝不能开口留人，对方好像也笃信他会死守规矩，毫不担心，扬长而去。

他见过修仙界的许多秘密。大家族、大宗门、前辈强者的秘密往往更恐怖，更骇人听闻，也更见不得人，泛着腐烂污浊的酸臭气，即将被埋葬入土。

这次的秘密不一样，有生机，有活力，像破土而出的种子，让他如被百爪挠心。

他第一次亲眼看见如此年轻的符师，施展如此纯熟的制符之术。青崖书院内年轻一辈的书生，整日伏案练习笔力，符道上却没一个人能胜过此人。

一个绝对的天才，为何寂寂无声，不爱财，不贪名，沦落到当剑换琴的地步？

“十五岁。”

宋潜机走后，掌柜喃喃自语，陷入回忆。

老东家当年提笔成符，大约也是这个年纪吧。

夜幕更沉，明月更亮。

野猫野狗累得睡去，长街之上，只有夜风呼啸往来。

宋潜机背着琴匣，踏月而行。

他上辈子与这里的人常打交道，了解黑店人的职业素养，的确不担心。

当铺前的灯笼像两盏鬼火，忽明忽灭。

从老街尽头走来一个人。那人穿着破烂的粗布麻衣，鞋掉了一只，东倒西歪，趺趺撞撞，好几次险些摔倒，却又在最后一刻稳住身形。

柔腻春风卷起他身上的酒气，飘到宋潜机的鼻端。

宋潜机心想，一个醉酒的小混混，已经醉得迷路了。

一座城的治安再好，也少不了三教九流，只要不惹到修士的头上，不耽误百姓供奉香火，华微宗便懒得费心多管。

华微城就有许多小混混。

宋潜机前世逃命时，很熟悉这类人，偷鸡摸狗喝假酒，聚众打架耍无赖，居无定所睡桥洞。从不犯大罪，也绝不安分。

街上只有他们二人。

小混混忽然迎面撞来，宋潜机向一旁避让，伸手欲扶小混混。“小心点。”

对方又摇晃一下，恰好避开他的手，嘴里含糊地应了一声，不像道谢，醉得睁不开眼。

擦肩而过时，宋潜机下意识扫过那人面容。一张很年轻、很平凡，过目即忘的脸。

走出三步远，宋潜机心神微动，皱起眉。

到底哪里不对劲呢？

是了，分明刚才亲眼见过对方的脸，他却已经忘记对方长什么样，好像从未看清过那张脸！

“隐容术，是个修士！”

与自己一样，一个深夜进黑店的修士。

宋潜机心中的惊讶一瞬即逝，脚步没停，更没有回头。

对方是什么人，跟他有什么关系？把琴交给何青青，让那个小姑娘别在他的菜地旁哭，才是眼下重要的事。

醉酒的小混混跌进当铺。

“卫平！你来了。”小斫笑得幸灾乐祸，凑近道，“怎么，你的剑又断了？”

名叫卫平的少年从地上爬起来。“我的剑不断，你们岂不是没生意？”

“不是我吹，我们今天的生意可好了，刚才还有人来买琴。”

卫平不信，他的目光落在桌上。

满桌的琴还未收起。一片珠光宝气、夺目炫彩中，混入一柄不起眼的长剑。

陈旧朴素，平淡无奇。像山鸡掉进凤凰堆，不，说它像山鸡都是抬举它。卫平想。

“这鸡，不，这剑多少钱？”卫平问。

“你给二十块灵石吧！”小斫说。

“扯，最多十块灵石！”名叫卫平的小混混显然也囊中羞涩，但比宋潜机的脸皮厚得多，嬉笑着拍下十块灵石，抄剑就走，“多一块都没有！”

“不行。”老掌柜想了很多事，终于回神，看见卫平正拿着宋潜机留下的旧剑摆弄，“这柄剑我不想卖，你换一柄。”

卫平回头，挑眉一笑：“不换，我看它顺眼，偏喜欢它。钱货两清，剑就是我的了。”

这一笑，令他看似平凡的面目忽然生出灿烂光辉。

竟盖过满室浮华琴光。

伙计小斫因这光彩笑颜而恍了神，被掌柜用手肘一撞，才“啊”地惊呼出声，随即恼羞成怒。“好端端的笑什么笑，你正常点行不行?！你练这隐容术多吓人，自己心里没数吗？”

卫平无辜地摊手。“那是我还没练到火候，气息一泄，容貌也变了。”

这句话说完，他又变回普普通通、邋遢潦倒的小混混的模样，任谁从他身边经过，都不想多看他一眼。

方才那摄人心魄的笑容，仿佛从未出现过。

“我先走了，不吓你了！”

老掌柜抬起一只胳膊，稳稳挡在他面前。“把剑留下，我要拿给老东家看。”

“一柄破剑，十块灵石，有什么看头？”卫平轻嗤。见老掌柜冷着脸不让路，他忽地足尖一点，身形凭空跃起，如离弦之箭般冲向门口。

他的动作毫无预兆，只留下笑嘻嘻的声音：“那老头以前说过，要让我做未来少东家，你们忘了？少东家买一柄剑而已，别计较啦！”

小斫闻言，不可思议地瞪大眼，真怀疑此人的脸皮比华微城的城墙还厚。

然而任凭卫平上下翻转，无声地翻横梁，踩桌子，瞬息变幻数十种轻身术，始终有一只胳膊拦在他面前。

老掌柜冷笑，金丹威压隐隐流泻。“老东家还说，你肯学他的书道，你才是少东家，你一日不学，你就什么都不是！”

双方困在小当铺内，顾忌颇多，都不敢泄露气息，怕惹出大动静。

卫平终于被逼落地，破口大骂：“你们书圣门下欺人太甚！做生意强买强卖，收徒弟也要勉强？”

“喂，你这死无赖！”

小斫刚撸起袖管，卫平已捂着胸口演起来。“别动手啊，我心疾要犯了，死了赖你一副棺材！”

恰在此时，楼下传来一声痛苦哀号，仿佛在给卫平配音。

三人面色齐变，老掌柜向楼下奔去。

小斫咬牙。“郑老心疾真犯了，一定是被刚才那小子气的！”

从宋潜机进门当剑开始，小当铺注定迎来兵荒马乱的一夜。

“郑老怎么样了？”卫平问。

“还好。吃过定神丹药，我帮他疏通过灵气，他打坐入定了。”老掌柜擦汗。

“都是那小子惹的祸！”小斫气道。

“到底怎么回事？”卫平彻底被勾起好奇心。

他很后悔没有早来片刻，遇到刚才那个人。

老掌柜也气闷，在桌上拍出一张养气符。“郑老盯着这张符箓，越看越觉得精妙，每一笔都完美。又想起那小子竟然说‘只会一点’，越想越气，入了障，着了相，觉得自己大半辈子白忙活，‘一点’也不会了！这张符箓我得拿走，不能再让他看见。”

卫平凝视符箓，神情专注，半晌‘咦’了一声：“这上面有字叠在一起！”

小斫觉得莫名其妙。“这不叫字！”

养气符是最基础的符箓，有许多画法，都能起到相同的功效。

符师运笔的习惯不同，留在符纸上的痕迹便不同。

“不，这不仅是符箓，也藏着谜语。画它的人，一定想通过这张符箓，传达一个意思。”卫平严肃地道。

“什么意思？”老掌柜皱眉，又想起那少年淡然的面容。

卫平问：“如果我能解出来，破剑给我？”

老掌柜想了想。“好，你试试。”

卫平将符纸颠倒，抓过老掌柜用来记账的纸笔。“倒过来，每一笔都逆着他的笔画顺序看。笔画拆开，不要重叠……”

片刻后，卫平搁笔。“喏，这次看出来了吧？”

老掌柜面色凝重地接过，却见纸上赫然出现两个大字——奸商。

卫平拍桌大笑，笑得前仰后合。“明白没？你们遇见高人啦。他根本不是想画符，他就是想骂你啊，你是不是坐地起价了？”

老掌柜的脸色忽红忽白。“开门做生意，生意人，赚点钱怎么了?!”

小斫忽然道：“我终于知道，为什么老东家想收你这个无赖了。”

敏锐的直觉，以及远超常人的天赋和灵性。

“别捧我，捧我我也不给钱！”卫平抄起旧剑，大笑着出门去，踏到夜色中。

小当铺安静许久。

老掌柜叹了口气：“我们这代人年轻的时候，但凡有些出息，便觉得‘大丈夫生于世，当佩三尺长剑，立不世之功’，可现在真正的天才都怎么回事？世上扬名之辈，多少是沽名钓誉之徒。”

小斫：“卫平的脑子不正常，刚才买琴的人心机深沉，拐弯抹角骂人，我都讨厌。”

“你讨厌也没用。”老掌柜摇头，“去吧，把这‘奸商符’送给老东家看。老东家大限将至，苦于衣钵无人能继。我们不能坏‘三不问’规矩，就交给老东家自己决定。”

等人是件很无聊的事。

两个人深夜等人，彼此却无话可说，比一个人等待时更辛苦。

何青青又困，又饿，又冷，她今日遭人欺辱，又崩溃大哭过一场，精力耗尽，身心俱疲，头脑渐渐昏沉，忘了身在何处、旁边坐着谁，她竟向陈红烛歪去。

陈红烛下意识闪躲，看了一眼何青青过分瘦弱的身体，最终没动，任由对方的脑袋靠着她的肩膀。

“我也累了。”她嘟囔着，稍稍坐近。

当宋潜机回来时，他远远看见自家门口的一道人影变成了两道。

两个女孩子互相依偎。月光下，像一红一白两朵莲花。

热烈与柔弱相映，画面很美丽，宋潜机很头疼。一个女孩子已能哭萎凤仙花，两个女孩子还不哭倒竹篱笆？

陈红烛没有睡着，只是闭目养神，听见脚步声，她便坐直了身子。她一动，何青青也醒了。

意识到自己居然靠在华微宗大小姐的身上睡觉，何青青吓得猛然站起身。“对不起。失礼了。”

那少年披着一身月辉走近。

“宋师兄！”何青青惊喜地喊，又觉得极不妥当，低声改口，“宋道友，你回来了。”

陈红烛没有看她，只盯着宋潜机。“你去哪儿了？”

宋潜机指了指前襟的红色纸鹤。“你不是知道吗？”

何青青听他们熟稔地谈天，心中滋味莫名，似羡慕，又似酸楚。

又听陈红烛问：“我听说你是佩剑出门的，你的剑呢？”

“当了。”宋潜机淡淡地道。

“当了?!”陈红烛跳起来。

宋潜机没理会她，他想尽快解决这件事，于是卸下琴匣，转向何青青，道：“拿去吧。”

琴匣一开，碧光乍泄。

琴身纤细柔润，似一江春水，七根弦如水上波纹。春水碧于天，衬得明月也暗淡无光。

“这是……绿漪台？”陈红烛忍不住惊呼。

宋潜机其实没注意琴名与讲究，只因上手掂过，这把琴的重量最轻，便选了它。

“你作为一个剑修，当了自己唯一的剑，就为买一把绿漪台送给她？”陈红烛咬了咬下唇，伸手指琴，又指人，“你……你是不是疯了?!”

何青青比陈红烛更惊讶，甚至是惶恐。她怔怔地望着宋潜机，竟不敢接。

绿漪台当然最轻。按天西洲名门望族的讲究，它是家里的长辈送给小女儿的第一把琴。

它不便宜，女孩带着琴出门与同伴玩乐踏青。旁人见了，便知这女孩的家境优渥，且在家极受宠爱，轻慢不得。

“你对得起‘那个人’的教导吗？”陈红烛气道。

“与他人何干？”宋潜机疑惑地反问。

他觉得对方误会了。

一来，他并不知门派世家里送琴有何典故讲究，哪把最轻买哪把。在他眼中，当铺的琴都很普通，只要是这个模样，漆这种颜料，用这类木材，不管谁做，做出来的琴都能叫绿漪台。无论标价多少块灵石，都不过是样子货，只有“九霄环佩”“枯木龙吟”“太古遗音”那般具有斫琴者的功力加持，天上地下独一把的琴，才配称为名琴。

二来，旧剑于他已是无用之物，平日放屋里，不仅积灰，还占地方。

他用一件自己最没用的东西，换了自己最心爱的菜地不受损失，重回清净，怎么看都很划算。

陈红烛急道：“倘若我有你这样的机遇，绝不会浪费。”

宋潜机更加疑惑。“这又与你何干？”

陈红烛跺脚，被气跑了。她终于发现，每次与宋潜机见面，不管开局如何，总以生气告终。“那个人”兴致上头，随口教导他，难道就看中他惹人生气的本事天赋异禀？

毕竟有种说法：师父收徒，是想在徒弟身上寻找年轻的自己。

何青青担忧地看着小径尽头——翩飞红裙消失处。

宋潜机将琴匣塞给她。“快回去吧。”

“太贵重了。我不能收。”她也不敢收。

宋潜机一惊，心想：“别搞我啊，那我这一晚上岂不是白折腾了？”

何青青只听那少年轻声叹气，好似无奈。“他们今天原想吓唬我，才带你过来，后来气不过，又迁怒于你。你这场无妄之灾，皆因我一时戏言而起。此琴赠你，算是赔罪，收下吧。”

赔罪？从来没有人对她赔过罪。好像她遭受的一切都是活该。经年累月，就连她自己也这样想。

何青青抬眼看去。月光勾勒出少年俊美的侧颜，柔和了他锐利的棱角，又给他镀上一层淡淡银辉，他像悲天悯人的神。

人们都说青崖书院有一尊神。院监子夜文殊永远面无表情，永远公正无私，冰冷无情，高不可攀，看见他就会让人想起世上一切森严规矩。

何青青亲眼见过他，只觉得那说法太夸张。子夜师兄确实少私寡欲，但还在人间。

眼前的少年更像真神。看上去近在咫尺，却遥不可及。

“快回去练琴吧，祝你在登闻雅会上技惊四座，前程似锦。”

宋潜机说完，没听见回应，直觉不对劲，仔细一看……坏了，怎么又哭了?!

何青青的眼泪无声地涌出来。“就算有了琴，我也去不了登闻雅会。师兄快拿琴回当铺，把你的剑换回来吧！”

“为什么？”

“我不能弹妙烟仙子的曲子。我命里注定不配拥有这么好的琴。但宋师兄对我的恩情，我永远记在心中，来世愿为黄雀，结草衔环以报，愿做牛马……”

“等等。”宋潜机打断她，有些纳闷，“这跟妙烟有什么关系？”

怎么哪儿都有妙烟的事？

“只要我报妙烟仙子的曲子，报名弟子就不肯登记我的名字，说我这样的人弹奏仙子的曲子是对她不敬。”

如今流行的琴曲，几乎全为妙烟仙子所谱。何青青买不起琴谱，却对音律过耳不忘，听别人弹过一遍，就能弹出一模一样的曲子。但她只听人弹过妙烟的曲子。

宋潜机想了想。“倒也不是难事。我给你写一首曲子，未必比她写得差。”

“宋师兄，你还懂音律？”

“会一点吧。”

宋潜机今晚已动过笔墨，却只写了两个字、一张符。下笔的手感仍在，甚至有些手痒。

前世妙烟与他订婚后，不再自己作曲。她所弹奏的谱子，一半是他探秘上古遗迹，以身犯险谋得的，另一半来自他寻访的凡间乐师。无论是宫廷教坊的乐师，还是市井的卖艺人，他都不拘身份，折节下交。

这个过程中，宋潜机自然也学会了弹琴，且对音攻之术独有见解，更有别于仙音门的传统功法，但妙烟说他杀心太重，抚琴易伤琴之灵性，他便很少弹琴。

宋潜机本想随便写一首曲子。

起笔是《霸王卸甲》的旋律，他稍顿了顿。

举目见月，忽觉今夜月光格外寒凉，桃花瓣簌簌飘飞，似落了一场雪，就像他逃亡路上，生命最后那一刻。

他一生中遇到过很多场大雪，竟都不如那场雪冷彻心扉。

心意经由笔端，流泻纸上，水到渠成，收笔时，曲调已变了。

幸好不是糟糕的变化。宋潜机在心中默弹一遍，稍感满意。

“你拿去参加登闻雅会，别说是我写的，省得麻烦。”

他将墨迹未干的纸送给对方，却怕这小姑娘哪天遇到别的事，又来他门口哭，就算他受得了，院门口的两块菜地也受不了，于是他说：“我不要你报答，我只要你答应我一件事。”

何青青没想到宋潜机刚说要作曲，提笔便成曲，接过琴谱，犹难以置信。

“只要我能做到，赴汤蹈火，在所不辞！”

“别再掉眼泪了。”宋潜机说。

“啊？”

“就这一件，倒不用你赴汤蹈火。”

宋潜机说完，神清气爽地关上门。

没有哀切哭声的夜晚，伴着花香虫鸣，一夜好梦到天亮。明天又是充实耕种的一天。

何青青抱着琴，独自赶夜路。

她抄了近道。道路崎岖，一侧是绝壁，另一侧是深渊。

月亮被夜雾遮蔽，只能听到水声轰鸣，兽吼回荡。

大风呼啸刮过，吹起她单薄的白裙，仿佛要将她瘦弱的身体吹落万丈深渊。

但她走得不慢，并且每一步都很稳，脊背笔挺如青松，好像正走在康庄大道上，目不斜视地走过万人中央。

“我再也不要掉眼泪了。”她想，“人一生的眼泪或许有定数，我的泪已经流完了，到了别人流泪的时候。”

宋潜机一夜安眠，因为心无挂碍，更无烦恼。

这样春风醉人、明月相照的春夜，却有很多人睡不着。

青崖六贤睡不着。

尽管他们已精疲力竭，鲜明亮丽的绿衣失去光泽，皱巴巴地贴在身上，像干瘪的绿咸菜。想起白日的遭遇，他们仍心有余悸。

“听姓宋那小子的语气，他不会真的与院监师兄熟识吧？”着葱绿锦袍的少年艰难地道，“我们对他的了解，全来自华微宗执事的片面之言。万一他是……”

“虚张声势罢了，他如果真出身不凡，怎会窝在华微宗外门，做一个小弟子？”另一个着豆绿色锦袍的少年道。

“可他不上工，也不修炼，每天关门种地，舒服得像个祖宗，哪儿有这种外门弟子！”

“怪物的鬼脸竟也吓不到他，难道就这么算了？”

“不能算了！”惨绿服色的少年拍桌而起。

按原本的计划，宋潜机受惊之下，动手打伤何青青。他们为同门师妹“出头”，纷纷祭出法器将宋潜机狠狠教训一顿。既出了气，又占了理。宋潜机先动手，按大会期间的规矩，反而要受罚。因此他们去宋院前，已将消息传开，并希望见证这一幕的人越多越好。

除了华微宗外门弟子，的确还有很多人看到、知道这件事。

若不能找回面子，只怕他们以后都要被人在背后戳脊梁骨耻笑，在整个修仙界的世家二代之间，还如何抬得起头?

事情发展到这一步，变得与妙烟的关系不大，已成了私怨。

“关于此人，我已让书童事无巨细地搜集消息。”惨绿服色的少年从袖中取出一沓纸，“知己知彼，百战百胜。今天只因我们一时疏忽，才让他占了先机。其实姓宋的并不可怕，反而弱点很明显！”

他们抓起纸张，一目十行，眼睛渐渐亮起。

惨绿服色的少年缓缓地道：“他身边那凶恶的少年，名叫孟河泽，参加外门考核时，一人连打三百场，打遍外门无敌手。而宋潜机因受伤没有下场。且从那之后，就再没人见过宋潜机修炼，他再也不练剑了。每天忙于种地……”

“修炼一途，不进则退。宋潜机的天赋不错，可以指导其他外门弟子，却是个只说不练的假把式，他本人的战力绝不高！”

气氛终于重新活跃起来。

“本来看他在外门威信深重，我还以为他是个人物，没想到只能躲在别人身后，靠人保护！”

“外门是宋潜机的主场，我们想个法子，支开孟河泽，让宋潜机独自出来，到一个僻静无人处……小心不留证据，他只能吃下闷亏。”

有人笑着抱怨：“在别人的门派里做事，真是麻烦极了，幸好不是毫无办法。”

“对了，还有件事。”一个人稍显担忧，“我刚回来时气不过，砸了何师妹的琴，她跑了，该不会是去告……”

惨绿服色的少年摇摇折扇，不屑地道：“何师妹那种人，就算把她揉圆搓扁，再借她八十个胆子，她也不敢去告状。”

“说得也对！哈哈！”

他们轰然笑起来。

赵虞平同样睡不着。

他在为另一个人沏茶，诚惶诚恐。

那人虽端坐饮茶，却像团暴戾燃烧的火，好像随时要暴起杀人一般。

谁能想到，华微宗峰主之一的赵太极，此夜纡尊降贵，竟来执事堂喝茶。

夜深人静，谁不想打坐修炼，吐纳天地灵气？

这都要怪宋潜机。

白天接待青崖六人的两个执事，是赵虞平派去的。六人能找到的关于宋潜机的消息，也是赵虞平暗中授意散布的。怕他们心有顾忌，赵虞平还隐瞒了陈红烛的部分。

这只是开始。

宋潜机比他们想象中的更难对付。

一个十五岁的少年，竟然可以如此沉得住气？

这种人最记仇，绝不能善了。他们不得不冒着触怒“那个人”的风险动手。

“最早设计他的人是你，在乾坤殿对他出剑的是我！所以与他结怨的不是掌门真人，不是华微宗，而是我们天北洲赵家。明白吗？”赵太极扔下茶盏，冷声道。

“不可心存侥幸，更不能让他成为第二个……”他的嘴微动，无声吐出三个字——“洗，剑，尘”。

即使不在乾坤殿上，没有惊雷悬顶，也没人想轻易说出那个名字。

“等那六个蠢货计划好，一旦动手，就换成我们的人。斩草必须除根！”

赵虞平始终恭敬应“是”，没有平日半分气焰。

洗剑尘确实可怕，但天高皇帝远。只要借刀杀人做得够巧妙，洗剑尘就算兴致再起，想为有一面之缘的便宜徒弟报仇，也只能报复在别人头上，与他们无关。

“幸好只是‘那个人’。”赵太极忽然感叹道。

这个宋潜机，若说他命坏，三年不能进内门，可他居然遇到了冼剑尘。

若说他命好，能得剑神指点，可冼剑尘神龙见首不见尾，自己满身恩怨地浪荡四海，哪里顾得上徒弟。

“一仙一鬼，一圣一神”，若把剑神换作其他三位中任何一位，他们都动不得，不敢动，只能听天由命。

赵太极话锋一转：“我已得到准确消息，书圣、棋鬼皆有传下道统之心，寻继承者而不得。这次的登闻雅会，你务必安排妥当，为我族后辈造势。”

“消灭敌人”的谋算说完，自然说到“壮大自身”的计划。

赵虞平一惊，想起家族嫡系那两位很有名的天才，急忙表忠心：“听说霖少爷自幼钻研阵法与棋道，天北洲无人能赢他。霂少爷潜心苦学七年书画和符道，几乎可以提笔成符。这次登闻雅会由华微宗做东，小的还可借执事堂职务之便助力，天时地利人和，是天要助我宗族啊！”

“他们二人，只要有一个得大能青眼，承下道统，便定了宗族未来二百年的兴盛！”赵太极的面色稍有缓和。

赵虞平急忙凑趣：“两位少爷都是不世出的天才，说不定花开两朵，好事成双。”

伙计小斫怀揣“奸商符”，像揣着一包炸药，埋头走向池畔。

天朗气清，柳叶青青，日光融融，但那池水竟然漆黑如墨，不曾反射出一丝一缕阳光。

春风里，一个老者坐在池畔钓鱼，钓竿稳如泰山。他穿着宽大舒适的白袍，袍子如发色一般雪白无瑕，衬得池水更加漆黑，黑不见底。

一个身穿青衣、中年人面容的修士侍立他身后。

青衣修士身后三丈远的地方，还有十余个身穿青崖儒衫的修士低垂着头，元婴期威压收敛于内，分毫不敢外露。

偌大的墨池内没有一条鱼。

幸好老者只是喜欢钓鱼，不在乎有没有鱼上钩。

小斫站在距老者三丈外的地方行礼，看青衣修士做了个手势，才上前去。

“先生，院长大人。”

老者如梦初醒，甚和蔼，甚亲切。“小斫来啦！当铺里有什么新鲜事？”

小斫硬着头皮呈上“奸商符”。“昨晚有件怪事，郑老被写这张符的人气病了。”

他讲前因后果，讲得很仔细，没有错过任何细节。

老者半合眼，像在听故事。

半晌，小斫觉得老者睡着了，犹豫是否出言提醒，却听见老者笑问：“说不定，他已经知道你们的身份。这两个字，就是写给老夫看的。他还说什么没有？”

“他提了一个要求，他说想要座……”小斫顿了顿，觉得摸不着头脑，“山。除非我们送他一座山，否则他不再提笔写符。”

老者一怔，忽然大笑。墨池泛起涟漪。

“您为何发笑？”

“老夫想起一个笑话。独乐乐不如众乐乐，都过来，一起听听。”

众人未听先笑了。其中小斫笑得最大声。书圣有讲笑话的兴致，本就是件天大的喜事。

老者讲笑话时，也像在念书，语速不徐不疾。“一位仙官为了考验属地百姓的信仰，扮作凡人，问一个农民：‘如果你有一座宫殿，你愿意捐给神庙吗？’农民不假思索地说‘我愿意’。仙官又问：‘如果你有十万块灵石，你愿意捐给神庙吗？’农民还说愿意。仙官满意地想：‘属地百姓对神庙的供奉如此虔诚，我派气运何愁不亨通，何愁不兴旺？’仙官最后问：‘如果你有一只鸡，你当然也愿意捐给神庙了？’谁知农民大喊‘不愿意’，仙官震惊，问他为什么。农民说：‘你傻啊，因为我真的有一只鸡！’”

虽然这是个脍炙人口的老笑话，但众人还是很给面子地开怀大笑，仿佛第一次听。

院长边笑边琢磨：笑话意在讽刺属地百姓不知感恩，阳奉阴违，对神庙供奉香火不诚心。与那个奇怪的少年要一座山，又有何关系？

老者放下钓竿，伸手摸了摸衣袖。他的袖口很宽大，他摸了很久，仿佛里面放着万卷书，只能一一翻找。最终，他只拿出一个小匣子。

匣子不大，方方正正，像小姑娘的胭脂匣。

但池畔的笑声戛然而止。小斫脸色微白。

每个人都盯着匣子，仿佛内含千钧之力。一旦打开，放出里面的东西，便是石破天惊，玉山倾颓。

整个墨池的空间将扭曲塌陷，池畔的人也将灰飞烟灭。

只听老者淡淡地道：“你们是不是忘了，我真的有一座山？”

院长震惊失语，心想，不是吧？那少年再怎么天才，也不敢这般狂妄大胆吧？

那少年可以向琴仙，向棋鬼，向世间任何一个强者提这个要求，甚至剑神听了，也只会一笑而过，全当晚辈戏言。

只有书圣不一样。

因为书圣真的有一只鸡——不，一座山。

匣内的画春山，便是他的芥子空间，也是他最强大的神通。

此山是他开。他也倚仗它安身立命，威震天下二百载。

现在，有个后辈开了口，向他索要这座山。

“我十五岁那年第一次提笔成符，很是张狂，向我师父索要这方‘墨池’。他给我了，不是因为我那时的修为可以驾驭此池，只因他觉得，我终有一日能胜过他。”老者说完这两句话，站起身，他的脊背忽然挺直，一瞬间，仿佛从迟暮回到骄傲恣意的少年时代，“我倒要看看那个小子有什么本事，敢来要我的山！”

画春山本是一座海上浮山。

书圣于山中闭关突破，领悟空间之法，将此山炼化，凝缩在极小的宝匣内。每逢开匣，巍峨高山便凭空飞出，与现实空间激烈碰撞，造成现实空间大范围坍陷。

大山压顶，灰飞烟灭。场面凶残霸道，毫无儒者风范。

幸好这般场景已经很多年没有再出现过。

不是因为书圣随年纪渐长而变得更仁慈、更宽和。只因他的强敌死绝了，再没人值得他亲自动手，况且是动用如此恐怖的手段。

当你证明了自己的强大以后，你讲的道理就有人听了。

书圣渐渐成为世上最讲道理、最重礼法的大儒。他创办青崖书院，然后功成身退，将书院传给现任院长。而画春山静静存于宝匣内，像美人青春消逝后被人遗忘，罗裙褪色，妆奁蒙尘。

青崖书院号称有三万青衫，只要学生们脸皮够厚，都可以自称“书圣门下”，却没有一人能真正继承他的衣钵。

书院诸生，一半以上出身于修仙世家，不乏天之骄子，却没有他要找的后辈。

明路不行，他便转暗路，在四大洲开黑店，米铺、当铺、胭脂铺等，做见不得光的生意。

一年前，他在风凛城胭脂铺发现了卫平，如今又在华微城当铺发现了另一位值得一看的少年。

“华微城啊。”老者笑道，“这次的登闻雅会，好像就在华微山办？”

“正是。”院长答，“我院诸生已经抵达华微山。先前，虚云真人派大弟子送来他的亲笔请柬，请您选拔出‘书画试’魁首。但您嫌他的字写得难看，让我替您赴会。”他转头看看身后的修士们。“飞云楼已经准备好，我们今日正要动身，去华微山与院生们会合。”

“是吗？”老者回忆片刻，纳闷，“我嫌虚云写字难看？”

众人点头如捣蒜。

“老夫改主意了！”老者极坦然地道，“走，我们都去凑凑热闹。”

他说走，立刻就要出发，像出门散步。

对他的突然到访，华微宗毫无准备，将如何兵荒马乱，那是别人的事。

一座飞云楼卷起狂风，直上云霄。一路向西，飞往华微山。

书圣将亲临登闻雅会的消息，一天之内传遍四大洲。

天下符师涌涌，日夜兼程，会聚到华微宗山下，期待有缘得见圣人一面。

从前书圣听说这些事，只会觉得麻烦、不耐，如今却忍不住发笑：那个放言要我的山的年轻后生，若知道老夫会来，一定很激动吧？他现在在做什么？

唉，大概也在废寝忘食地努力画符，准备吸引老夫的注意吧。

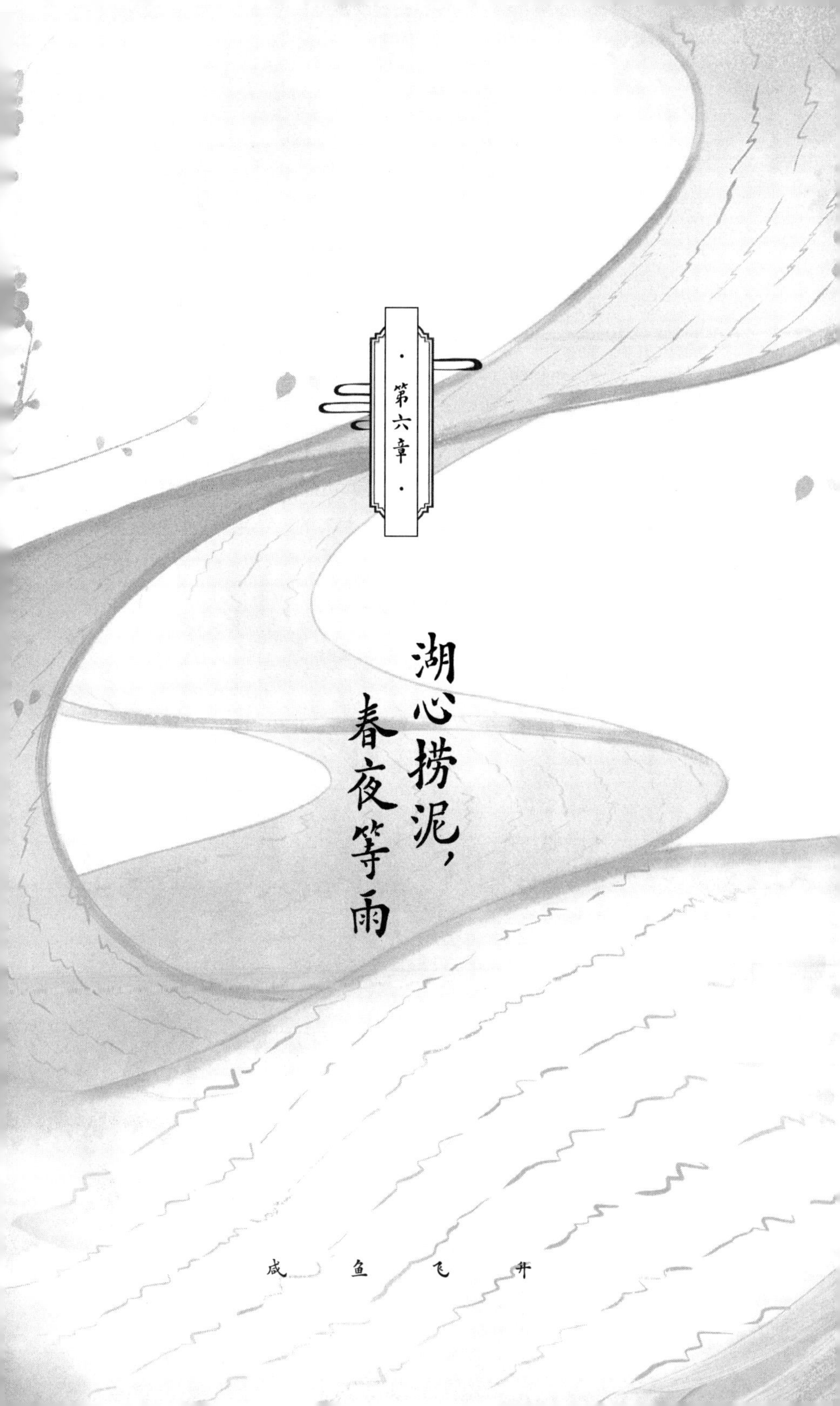

第六章

湖心捞泥，春夜等雨

宋潜机打了个喷嚏。

他正拿着小刻刀给木牌刻字，的确很努力。

院内的许多作物旁，已经有精致小巧的木牌插到土中，露出的部分清楚地写着：茄子，小葱，白菜，紫藤花，爬山虎……

就像赋予每一个由他亲手照料的小生命名字，每块木牌他都刻得仔细，一笔一画，如在豆腐上雕花，比他昨夜在黑店随手提笔写符要认真百倍不止。

如此一来，纵然再碰上有人“不识豆角”，对方也不会张冠李戴，喊错它们的名字。

土豆是他种下的第一种菜，有特殊意义，他给每株土豆苗分别立牌：土一，土二，土三……

淡紫色花瓣、嫩黄色花蕊的土豆花迎风微颤，翠绿色叶片蹭过他脚下的小木牌，好似在打招呼。

“宋师兄！今天新到的种子！”孟河泽闯进门，扔下三四袋种子，就往灶台边冲，“我去煮面！”

宋潜机轻轻吹去刀尖的木屑。“你快突破了。气息不稳，近两日戒急躁。”

“师兄看出来了？”孟河泽有点忐忑，“我能顺利突破吗？”

宋潜机笑笑：“当然。”

孟河泽松了口气，好像只要对方说一句话，他就真的不再紧张。

“别煮面了，我有事，要出去。”

宋潜机已经刻完所有木牌，放下刻刀，孟河泽适时地递上湿毛巾，方便宋潜机擦手。“师兄去哪儿？办什么事？我替师兄去办。”

“瑶光湖，装些淤泥回来种莲藕，用不上你。”

不算院门外的两块菜地，宋潜机的小院里，地上有菜，架上垂花，墙上爬藤蔓，除去石桌、躺椅等必需品的空间，天上地下，已无处可种。

幸好院内屋檐下的石阶上虽然没有土却有一块空地，正好摆下两口水缸。

他新得了一袋莲藕种子，颗颗光滑圆润，泡两天就能发芽，不种多可惜。宋潜机手痒心更痒，立志要让檐下添两缸莲藕，但种莲藕不能用院子里现成的土，最好用湖底经年的淤泥。

孟河泽又递上一条干毛巾，笑道："一点粗活，怎能劳烦宋师兄？我打开院门喊一声，立刻有成百成千个弟子愿为师兄效劳！"

"胡言乱语。"宋潜机轻斥一句，带上储物袋出了门。

泥土也是有生命的，他要亲自去挑。

孟河泽跟在他后面。"我没胡说啊！"

他的确没有胡说，如今，华微宗外门已经变了。

弟子们打完一天的工就走，绝不为了一点奖励多做，耽误时间。找宋潜机答疑，必须错开饭点，没人想听孟师兄赶人。

有宋潜机之后，不必看授业堂长老的脸色。比起原来的激烈竞争和互相比斗，他们现在更喜欢合作。

他们舒服了，很多人开始难受。

执事堂的人最先难受，没人加点打工，灵石矿产出量每况愈下。内门弟子也难受，原本只给一点小甜头，就有人抢破头为他们跑腿办差，现在外门弟子不知从何处见了世面，不好糊弄了。

藏书楼、授业堂的长老们最难受。

从前有人卑躬屈膝鞍前马后，只为请教两个问题，现在没人捧着他们，长老们的心里一时难以接受。

这些事情汇总至一处，堆在虚云真人的案头，变成一个问题：为什么外门弟子变得如此难管？

外门弟子看似身份低微，却人数众多，是支撑起一个大宗门的基石。

基石将倾，大厦何存？

有峰主提议换一批弟子，将变懒的弟子们通通赶下山，从根本上肃清不正之风。

然而如今登闻雅会开幕在即，实在没时间追究，更没空招收新弟子。虚云真人只能命令众人忍耐，先忍到大会结束。

因为书圣即将来访，彻底打乱了华微宗原本的准备。

虚云真人虽然亲自写下请柬，以示重视。但他突破化神失败后，心底并不想见到修为碾压他的那四位强者。

书圣不来，他高兴自在；书圣要来，他也只能认栽。

华微宗的殿宇楼阁星罗棋布。距离大会开场前三天，参会的各宗门、世家已经入住。

青崖书院诸生住在松林阁，环境清静风雅，诸生很满意。

但书圣亲临，应当独住最大、最尊贵的客殿，现在那里住着红叶寺住持大师和其弟子。出家人慈悲为怀好说话，说搬就搬。

其他门派要为红叶寺众僧腾地方，则颇有微词。袁青石、陈红烛出面不行，几位峰主出面也不行，最后虚云亲自出面，才安排妥当。

虚云真人恨不得让书圣直接住乾坤殿，自己搬到殿外住逝水桥。

终于，接待书圣的礼乐仪式排练结束。虚云真人坐下，闭目调息，紫云观观主清微真人却突然来访。

虚云眉心一跳，有种不妙的预感。

很熟悉的感觉。

上次这种预感出现时，还是那个外门小弟子在乾坤殿上说出“那个人”的名字之前。

清微真人着一身紫色道袍，拂尘轻动，喜气和乐。“师伯刚传来消息！好消息啊！”

虚云真人强作镇定，抚须而笑：“那要恭喜棋鬼他老人家，他老人家近来可好？”

“当然好，师伯昨日忽有所感，此次大会或有收徒的机缘。他明日便到，说不必麻烦，一切从简便好。”

“……”

虚云真人不想住逝水桥了，他想跳桥。

“呵呵，不知哪家的幸运后辈能得棋鬼传承，实在是天命眷顾。”他听见自己微微颤抖的声音。

夕阳的光芒洒在湖面，化作碎金点点。

湖上莲叶初发，未成气候。湖心石亭独立，倒映水中。

此地是华微宗一景，此刻湖畔正热闹，许多年轻修士参观游览，笑声如潮。他们有男有女，来自不同门派，法袍各异，色彩缤纷。

宋潜机、孟河泽从人群中走过。两人身穿外门弟子服，像两只灰扑扑的鸭子。

忽然听见一声嬉笑："华微宗不愧有大宗门气魄，外门弟子也能来游湖！"

话音刚落，笑声迭起。

那些笑语不含恶意，仿佛只是看见稀奇的事，单纯，好奇，惊讶，就像一群人看见两只狗上桌吃饭一样。

孟河泽因此更气恼。

循声回头，见湖畔垂柳下，水榭里，一群少女或坐或立，言笑晏晏。一群鲜衣少年围着她们，有的扇扇子，有的捧着瓜果点心，对两个外门弟子指指点点。

孟河泽的脸色一红，双拳攥紧。

宋潜机忽然问："我刚才说了什么？"

孟河泽深吸气，拳头缓缓松开。"突破在即，戒急躁。"

"若觉为难，你不如先回去。"宋潜机劝，是为他好。

孟河泽反被激起好胜心，誓要借此磨炼定力。他想："宋师兄能不为外人所扰，我就做不到吗？"

两人渐行渐远，水榭里笑声依旧。

陈红烛坐的位置恰好背对着湖，不曾看到是哪两个外门弟子，闻言只皱眉。

如果说这话的是旁人，或许是句无心戏言，但说话的人坐在她的对面，正神色得意，耀武扬威，就像暗讽华微宗没规矩，对外门弟子管束不力。

虽说家丑不可外扬，然而各派住进华微山，对外门的情况已略有耳闻。

华微宗外门弟子以"不服管教"出名。

脏活累活，在这里要给两倍价格，才有外门弟子肯做。那些弟子对宗门缺乏奉献精神，所有的尊敬爱戴，只倾注在一个人的身上。

陈红烛的心中烦闷，她知道造成这一切改变的罪魁祸首是谁，偏偏束手无策。

她转移话题：“丰紫衣，你刚才说要赌，到底还赌不赌？你该不是怕了吧？”

她对面坐着的少女身穿紫裙，颈戴银铃圈，鬓角有一朵琼玉花怒放。

那少女笑起来花枝乱颤，铃铛轻摇，艳光四射。“当然要赌！这颗珠子是南海鲛王珠，有分水破浪、震慑海兽之奇效。我也是机缘巧合，才得了这一颗。今天你们华微宗谁有本事，尽管拿去！”

一颗浅碧明珠被放上玉案，明珠内里似有碧波流转，照得整座水榭熠熠生辉。

“我为师妹添个彩头。这块云纹玉佩刻有小型防护阵，可挡金丹修士一击。”那少女身后的一个少年故作谦虚道，“不是什么值钱东西，给诸位赏玩。”

有这两人打头，其他各派弟子纷纷上前。

“我也来添一样。”

“那我也献丑了。”

不过片刻，玉案上便堆满各色法器异宝，不仅实用贵重，而且精致美好。

华微宗独霸天西洲，看似风光无限，但天西洲是四大洲内灵气最稀薄、地域最小的一洲。

其他三洲有青崖书院、红叶寺、仙音门、紫云观、大衍宗等一流宗门，更有赵、刘、卫、丰等诸多树大根深的修真世家。

不管轮到哪家门派做登闻雅会的东道主，都要面临一些考验。

大会开始前，年轻一辈便以聚众玩乐之名，暗中较劲，既拼财力，又逞本事。

陈红烛的身旁跟着七八个华微宗弟子——都是各长老、峰主的亲传弟子，此刻他们也拿出各自的宝物，表面豪气干云，却有人传音问陈红烛：“大小姐，万一输掉了，能找大师兄报账吗？”

陈红烛气得传音大骂：“输了还有脸报账？事关门派荣辱，输了都给我去断山崖面壁！”

东道主怎能输？

这是年轻女修们挑头打赌，就算闹得过分些，说句“小姑娘不懂事，没轻没重”便罢了，不会伤表面和气，影响大局。

袁青石没有来。青崖书院院监子夜文殊和其他门派顶门立户的大弟子也没有出面，他们只坐在湖心亭中，隔着半片湖，一边饮茶论道，一边远远留意她们。

青崖六贤没有来，是因为他们在宋院门口丢了脸，还没找回场子，怕被人笑话。

“现在赌注有了，不知是怎么个比法？”陈红烛道，“随便你们说！”

丰紫衣笑吟吟地道：“登闻雅会上要比的琴棋书画，我们不必再比。若比写符，我们都比不过青崖书院；比炼丹推演，更比不过紫云观；比驾驭灵兽，你们又比不过我们大衍宗……各派弟子各有所长，比这些专精的技能不公平，就比一样大家都会的吧，谁也别占谁便宜。”

众人纷纷称是。

陈红烛：“那就比最基础的、我们人人都学过的功法！”

丰紫衣转头望湖。

晚霞漫天，瑶光湖金光粼粼，碧波千顷。湖心亭下新发几片荷叶，此刻正在风中轻摇，亭亭玉立。

丰紫衣说：“不如我们各派出一个人，比轻身术。谁最先折下湖心亭下一片莲叶，就算谁胜，这些彩头，任他随便带走。当然，不能用任何法器增速！”

陈红烛心想：“这分明还是你们大衍宗占点便宜，谁不知道你们初学御兽时，最先学被灵兽追赶时如何逃命，人人练得好轻身术。”

但东道主要展现风度，她向身旁看了看。“可以。”

今日带来的弟子，她专挑了在不同领域有一技之长的人，其中一位峰主的亲传弟子擅长使快剑，身法也很快。

各派的同门不必商量，彼此知根知底，转眼间已经决定人选。

他们走出水榭，暗自运气蓄力，来到湖畔垂柳下。

宋潜机缓步徐行，他离湖很近，衣摆已沾湿，不时停下，捡起几颗砂石，蹲下摸摸泥土，闭眼感受片刻，起身继续走。

他神色专注，任由湖畔的人络绎不绝，仿佛只有他一个人和这一片湖。

而孟河泽目不暇接，眼花缭乱。

有人抱着毛茸茸、雪白可爱的三尾猫出来遛，他想，世上竟有如此乖顺亲人的灵兽，不知它是什么品种。自己打工时喂的那些真是灵兽吗，怎么全都一副凶神恶煞随时咬人的模样？

有人向同伴显摆法器，彩光闪烁，他骄傲地想："都不如我的红灵玉念珠好看。"

有人在和人交换丹药，药香随风飘散，孟河泽可惜地想，自己没什么能换的。

有人在念诵诗文，声音不大，却有劲气冲击，震得人耳膜生疼。他愤愤地想，这应该是青崖书院那"六咸"的同党，不，同窗们。

有人拿着符笔凌空描画，笔锋过处，半空中有微光闪现。他担心地想，他们应该是符修，看上去都挺厉害。宋师兄也报了书画试，怎么从没见他提笔练过？

不止华微宗内，书圣要来的消息传开，大半个修仙界的符修都聚在华微城。

宋潜机之前进黑店，一张养气符能卖二百块灵石。这才短短数日，养气符、聚气符等最基础的符箓已经开始降价。

符纸、符砂、符笔的价格反而飙升。各路符师斗法，竟创造出修仙界的一次贸易奇观，人称"华微纸贵"。

孟河泽沿湖而行，一路异彩纷呈，仿佛一轴长卷在他眼前缓缓展开。

他心中的滋味莫名。自己与他们分明活在同一个世界，在一般的年纪同走仙途，修炼资源却天差地别，简直不像同一个物种。

他更加佩服宋潜机，宋潜机竟对这些新鲜、奇怪的场景视若无睹。

殊不知，别人看他们也是一样奇怪。

两个外门弟子，一路走走停停，走在后面的那个弟子微张着嘴，像乡民进城。走在前面的弟子好像在找东西，找得很认真。

孟河泽默念"凝神定气，动心忍性"，目光转向蹲着的宋潜机。"宋师兄，你在干什么？"

"找哪里的淤泥最好。"

“淤泥还分好坏？”孟河泽愣了愣，“都在同一片湖里，都是泥啊！”

“当然分。最合适的淤泥，才能开出最好的莲，结最甜的藕。”宋潜机说。

孟河泽：“我去学做莲藕汤！”

“以后再说莲藕汤。”宋潜机站起身，“这片湖的灵气充足，很适合种莲藕，根据我的感知，这里水越深，腐质越丰富。”他伸手指了指。“你看湖心亭，那几片莲叶根系上沾裹的泥，一定最好。”

孟河泽急忙道：“不劳师兄动手，我替师兄取来！”

话音未落，他已凭空跃起，掠向湖面。

孟河泽的轻身术、敛息术是宋潜机在断山崖教的，孟河泽曾凭这两样本事，在外门打车轮战未逢敌手，如今孟河泽已练得炉火纯青。单论速度，筑基期修士也难以比得过他。

然而就在他发动时，几乎同一刻，垂柳下七八道人影如利箭般射出，冲向湖心亭。而后更有三四人如苍鹰般斜刺青空，后发先至，逼近孟河泽。

湖面上瞬间人影纷乱，你追我赶，劲气冲撞，水波激荡。

宋潜机一怔。

不会吧，挖点泥也要动手抢？种藕的竞争这么激烈吗？

孟河泽足不点水，飞身而行，忽觉身后风声凌厉，不必回头也知有人逼近。

他不知道那些人来干什么。但湖心亭近在咫尺，不如赶紧取了泥，把这片湖留给他们折腾。

他濒临突破，气势正盛，更提气向前赶去。他长臂一伸，探至水中，手如铁钳般握紧一片莲叶的根茎，猛地发力。

拔出萝卜带出泥，拔莲叶也一样。孟河泽先避开一步，泥点溅了他身后的众人满身。

湖畔却爆发出一阵叫好声。

孟河泽不明所以，回头笑笑。

宋潜机忽然道：“当心！”

孟河泽擎着莲梗正要返回，怎料斜里伸出一只手，似一柄利剑直刺他掌心。

四面八方人影缭乱，横冲直撞，竟都奔向他手中的莲叶。

孟河泽心中惊异：湖中莲梗成片，根系下淤泥无数，你们怎么偏来抢我的？

又想起这些人之前笑话“外门弟子也能来游湖”，以为对方存心与他作对、戏耍他，恼恨之下，运起全身灵气，身形更快，只留下道道残影。

湖上水波激荡奔涌，新荷如遭狂风骤雨摧残。

众人只觉面前有一阵疾风拂过，那抢莲叶的外门弟子已经出现在别处。围挡间偶有收势不及，两三人猛地撞在一处，“砰”地跌进湖中。

出水已是满身淤泥。

他们出身于名门，就算比斗也是被溅得一身血，何曾被溅过一身污泥？

又听岸边女修们为那少年叫好，惊怒之下，竟有几人忘记邀斗规则，纷纷祭出法器，向那少年攻去。

孟河泽知道自己的修为略低一筹，并不与其正面交锋，只靠闪避使得那些人相撞。但法器来势汹汹，他以足尖一点荷叶边缘，身形再度蹿高，竟想向上突围，往湖心亭顶上跃去。

湖畔那些遛灵兽的、写字画的、吟诗作对的、交换丹药的修士，不知何时都停下动作，被湖上争斗牵动心神，一齐紧盯着湖心，见那少年灵敏周旋，巧妙地以少敌多、以弱胜强，不由得喝彩惊叹：

“此人是谁？”

“华微宗何时有如此厉害的轻身术?!”

又见少年借力跃向亭檐，有青崖儒生叫道：

“不好！子夜师兄正在亭中与人论道！”

“师兄濒临突破，当心冲撞他！”

水榭里，少女们下意识为采莲少年漂亮的轻身术欢呼，欢呼完才看出不对劲，面上讪讪。

丰紫衣回过神，对陈红烛冷笑一声：“你想派外门弟子出战，直接让他来就行了，倒不必这样逞威风。怎么，显得你们华微宗随便一个小弟子从半路杀出，都能胜过我们这些人吗？”

她竟以为是陈红烛故意安排的，报复自己先前讥讽华微宗外门弟子之言。

陈红烛认出孟河泽时，心里也是一惊。目光顺着孟河泽的来路追去，果然望见宋潜机静立于湖畔，负手独对夕阳。

原来方才被取笑的两个外门弟子便是他们二人。

难道宋潜机咽不下这口气，才派孟河泽出手抢莲叶？

孟河泽还未踏上亭檐，忽觉亭内涌来一股大力，似一面铁墙迎头迫近，但他这一次去势最急，箭已离弦，覆水难收。

他猛然撞上无形的铁墙，像挨了一记重拳，眼前霎时一片漆黑，胸腔内翻江倒海，烦恶难言。睁大眼无法视物，张大嘴无法呼吸，如断翅的白鹤，无法自控，直直向下坠去。

身下便是各色法器磨刀霍霍的凶光。

孟河泽心一沉，想："这是什么功法，竟能伤人于无形？我还未练到这般修为，学成这般厉害手段，难道今日就非死即残？"

忽然，一道柔和灵气不知从何而来，如一阵春风将他轻轻拂开，令他远离亭子。

孟河泽顿觉浑身一松，头脑重回清明，睁眼看清来人，惊喜异常。

哪儿有春风相送，护送他的只是一只衣袖。

"宋师兄！"

宋潜机看这人刚才还一脸绝望，见了自己立刻精神抖擞，仿佛已安全落地，当真心大。他又气又想笑，心想："喊师兄多见外，多客气啊，你叫我一声爹算了。"

孟河泽本可以自行突围，但宋潜机听湖畔叫破"亭中有人"，便知危险，立刻动了。

在众人眼中，他像凭空出现，又凭空消失。不论众人的目力如何，竟都没看清他的身形。

宋潜机一边用一只袖子护着孟河泽，在十八路法器中穿行，一边道："有人来抢，你扔下东西回来便是，怎么还与人动手？"

孟河泽看宋潜机说着责怪的话，却眼带笑意，不像真生气，又想起宋潜机在崖底舍命救他，也如今日一般，从不嫌他麻烦，感动无言。

宋潜机并不好受。这些人出身显赫，手中驾驭的法器自然也非凡品，如应对不慎，他或许无碍，孟河泽却不能全须全尾地脱身，幸好他前世经常逃命，自创一门“借力打力，后发制人”的功法。

敌人若倚仗人多，一齐出手，不免引动天地灵气杂乱交织。场面越乱，他的机会越多。

宋潜机牵引狂暴的灵气，如穿针引线，使甲的招数打在乙身上。此法需要计算，需要预判，还需要做出最快的反应，才能四两拨千斤，单打独斗地杀出重围。

宋潜机自知自己此时修为低弱，灵气微薄，更加小心，但他很快发现，他对灵气的操控更加精准了，仿佛天地灵气也有生命力，如他院中的草木，对他心生亲近，便任他驱使。

这是不死泉的效用，还是他重生后心境变化的结果？宋潜机不解。

众人只见他以一只手挟人，另一只手旁广袖翻飞，一拂一送间，危机顷刻消解。又见他足不沾水，姿态潇洒灵动，不由得大声叫好。

亭中之人不欲伤人，只是被孟河泽的气势一激，威压护主自行发作，反震回去。一瞬之后，已经尽数收敛。

湖心亭重回安宁，甚至响起三四道恭喜声。

有人笑道：“子夜道友的修为又有进益，真叫我等惭愧。不知道友准备何时闭关突破？”

“不急。”被恭喜的黑衣青年只吐出两个字。

亭内众人闲坐饮茶，大多神色懒怠。他身处其间，却脊背挺直，神色沉静冷肃，好像随时要抽刀。

他的五官深邃，皮肤异常苍白。常人看他一眼就浑身发寒，不禁怀疑他从小住在冰洞里。

此刻他转动目光，望向湖上救人后翩然远去的那人的背影。“那是谁？”

“不过是我派的两个外门弟子。他们并非有意冲撞道友，道友勿怪。”袁青石提醒道，“师妹们玩乐，我等不便插手。”

子夜文殊没有应声，淡淡收回目光。

袁青石感到一阵无力，青崖学生们平时过的是什么日子？与一尊失去七情六欲的神像相处，还要受他管束，应该很辛苦吧。

水榭里，众人望着湖面，心里五味杂陈，既羡慕华微宗有这样能逞威风的弟子，又恼恨自家派出的人选不争气。

丰紫衣冷笑道：“一个人不够，还安排两个人，一个比一个本事大，陈大小姐真是费心了！”

她恼怒之下，忘了是自己最先提出比轻身术的，陈红烛若能好声好气地解释清楚，必不招致后来的是非。

但陈红烛素来骄横，最恨被人冤枉，更不爱与外人讲理，极不耐地道：“不是我！是你刚才以言语冒犯他们，他们才要出气。你若不信，自己去问他们！”

丰紫衣忽然起身。“好啊，我来问。”

一道紫绫从她的袖中飞出，如长虹行空，伴着少女朗笑：“那边的两位道友，既然到了，何妨进来一叙？”

“你干什么？”

陈红烛没想到丰紫衣在华微宗内，还敢说出手就出手。她将赤色长鞭一展，如火龙般追袭而去。

宋潜机见一道紫绫光彩绚丽，迎面席卷，他认得这件法器，本欲闪避，才想起丰紫衣如今不是元婴强者，只是个没结丹的小姑娘罢了。

他以一只手挟孟河泽，跃上紫绫，足尖连踏，借这道“桥”，从湖中掠向岸边。

陈红烛怕误伤丰紫衣，急忙收鞭。丰紫衣本想绑缚二人，却见自己心爱的法器被踩在脚下，脸色一变，也忙不迭地收手。

二人已稳稳落到水榭中。

湖上的十余人打出真火，带着满身污泥追击二人。

进得狭窄的水榭，那十余人的身手施展不开，又乍见满堂靓丽女修神色各异，如当头一盆冰水泼下，才想起先前约定不可动用法器。

他们一齐收了手，却咽不下这口气，脸色青青白白。

丰紫衣打量二人。最先登场的那人英姿勃发，此时面色愤恨，像只被激怒的恶兽。后来那人高瘦俊美，却面色沉静，气度淡然。

她心道，谁知他们是不是华微宗亲传弟子，故意穿上外门弟子服。

“陈大小姐，不向我们介绍一下这二位的尊姓大名吗？”

陈红烛环视四周，微微蹙眉。

青崖六贤皆出身于大家族，此地有不少人与他们沾亲带故。若说出宋潜机的名字，恐怕今日在场之人更不能甘休。

她冷声道：“不过是两个外门弟子，姓甚名谁有什么要紧？谁能记得?!”

“说得也对。”丰紫衣轻笑，“像他们这样的外门弟子。放在我大衍宗，只有给我的灵兽铲屎的份儿！”

她身后的同门随之一阵哄笑，她却转头大骂：“笑？你们连铲屎的都不如！”

宋潜机也在笑。

他想：“你们这样的‘名门之后’，遇到后期崛起的卫真钰，只有被他打脸的份儿。这条世界法则，比天地道法还铁，可惜你们不懂。”

陈红烛警告道：“我华微宗弟子如何，自有我宗门管教，还轮不到外人插手！”

丰紫衣笑道：“那是当然，我可不敢越俎代庖。但咱们刚才已经立了赌约，哪儿有半途收局的道理？”她指了指满桌的异宝，“要大家将这些东西各自收回去，就此散场，未免太扫兴了吧”？

陈红烛道：“这有何难。我华微宗做东，自当让诸位尽兴，咱们可以再比一场。比什么，随你们定！”

她身后的华微宗弟子一齐应声。

虽然他们看宋、孟二人时心情复杂，但刚才毕竟是华微宗出尽风头，震慑诸派，一时间气势昂扬。

宋潜机安抚孟河泽道：“你看，人家原本就在比试，并非有意为难你，莫生气了，回去吧。”

“等等！”丰紫衣打断，“说好要比轻身术，那就比轻身术。这次跟我比。”

陈红烛问：“你亲自下场？”

“不，我就坐在这里，一动不动。”丰紫衣望向宋潜机和孟河泽，“你们两个选一个人出来，若能绕过我这些同门，在三息之内走到我面前，这里的东西随便你们带走。外门弟子生活不易，有这么多宝物防身，以后与人比斗，不知容易多少倍。”

孟河泽望向满案的法宝，眼神流露出一丝热切。红灵玉念珠暂时不可示人，方才若不是那些人仗着法器之威，自己定能全身而退，绝不会被逼上亭顶，遭遇险境，但宋师兄没说话，他便冷着脸，不言语，不动作。

丰紫衣又笑道："你们怕什么？方才在湖上都敢动手。这次谁都不许用法器，不算欺负你们吧?!"

众人一阵讶然。丰紫衣坐在水榭中，那两个人在门口，距离不过二十来丈，以此二人的轻身术之快，规则未免太简单，不是白白便宜他们？

有人想抗议，却被同门拉住，传音提示："这要求有玄机，诓他们上钩呢！"

宋潜机只想："你有病吧，我要一堆法器干什么？又不是一车种子。"

忽然，他目光一凝，笑起来："若我想挑你身上的一样东西呢？"

丰紫衣稍怔，看了看手中光彩绚丽的紫绫，将其拍在桌上，傲然道："只要你有本事，尽管来拿！"

她暗中传音吩咐同门，让他们列阵于自己身前，心想："我让你绕过这些人，又没说不许他们对你出手。你只要一动，立刻就挨一顿好打。你现在自己答应，理当自负后果，只要不打得狠了，陈红烛和华微宗其他人也怨不得我。"

"好。"宋潜机点头。

陈红烛传音道："当心有……"

"诈"字未出，宋潜机已经动了。

他举步向前，起初速度并不快。

几乎同时，水榭中冲出十余道人影。

他们当真没使法器，却有人握拳，有人出掌，攻击快而不乱，阵型密不透风，正是大衍宗驯服凶恶灵兽之法。

"宋师兄！"孟河泽惊怒，正要冲上前。

宋潜机回头望他一眼，眼神严厉，无声制止。

宋潜机双袖翻飞，穿行于阵中，却如入无人之境，但拳头打上手掌，师兄撞了师弟。惨叫不迭，人仰马翻。

"这人使的是什么妖法？"大衍宗众人大骇。

宋潜机仍向前走。他不仅步履沉稳，行动间更有一种万夫莫敌的强人气势。

大衍宗众人见他步步逼近，心道不好，急忙向后撤，试图保护丰紫衣。

倏忽，宋潜机提速，化作一道虚影。

若说孟河泽的身形快如疾风，宋潜机则像一阵随风消散的缥缈烟气。

丰紫衣只觉眼前一晃，烟雾飘来，那人已近在咫尺。

她大惊，下意识抽紫绫防身。抬眼对上那人的目光，不知为何心神一震，好像面对父亲、师父那般大能，神识被镇压，不敢躲，更躲不开，只能眼睁睁看他高高扬起手，竟要狠狠扇自己一巴掌。

他敢?!

水榭内的众人惊得忘记呼吸，陈红烛横鞭去拦，依然迟一步。

丰紫衣惊怒至极，眼前阵阵发黑，天旋地转。今日当众受此奇耻大辱，就算以后将这人的手砍掉，将他千刀万剐有何用?

她双眼一闭，竟不受控制地淌下两行泪。

有女修不忍再看，同样闭眼。

惊呼声、怒喝声、惨叫声中，宋潜机的手落了下来!

落得很轻。

丰紫衣睁眼，惊觉自己毫发无损，怔怔地摸了摸脸。

那人已经退后。

若说他们有什么接触，只是他的衣袖拂过她的面颊，留下淡淡的紫藤花香。

“这是何品种？如何栽种？生机这么旺，开得这么好！”

宋潜机的指间多了一枝琼玉花，他借着满桌宝物的异彩，细细打量。只见花朵洁白剔透，片片如雪，明明不是灵植，却有一种灵性，看得他忍不住称奇。

众人回神，立刻一拥而上，将丰紫衣团团围在中央。他们惊魂未定，耳畔嗡嗡作响，听不清那人说什么，只见他拈花微笑。

丰紫衣的面上泪痕未干，剧烈喘息，双颊酡红，不知是因羞赧，还是愤恨。她的身份尊贵，不同于陈红烛凶名在外，是因为家人和门派替她遮掩得好。

陈红烛一直独来独往，而丰紫衣的随从如云，稍不顺心就要责骂打罚随从。身边的师兄弟也不敢多碰她一根指头，今日她却被一个年纪轻轻的外门弟子摘去鬓边鲜花。

“你放肆！”丰紫衣喝道。

“先前说好了，我就要这个。”宋潜机笑了笑。

一阵哗然。

这人疯了？

世上真有人放着满堂的宝物不要，只摘一朵花？

陈红烛对宋潜机道：“答应你了，自然就是你的。”她怕丰紫衣怒极伤人，故意赞道：“丰仙子乃岚山郡丰家嫡小姐，大衍宗大长老之女，母亲更是仙音门堂堂护法。这般人物一诺千金，绝不是出尔反尔之辈。你俩拿上花快走吧。”

“你等等。”丰紫衣喊了一句，却再也说不出话。

瑶光湖如琉璃镜嵌入群山，暮色四合时，湖面金光灿灿，更显得四周群山暗淡。

湖东方的半山腰上，却有一方凉亭内点了灯火。

亭内的石桌上，放着近百个颜料盒，色彩缤纷。笔架上挂有粗细各异、毛料不同的二十余支画笔。

有人挥毫作画。赵济恒站着，那人坐着。

作画的人双十年纪，穿一身柔软的白色锦袍，雪白无瑕。他没有束发，乌发披散在白袍上，好像浓墨挥洒了满背。

平时赵济恒再气焰嚣张，见了此人也规规矩矩喊一声堂哥。

随着登闻雅会临近，赵家许多同族后辈住进华微山。赵济恒过得好不热闹，山下勾栏他都去得少了。

赵济恒遥望山下湖畔，隐约见一群人同样拿着笔，凌空画符写字，好像还在互相夸奖，不忿地道：“霖堂哥若出手，一定将他们都压下去。”

画画的青年道：“我已经出手了。”

“可是，您分明在画人啊。”赵济恒纳闷，“您快把水榭里所有女修都画完了！她们长得是好看，平时画画无妨。可书圣马上来了，紧要关头……”

哪儿有这闲工夫？

他的话没说完，他不敢对赵霖不敬，对方最近几日苦练人像画，一张符也没画过，实在很奇怪。

“那些人为何画符？”赵霂问。

“当然是为了在书圣面前露脸，留下好印象。我们待试期间有何作为，书圣一定能知晓。”

“不错。从我们踏入华微山，考试就已经开始了。”赵霂换了一支细笔，“你觉得书圣想收什么样的徒弟？”

赵济恒不假思索：“读书知礼，善书画，擅长画符箓，像他一样。”

赵霂摇头。“等我画完再同你说。”

一个守礼的儒生，敏而好学，读书破万卷；写得一手好字，笔落惊风雨；说话严谨，张口闭口都是先贤往圣的大道理。

有很多世家子弟，一旦展露符道天赋，家族就按这些要求从小培养他们，盼望他们得书圣青眼，博一个好机缘。

赵济恒没耐性，等得如被百爪挠心。他不再关注湖畔动静，只盯着赵霂的画，不时帮忙拿笔拿颜料。

对方每画完一幅画，他就用灵气催干墨痕，小心翼翼地卷好。

赵霂在心中瞧不起赵济恒，本来懒得解释，但见对方态度殷勤，手脚勤快，又想闲着也是闲着，与他说说又何妨。“那些人来到华微山后，每天当众写字画符、吟诵诗书，拼命显摆学识和笔力，但书圣是何等人物？他老人家见过多少这种人了？他若想收这样的徒弟，早就收满十大车了，徒弟能从华微山一路排到大陆尽头的擎天树下……咱们想出头，就要跟别人不一样。”

“堂哥说得对。”赵济恒一喜，更好奇地道，“但怎么个不一样法？”

赵霂悠然道：“没有人一生下来就是书圣。他也曾是意气风发的天才，不是埋首故纸堆的书蠹。师父收徒，是想看到年轻时的自己。”

赵济恒怔了怔：“可谁又知道书圣年轻的时候如何？”

听到此处，赵霂不由得得意。“这就要看谁的本事更大，谁的消息更灵通！书圣年轻时行走四大洲，人送绰号‘多情子’。因为他在花船上题过两句诗——‘曾因醉酒鞭名马，怕因多情负美人’。你不知道吧？”

赵济恒一惊，摇头如拨浪鼓。

“他最先出名的，不是山水图，而是美人图。凭这手绝技，无论多暴戾骄横的女子，见到他也会变得温柔小意，百炼钢化为绕指柔，你也不知道吧？”

赵济恒的脑袋快摇掉了。

这类野史，就算是真的，书院为了书圣为人师表的威名，也不敢宣扬，反倒要遮掩。

“堂哥厉害！”他此时再看对方披头散发，趿拉着鞋，不觉得对方故作懒散，不修边幅，反而看出几分风流名士的不羁气质。

“我画得好吗？”赵霖问。

赵济恒这次拼命点头。“惟妙惟肖，美不胜收！您的画工本就厉害，这几日又苦练画人像……”

“行了，将这些画收起来。”赵霖笑起来，收笔时尤为满意，“最后点睛，神来之笔。”

画上的紫衣美人明眸一点微光，娇美异常。

他搁笔起身，赵济恒急忙上前，用灵气催干纸面颜料，又为他揉手腕。“堂哥辛苦。”

赵霖看了眼昏暗山色，笑道：“‘月上柳梢头，人约黄昏后。’美人图赠予美人，我们该上场了。”

二人下山，穿过湖畔千重垂柳。

不知为何，湖畔众人都看着水榭的方向。

天色已暗，唯有水榭灯火通明。荷香浮动的晚风中，水榭如一颗明珠静置于其中，光辉夺目。

赵霖施施然走近，赵济恒跟在他的身后，呆呆地抱紧满怀画轴。

赵霖挺胸踱步，自觉风流倜傥，将手中的折扇转了转，“哗啦”一声展开，笑道：“诸位仙子，叨扰了。”

没有回应。

丰紫衣魂不守舍，望着一个方向。

陈红烛面露担忧，也望着那个方向。

水榭里寂静无声，竟无一人回头看赵霖，人们都看着另一个人，尽管那人已经转身，准备走了。

赵济恒认出那背影，惊呼：“你怎么在这儿?！宋潜机！”

这名字一出口，众人俱怔然。

原来他就是宋潜机！

登闻雅会，登高山而闻名于天下。四大洲三十六郡、海外诸岛，年轻一代的参会修士，谁不为扬名而来？

然而大会还未正式开始，有一个人还未登高夺魁，便已经足够有名。

他没有权势财富，却令数千弟子忠心耿耿。

他亲眼见过妙烟，却对倾国美色不屑一顾。

他不动一件兵刃，却使青崖六贤仓皇败走。

今夜瑶光湖，他孤身闯重围，不要满堂宝，只摘鬓边花。

当真是……闻名不如见面！

众人心中滋味莫名，紧盯着宋潜机，好似要将他里外剖开，看个分明。

有人既羡慕华微宗有这样的天才，关键时刻能为门派争面子，又庆幸自己的门派中没有这样的麻烦，搅得门派不得安宁。

有人想到宋潜机还未拜师，据说他与华微宗执事堂的人有些旧怨，登闻雅会上自然可以改投别派，便想替宗门招揽人才。放在外门是麻烦，这种人才就该直接招进内门，招作亲传弟子。

亲传弟子的思维方式与外门弟子迥然不同，他们平日占尽宗门的好处，宗门越壮大，他们能得到的修炼资源才越多，因而事事替宗门着想。

至于那些与青崖六贤沾亲带故的世家修士，他们被宋潜机刚才展露的身法、气度震慑，一时都收了找麻烦的心。

想来那六人不过蒙祖宗荫庇，实则草包，与他们既没有直系亲缘，也没有过命交情，犯不着为那六人出头硬碰硬，不如此时默不作声，装作不知。

陈红烛没有这么多想法，只觉得赵家二人来得极不巧。

今日一波三折，到底还是华微宗弟子赢了，不堕东道主威名，眼看就能顺利收场，偏在此刻，宋潜机被人说破身份。

她想到这里，不由得狠狠瞪了一眼赵济恒。

宋潜机听见赵济恒的声音，回身笑了笑：“好巧。”

他院里那把躺椅是赵济恒送的，配有软垫，摆在花架下，靠上去如陷云中，很是舒服。他想到躺椅，便笑起来。

赵济恒被这笑容激怒。“只有你与孟河泽两人？”

宋潜机点头。

赵济恒大喜。

若不是叔父严厉警告过他，莫再去招惹姓宋的，他如何能忍到今日？

他环顾四周，身前有半步金丹的霖堂哥，四周有许多与赵家交好的世家子弟，而宋潜机失去整个外门助阵，只带着孟河泽一人，身陷重围，无异于羊羔闯入狼群。

他想：“难道天要助我？我今夜就能将姓宋的踩在脚下？”

他一思及此，兴奋异常，目露精光。

忽听赵霖道：“丰仙子这是怎么了？因何事落泪？”

他虽不知前因，但这一句话，既可表现怜香惜玉，又能将满堂人的目光从宋潜机身上拉回来。

赵济恒顺杆爬，急忙道：“丰仙子，可是这两个外门小子得罪了你？你放心，我们兄弟二人在此，一定不放过他们！”

众人的确转移目光，都看向他们，只是神色很古怪。

赵霖预感不好，赶忙对赵济恒传音，示意他闭嘴。

丰紫衣惊觉自己掉了眼泪，胡乱抹一把脸，怒瞪赵济恒。

却见宋潜机的神色温和，没有丝毫看她笑话、轻蔑轻薄她之意，丰紫衣的脸色又缓和不少，只对宋潜机道：“你刚说什么？我没听清楚。”

“请教道友，此花在何处种植、如何栽培得来？”宋潜机见她面带泪痕，虽不明白原因，仍道，“若有冒犯之处，我向道友赔罪，还请不吝赐教。”

丰紫衣惊诧。

刚才这人不可一世，势如于万军阵中取敌首级，此刻拈花在手，与她轻声说话，竟然极规矩，极礼貌。

她的语气不由得软下来：“我大衍宗有一口灵泉。花木沾泉，生机旺盛，鸟兽饮泉，可通人性。这几丛琼玉花长在灵泉边，日夜受其恩泽，自然不凡，只是近些年灵泉的灵气渐渐凋敝，修士饮用泉水，已经没有疗伤之效……”

“师姐！”身后的同门打断她。

丰紫衣闭嘴。

同门长舒一口气，生怕她再说下去，要将自家老底抖得一干二净了。

宋潜机听见“灵泉”，心中微动。

不死泉正在他紫府中，日夜不停地滋养他全身的灵脉。

但天地至宝的灵压何等强大，他暂时无法触碰不死泉。若能取出几滴不死泉，让他种的草木沾上，岂不快活？

他心想：“不如我自创一门功法，将吐纳灵气融至自然呼吸中，这样无论吃饭睡觉，还是种地浇花，呼吸间就能提升修为。修为到了，便可触碰不死泉。”

这想法实在匪夷所思，若是上辈子的宋潜机听了，应会大骂这想法是痴心妄想、白日做梦，修炼哪儿有这般容易？而他现在直觉此法可行，只要用心琢磨。

丰紫衣见他发自内心地喜悦，心想：“我只答了他一句，他便如此高兴吗？”

赵济恒再如何迟钝，此时也琢磨出不对。水榭里人虽多，却没有一个人针对宋潜机。

他捧着满怀画轴，看向堂哥。赵霂的脸色已然铁青。

丰紫衣敲了敲玉案。“我这颗鲛王珠放上案，就没想再收回来，否则传出去，知道的是你们自己不要，不知道的，还以为我丰紫衣说话不算数！你们拿走吧，算是我为先前湖上我派弟子妄动法器，违反规则赔罪。”

赵济恒难以置信，好生崩溃。心想：“你俩没打起来，竟然还互相赔罪？”他瞪大眼睛，却眼见其他门派的人纷纷表态，请宋潜机、孟河泽收下法器。

世道疯了！

“我等心服口服，自然践诺。”

“既然有言在先，我派也绝不反悔。”

“还望两位道友给个面子，不计前嫌！”

有人想对宋、孟二人示好，拉拢他们改投自家门派，也有人不愿显得自家门派气量狭小，做派小气，不如大衍宗。

宋师兄看看孟河泽的神情，笑道：“去收吧。”

孟河泽一喜，面上强作镇定，拿出储物袋，一件件装好。

宋潜机道了声谢，又道告辞，便带孟河泽离开。

陈红烛问：“今夜大家尽兴了？”

众人望着宋、孟二人的背影远去，连称尽兴。

丰紫衣摸了摸空空的鬓角，站起身。“我累了，回去吧。”

不多时，水榭人去楼空，唯见湖心明月破碎，湖畔柳丝飘飞。

赵霂紧握折扇，艰难地道：“走。”

赵济恒大惊失色：“那咱们这些画，下次再送？”

堂哥倾注心血，下得苦功，不就是为了今夜，将画卷展示在众人眼前，博得善画美人的风流名声，以脱颖而出吗？

赵霂脸色阴沉，冷冷瞪他一眼。“拿去烧掉！”

“啊？”赵济恒不舍。

赵霂远望湖畔，那两道背影已经融于夜色远山，看不清了。

他咬牙道：“莫再多问，此计已废，只得在书画试上再出奇招！”

孟河泽走在山道上，只觉脚下不是坚硬的石阶，而是一朵朵云彩，他正飘在云上。

一夜暴富，莫过如此。

走到外门寝舍范围，他才恢复些神志。“宋师兄，你真厉害，咱们发财了！”

宋潜机纳闷。“我要来何用？是给你的。”

“给我？”

宋潜机点头。“现在不气了吧？”

孟河泽一怔，忽觉惭愧。心想：“原来宋师兄因为我快要突破，不能动怒，才让我收下宝物消气。我怎么总让师兄替我操心？”

他连连摇头。“不，这是师兄赢来的，都给师兄！”

“你何时见我用过法器？”宋潜机笑道，“这些法器今日过了明路，你在会后拜个好师父，不做散修，就不怕被别人打主意。等你成为一方大能，别人心甘情愿给你的，你可以收。别人不给的，你不能倚仗修为高去夺，否则就算一时占得便宜，也总会付出代价，难以修成正果……”

他忽然不说了。这辈子孟河泽成不了邪佛，本就品行正直，哪儿用他来传授血泪经验？只因他想到两个人早晚要分开，忍不住多说两句。临走再提醒孟河泽两年后的灭门之祸，如此便算仁至义尽。

前生推你坠崖，今生总算没害你。

孟河泽心道："若不能与宋师兄拜同一个师父，我宁愿不去。否则谁给师兄端茶倒水，熬汤煮面？"

宋潜机想起赵济恒怀中的画轴。

最近作画写字的人未免太多了。"华微纸贵"他也略有耳闻，因为书圣将至华微山，天下符修才齐聚华微城。

前世根本没有这件事。难道自己重生后，牵一发而动全身，卫真钰也提前出现，所以书圣跑来收徒了？

卫真钰早期隐姓埋名。类似今夜的水榭那般聚众玩乐交友的场合，他必然不在其中。

宋潜机望天，一弯明月皎洁。

一道星河跨越半张夜幕，颗颗星闪着碎光，坠入山那头，却不知年轻的救世主是哪颗星星，此夜应在何处？

思量间，距宋院近了，朱门外桃花已谢，残红满地。

凤仙花和豆角苗沐浴着清明的月光，在风中轻摇。

宋潜机心头一喜，顿时将一切凡尘中的琐事抛在脑后。

宋潜机回到自家小院，先将储物袋里的莲叶拿出来，连带根系处的淤泥一并放入檐下的水缸中。

淤泥不够，他决定下次自己去瑶光湖，不带孟河泽，半夜三更再动身，避开人潮。反正他泡的莲藕种子还没有发芽，这事不急于一天做完。

趁着月光皎洁，他在菜地间小心行走，不时蹲下摸摸泥土，感知作物的生命力，以得知哪株需要浇水、哪株需要翻土、哪株需要保暖。

孟河泽去厨房煮了一小碗酸汤面片，给宋师兄当消夜。

工可以一日不打，面不能一日不煮。爽口开胃的酸汤配青翠的小葱末和萝卜丁，夜里热腾腾地冒着白气，孟河泽端上桌来，却见宋潜机正在削竹板。

"师兄，这是做什么？"

"加固花架，抗风雨。"

孟河泽抬头。朗月明星，一夜晴光。

"今晚会下雨吗？"

“总会下的。”

孟河泽心想，未雨绸缪，也有道理。

宋潜机吃完了面，用麻绳和竹板缠绕每个篱架的松动处。

孟河泽喜道：“我今天才发现，花架像这样搭得高低错落才最好看，如果都一般整齐，反而少了看头。”

宋潜机道：“不是为了好看。太高，花放不满架；太低，架不够放花。每株花草都有它最适合的高度，让它生长。”

孟河泽摸摸头，跟在宋潜机身后想帮忙。但宋潜机的动作虽然不徐不疾，却有一种特殊的节奏，仿佛与月光，与夜风，与满园花草蔬菜融为一体。

他这个局外人，融不进这种节奏，就插不上手。对着一方小小篱架，却像面对一场艰难的战斗。

幸而孟河泽悟性不凡，他下意识开始观察，观察宋潜机的每个动作，甚至每一次呼吸的节奏，竟能感觉到说不出的精准和顺畅，觉得怀中的奇珍异宝都不再重要。

他想，从瑶光湖回来之后，准确地说，听过大衍宗灵泉的事后，宋师兄好像就有点不一样了。

宋潜机忙完地里的粗活，接过孟河泽叠好的湿布巾擦手。

他靠在躺椅上，看着月色下满庭葱郁，听墙根草丛处虫鸣啾啾，满足地喟叹。然后他保持这个姿势、这个呼吸节奏，就不再变化。

“师兄喝茶吗？”孟河泽问。

“不喝。”

“师兄现在在做什么？”

“在等。”

“等谁？”

“等春雨。”宋潜机靠着躺椅，眼里带点笑，像在等一位老朋友，“你若无事，便与我一起等等。”

孟河泽心想，自己即将突破，全身经脉如河流水满，再运功修炼已经无用，能做的只有等待。

宋师兄又为什么等？

雨该下就下，天不想下雨的时候，磕头跳大神也不会下，哪儿有人坐着干等？

如果做这事的人不是宋潜机，他只会认为对方的脑子有病，但他现在撩起衣摆，在躺椅边盘膝而坐，感受对方呼吸的节奏。

夜愈深，风愈大，吹过他在脑后束起的高马尾，发丝拂过脸颊有些痒意。

他听见宋潜机说："任何修士突破之时，都有机会与天地对话。炼气期到筑基也可以，不过时间太短，只有千万分之一刹那。"

不知不觉，孟河泽被身边人的呼吸节奏牵引，入了定，忘记身在何处。

他感受到全身血液流动的速度变缓。灵气在经脉间流动，像一条条涨水的小河，涨得经脉有些疼。

他的神识向紫府中去，被百川环绕，却觉得透不过气，仿佛困在没有窗户的房间里，沉闷难挨。

"你想要什么？"忽然有道声音问。

"太闷了，我要大口喘气，大声呼叫。

"我想要一场雨！痛痛快快、下得酣畅淋漓的一场大雨！"

大风卷地，夜空浓云聚合，遮蔽月光。

小院中花叶簌簌飞舞，篱架摇晃，吱呀作响，却没有倒下。

一道电光闪过，孟河泽感觉身边有人在他肩头轻轻推了一把。"去吧。"

顷刻，澎湃的天地灵气呼啸而来，几乎形成无形的旋涡向他头顶灌去，冲刷、拓宽每条经脉，一路开山劈石，汹涌奔腾，最终汇入紫府。

轰！

天上惊雷炸响。

孟河泽猛然睁眼。

他摸了摸脸颊冰凉的水滴，有些愣怔。

重回人间。

什么落下来了？只见千万道银丝从天而降，随风飘飞，笼罩满地花草，笼罩小院，笼罩天地。

是什么发出的声音？无数水珠在花叶间乱跳，是密集又清脆的吧嗒声，击打在院墙砖瓦上，又是一种沉闷的回音。

他突然不熟悉眼前的景象。

"下雨了。"一道熟悉的声音在他的头顶响起。

下雨？对，是下雨！

孟河泽惊叫着跳起来，好像初生的婴儿，第一次看见、感受到风雨，他张开手去接雨帘，大喊道："宋师兄，真的下雨了！"

他竟忘了自己已然突破。

"嗯。回去吧。"宋潜机站起身，心情很不错。

雨是天外生机。这场春雨落下来，万千生灵因此得活。不仅孟河泽突破，他也打通周身关窍，自创功法的思路已经理顺。

这套功法叫什么好？就叫"春夜喜雨"吧。

大江东去，一夜好雨。

天明时分，宋潜机走出小屋，被清澈阳光晃得微微眯眼。

朝阳破云，紫藤花瓣零落满地，却有新的花开了。满园的花都开了。

蔬菜沾着晶莹水珠，宋潜机欣喜地在菜地间穿行。

茄子花开得羞涩，他拨开叶片，才看见紫色花朵羞答答地藏着，任凭晨风吹拂，它只低头。

黄瓜花开得热闹，橙黄色明亮耀眼，不管花下有没有结小黄瓜，都昂首挺胸，耀武扬威。花梗上长着一层细密的小绒毛，摸上去有点扎手的痒意，像一只多毛灵兽在手心撒娇。

下午孟河泽来凉拌它们，一定是一盘好菜。

宋潜机走出菜地，推开小院的朱门。门外的豆角花开得最美丽，从花蕊到花瓣边缘，青紫色由浓转淡，像一只只小蝴蝶。

宋潜机似是怕惊飞它们，轻轻伸手碰了碰。

恰在此刻，钟鼓齐鸣。

院墙外，群山之间，响起了极庄严的道乐声。整座华微山仙音飘飘，处处可闻。

外门弟子纷纷奔出门，震惊地举目望天。一时间，寝舍外的空地挤满了人。

朝霞满天，瑞彩呈祥，云中似有一座巍峨的高楼掠过，只投下辽阔的阴影。

宋潜机心中微动，书圣到了？

“宋师兄！”

孟河泽昨晚没走，一直立在院门口淋雨，此时见宋潜机出门，他快步迎上前。

筑基修士稍微消耗灵气便可抵御风雨寒暑，但他昨夜只想淋得浑身湿透。

弟子们本在院外抬头看云霞，不知谁先看过来，惊喜喊道：“孟师兄突破了。”

人们瞬间一拥而上，几乎将孟河泽淹没在宋院门口。

“恭喜孟师兄！”

“我们外门居然也出了一位筑基修士！”

孟河泽筑基的这一晚，没有养神丹药、聚灵阵法辅助，没有前辈师长护法压阵，甚至一张养气符也没贴，说出去恐怕没人愿意相信。

而且他不是勉强突破，反倒根基打得极扎实。每一条经脉都像饮饱雨水的树根，比华微宗亲传弟子也毫无逊色。

他知道是宋潜机昨夜帮他的，却不知对方如何做到的。

孟河泽突破的消息迅速传开，像春风吹野火，烧过整个外门。

若换作从前，众人羡慕、祝福之余，总免不了暗中眼红嫉妒。然而最近外门与内门关系一日日僵化，由单方面剥削转为互相敌视。执事堂的人为了敲打外门弟子，新发的任务越来越繁重苛刻，外门弟子们甚至闹过两次集体罢工。

执事堂试过分而治之，收买周小芸等人，许诺修炼资源。但弟子们先前看到团结的好处，已经没人愿意吃这套。

可惜他们修为低弱，大多在炼气初期，气势上总被压过一头。

孟河泽此刻突破，像一根定海神针，让众人惊喜且心热。

“只要努力修炼，就算缺少内门资源供给，一样能突破筑基。”

“我没有孟师兄的好悟性、好天赋，冲一下炼气大圆满总可以吧？”

孟河泽被一片赞美、祝福声包围，仍有些恍惚。“我能有今天，全靠宋师兄提点。宋……”

他抬头再看，宋潜机已经关上门，回去翻地了。

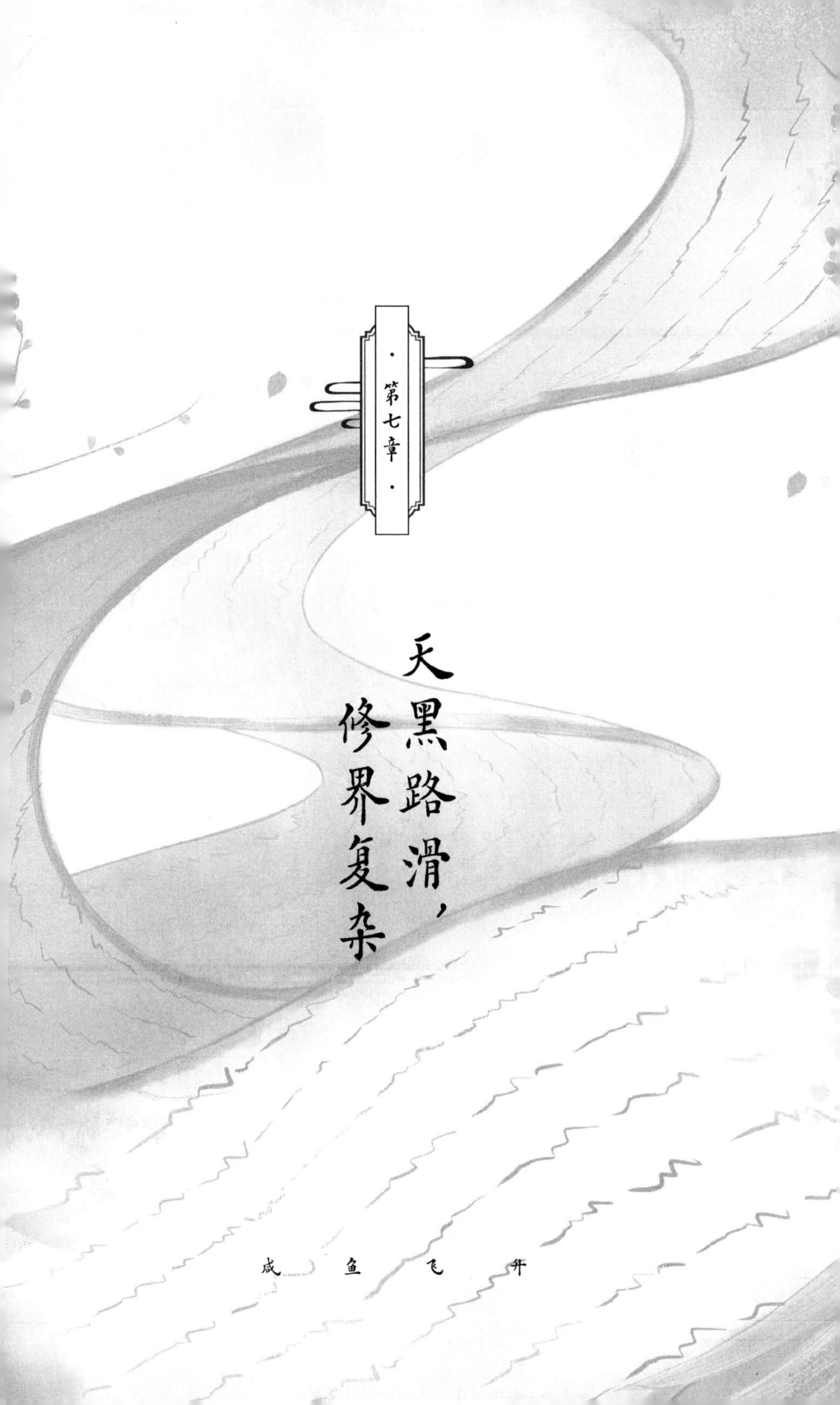

第七章

天黑路滑，修界复杂

日出云海。

飞云楼从云中落下。楼高十二层，像一座高山，却轻盈、稳妥地降落在华微宗最大的客殿前。

华微宗早有准备。掌门虚云真人带领各峰峰主、各位长老，立在殿前广场等候。

大殿屋顶上，每一片琉璃瓦都用法诀清洗过，此刻，它们正迎着朝阳反射金光。

云海大阵里，每一条五色鲤都在昨夜被喂过，此刻，它们正在云海间活泼地跳跃。

楼刚落地，庄严的礼乐声便响起来，那声音响彻华微山，群山共振。

“我年轻时很爱热闹，现在老了，只觉得有点吵。”

书圣坐在最高一层楼里，轻轻叹气。他面前的桌案上，没有香盘，没有书卷，只有一张养气符。周边除了青崖院长，也没有书院里其他强者侍候。

只有十二个打扮古怪的人。

这些人中有男有女，高矮胖瘦不一，有的男人穿红戴绿，满头珠翠，有的女人虎背熊腰，肩宽背阔。他们与庄严的飞云楼格格不入，像刚做完市井生意，关了店铺，就赶来书圣身边侍候。

六家黑店，每家一位掌柜、一个伙计。

院长听着楼外的礼乐声。“您不喜欢，弟子下去打发他们！”

“哪儿有到别人家做客，不见主人的道理？”书圣摇头，“礼数总要做全。”

院长低头应道：“是。”

书圣满意地点头，推开手边的窗户，探出脑袋，喊道：“诸位早上好！”

殿前众人蓦然听见一句话从天而降，如聆仙音，浑身一震。

礼乐声霎时停止，大家凝聚精神、竖起耳朵准备聆听大能的教诲，期待能感悟真意，获益匪浅。但第二句迟迟不落，殿前众人只得一齐看向掌门虚云真人。

书圣转头，对院长嘟囔道：“他们怎么都不理我？”

虚云真人也颇感无措，仰起头望着高楼。“您安好——”

书圣笑着挥手。“好。不麻烦你们了，下次见。”

他说完，“哐当”一声关上窗户。

楼下的众修士面面相觑，心想，难道这两句话有什么深意？“下次”是哪个黄道吉日？有何讲究？

执事长赵虞平硬着头皮请示：“礼乐第一章还未奏完，鲜花未撒，彩绸未展，后面还有六项安排，现在……”

现在算是结束了？见掌门的脸色不好，他没有说完。

虚云真人沉默，目光从飞云楼收回，望了一眼后山的方向，最终长叹：“散吧。”

院长笑道：“还是您有办法。”

当铺伙计小斫茫然。这就算做全了礼数吗？这到底是讲理还是不讲理呢？

但他不得不承认，这法子很简单。如果，眼下的事也能这么简单就好了。

书圣：“接着说。”

气氛重回轻松，当铺掌柜上前两步。“我们的人，暗中找遍整个华微城，都没有发现运笔习惯、笔意符意与之一模一样的符箓。”

他心里想不通。那人写符时姿势熟练，应是经常练习，但市面上却没有那人制的符箓流通。那人明明很穷，为什么不肯写符箓换灵石？难道不要修炼资源吗？

若要光明正大寻找，拿着画像搜寻那人，很容易找得到。但看书圣的意思，他老人家暂时不想让别人知道，甚至不想让被寻找的人自己知道。

“他不是买走了一把琴吗？”穿红戴绿的男人说，“你们卖出去的琴，自己总能找到吧，顺藤摸瓜有何难？”

伙计小斫道：“花掌柜，我斫的琴，我当然认得。但华微城里现在有数万把绿漪台，因为登闻雅会，许多音修聚来，只为请教妙烟仙子琴技。这真是大海捞针啊！”

身材高大、虎背熊腰的女人说："他不是来当剑买琴吗？把剑拿给我看看！"

当铺掌柜道："那剑我粗略看过，的确是柄低阶破剑。张铁匠，我知道你可以分析剑身材料和使用痕迹，推测用剑者的来历，但那柄剑已经不在了。"

"不在了？"

当铺掌柜叹气："被卫平买走了。"

众人愕然。

米铺小伙计忍不住喊出声："又是卫平，怎么哪儿都有他?！"

书圣哈哈大笑。

其他人笑不出来。难道那少年符师找不到了吗？

他们不约而同地想，如果书圣大老远来一趟，却扑了空，心里该多失望。毕竟，书圣不再年轻了。

"莫急。我仔细回想，那少年进店时，前襟别着一只红色纸鹤。眼下没有物证，只能凭我的记忆，若是我记错，找错了人……"

书圣挥手道："无妨，说吧。"

"那纸鹤是一张符。当年虚云掌门请我们书院的一个符师特制一批符，却只有他的独女陈红烛在用。既可用于追踪，也可用于传信。陈红烛自幼娇纵任性，常常闯祸，虚云掌门怕她遇险，自己救援不及，才让她带在身上。"

当铺掌柜看着众人惊讶的神色，稍稍自得。"这符，陈红烛只送过一个人！"

"圣人面前还敢卖关子！"满脸横肉的肉铺掌柜笑骂。

"不敢！陈红烛送的是一个外门弟子，名叫宋潜机。我曾听华微宗巡山的弟子讲闲话，说他长得好看，陈大小姐才送符，让他进出无碍！但这宋潜机不是符师，从来没人见过他写符。所以我不能确定。"

"这宋潜机可是个名人。"院长笑道，"若真是他，倒容易了！昨晚这人在瑶光湖畔摘了丰紫衣的鬓边花，听说丰家丫头的本命灵兽是一只百年难得的异火白虎，他的胆子很大啊。"

胭脂铺掌柜奇怪地道："他当剑买琴是为送女修，但陈红烛从不弹琴，丰紫衣更不弹。他送了谁？"

"还用问？当然是另一个弹琴的女修！"书圣突然开口，抄起桌上的"奸商符"，甩得哗啦作响，"混账东西。浪费天赋，荒废时间，大好年华不在家修炼，不写符练字，成天就知道拈花惹草，招惹是非！”

但他的语气不像真生气，倒像在斥责自家后辈。

院长心想，这可真难得，书院里多少弟子排队想听他骂人都听不上。

小斫心想：“您嘴上骂他，说不定心里觉得他像年轻时的您呢。”

其实小伙计并不懂什么是“多情”。

以前听院长笑话那些煞费苦心求机缘的人：“他们竟以为写几首酸诗，画几幅美人图，向女修们献献殷勤，就是多情了。装模作样，画虎不成反类犬，恐怕反而惹得先生不喜。”

他也曾问过书圣，圣人说：“多情不是朝三暮四，三心二意。要对这个世界有足够饱满、足够充沛的感情，满溢出来，流淌在笔端，倾注在纸上，才成有血有肉的字。只要有了骨肉，不用笔笔无瑕，更不必字字发力。心里到底有几分情，是真是假，话说出口骗得过别人，笔落纸上却骗不过自己！”

院长道：“看来您对他很满意。”

书圣摇头：“早了点。我已看了卫平一年，看他不能只看三天。我还要试试他。”

“您想看他在书画试的表现？”

“不，这张符我已经看过。我要看些纸面上看不到的东西。我给他的，才是他的，他如果出手抢，就是他没这个缘！”

然后书圣说了一番话。是试探，是计策，而且是连环计。

听他说罢，众人不由得面露苦意。任何一个攀登仙途的修士，都无法拒绝这种诱惑吧？那人只是个少年，又不是圣者。

转念一想，各大家族为了给自家后辈铺路，设局的，演戏的，手段频出，这些年他们见得少吗？

真金不怕火炼，宋潜机是废铁还是金子，一试便知。

小斫点头，心想：“您真不愧为墨池畔的钓鱼老手！虽然池里根本没有鱼，但您也是老钓竿了！”

书圣像知道他们在想什么，笑道：“沽名钓誉，假作清高之徒，我见得太多。戒心难免重些。去吧。裁缝铺掌柜负责准备道具。胭脂铺花掌柜，你准备老本行吧。其他人随时协助他们！”

“是！”

书圣吩咐完，站起身踱步。他推开窗户，远望山景。华微山人头攒动，春意盎然，唯有后山僻静如故。

“那只鬼来了？”书圣问。

“听说他昨晚到了后山，紫云观的人没声张。除了我们和华微宗掌门，没人知晓。”院长答道。

书圣轻哼一声。

“他跟着追来，不过是想捡现成的！老不要脸！”

楼中没人搭话，众人神情复杂。

“这个人是我先找到的，他再敢跟我抢……”书圣想起去年关于卫平的事，冷冷地道，“老夫要将整个墨池里的水泼在他的棋盘上。”

华微山后山没有铺砌石阶，只有几条曲折的小径，因人迹罕至而草深树茂。

虽是上午阳光最强之时，但人一入后山，仍被参天古树严密地笼罩，如行走在漆黑的深渊中。

虚云真人与紫云观观主清微真人，正并肩走在这条不见天日的路上。

此时，他们毫无一派之长、一方强者的排场，身后只跟着两个年轻修士。

那两个人姿态端重，步伐稳健，眼神却暗含期待，熠熠生光。一个人身穿花青色法袍，花纹精细繁复，明显仔细装扮过；另一个人穿着一件山梗紫色的道袍，素净清雅，颇有少年老成之相。

若有人曾见过赶赴人生大考的学生，就能理解他们脸上的复杂神情。

山路尽头，一座朱漆斑驳的小楼，静静藏在苍郁古柏间。

四人一齐停步。

清微真人转向身后两个年轻修士，淡淡道：“有无机缘，命里注定，莫要强求。”

虚云真人稍显严厉。“此事若成，皆大欢喜；事若不成，也绝不可心生妄念，不甘纠缠。你二人可记住了？”

两人低眉顺眼，恭谨应是。

清微真人望着小楼，深吸一口气：“好，贫道先去拜见……”

“观主师兄！”一道女声打断他，突兀失礼，却清脆如黄鹂出谷。

只见一个着鹅黄色衣裙的少女笑意盈盈，蹦跳着跑出小楼。“你们可是要去见我师父？”

少女圆眼圆脸，柳眉弯弯，五官称不上十分精致美丽，却有种特别的灵气，顾盼之时，似巢中幼雀新奇探头。幽静、肃穆的深山小楼顷刻明丽起来。

两个年轻修士本来暗自皱眉，心想，棋鬼身边怎有如此不知礼数的小姑娘侍候他，大呼小叫，成何体统？

然而等那少女奔至身前，二人与她对视一眼，不仅生不出丝毫恶感，甚至忍不住微笑，心想往后若有这样活泼灵动、单纯可爱的师妹斟茶捧棋，艰苦的仙途和棋道一定能轻松快乐许多。

清微真人笑道：“骊师妹，我与虚云掌门心中惦念师伯，前来拜访，但我们这两个老家伙笨嘴拙舌，呆板无趣，怕惹师伯不喜……”

少女听他所言，仿佛才看见虚云真人和两个年轻修士，与他们见礼。

清微真人继续道：“这两个年轻后辈会点阵法，也懂点棋术，不如让他们进去，陪师伯下两局棋，解解闷。我已用望气术看过，他们都是命里有造化的人，赵霖，姚安，来，见过你们骊师姐。”

所谓“会点”当然是谦虚说法，若非百万里挑一的天才，谁敢将其带到棋鬼面前？

着花青色法袍的赵霖、紫色道袍的姚安正要上前，少女却笑道：“客气了。我如何能算师父的弟子？只是师父年纪大了，身边需要一个添茶倒水、捧棋端药、说话凑趣的小丫头。师父真正的本事，我可半分没学到，实不敢当一句‘师姐’。”

二人听她这样说，虽不敢露轻浮之态，却已生轻视之心。

谁知少女话锋一转：“但二位道友来得不巧，我师父仍在病中，刚服过丹药，吩咐暂不见客，失礼啦！”

干脆利落的逐客令。

清微真人、虚云真人面色如故，丝毫不显失望，两个年轻修士却脸色涨红。

他们今日只怕表现得不够好，没想到根本进不了门。

修仙界人人皆知，棋鬼已经病了很多年。一个久病的人，用生病作为拒绝的理由，说明他实在懒得找理由。

虚云听着少女活泼的声音，忽然生出些羡慕。

不是羡慕棋鬼病得久，而是羡慕他敢这样直白地说出来。因为他依然很强，不怕被人知道他一天吃几次药，所以他无事不可对人言。

念及自己突破失败后不敢宣扬，只能派心腹秘密寻找死海银莲花，却被洗剑尘得知此事，让一个外门弟子前来传话，驳他的脸面。

像自己这样，“百般顾忌”才是修真者的常态，不敢病，不敢伤，怕仇家上门，怕地位不稳。

清微真人道：“叨扰了，我等这便告辞。”

姚安僵立在原地，欲言又止。

赵霖换上平时搭讪女修时的笑容。“仙子，我们……”

清微真人忽然厉喝道：“我先前说过什么？”

二人被他的威压一震，大惊失色，仓皇行礼告退。

虚云真人慈爱地与少女道别，最后望了一眼花木掩映的小楼。

每当他以为自己已经站得足够高，踞华微而睥睨四海时，这些前辈的阴影就会重新降临，当头压下。

棋鬼病了这么久，到底什么时候才死呢？

洗剑尘现在何处，又要什么时候才肯死？

二人来时昂首，去时垂头。

清微真人冷声安抚道：“莫泄气，好好准备登闻雅会的棋试。以你二人的天资和气运，就算无此机缘，日后仙途一样顺遂。”

姚安只苦笑。心想话虽如此，与传承那人衣钵相比，其他机缘俱成末流出路。

赵霖叹气道：“不知他老人家究竟想收什么样的徒弟。”

身着鹅黄色衣裙的少女抱着一大捧野花，脚步轻快地跳进小楼。“师父，我把他们打发走了！”

案前，一位黑衣老者闻声，回头笑了笑：“做得好。”

书圣好像永远气度雍容，穿着纤尘不染、雪白无瑕的长袍。他却正好相反，好像永远睡不醒，身形枯瘦，满脸病容。

少女疑惑。“我看那二人还不错，您真的不想见见吗？”

“哪里不错？”

少女不假思索。“长得还不错！不过棋道就算了，他们应该下不过我。”

老者大笑。少女将满怀野花放上桌案，两人对坐编花环，不像师徒，倒像爷孙。

“昨晚落了一场雨，今早满山的花全开了！”少女拂去花瓣上的水珠，欣喜道。

老者忽道：“昨晚本不该落雨。”

“什么？”

老者道：“下雨，是因为有人在等。”

少女茫然：“心意能叫天地知晓，那人的修为一定很高？”

“不一定。”老者摇头，正想说些什么，忽然剧烈咳嗽，像要把五脏六腑咳出来。

少女熟练地为他拍背顺气，奉上药茶。“师父，听说妙烟仙子在后山竹海，要不要请她来弹一首曲，帮您调理灵气？”

老者摆手。“不！死不了，死不了！”

少女依然面露担忧。

老者终于喘过气，仍笑道：“小骊，先贤有云，‘天将降大任于是人也，必先苦其心志，劳其筋骨，饿其体肤’。老夫这些年忍受诸多病痛折磨，都是为以后积攒福报啊！”

“您还说笑。什么福报，值得师父这般辛苦？”

棋鬼望向窗外。层云背后，隐约可见飞云楼金色的斗拱。

“那当然是——熬死世上所有‘老不死’，收下世上最得意的徒弟，带他去多情子的墓前下棋！”

黄昏时分，外门弟子下工。

宋院门口的人络绎不绝，不多时，人们沿着鲜花小径排起一溜长队。

这是每日固定的答疑时间。若更早，宋师兄还在地里干活，不会抬头；若更晚，孟师兄将开灶煮面，凶煞赶客。

一袋种子，一个问题，问完行礼，立刻出门。没人不珍惜这一点时间，也没有人敢耽误别人的时间。

不得喧哗，不得插队。这些规矩虽没有明文公示，却被弟子们默契地当作铁律奉行。

只有今天出了意外。

一个形容寒酸、衣衫破旧的陌生修士混到队伍里，因为形迹可疑，他被人怀疑要对宋师兄不利，差点挨一顿打。

那人急忙自证身份。“诸位道友，先别动手！俺是海外三山岛崆梧派的修士，俺也是来参加登闻雅会的，请柬在这儿，请看！”

他从储物袋不停掏出东西，海岛地图、航船票据、门派徽记木牌等零七八碎。

周小芸只接过请柬翻了翻，确定无误，下令让众人停手，疑惑道：“这位道友，客殿都在内门山上，这儿是外门，你来这里作甚？”

那人仍抱着头，畏缩道：“俺听说，在你们这儿交一袋种子，找一个姓宋的师兄，就能鉴宝解惑？”

“宋师兄的答疑时间有限，你有事，还是回自家门派，去问你家师长吧！”有人想打发他快走，不耐地催促。

还有弟子笑起来，心想这是哪里来的小门派的穷修士，混得比他们这些外门弟子还差。

谁知那人忽然捶胸顿足，哭号道：“问不成了，俺们整个门派，就来了俺一个人！”

“啊？其他人呢？”

众人茫然，不知他为何激动。

“遇到海兽潮，都死在海里了！”那人以袖掩面，竟呜咽起来，“俺们全派上下，加炼丹道童，总共就十个人啊。”他说到一半，不由得带上几分故土乡音。“师父说没指望俺们光宗耀祖，只求见过一次大世面，平平安安地回窝！早知道是今天这样的结果，就不该出海，俺王土根命好苦，道祖不仁啊……”

一众年轻的外门弟子手足无措。那哭声好像有种奇异的感染力，不知为何，听得人心中泛起同病相怜的酸苦。

周小芸递上手帕。“这位道友，你先别哭了，喘口气。你现在找宋师兄做什么？”

王土根胡乱抹了抹脸，眼含希望。“俺门派有个宝贝，是祖师爷传下来的，师父也不知道它是啥玩意，俺就想请宋师兄来估个价。只要能凑够回程路费，俺就卖了它！”

“华微城有当铺。”有弟子建议道。

很快被人否决：“他是个海外的老实人，哪儿敢进大当铺？不是送上门被骗吗？”

王土根连连点头。“俺来这儿之后，每天听说宋师兄的好名声，俺就相信他。”

周小芸将他拉到队伍末尾。“你先等一下。如果宋师兄答完，还没开始吃面，我就带你进去。”

“好仙子！你是活菩萨！”

“快别拜我，李师弟，去藏书楼借一册《海外修士上岸防骗手册》给这位王道友。”

王土根忙不迭地道谢，跑到每个人身前行礼。谁能想到他在不动声色地观察外门环境，以及每个弟子的反应。

宋院门口的一草一木，他已经尽收眼底，尽在心中。

华微宗藏书楼最抢手、最难借的莫过于各类功法秘籍，至于修仙界游记、杂记地图等闲书，常年无人问津，《海外修士上岸防骗手册》更是放着积灰。于是在外门弟子的友情扶贫下，王土根拿到了大全集，一共十本，涵盖二十种不同的海外古字的译本，摞起来有半人高。

东西南北四大洲地大物博，统称大陆。海上除去几个占岛为王的元婴强者，大多岛屿修炼资源贫瘠，灵气稀薄，地广人稀。

有的岛屿依附于大陆的门派世家，有的岛屿自给自足，还有的岛屿随海潮漂流，隐在海雾中，在地图上很难找到。

据说数百年前，一个出身于海外的修士行走四大洲，惊觉大陆复杂恐怖，修士们为争夺资源钩心斗角，骗术层出不穷。而生长环境单纯、一辈子只见过上百个人的海外修士根本应付不来。

他历尽艰辛，功成名就后，回忆年轻时的惨痛经历以及血泪教训，落笔成书。

书中揭露上百种合伙诈骗、仙人跳、碰瓷套，是为鼓励后来的海外修士都能像此书的笔者一样，不畏磨难终成大道。

手册一经问世，顿时成为无数海外修士的励志经典书，修炼灯塔，人生必读。

暮色渐深，晚风吹送清凉花香。宋院门口，队伍逐渐缩短。外门弟子们有说有笑，忽略了那个寒酸窘迫的海外人。

王土根无事可做，席地而坐，随手翻阅手册，不知不觉，看得入迷。

此书笔者笔下千言，可概括为四条：

第一，不要相信老乡；

第二，不要相信大陆人；

第三，不要相信任何人；

最后一条，无论别人坑你，骗你，欺你，诈你，谤你，害你千千万万遍，你只要埋头努力修炼，少年总有出头日，金子总有发光时，早晚能向看不起你的人证明：他们是对的！

王土根几乎含恨喷血，这鸡汤有毒。

他忽觉不对劲，翻回扉页一看作者笔名，只有简简单单的三个字：多情子。

果然如此。他将一口血又咽回去。

当世已经很少有人知道这个名号，但他知道。多情子，不正是书圣年轻时的诨号吗？手册中所写的那座美丽如仙境的海外的山，不正是书圣现在的芥子空间——匣内的画春山吗？

原来圣人当年初到大陆被骗得这么惨。王土根心想："怪不得圣人老来更多疑，想收个徒弟还要考验对方心性，要我们来试探宋潜机。"

他向宋院的朱红窄门望去，只望见爬出墙的翠绿藤蔓，忽然有点同情墙内那个什么都不知道的年轻人。

能写出这一整套洞悉人性弱点的防骗手册，能拆解世上万种骗术的人，现在来设局考验一个十五六岁的修士，谁受得了？

"轮到你了，快去吧。"周小芸的声音惊醒他。

他合书抬头。宋院门口的人群已散，唯有几丛凤仙花招摇如故。

周小芸嘱咐道：“大陆水深滩险，这些书你先收进储物袋，晚上回去多看几遍，务必牢记于心！”

王土根换上憨厚淳朴的笑容。“好仙子，俺晓得，多谢你！”

“不用谢我，要谢就谢宋师兄大度仁慈，有教无类，你快点问完，莫多耽误。进去吧。”

王土根一进门，登时怔了怔。满园怡红翠绿，深深浅浅。天上地下，不知种了多少种花草蔬菜。

他见过世面，看过不少炼丹师的灵药园、女修的百花园，论地域灵气，论品种珍稀，这间小院都很普通。但这里偏偏有种其他地方没有、多少聚灵阵也无法替代的东西：生命力。

最原始、最自然，未经雕琢的澎湃生命力。

他仿佛看见了整个春天。

“这位海外道友，这里的规矩你已经知道了吧？”

他循声看去。说话的少年十四五岁的模样，却已有筑基修为，五官清秀，气势强盛，大马金刀地站在花架下，眼神明亮锋锐，很有压迫力。

王土根在心里赞了一句“后生可畏”。

但根据他们暗查的消息判断，此人不是宋潜机，而是宋潜机的追随者——孟河泽。

“这是海外特有的番茄种子，献给宋师兄！”他呈上储物袋，向那英武少年的身后看去。

“问吧。快些。”孟河泽验过种子，便转身去厨房煮面。

花架下只剩两个人，二人一站一坐。

“在下前来鉴宝，还请宋师兄细看此物。”王土根凑近些，不动声色地打量宋潜机。

夕阳斜照，那人靠着椅上软垫，望着晚霞吹风，双眼微眯，姿态放松且享受，似乎刚在田地里走过，鞋面沾了泥点，但他毫不在乎。

“好，我看看。”那人开口，声音很温和。

王土根诧异。他分明很好说话，脾气不错。为什么那些外门弟子如此敬重他，这个硬碴孟河泽又如此信服他？

一柄半寸长的石剑被放到宋潜机手心。

宋潜机一碰此物，忽然坐直，神色变得凝重。他对着夕阳橘黄色的光芒，轻轻转动石剑。剑身精致小巧，表面粗糙，像石料本身的纹理，只有用道眼细看，才能看到上面无比精密的符文。

这东西他上辈子见过。它威力强大，却没有任何使用门槛。触血即活，却不可认主。

谁拿到都能用，谁拿到就是谁的，这两点特性，让它前世几经转手，引起腥风血雨，又消失无踪，宋潜机也曾求而不得，最终它落在救世主卫真钰手中。

“你从何处得来的？”

“俺的门派传下来的！”

王土根见他的面色变化，便知他识货，暗赞他好眼力。

“你们门派在何处？”宋潜机问。

王土根报了一个很拗口、很长的海岛名。

宋潜机心想：“我居然没听说过，果然偏僻。”

他问：“你从小长在岛上，第一次来大陆？”

“是啊！”王土根忙不迭点头。

宋潜机想了想，又问道：“你们那里一年四季分明吗？雨季有多长？土质怎么样？田里种什么作物最多？作物一年熟几次？有几种主食和主菜？”

“啊？这……这……”王土根大惊失色，登时汗如雨下。

倘若宋潜机问他的门派有何传承、练什么功法、用什么法器、岛上有无灵石矿藏，他必然对答如流，因为他对此早有准备，不怕宋潜机问。

但土质、雨季这些算什么问题？道祖为证，真的有修士关心这些吗？

他急中生智，按画春山的风土叙述一番，怕宋潜机起疑，仍提心吊胆，急忙转移话题：“宋师兄，这东西到底是个啥？俺师父也不知道！”

宋潜机叹气，听起来那边没有荒山可种，他便不再多问，只答道：“是符剑。你若要用，滴血触发即可。触发后与人斗法，可强行提升一个大境界的修为，虽然时间只有半炷香，但只要用得好，足够转败为胜或逃出生天！”

“真的？值钱吗？能不能值三十块灵石？”王土根心中惊叹他的诚实，知无不言，面上却嘿嘿傻笑。

“很值钱。三百块也值，三千块也值。”宋潜机看在番茄种子的分儿上，多嘴一句，“你拿着它，去华微城当铺，让他们开拍卖会，自然能换来许多好处。但我建议，你还是留它防身。”

王土根哭丧着脸。“宋师兄，俺门派中人都死绝了，俺一个人在大陆修炼有什么意思？俺只想换点回岛路费。俺不敢去当铺，不如你给俺二十块灵石，俺把这宝贝卖给你吧！”

这话有很多隐含的意思。

一来，他修为低微，眼界短浅，身怀巨宝而不知，很好骗；二来，他已无亲无故，就算被人杀身夺宝，死在大陆，也不会有人替他寻仇，夺宝者大可高枕无忧；三来，花二十块灵石买一件斗法至宝，谁不想买？

宋潜机却道：“不行。”

王土根大惊。“为什么不行？”

宋潜机摇头。“你给我种子，我给你鉴宝，这件事，在我这里已经办完了。”他将符剑扔还给王土根。

“等等，宋师兄！”

王土根急忙去接，心想：“这玩意你都敢扔，你当它是地里的土豆吗？”

“小孟。”宋潜机直接喊道，“送客。”

孟河泽的身上绑着围裙，风风火火奔出来，大喝：“让我看看是谁到了饭点还不走?!”

王土根被赶了出来。

自从替书圣开黑店，做胭脂铺掌柜，他已经很多年没被人赶过了。而且是被人拿着大锅铲和漏勺驱赶，像赶一只流浪狗。门口的豆角叶片在风中轻晃，像在笑他枉做小人。

他的心情很复杂，宋潜机若受诱惑，他自然心痛惋惜，但宋潜机毫不动心，他又觉得白来一趟，没有成就感。

王土根低头向前走，心里想着黑店众人的第二计，差点迎面撞上一个女修。

“失礼了。”他道歉。

“没事。”那女子低声道。

她头戴幂篱，以轻纱遮面，穿着素净简单的白裙，更显腰身不盈一握。

这条鲜花小径只通宋院。王土根心想，不知她为何遮面，又为何来找宋潜机。

忽然，他看见女子怀中的琴，眼前一亮。

绿漪台。

登闻雅会的琴试在即，华微宗有无数音修，无数把琴。但黑店当铺伙计小斫制作的琴与其他的琴有极细微的差别。

这女修入夜后带着绿漪台来宋院拜访，必然与宋潜机关系匪浅。难道宋潜机当剑买琴就是为送此人？

她一定是个绝色美女！

难道他不贪财宝，却是贪花好色之徒？

先前说妙烟不美，只是他不喜欢那种高贵出尘的女子罢了。

“这位道友，你可是要找宋潜机？”化名王土根，实名花六的胭脂铺掌柜问。

那女子不说话，将怀中的琴用力抱紧，指尖微微泛白。

“你别怕，我不是坏人！”他面露憨厚笑容，“我刚从宋院出来，宋师兄正在吃面。不知仙子是哪派修士，找宋师兄做什么？我与他熟识，可以帮你传句话。”

女子明显不信，低声却坚决地拒绝：“不必了。”

花掌柜摸摸脸，心想这人戒备心重，不像刚才的周小芸好糊弄，可惜自己易容后一副穷酸土气样，活该搭讪没人理，应该让米铺伙计小靡来，那小子油嘴滑舌，惯会讨漂亮女修喜欢。

《海外修士上岸防骗手册》里写过，团伙作案的便利正在于此：各司其职，各展所长，一个人不行，还有下一个人。

他微笑着告辞，将对方身形、打扮牢牢记在脑海中。

何青青面对紧闭的宋院朱门，踌躇良久，举起手又放下。

夜色越来越暗，风过花枝，月上西楼。她抱膝坐在竹篱边，望着月光下盛开的凤仙花。姿势与上次一样，心境却与上次大不同。

一门之隔，孟河泽在院中踱步。

他突破后五感更强，明知有人在外等候，却下意识不愿开门理会。谁知道又是从哪里来麻烦宋师兄的人。

“宋师兄，明天我就要去抽签了。”孟河泽有点忐忑，“我这次能行吗？”

宋潜机正在吃面，没有回答。

明早辰时，登闻雅会武试开始抽签。奖品丰富，规则简单，两两捉对，胜者晋级。

孟河泽此时不需要答案，只需要倾诉："我等这一天已经等了太久。我背井离乡来求仙途，本以为能进内门，谁知一直在外门蹉跎。本以为认真上工，认真修炼就能有转机，谁知日子一成不变，辛苦永远看不到尽头。直到咱俩被赵虞平算计，一起掉下悬崖……我不知道如果没有师兄，我现在会过什么日子。我上辈子一定做了很多好事，这辈子才能遇到师兄。"

宋潜机心想："我上辈子怎么没看出来，你这个邪道之主还挺多愁善感啊。"

孟河泽继续道："我需要登闻雅会的机会，需要作为获胜奖品的修炼功法和资源，像我一样，无数人都需要它们，但凭什么那些东西永远握在别人手里？有朝一日我超凡入圣，定换他个新日月、新乾坤，让天下修士都能练我的功法，不用给我灵石，也不用为我做事！"

安得广厦千万间，大庇天下寒士俱欢颜。

宋潜机笑道："真到那时候，就算你肯让，你还有背后的门派、座下的弟子、家族的后辈要养，他们肯让吗？"

孟河泽心想："那我不要门派，不收弟子，不生后辈，我只要供养师兄就够了。"

"不知道明天会抽到谁……不过抽到谁都没关系，算他倒霉！我要打败所有对手，赢得最后的胜利。"

人生重大转折和无数场战斗之前，不管你说的话多么无聊无脑，都希望有个人能坐在旁边听一听。

哪怕他什么都不做，什么都不说。

孟河泽越说越激动，直到宋潜机吃完面，搁下筷子。

筷子轻碰碗沿的声音像一张定身符。他忽然停下，随即熟练地收拾碗筷，并为宋潜机递毛巾，泡清茶。

宋潜机站起来，走进菜地，微微俯身。

"宋师兄，对不起，我话太多了。"孟河泽赧然，"……我今晚脑子不正常，你别理我，我走了。"

"等等。"

宋潜机摘了两朵土豆花，递给孟河泽一朵。

刚刚离开枝条、犹带晶莹夜露的小紫花花瓣很单薄，在风中瑟瑟发抖。

孟河泽接过，有点茫然，这土豆花该清炒还是凉拌？一朵不够吧。

“师兄要加餐？”

宋潜机语塞。上辈子他没有儿子，更没有亲友，别人家的祝福都说什么呢？

他最后只说：“逢战必胜，万事顺利。”

孟河泽愣怔，眼睛瞬间亮起来。

宋潜机推门而出。

何青青听见动静，吓得跳起来。“宋道友！我……我在这儿打扰你了吗？”

宋潜机应了一声，心想：“你根本打扰不到我，最多打扰我的豆角苗。”

何青青低头，磕巴道：“你教我的琴曲，我已经练熟了。登闻雅会琴试时，你……你能来听我弹琴吗？”

她在宋院门前枯坐许久，只为鼓足勇气，问这一句话。

“有空就去。”

宋潜机想，如果地里的活干完了，去听听无妨。毕竟他还是第一次写曲子。

少女忽然激动起来：“好！我一定……”她想说她一定能夺魁，又觉得话说得太满不妥当，显得轻狂骄傲，只说道：“我一定弹得很好！”

宋潜机将另一朵土豆花递给她。

“这是？”何青青呆怔。

“送给你。”

“送我?!”

从来没有人送花给她。尽管它看着很单薄，很不起眼，像地里的野花。

“嗯，祝你顺利。”宋潜机说，“回去吧。”

这两个人走了，他就可以靠在躺椅上，享受夜晚的休闲时光。

何青青小心翼翼地捧着土豆花，走在漆黑的山道上。

很多年后，人们争先恐后地送花给她，她几乎拥有世上一切珍奇花朵。

却没人知道她最喜欢什么花。

深夜，桌上孤灯一盏，幽幽如豆。

十一个人围圆桌而坐，面色颓然，气氛凝重。

忽然有一个少年进门，众人立刻起身，满含期待地将他团团围住。

“小靡，你可算回来了！你看见那个女修的真面目了吧？长什么样？”

“怎么样？从那个女修的嘴里套出了什么话？”

“宋潜机为什么送琴给她，他们是什么关系？”

名叫小靡的米铺伙计一屁股坐下，大力捶桌。“别提了，什么都没看到！”

“怎会如此?!”白日里扮作“王土根”的花掌柜大惊，“还有女修不喜欢富贵美少年？”

“对啊，我如此年轻俊秀，衣着富贵，态度殷勤，她居然不理我，还呵斥我！让我滚远点，不然她就告诉院监了。”小靡十分委屈，“这不是人干的活！那个宋潜机身边，就没有正常人！”

当铺伙计小斫翻了个白眼，嘟囔道：“中看不中用，早知道还不如我去。”

“但她一定跟宋潜机关系匪浅。所以我们下一计临时改换，变成美人计。”当铺掌柜建议道，“不要妙烟那种清冷出尘的美人，要楚楚可怜‘小白花’。”

花六掌柜翻开《多情子教你花样诈骗手册》，不，《海外修士上岸防骗手册》中的美人计，请众人细细拜读：

投怀送抱太低级，做戏不能这样搞。

美人落难盼搭救，欲擒故纵才巧妙。

众人集思广益，各抒己见，大半个夜晚过去，终于定下计划。

“第一步，引蛇出洞；第二步，欲擒故纵；第三步，以身相许。大家还有问题吗？”胭脂铺花掌柜问。

当铺掌柜问：“问题是，谁演落难‘小白花’？”

花掌柜大怒：“你们别都看我啊，怎么又是我？不能找个女的吗？”

“我是女的，你们觉得我上行吗？”打铁铺张铁匠拍了拍自己结实的臂膀。

众人连忙摇头。

“那宋潜机的细胳膊细腿，还不被你一把拧下来？”

“老花，你的易容术最厉害，就再去一次吧，我们给你道具，随时提供支援。”

“是啊，一回生，二回熟，也不差这一次了！”

花掌柜咬牙，一语双关：“我去。”

入夜后，飞云楼灯火通明。

院长呈上一张薄纸。“这是他们今天的进展，花掌柜出师未捷，被人从宋院赶出来了。他们定下一计，准备用美人计。”

书圣兴致勃勃地看完，拍桌大笑。

院长轻声试探。“您是不是故意的？”

“你发现了？”书圣笑道，“老夫无论选谁做徒弟，他们都会认。以后老夫不在了，他们有十分力，便尽十分力去辅佐他。但十分力还不够，只有让他们真心信服的继承人，他们才会豁出命去，尽到十二分力……这一年，卫平四处坑蒙拐骗，从他们手里坑走不少好东西，但卫平那小子确实很讨人喜欢，他们嘴上不说，心里已经对他生了几分偏爱。”

院长恍然：“宋潜机若能挺过来，才算真的收服了这些人。”

书圣点头。这些人各有专长，脾气各异。平时，黑店分布四大洲，是一张消息网，有事时，这些人聚在一起，又是一张保护网。

他无法陪伴徒弟成长为一方强者，总要为徒弟留下几个后手。

书圣感叹道：“青崖书院的事，我已很久不曾过问。”

院长立刻拜倒，肃然道：“书院永远是您的书院！”

书圣一把扶起他，大笑：“跟你没关系。”

任何组织规模越大，必然越难控制，还会分出许多派系，不再同心同力。他对书院的掌控力，已经不如年轻时。书院众人敬畏他强大，将他当作精神信仰，却未必愿意为他选定的继承人赴汤蹈火。

书圣推开窗户，目光穿过满天星星，隔着重重夜雾，望向华微宗后山。“这件事，我总算快那只老鬼一步！”

夜风渐凉，躺椅上的宋潜机忽然鼻子发痒，忍不住打了个喷嚏。

在无数年轻修士的期盼下，登闻雅会正式开始。

这天，碧空如洗，春光明媚，群山苍翠。

主峰前殿广场上人山人海，孟河泽与一众外门弟子排在极靠后的位置，四周人头攒动，一眼望不到尽头。

掌门真人站在殿前高阶上讲话。他们看不见人影，只听一道威严苍老的声音在山间震荡回响。

因为距离太远，山风又大，吹得那声音断断续续，时大时小。“尔等皆是修仙界的后起之秀，青年栋梁……

“必不辜负门派栽培，师长厚望……

“各派勠力同心，惩恶扬善，匡扶正道，维护修仙界秩序……”

孟河泽听不进去。不止他，这种场面话，每个人都听不进去。

他转头张望，每张年轻的脸上的表情一模一样，强作镇定却难忍激动。

这是他第一次进内门主峰，原来宫殿比他想象中的更高大，云海比他梦中的更壮观，就连云中跳跃的五色鲤，也比传说中更美。

他本来有些紧张，不知如何装作经常来的样子。

但一路上遇到别派弟子向他打招呼，还遇到不认识指路标的海外修士，不断被人称作“这位华微宗的道友”，想到大家都是第一次参会，就像都是第一次做人，他莫名安下心来。

他喜欢被陌生修士称一声“道友”，然后互相见礼，自我介绍，而不是像以前那样，被执事和内门弟子一边招手，一边吆喝：“喂，那边那个谁，你给我过来。”

方才走在路上，孟河泽已经认识了不少其他门派的修士。

有的认出他就是瑶光湖的采莲少年，夸他轻身术练得很漂亮。

有的见他骨龄才十四岁，却已有筑基修为，前途不可限量，便主动与他搭话。

孟河泽曾经是外门人缘最好的弟子，交朋友对他来说本就易如反掌，后来他常与宋潜机相处，无意间被对方的气场感染，现在他与各门各派的修士谈笑风生，毫不露怯。

殿前令他听不清的讲话终于结束，除了大会规则，孟河泽什么都没记住。

武试与棋试几乎同时开始，前者人多，后者费时，都是两两捉对、层层晋级的赛制。

琴试和书画试则被安排在三天后。

武试的报名人数多，随机分为十组，每组一千人，前五百人去抽签，后五百人等着被抽。

孟河泽看了看掌心那张黄纸：丁叁陆伍。这是他报名时拿到的号码牌。

他跟着人潮拥向第三轮武试的抽签处，一边排队等候，一边与前后的弟子闲聊。

他排在丁组三百六十五号，恰好与平年一年中的天数相同。刚才结识的紫云观修士说，天圆地方，通达圆融，这号码大吉大利。

“丁叁陆伍，对阵乙贰拾肆。拿好牌子，天字三号擂台下候场。”发牌执事面无表情，机械地重复，“叫号不到算出局，恶意违规算出局。前三轮武试每场比斗限时一炷香，超时不分胜负，两个人都出局。”

武试前期，广场上临时搭起二十座擂台，可以同时进行二十场比斗。

后期大浪淘沙，到了第四轮，参赛者只剩厉害角色，擂台数目也开始缩减，方便众人集中观战。

孟河泽再次穿过人潮，努力寻找天字三号擂台。

忙于叫号的执事，维持秩序的执法堂弟子，忐忑等候上场的弟子，互相放狠话或互相行礼的参赛者，聊天嬉闹的女修，还有偷摸开赌局的观战修士。

各派服饰缤纷，各地口音嘈杂。

武试前期，哪里像登闻雅会，简直像菜市口大杂院。

孟河泽一路看得目不暇接。他喜欢这种热闹的杂院。

这才是异彩纷呈、五光十色的精彩修仙界。不被人呼来喝去，大家自由自在地交朋友，光明正大地显身手。

他站在台上，向对手行礼：“华微宗孟河泽。请指教。”

“西海派张大仞。道友好。”对方还礼。

孟河泽举起了他的低阶剑。

他想：“这才是人过的日子，等大会结束，我还要过这种日子。再也不要铲灵兽屎，挖灵石矿了。”

前三轮武试因为时间限制，进行得并不慢。

夕阳落山时，第四轮武试的抽签已经结束了。

场上热闹依旧，但擂台下开始有担架出没，有医修忙碌，山风吹来一阵阵血腥味。

孟河泽作为华微宗外门仅存的硕果，“全村”的希望，不觉得疲惫，反而越打越精神。

他已经抽了第四轮武试的签，在擂台下的候场区休息。

第三轮和第四轮比试之间，足有半刻钟的调息时间。

已经被淘汰的外门弟子们围过来，有人给他止血，有人给他擦汗，甚至有人扇着扇子，问他热不热。

他心想：“当然热。我能不热吗？”

孟河泽深吸一口气：“去趟宋院，请宋师兄来。”

周小芸立刻就要走。“好！我就说，你打进第四轮了，请他来观战？”

“不不，万万不可这样说。”孟河泽拦下她，他看向不远处鲜花锦簇的小楼，“你就说，有人在擂台边开赏花会，各地奇花异草齐聚一处，不看实在可惜。请他赏花之余，顺便看看我的表现。”

周小芸很是佩服。“孟师兄，还是你高啊！”

一些不参加武试的女修，正在楼上“斗花”，说是某种“赏花会”倒也不为过。

宋潜机听外门弟子们一番转述，却以为是大家交流养花经验的那种“种花交流会”。

登闻雅会中竟有这等盛事，他前世竟不知。这怎么能错过？

“我地里还有点活，你们先回去，我稍后就来。”宋潜机说。

但广场上的人实在太多。宋潜机来时，还未看到有人聚众赏花，先被人叫住。“宋师弟！”

宋潜机回头。

一高一矮的两个戒律堂弟子迎上来。“真的是你啊，你不会忘了我们吧？”

他们的态度莫名热情，围着宋潜机连连问好，好像看见十大车灵石。

宋潜机摸不着头脑。“二位到底有何事？”

徐看山、丘大成，正是孟河泽公审那夜送他上主峰的那两人，后来还以亲眼见过妙烟仙子与人打赌，跑来宋院门口找他做证。

丘大成垮下脸，哭道：“我们输得裤子都快要没了，你来得正是时候啊！”

徐看山：“你的好运气，我们有目共睹，最信得过你！”

说罢偷偷摸摸亮出几张赌券。

宋潜机摇头。“我从没赌过。”

丘大成拽着他的袖子。“不用你赌，你只管说买谁。咱们上次讲好的，你不能再抵赖啦！”

宋潜机笑道：“好吧，陪你们逛一会儿。”

他一边陪二人辗转各个擂台，抬头看两眼，便告诉他们买谁赢，一边寻找“种花交流会”的入口。

宋潜机百押百中。徐看山、丘大成的胆子越来越大，后来每逢下注，必押上全副身家，赚得盆满钵满。

二人懂规矩，怕人跟注，更怕开盘口的修士不高兴。于是在不同盘口反复跳跃，打一枪换一个地方。

“你简直有神仙保佑，气运加身，横扫无敌啊！”丘大成乐得合不拢嘴。

“不是运气，是眼力。”宋潜机无奈，“我的运气一直都很差。”

“难道在他们动手之前，你就能看出他们战力如何、谁赢谁输？”徐看山问。

宋潜机想了想。“差不多。”

二人对视一眼，哈哈大笑，连称不信。

三人兜兜转转，走到天字一号擂台边。

忽然有人激动地喊道：“宋师兄，宋师兄来了！”

宋潜机望见孟河泽和一群外门弟子在场边，想来是孟河泽正在候场，便挥手笑了笑。

“这次买谁？”丘大成问。

宋潜机看了一眼对面候场的修士，毫不犹豫地道：“当然买孟河泽。”

丘大成犹豫：“可他抽签的运气不好，对面是连山派大弟子，最近名声很响亮！”

徐看山：“该不是你与孟河泽关系好，就让我们买他晋级吧？兄弟情义不是这么算的，孟河泽又分不到灵石！”

“随你们。”说话时，宋潜机已经看见那座开满鲜花的小楼，心中一喜，

"我有事先走了。"

两个人阻拦不及，眼看他身形灵活，眨眼间消失在人海中。

场边的执事击鼓，开盘口的修士不耐地催促："快要开场了，最后的下注时间啊。"

"我买丁叁陆伍孟河泽。"丘大成掏出储物袋里的所有灵石，"全买！"

另一边，候场区的孟河泽稍感失落。

"宋师兄怎么没过来啊？"有外门弟子踮脚张望，"他旁边那俩人，不是戒律堂的两位师兄吗？"

"他可能……没看到我吧。"孟河泽在执事的催促声中走向台上。

忽然有个弟子跑过来，喘气大喊："孟师兄！宋师兄他刚才……拜托了戒律堂师兄花钱买你赢！"

孟河泽一怔，浑身像通了电，双眼放光。"真的？宋师兄真的这样做了？"

徐看山、丘大成扑到擂台下大喊："孟道友，孟师弟！我们押上全部身家买你赢，你一定要争口气啊！"

青山依旧，云海锦鲤迎着夕阳的光芒跳跃。

宋潜机还未走进小楼，已经闻到了馥郁的花香。

楼里有上百种花草，争奇斗艳。

宋潜机微笑，极为满意。今日他必然收获良多。

宋潜机循着花香登上小楼，还未看清堂内的景象，一片深深浅浅的绿色抢先撞进眼帘。

准确地说，是六个穿着绿色锦衣，浑身珠光宝气的人。

青崖六贤也看到了宋潜机。

那道如噩梦般的身影从楼梯口走出来，让他们顷刻重回宋院门口。仿佛连斜照入窗内的夕阳橘光都变得与那日一模一样。

若不是今晚就要动手惩治宋潜机，万事俱备，他们也不会出门放松心情。

武试前三轮受时间限制，没有大看头，不如上楼欣赏漂亮女修们"斗花"。谁知冤家路窄。

六人一时愣怔。有人下意识后退，有人表情扭曲。

惨绿服色的少年色厉内荏地喝问：“你来干什么？”

“当然是来赏花的。”宋潜机道。

六人面色变得古怪。身穿豆绿锦袍的少年嗤笑道：“你这个外门弟子也敢来这儿赏花？你觉得你配吗？”

楼里“斗花”的女修，大多出身高贵且天资不俗，千金难博一笑，寻常修士不敢凑到她们面前自讨无趣。那些灵植也是最名贵的珍稀品种，价值连城，宋潜机碰坏一片叶子他都赔不起。

宋潜机笑起来。

六人被他笑得心里发毛。

“你笑什么？”

“到底有什么可笑的？”

宋潜机心想：“我每日耕耘，虽然距离专业种植大师还有很大的差距，但我绝对是半个内行人。你们上次在宋院门口，居然连几株豆角苗都不认识。现在参加‘种花交流会’，不是瞎子点灯白费蜡吗？”

于是他真诚地劝告：“正殿广场上有武试，风烟谷中有棋试初赛，都很适合你们前去观战。比起六位道友，当然是我更配来这里。”

青崖六贤的脸色涨红。

这厮怎敢如此嚣张，他有什么底气？

但见其他修士眼神暗含幸灾乐祸，好像等着他们闹翻动手，惹楼中“斗花”的女修不高兴，被赶下楼去。

六人只能传音安慰彼此：“他不过是秋后的蚂蚱，孟河泽今晚被武试拖住手脚，看谁还能护着他！”

宋潜机：“劳烦借过。”

这六根青葱站在一起，将楼梯口挡得严严实实。

擦肩而过时，宋潜机听到有人低声威胁：“你莫得意，很快我就让你笑不出来！”

他忍着笑点点头。

宋潜机环顾四周，只见楼中虽然花团锦簇，却尽是无根之花，被连梗剪下插入精美的花瓶，供人赏玩。纵然新鲜艳丽，朵朵盛放，花期也不过一日，生命力远不如他的菜地花草。却还有一群修士围着玉儿，对那些刻有名字的花瓶大加夸赞：

“李仙子的这瓶蝴蝶兰花配云仙草，插得错落有致，浓淡合度，色彩清新而不失娇艳。真是花如其人！”

“张仙子的这瓶玉山茶花插得更有巧思，她特意用了彩云石广口瓶，匠心独具，正如她的兰质蕙心！”

他们借由赞花，赞美各家女修的品位。

花瓶旁边，女修的仆从、侍女表面照料鲜花，洒水修叶，其实将他们各自的言辞记下，回去报知自家仙子。

这是一场修仙界名门联姻意向征集大会，只是大家不会挑明而已。但宋潜机是散修泥腿子出身，上辈子没机会见识其中的弯弯绕绕，自然不懂。

宋潜机听了片刻，越听越纳闷。什么玩意？你们是来学插花手艺的？学插花只看不练吗？

他问：“打扰了，请问这里有没有带盆、带土的花草？”

年轻修士们闻言，停止谈笑。大家盯着他，好像他的脸上开出了一朵花。

“你真想看带花盆的花草？”有人问。

宋潜机点头：“我正为此事而来。”

“都在露台上。”另一个人指了个方向，神色古怪，“她们正在评花王。”

“多谢道友！”

宋潜机朝着那人指的方向望去，透过一道白色鲛纱垂幔，隐约可见纱帘后百花争艳，听见欢声笑语。

一面薄薄的纱帘，垂落不动，没有人揭开，便像一堵钢铁城墙，将露台单独隔开。

众人盯着宋潜机走向露台的背影，好像在等一场大热闹，看他如何收场。

露台上，十余个女修装扮华丽，言笑晏晏，每人面前，都有一个雕工精致的小玉盆，玉盆外面罩了一层透明琉璃罩，连花带盆罩住，罩子内壁竟然还刻有小型聚灵阵。罩内荧光流转，如梦似幻。

云海间晚霞灿烂，她们坐在霞光中饮茶，赏花，不时看看楼下的广场。

这座楼视野开阔，修士目力深远，足以将不同的看台一览无余，但第四轮武试刚开始，还看不出名堂，她们更多的时候只看花。

“云仙子的这盆金线玉海棠，十年开一次，果然瓣瓣晶莹如玉。”

“梦仙子的这盆水晶银杜鹃更好，银光闪烁，像天上的星星，我很喜欢。”

“丰仙子的这朵七彩云霞牡丹，何止七彩，十彩也有，这才是国色天香。”

一只白虎卧倒在紫衣女修的脚边，除去额头如火焰般的花纹，浑身没有一根杂毛。它正微微打鼾，若非体形太大，乖得像只白色大猫。

忽然，纱幔被一只骨节分明的手撩开，满室霞光顷刻被搅乱。女修们下意识皱眉。

一道温和声音响起：“打扰了！”

话音未落，卧地假寐的猛虎睁开赤红双瞳，虎身腾跃，满口獠牙，飞扑向揭帘者。

“嗷！”虎啸声震荡楼台。

楼台外的其他修士纵使早有预料，仍心神震颤。

虎爪破风声大作，近在咫尺，宋潜机闪身避过，却迎着虎啸向前去，不退反进。

他想，这赏花会还有看门的灵兽？没必要吧。

一道女声厉喝：“初雪，回来！”

白虎得令回转，身形却在半空收势不及，栽倒滚了一圈，喉头发出委屈的呜呜声。

纱帘重新落下，隔绝帘外的窥探视线。

众修士难以置信。

“那个傻子居然没被撕碎？”

“他直接进去了！他怎么进去了？”

“不对，他好眼熟，他……”有人惊道，“他便是宋潜机！”

露台上，女修们疑惑地打量来人。

丰紫衣摸了一下虎头，起身笑盈盈地道：“宋道友，没吓到你吧？”

陈红烛几乎同时站起来。“你来这儿干什么？”

她不知该高兴还是着恼，怎么哪里都有宋潜机？这人太能惹事了，因为没让他及时下山，他就非要将华微宗闹得鸡飞狗跳不可吗？

“我来看看花。”宋潜机说。

众女修等他继续解释，谁知他说完这句，便不再多话，径直走向玉案，观赏琉璃罩内的花草。

丰紫衣解释道：“这人我认得，他性格如此，并非有意冒犯诸位。”

“难道他真是来看花的？”

丰紫衣点头。“没错。”

她想补一句，尔等切莫自作多情，又觉得不合适，好像她自己在自作多情，最后只说道：“我们也继续看花吧。”

陈红烛偏头翻了个白眼，愤愤地想：“你们很熟吗？怎么说得他像你们大衍宗的弟子一样？”

宋潜机忽然问：“请问道友，这朵花是如何培植的，为何土中要放几块乌金矿石？”

他态度礼貌，不像恶意找碴。

但被问的女修不知所措，只勉强笑道：“我家中有个擅长培植灵草的炼丹师，这是他放的，我并不熟悉。”

宋潜机遗憾地点头。

他又问了两三句，便知这群人根本不懂土壤地质、干湿温度、水肥平衡。这也配叫“赏花会”？他心中连连摇头，直呼外行。她们根本不懂种植。

宋潜机缓步慢行，俯身继续观赏。

玉案尽头，一盆水中银莲开放，罩着琉璃罩。

他问：“敢问道友，这水底为何要放两块寒晶石？”

花后的人静静坐着，声音淡淡的：“我这盆银莲生性喜寒，只生长在血河谷寒潭深渊中。放寒晶石是为了保持温度，却不能多放，两块正合适。盆中水，也取自寒潭。离枝飘零之花，便如离乡漂泊之人。”

宋潜机点头。“多谢。”

但这道声音他有点熟悉，他抬头，迎着晚霞的光芒看去。

这张脸他也很熟悉。

妙烟。

“不客气。”妙烟轻声说。

她身穿湖水碧色长裙，坐在露台边，背后是被晚霞染作赤红的云海。日夜奔腾，永不停息。

美人羽睫低垂，嘴角挂着恰到好处的笑容，挽臂纱被微风吹动，美得像一幅画。

画中没有旁人。

露台欢笑声不断，她身边空荡寂寥，只有一盆水中的银莲花。

女修们大多不喜欢她。没人天生喜欢做陪衬，做映衬红花的绿叶。

区别在于，大部分人表面与她亲切热络，而陈红烛等极少数人，敢将喜恶写在脸上，不怕被评价为善妒。

宋潜机与妙烟开口说第一句话时，陈红烛最先注意到他们，登时脸色一变，顾不上身边人正在问她的意见，直接起身走过去。

丰紫衣也站起来，白虎摇了摇尾巴，紧跟着她。

她们都知道宋潜机那句名言。妙烟本人也知道。

宋潜机明知道妙烟知道那句名言，还敢与她搭话？这样送上门去，不怕被她趁机刁难吗？

二人觉得要出大事，快步赶来，却只听见他们互相说“多谢”和“不客气”。

陈红烛茫然，什么情况？

丰紫衣心想，难道妙烟没认出宋潜机，以为他是来跟她搭讪的？

其实妙烟记性很好，见过的人过目不忘。早在宋潜机走进露台时，她便认出他了。

——那个逝水桥上和她迎面相逢的外门小弟子，最近名声正响。

换作别的年轻修士直接撩开纱幔、闷头闯入女修们的集会地，无疑是一种唐突，令人恼火。但这人做出来这事，却好像自然流畅。

脾气最跋扈的女修也不怪罪他，反而替他解释。

妙烟见他的第一眼就知道，这人不喜欢自己。不像某些人心中爱慕美色，嘴上却说万法皆空。

这人说自己不好，是真的觉得不好，并非故意哗众取宠。

他看莲花时，眼神澄澈得如一汪清泉，嘴角带笑，气质温和。抬头看见自己的面容，他却立刻冷淡下来。这让妙烟心中有点不舒服，甚至不服气。

于是她开口道：“你若喜欢这寒潭银莲，我的竹楼里还有一朵，赠你可好？”

她本来不该说这句话。话才出口，她当即心生懊悔。

陈红烛、丰紫衣这两个不对付的人，第一次有了默契。她们对视一眼，看见彼此脸上如出一辙的震惊。

这还是妙烟吗？妙烟从不会送别人东西，更不会对任何年轻修士主动示好。

宋潜机却道：“多谢仙子，不必了。”

他暂时不打算种灵植，手里也没有寒晶石。这些花草需要刻有聚灵阵的琉璃罩保护，美丽但冰冷，缺乏自然生机。

宋潜机说完便告辞。妙烟神色微变，很快又恢复如常。

陈红烛、丰紫衣见他毫不留恋，不由得露出活见鬼的表情。

妙烟被拒绝了？堂堂修仙界第一美人，被华微宗外门弟子拒绝了？说出去会有人相信吗？

陈红烛恨不得仰天大笑。

这个虚伪至极、戴着假面的女人，早该尝尝碰壁的滋味。

她幸灾乐祸地想：“你看，不是世上所有人都属绿壳王八，都甘心到你的瓮中。”

但望着妙烟在夕阳下孤独的侧影，不知为何，陈红烛竟又觉得她有点可怜。

“等等。”丰紫衣喊住宋潜机，纠结道，“你这就要走？不是来看花吗？”

宋潜机笑道：“已经看完了。”

令丰紫衣惊诧的是，这人的态度依然很礼貌。就连刚才拒绝妙烟，仿佛也不掺杂个人喜恶，只是单纯因为“不需要”。

丰紫衣的眼睛转了转，找到话题：“那天在瑶光湖边，跟你一起的那人呢？怎么今天没有看见他？”

“他正在楼下参加武试。”宋潜机答。

“哪个台啊？”陈红烛不再看妙烟，走回女修群中，“让我们看看呗。”

宋潜机走到露台的栏杆边，指向孟河泽所在的擂台。“就在那儿。”

一群女修兴致勃勃地张望，看清后却有些失望。

那少年梳着高马尾，穿一身墨蓝色粗布袍子，拿一柄粗糙的低阶剑，虽然模样英武，但处境狼狈，浑身挂彩。

他的对手身形高大，几乎高九尺，一柄风雷重剑挥动时力达千钧，一剑砍下，设有防护阵法的擂台也要抖三抖。

“他是不是快输了？”丰紫衣遗憾地道，“没关系，第四轮武试的奖品已经不错了。”

陈红烛道：“他的签运不好，对手比他高半个境界，灵气充足，根基扎实。”

“不，他很快就会赢。”宋潜机说。

众女修明显不信，嬉笑声接连响起。看在宋潜机是陈红烛、丰紫衣的朋友的分儿上，大家才没有出言嘲讽。

而且自从他进来，他只看花，不看人，不曾胡乱搭讪，这一点让不少女修觉得妥帖。

许多美人看似高不可攀，其实只要男子不油腻、不自恋、不自作聪明，以平常心与其相处，就已经能打败百分之九十九自我感觉良好的“风流才俊”，得到“还不错”的评价了。

“虽然我是个医修，不懂斗法，但我看得出来，他正被人压着打，他要怎么赢呢？”有个女修问。

她不怕被笑话外行人眼力浅薄，直接问出了众人都想问的问题。

擂台上，孟河泽的半边衣袖被鲜血染红，他狼狈地左躲右闪，只用轻身术周旋，仿佛无力还手，而对方面色红润，重剑挥动之间，雷光闪烁，风声呼啸，如猛虎戏兔。

宋潜机说：“三招之后，他必转败为胜。”

陈红烛定睛看了看，发现孟河泽虽在败退，但躲闪的脚步不乱，更像在表演慌乱，每次都能刚好避开剑锋。

反而他的对手气喘如牛，因为久战不赢，长时间处在胜利边缘却无法结束战斗，每次出招进攻都差半分，那对手已经逐渐失去耐心，变得越来越急躁。

战斗节奏竟然掌握在孟河泽手里。

丰紫衣也看出点不对。“他在瑶光湖赢了那么多好法器，现在却留着不用，是想等第五轮、第六轮再用？他自信这局能赢？”

众女修的好奇心更盛，聚精会神地盯着擂台上的蓝衣少年，被他的一招一式牵动心神，下意识忘了聊天，更忘了赏花。

孟河泽几乎退到擂台边缘，眼看无路可退，对手腾空跃起，雷霆一击当头斩下。

电光布满整个擂台。有人不忍心再看，已经闭上眼睛。

孟河泽的半只脚踩在擂台边，只得飞身迎上，似要做最后一搏。

然而两剑相击的瞬间，他的身形竟凭空消失。

他身法如风，诡异地与对方擦身而过，忽然运起全部灵气，反手一掌猛击对手的后背。

轰！

对手庞大的身形顺势飞出擂台，砸起一片尘烟。

场边的执法堂弟子及时疏散观战人群，才没有误伤他人。

“丁叁陆伍孟河泽胜——”场边的执事高声宣布。

孟河泽力竭，以剑撑地，低头咧嘴笑了。

“孟师兄赢了！”

“我们外门又赢了！”

擂台边静默一瞬，随即爆发出一阵震天欢呼。

喊声最大、最撕心裂肺的竟不是华微宗外门弟子，也不是孟河泽新认识的别派朋友，而是徐看山、丘大成这两个赌鬼。

“灵石！灵石啊！赢啦！”

“他真打赢了！”露台上的女修们同样鼓掌欢呼。

她们方才看得全神贯注，此刻已忘记矜持。

“打得挺有章法嘛。战斗节奏、意识都不错。最难得的是沉得住气，临危不乱，才能抓住对方破绽。”陈红烛问，“你教的？”

宋潜机摇头。“他有天赋。”

露台的栏杆平整而宽阔，其上摆满各色的花瓶，瓶中插着今日刚剪下的花，虽不是琉璃罩内的名贵品种，但一样娇艳盛放。

若站在楼外看，这便是一座开满鲜花的小楼。

丰紫衣素来爱玩闹，爱热闹，兴奋之下，伸手抽了一枝金瓣蔷薇，扔向擂台。“打得不错！”

其他女修见状，纷纷抽出栏杆上的鲜花，扬手抛出。

“孟师兄，有人扔花给你！”周小芸惊喜地喊道。

孟河泽接过一朵无端的落花。

他还没从刀光剑影的战斗中回过神，不由得愣怔。

“啊，那边好像是宋师弟啊！”徐看山喜笑颜开，对丘大成道，“这次要多谢宋师弟带我们发财。”

丘大成：“当然啦，这辈子他说买谁，我们就买谁，绝无二话！”

孟河泽猛然抬头，只见宋潜机凭栏而立，清瘦身形被夕阳余晖勾勒出一道金边，恍若神仙。

无数朵鲜花从宋潜机的背后飞出，比漫天晚霞更灿烂，更辉煌。

鲜花纷繁，唯他静立不动。

一场花雨铺天盖地，将孟河泽重重笼罩。无数人为他欢呼叫好，好像整个世界都在围着他转动。

十四岁的少年从一无所有到拥有一切。

如何不目眩神摇。

广场上所有人的目光都被这场声势浩大、从天而降的花雨吸引。

人们议论鲜花小楼上是谁扔下来的花，那个蓝衣少年又是何方人物。

起先，人们猜测他出身于世家名门，才有这么大排场，听说只是一个华微宗外门弟子后，议论更激烈，有人羡慕，有人嫉妒。

“如此年纪已经筑基，当真天赋异禀，前途无量。”

“什么世道？我们打得再好看，也没见人家在楼上看我们。”

“小白脸，只是赢了一场武试，怎么像登闻雅会夺魁了一样？”

孟河泽仰头看花，一时忘记身在何处。等他从阵阵眩晕中清醒，对宋潜机奋力挥手，才发觉宋师兄已经不见了，栏杆边只有一群衣着华丽、明艳动人的女修打着团扇，掩面轻笑。

孟河泽窘迫得面红耳赤，立刻放下手，背手在身后揪了揪衣角。

但他现在的一举一动都在众目睽睽下。

“哎呀，他还害羞啦！”更多人笑道。

孟河泽的脸更红了，他低头走下擂台，想去找宋潜机。

遍寻不到，已不知宋潜机在何处。

孟河泽没找到人，便被一群外门弟子团团围住，如庆祝英雄凯旋一般，簇拥着他走向抽签处。

一路上不断有弟子加入他们，竟形成一支颇具规模的小队，几乎整个外门都来为他助威。

有的擂台还未决出第四轮武试的胜者，抽签还未开始。

孟河泽在等候期间，表面冷静潇洒，暗中竖着耳朵，津津有味地听别人议论自己。

“人家在外门都能筑基，在哪儿学的功法？怎么修炼的？”

“这局已是险胜，不知他下局还能不能赢。”

偶尔听到几声不和谐、冒酸水的“此人不过是宋院的看门狗腿”“宋潜机门下的走狗”，他也不生气，心想：“狗腿可不是谁都能当的。就算你们想当，不懂点花草养护知识和不会烧火做饭，约等于废物，宋师兄还不乐意要呢。”

天色渐晚，山风添了凉意。

再打最后一轮，今日便停赛。失败者回家养伤洗洗睡觉，胜利者明天继续赛程。

广场上的擂台已经缩减到十个，观战的修士们更加集中，暗地的盘口赌得更大。

徐看山和丘大成没找到宋潜机，只能继续买孟河泽赢，对后者的称呼由“孟师弟”变成了“孟兄弟”。

“丁叁陆伍对丙十四，天字一号擂台候场。”执事高声道。

外门弟子们还不知对手是谁，已有人喊道：“孟师兄必胜！”

少年怀抱他的低阶剑，肩上挑起无数目光和期待，穿过汹涌人潮与山呼海啸。

“报！宋潜机下楼了，已经出楼！”

“报！他独自下山回外门！”

“伙计们各就各位，踩点目标出现。”

“花掌柜准备扑他！”

“赏花会”的收获不多，令宋潜机稍感失望，但他的心情依旧很好，走在春日的山路上，满眼春意盎然。看山看花看水波，看路旁野草他都觉得可爱。

这时遇到几个人拦道争执，便格外刺眼了。

四五个膘肥体壮、表情强悍凶恶的大汉，正围着一个柔弱的白衣女修嬉笑。那女修除了没有蒙面，衣着打扮、身形气质都与何青青极为相似。

“请你来玩是给你面子，你不要不识抬举！”

“你家人还欠我们钱，你忘了？”

女修闻言步步后退，面露惊恐。“这是华微宗，是登闻雅会，光天化日，朗朗乾坤……”

除了弱柳扶风的体态，她还有一张如出水芙蓉般清纯可怜的容颜。

恶霸们哄然大笑。

“哪儿有光天化日？这天都要黑了！”

有人在她肩头一推，她便娇呼一声，踉跄着扑跌出去。

此时，宋潜机恰好路过，步履闲适，走得不快。

女修裙摆飘扬，像只断翼的蝴蝶，即将跌到这个过路修士的怀中。

她抬头，晶莹泪水蓄满明眸，沾湿卷翘的睫毛，要落不落，楚楚动人。

此情此景，谁不生怜？

宋潜机扫了她一眼，脚步一顿。

“啪！”

女修高高扬起白纱衣袖，与他擦肩而过，“断翼蝴蝶”摔在地上，烟尘飞扬，像张薄饼摊在锅里。

她忘了控制表情，不可置信地瞪大眼。宋潜机竟然躲开了？他练的什么身法？

然而就像绕开一棵挡路的大树，那人继续向前走，走得依然不快。

恶霸们同样神情惊愕。

“喂，你这人怎么回事，没看见这里有位仙子吗?!”

对面走来的青年修士见了，一边谴责宋潜机毫无怜香惜玉、拔刀相助之心，一边快走两步，向落难女修伸出援手，柔声笑道：“仙子别怕！”

宋潜机置若罔闻，没有回头。

场面顿时十分尴尬。

你谁啊？你又是从哪里来的？

女修神色一变，假装没看见那只手，麻利地爬起来，一个箭步跟上宋潜机，发觉自己速度太快，便弱声解释道：“劳烦这位道友与我同行一段路。道友穿着华微宗弟子的外袍，他们不敢惹东道主家的弟子。”

宋潜机没有答应，也没有拒绝，甚至没有看她。

女修低眉垂眼地跟在他身旁，表面泫然欲泣，心里崩溃怒吼："谁放真路人过来了?！一群成事不足、败事有余的家伙！"

她一副受到惊吓、走路不稳的模样。遇到石子，必往宋潜机身上跌去，可惜从来没成功，最多只碰到他的衣角。

再后来，宋潜机看见小石块，便轻轻踢开，每次快她一步，让她连被磕绊的机会都没有。

弟子们聚在广场上等着看孟河泽比试，整个外门寝舍非常安静。

宋院门前葱郁如故。五六只小麻雀落在竹篱上，披着夕阳最后的光芒梳理羽毛。

女修趁宋潜机开门，灵活地蹿进小院。"多谢道友一路送我。我身无长物，愿为道友泡杯茶，感谢道友保护之恩。"

"不必了。"宋潜机说。

女修连忙道："那些人此时应该还在路上等我，我想借道友的宝地躲避片刻……只要再过片刻，我就走。"

她表情娇弱，瑟瑟发抖。

"随便你。"

宋潜机进门后第一件事，是查看浸泡在清水里的莲藕种子。白生生的细芽发出，长势喜人，已经可以栽到淤泥中。

他这才回头，看了一眼被那女修踩过的土地以及地上的脚印，不禁有些疑惑，最近的怪事未免太多了。

女修凑近两步，哀哀切切地说："道友高义。萍水相逢便是缘，不知道友是哪里人？"

花掌柜其实快被自己恶心吐了。心里骂完队友，大骂宋潜机油盐不进。谁想出的美人计，脑子泡进墨池了？

这一路上，媚眼抛给瞎子看，积累满腹怨气。除了书圣他不敢骂，几乎骂遍了修仙界。

宋潜机忽然道："我要出门，一起吗？"

"啊？"

"惊喜"来得太突然。花掌柜一激灵，立刻打起精神，心想："好你个宋潜机，刚才装正人君子装得很辛苦吧？姑娘跟你回家，你就暴露本性，想约人出门了？”

“好。”白衣女修娇羞点头，“我自然愿意与道友一起，不知道友要去哪里？”

“去瑶光湖。”

花掌柜看看天色，在心里冷笑：“此时全华微山的人都集中在广场看武试、在风烟谷看棋试。瑶光湖那里别说人，连一只鸟都没有。黑灯瞎火的，你想干什么坏事？”

白衣女修掩嘴轻笑：“好，我们这便去吧。”

夜幕低垂，晚风吹拂湖畔万千柳丝。

满天星斗落在水中，如银屑飞溅。

四下无人，只余柳树上的蝉鸣声。

正是收集湖中淤泥的好时候。宋潜机想，今晚就能种莲藕了。

湖畔有乌篷小舟，系在柳树上。宋潜机解开绳子，跃上小舟。

“道友，能否扶我一把？”女修柔弱地说。

宋潜机不说话，却伸手揽过她的腰肢，转了一圈，将她轻轻放在舟中。

女修裙摆飞扬，像朵瞬间开放又闭合的莲花。

小舟轻荡，向湖心驶去。

花前月下，湖光粼粼，画面很美丽。

而花掌柜震惊无比。

刚才还人模狗样，不至于这么快变成衣冠禽兽吧?!

虽然只被宋潜机抱了一下，对方瞬息放手，而后不再与自己接触，但花掌柜浑身起鸡皮疙瘩，心想：“这小子一定是个色鬼。再敢动手动脚，老子打断你的狗爪子。”

小舟在靠近湖心亭的位置停下。

“道友，你这是做什么？”花掌柜不解地问。

“采泥。”宋潜机拔莲梗，带着根系和淤泥，一并装到储物袋中。

“别人采莲你采泥，你真有意思。”

宋潜机没有回答。“要不要去个更安静的地方？”

“去哪里？”

宋潜机指了指湖对岸。

瑶光湖西面临山。山中没有湖水的反光，伸手不见五指。小舟靠岸，二人向山坡走去，密叶彻底遮蔽月光。

花掌柜的心情激动，他将手拢在袖中，趁宋潜机不注意，向其他掌柜和伙计发去传信符。

他想："幸好书圣没有选这小子，幸好自己舍身一试。我这是怎样伟大的精神？"

"就到这里吧。"宋潜机停下。

若赵济恒在此，便知此地正是赵霂画美人图的凉亭。

凉亭幽寂，林海涛声阵阵。

"我有个问题。"

"道友请问。"花掌柜笑道。

"你是哪位？"宋潜机问，"从哪里来？"

花掌柜娇羞道："我叫白怜怜，海外霞光派弟子。小门小派，不值一提。"

花掌柜在心里冷笑。他是想知道欺负了这个姑娘，会有什么后果吧。

宋潜机"哦"了一声，淡淡道："那王土根又是谁？"

"白怜怜"的脸色瞬间变得惨白。

怎么可能？

他变装不止改变容貌，神态、动作、走路姿势，甚至是周身气息全部改变。他这手功夫，当年纵横天北洲，元婴老怪都难辨他的真身。宋潜机的修为低微，如何认得出他？

不对，他是想诈我。花掌柜心想。

花掌柜连连摇头。"王土根是谁？我不认得。"

"你的体重没变。"宋潜机平静地道。

"体重？"花掌柜愕然。

宋潜机："你两次进宋院，两次走过我的菜地。"

"那又如何？"花掌柜茫然。

宋潜机笑了："你踩在我的土地上，我又是个种地的，怎么能感觉不到？"

种地的?!

剑修，音修，法修，佛修，炼丹师，炼器师，阵师，符师……哪个修士会自称是种地的?!

离谱。

花掌柜仍不甘心。“你不能仅凭感觉，就认定我……”

“所以我称了一下。”宋潜机说。

花掌柜僵住。

刚才上船时宋潜机伸手抱他，根本不是占便宜，而是借机称他体重。

大意了。

“你还有同伙吧？”宋潜机问。

花掌柜感到浑身发冷。

从自己进小院，宋潜机便怀疑不对，却一直不露分毫，忍到现在才发难。如此沉得住气，他真是一个十五岁的少年吗？

“我可以发道心血誓，我们没有害你的恶意，只想试探你。但有些事你还不能知道，我不会说。”

宋潜机道：“你扮作王土根的时候，衣着极尽寒酸落魄，却没有异味，就连指甲都很干净，指缝里没有一丝泥垢。你就连扮这种人，也不肯让自己染上一点脏污，你一定很爱干净吧？”

花掌柜不知他为何提起此事，愣了愣，随即苦笑：“实不相瞒，我的确好洁成癖。”

他是个开胭脂铺的，平日精细惯了。

宋潜机微笑：“我现在身上有一整袋淤泥。”

“你！”花掌柜的脸色骤变。

“你比我修为高，但你绝对躲不开所有泥，想试试吗？”

话音未落，风声忽急。

林中乍现十余道黑影。十余人浑身包裹在隐藏气息的法袍中，只露出一双眼，手持法器，从不同方位奔向凉亭，瞬间便成合围之势。

来者不善。

“你从哪儿找来这么多人？”花掌柜环顾四周，苦笑，“就算我不肯说，让你泼泥出气就是，你也不至于要杀我吧！”

宋潜机是书圣看中的传人，自己不能伤他，本就处处受制。

“不是我找的人。我没想杀你。”宋潜机一怔，想起白日遇到的青崖六贤。

“真不是？”花掌柜抹了把脸，“那我能动手吗？我这一整天，过得实在太憋屈、太委屈了！”

宋潜机打量那些人，心里有点同情他们。“随便。”

有句话说，“世间所有相遇都是久别重逢”。

许多看似巧合的事，都是命中注定。

青崖六贤盯了许多天，要挑宋潜机形单影只的时候动手，可惜宋潜机深居简出，生活单调，守着一个小院子埋头种地。

终于等到今晚孟河泽打武试，外门弟子们都在广场观战，宋潜机的身边无人保护他，竟然还敢去荒无人烟的瑶光湖。

在某些人的眼中，这是因为他遇到了一个修为低微、弱不禁风的落难女修。一场送上门的英雄救美之后，他被美色冲昏头脑，只想找个花前月下、不被打扰的好地方。

另一边，宋潜机要挑一个幽静之地，才方便逼问“王土根兼白怜怜”到底在搞什么名堂。

他们必然撞在一起。

花掌柜不知道自己上辈子造了什么孽，这辈子会遇到宋潜机这种奇葩。他一想到对方亲手装的那袋淤泥，就觉得浑身发麻，胸闷恶心。

这些人也不知道自己上辈子造了什么孽，这辈子要来围攻宋潜机。

月黑风高，别说山林中冒出一群筑基修士，就算只冒出一头小小的妖兽，这俩人也得抱成一团，瑟瑟发抖吧？但当那个“柔弱女修”挽起袖子，笑得露出八颗雪白门牙，一拍储物袋，祭起一柄重达三百斤、寒光凛凛的金丝大环刀时——

他们意识到事情可能不太对劲。

“她隐藏了修为！她根本不是炼气初期！”

“这柄刀是一件厉害法器，小心！”

这些人不仅穿着遮掩形貌的法袍，声音也经过特殊修饰。每个人的声音都一样沙哑难听，无从分辨。

花掌柜憋了一天的委屈，全身灵气爆发，杀入敌阵，如猛虎入羊群，挥斩劈砍，势不可当！

大刀刺破夜色，寒光闪烁之间，劲气激荡。

刀身上的五个灿灿金环，一齐震动嗡鸣，如恶鬼念咒。

鲜血飞溅，洒在白裙上，他浑然不觉。

刀风呼啸，飞沙走石，落木萧萧。

围攻者见势不妙，迅速调整阵型，试图绕过这个女修和她的大刀。

目标是宋潜机，他们已经被伤了五个人，连宋潜机的一片衣角也没碰到。

一条银光闪动的长链，角度阴险刁钻地打向白裙女修的后背。她却好似早有预料，头也不回，反手一刀。

刀锋划过空中落叶，暴烈的灵气外泄，叶片燃烧起来。还未落地，碎叶燃尽。猩红火光湮灭，化作点点飞灰。

“困仙锁”被一刀斩断，无力地坠地，银光消失。

围攻者的最后一点希望，也似这漫天落叶，一刀两断，灰飞烟灭。谁都想不通，这个女修的身段如弱柳扶风，那柄刀比她还高半头，她怎么使得圆转如意？她练的什么功法？刀路竟如此大开大合，刚猛霸道，越战越勇。

现在到底是谁围攻谁？

原来是她一个人围攻我们一群人啊！

宋潜机打了个哈欠。

虽然“王土根”打得横扫千军，如天女散花。但他心里惦记着种藕，没什么兴趣观赏。

“消息有误，遇见硬碴了！”

“风紧扯呼[1]，先撤！”

原计划是悄无声息套麻袋、敲闷棍，必然无法使用爆破符之类声势浩大的杀器，更不敢惊动护山大阵，否则谁也无法收场。

只得暂且撤退，向幕后指使者传信复命——

“宋潜机的身边有强者保护，不知来路，不知根底，不知修为！我们被围攻了！”

花掌柜意犹未尽，持刀追出两步，喊道：“别急着走啊各位！”

他此时嗓音尖细，是柔美的女声，落在众人耳中，却像阎王催命。

1 古代暗语，黑话，意为发现势头不对，马上主动撤离。

众人当机立断，施展土遁之术，一头扎到土层中，飞速逃离这片山林。

“没意思，真不禁吓。”

花掌柜取出一块细绢，将刀身擦得雪亮反光。掐诀净手后，又取出另一块手帕，细细擦了擦指缝。

宋潜机转身下山。他暂时相信对方没有恶意。

“喂，你走那么快干什么，赶时间啊？”花掌柜跟上，笑道，“咱们好歹也算并肩战斗过……”

虽然是他单方面战斗。

酣畅淋漓地打过一场，总算出了一整日的怨气，他伸手去搭宋潜机的肩膀。

宋潜机躲开那只手，晃了晃装满淤泥的储物袋。“王道友，我还有事。”

“小子，我不姓王，我姓花。”花掌柜跳开两步，警惕道，“你收这泥，不会真的为了泼我吧？”

宋潜机摇头，认真地道：“这些淤泥肥沃软烂，腐质丰富，最适合种藕，不能随意浪费。”

花掌柜一怔。

他想：“什么意思？合着我还不配被泥泼？我连一袋泥都比不上？”

他正要发作，忽然听宋潜机问：“你是不是会隐容术？”

宋潜机识破此人身份时，脑海中闪过一道人影，那人的衣着清晰，面目模糊。

那夜走出黑店，华微城老街上，他与一个醉酒的小混混擦肩而过。他记得那个人的打扮，却无论如何想不起那张脸。

因为那是一个修炼隐容术的修士，运功时，能遮掩真容，迷惑他人，让别人对自己的面容过目即忘。

花掌柜得意道：“当然，不仅会，而且精通！”

这个问题，让他想起卫平。他曾因为打赌输了，教过卫平三天隐容术。那小子虽然无赖，却天赋异禀，学什么都快，估计现在已经练得炉火纯青了。

花掌柜一转眼睛。“你要是想学这个，求我两句，叫几声好听的，我也可以考虑教你。”

不知宋潜机和卫平两个人，谁天赋更好，谁学功法更快。

"不学。"宋潜机说。

"……"花掌柜一噎，"艺多不压身。如此神技，多少人想学都没门路，你真不考虑一下？"

"我很忙。"

"你忙什么？你就整天忙着种地？"花掌柜恨铁不成钢，忍不住手痒，却不能打宋潜机，只能抓自己的头发。

这小子身板单薄，要是被一刀打坏了，自己怎么跟书圣他老人家交代？

花掌柜决定换条恐吓路线："你刚才也看到了，你得罪了人，人家在华微宗都敢找你寻仇。你没几样保命的本事，心里不慌吗？"

"他们现在更慌。"宋潜机说。

花掌柜挠了挠头，想了想。"也对啊。"

无论那些人受谁指使，今晚被自己毒打一顿，都要吓得睡不着，怕梦见"柔弱女修"抡大刀砍人。他低头看看自己沾满鲜血的白裙和绣花鞋，没办法，这个世界就是如此恐怖。

行至湖畔，宋潜机忽然停步。"你的同伙要来了。"

十余道气息飞速靠近。其中有几人白天与"白怜怜"搭戏演给他看，他自然能认出来。

花掌柜心道不好。刚才他以为宋潜机即将图谋不轨，暗中传信给各个掌柜和伙计。

"这……他们……"花掌柜正想解释，却见宋潜机已经换了一条路，头也不回地继续走。

果真是赶时间。

瑶光湖畔，黑店众人转眼便到，见花掌柜浑身是血，不禁大惊失色。

花掌柜叹气，简单解释后，目露沧桑之色。"宋潜机这人，根本不像我们原本想的那样，我们都误会他了。"

"的确是误会。那个抱琴女修的身份也查到了，其实很好查，是我们一直'灯下黑'。"米铺伙计低声道。

花掌柜精神一振。"她是什么人？"

米铺伙计小靡扔出一张画像，让众人传阅。"你们看看。"

画像展开，抽凉气声接连响起。

上次“王土根”出师不利，小靡便被指派任务，等那抱琴女修离开宋院，便在路上拦她，与她搭讪，套她的话，却碰了一鼻子灰。

“她叫何青青，曾被人带到宋院门口，想吓唬宋潜机。因为她容貌尽毁，书院有人给她起了绰号，叫‘黑面鬼’。她是个可怜人，命途多舛……”

“唉，谁能想到，宋潜机大半夜当剑买琴，还搭上一张养气符，如此大费周章，竟不是为讨好美人，而是送给她！今年琴试，应该能听到她弹琴。”

众人愣怔无语。

沉默半晌后，男扮女装的花掌柜抽下鬓边珠钗，猛地将它摔在地上。“这到底算怎么回事？他的眼光超越美丑，他的胸怀能容天地？那我们呢？我们算什么？”

“算以小人之心度君子之腹吧。”当铺伙计小斫很委屈，“现在这世道，居然还有真君子，而且让我们撞上了。真君子哪儿会写‘奸商符’骂人？”

“谁最先提议用美人计，谁的脑子泡进墨池了！”米铺掌柜甩锅。

当铺掌柜立刻推脱。“这事不是我的错，都怪卫平！这一年，总跟卫平那个无赖混混打交道，拉低了我的修养和境界！”

“是啊，近朱者赤，近墨者黑，卫平就是墨池。我以后不见他了，多被宋潜机的神圣光辉照耀，我的道德水平就上去了。”

复盘后，大家一致决定，这笔账算在卫平头上。

“那咱们还……继续试吗？”打铁铺张铁匠面露迟疑。

花掌柜已经拔下所有珠簪宝钗，将发髻扯得像个鸡窝。“你们谁还想去，自己上吧，我反正不试了！我心服口服不行吗？”

众人纷纷附和。

众人调整心态，统一说辞，准备向书圣复命。

“你们也赶时间吗？”花掌柜崩溃地道，“总得让我先换回男装吧！”

飞云楼中灯火明亮。

书圣坐在案前，双眸半合，静静听人禀告。

“……事情的经过便是如此，请您明鉴。那宋潜机虽然与许多女修关系匪浅，在赏花楼里如鱼得水，谈笑风生，但他是一位真君子，惜花而不好色。我们黔驴技穷，实在拿他没办法了。”花掌柜苦不堪言，“下一步该如何做，只能请您示下。”

书圣听罢睁开眼。他心花怒放，却故意沉声道：“你们认输了？”

气氛凝重，众人咬牙：“我等心服口服！”

书圣开怀大笑，边笑边拍桌，令古砚中的积墨微微颤动。“好，好，诸位此行辛苦！”

掌柜伙计们连称不敢当，但见书圣欢欣，也一并笑起来。

“可是，还有一件怪事。”花掌柜犹豫地道。

书圣豪迈挥手。“但说无妨！”

“我对宋潜机提议，可以教他隐容术，他不假思索地拒绝了。这让我觉得……他好像对练习功法、提升修为并不是很感兴趣……”

花掌柜越说，声音越低。

卫平结识黑店众人后，今天跟花掌柜学隐容术，明天跟张铁匠学炼器，后天找药铺掌柜学炼丹，总之四处坑蒙拐骗，骗尽他们的看家本事。但卫平自诩浪子，绝不肯学符道，也不想背负“某位强者传人”的身份。

而宋潜机更奇怪，自称是个种地的。

哪儿有不想学功法，只想种地的修士？

花掌柜不忍心亲口说出某种可能性——你看上的徒弟，都不想跟你。

这对年迈的书圣而言，未免太过残忍。

生存与繁衍，是人类最不可割舍的两个欲望，与生俱来。修士没有血缘子嗣是常事，若没有继承衣钵的弟子，才是真正绝后。

书圣虽不能飞升，但他这一生波澜壮阔，辉煌壮丽，不该抱憾而去。

世上还有几个卫平和宋潜机，书圣还有多少时间可以用来寻觅，教养徒弟？

花掌柜感到一阵心酸。

书圣的神色微僵，他随即语气坚定地道：“宋潜机只是对隐容术不感兴趣！哪儿像卫平那小子，什么都想要。”

他不知在解释，还是在说服自己：“宋潜机本来就会写符，还敢要老夫的山，还主动报名参加书画试。安心，他就是冲着老夫来的，且看三天后的书画试，他必将一展笔力，争胜夺魁！”

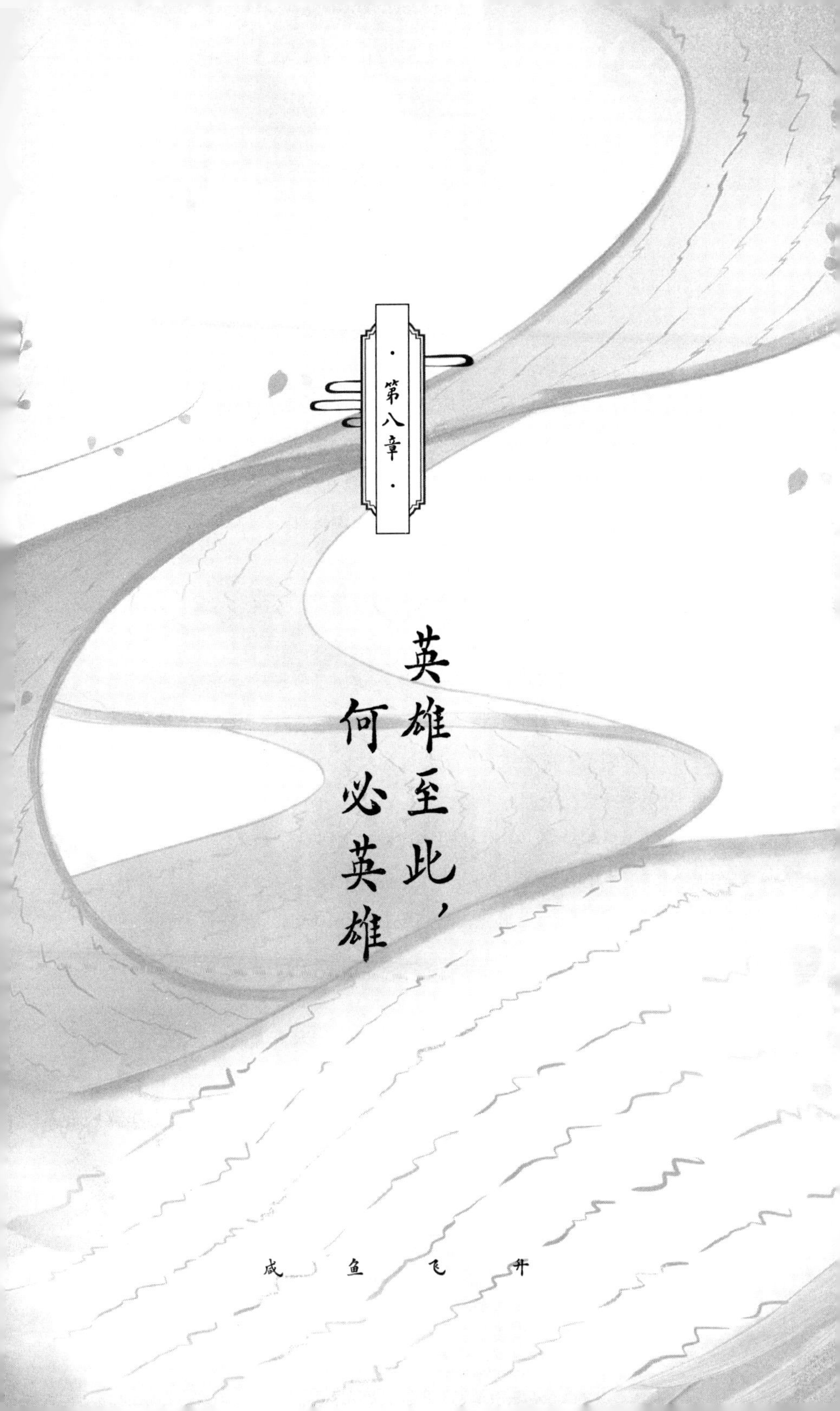

第八章

英雄至此，何必英雄

明月出云，照耀千峰。

乾坤殿沐浴着银色月光，琉璃瓦和斗拱飞檐闪闪发亮。

五色鲤游向云雾深处。

主峰广场前，人海依旧。

其他擂台已经决出胜负。于是所有人围拢在天字一号擂台四周，等待这场比试最后的胜者。

孟河泽这局遇到的对手，相较他境界稍高，且经验老到，不像上局对手易被激怒。

对方的剑法周密圆融，组成一堵不透风的铁墙，孟河泽却是手持利刃的破壁之人，屡屡找出破绽进攻。

他越战越勇，铜墙铁壁他也要打穿。

台下不断爆发出叫好声。

孟河泽清醒冷静，没有被即将到手的胜利冲昏头脑。

对面之人的剑路萌生退意，他迎头痛击。

恰好在此时，一声嬉笑传音送到孟河泽耳中："你在台上打得好威风，你的宋师兄要没救啦！"

孟河泽一惊。

他本来不该听见。每个擂台四周都设有屏蔽阵，由场边的执事监管阵法。但执事此时无动于衷。

按比赛规则，台下观战者禁止向台上传音，这样做是为了防止有人暗中指点或干扰参赛者。

这声音他很耳熟，像在宋院门口听过。

稍一分神，对面之人的剑路陡变。孟河泽的反应不及时，凭直觉挡开剑锋，胸腹却狠狠挨了一记重拳。他当即闷哼一声，唇边溢出血线。

剑招是虚晃一招，拳才是杀拳，对方的五指舒张，亮了亮银光闪烁的拳套。

这拳套是一件中阶法器。

对手抽身前低声道："拿人钱财，替人消灾，得罪了。"

"孟师兄小心！"

战局形势逆转，出人意料。

台下外门弟子担忧地惊呼："怎么回事？孟师兄好像心不在焉！"

孟河泽的眼神微冷，他握紧长剑，凌厉劈斩。

瞬息之间，剑影交错，他们已经过了二十招。

耳畔又是一道传音："像你这么能打的筑基修士，我们找了十二个，都去瑶光湖打宋潜机了，哈哈！"

谁要害宋师兄？

谁敢害宋师兄?!

孟河泽匆促转头，台下人海涌动，隐约有几道绿影出没。

他忽然蜷缩，狠狠弯下腰，像只虾米，狼狈不堪。

对手收拳，神色得意。

孟河泽的眼角微微抽搐。他忽然意识到什么，心中烧起怒火。

他们是串通好的，场边的执事、场下的传音者、场上的对手。从他站上这座擂台开始，他便是笼中困兽。

带恶意笑声的传音与台下众人的阵阵惊呼声交替响起。

孟河泽的腹腔剧痛，喉头腥甜，忍不住咳出一口血。

曾经连打三百场车轮战，他积累了丰富的战斗经验，但更多的是受伤经验。应该是肋骨断了两根，他想，脏器没大碍。

上一场的翩翩花雨仿佛只是一场梦，现在梦醒了。

修仙界撕开面具，露出残酷真相。

他从登仙梯失足坠落，不断向下，直到坠到地狱业火中，被焚尽身躯，烧穿肝胆。

又一声传音："你弃权吧，该送你师兄去医馆啦！"

"啊——"

孟河泽的双目泛起血色，他撑剑而起，仰天长啸。剑气激荡，衣袍翻飞。

对手被他猛然爆发的威压一震，连退两步，还未站稳，只见长剑当头斩下。

“我弃权！”预感不妙，对手高喊。

孟河泽更快一步。

他出剑从来没有这么快，也没有这么狠绝。

一直以来，他认为自己是个正直君子，讲理守礼的好人。他以严格的标准约束自身，努力压抑性格中偏激极端的阴影。

凄厉的叫声响起。对手摔出擂台，四肢尽断。

台下有女修掩面惊叫。

医修抬来担架。夜风吹不散血腥气。

孟河泽环顾四周，冷冷道：“如果我师兄有事，我要你们血债血偿。”

他声音并不大，只是有点嘶哑，反而更显恐怖。

场下寂静一片，众人震惊无语。

没人知道他在说什么。

只见他的神色阴狠骇人，双眼赤红，如嗜血恶兽。

场边的执事对上他的眼神，一时不敢上前，更没人宣布谁是胜利者。

孟河泽飞身跃出擂台，不理会惊诧的众人。

广场被堵得水泄不通，他却像只飞鸟，从众人的头顶一掠而过。

瑶光湖漆黑如墨，湖水静谧，空无一人。

他化作一道残影，向外门宋院奔去。

推开朱门，小院空荡。

“宋师兄——”

孟河泽的一颗心不断往下沉，紊乱的灵气几乎撑爆经脉，他的脑海中闪过自己大开杀戒的画面。

“你找我？”

熟悉的声音响起，孟河泽猛然回头。

“跑得还挺快。”宋潜机笑道。

孟河泽紧紧盯着宋潜机的脸，好像难以置信，又好像不认识眼前人。

半晌，他眼中血红之色消退，疯魔神色恢复正常，双眸重新焕发光彩，他惊喜地道：“宋师兄，你……你没事?!”

宋潜机走进小院，纠正他：“我有事。我要种藕。”

孟河泽喃喃道：“你没事，你没事，太好了……”

他眼睛一眨，差点落泪。

“我没事，你哭什么？”宋潜机发觉不对，拍拍他肩膀，轻声问，“谁欺负你了？被打疼了？”

宋潜机觉得无奈又想笑，心道：“上辈子谁惹你不开心，你能一脚踹平他的山头，砸烂他的洞府，杀他全家包括他奶妈，这辈子却只能回家找‘阿爹’告状。”

“他们都不带我玩。”

“又在背后说我坏话，呜呜。”

这大概就是不做邪道之主的唯一缺点吧。

“师兄没事就好！”孟河泽抹了把脸，破涕为笑，“对不起，我就是太开心了。”

虚惊一场，比喜从天降更值得开心。

“说实话。”宋潜机说。

“我在擂台上，有人传音给我……”孟河泽简单解释两句，省略自己当时的反应。

“原来如此。”宋潜机笑道，“我只是去瑶光湖采些泥，不曾遇到埋伏。他们骗你的，想激你自乱阵脚，下次别信。受伤没？我看看。”

“小伤，睡一觉就好。”孟河泽低头，有些后悔，“是我太冲动，中了敌人的计。我刚才不该下狠手。我也知道表演赛需要打得好看，要让别人爱看，但我没控制住。”

“你杀人了？”宋潜机皱眉。

“没有。”孟河泽说，“我打断了他的胳膊。”

孟河泽想，大概还有几根骨头吧。

“那没事，回去洗洗睡。”宋潜机说，“养精蓄锐，准备明天上场。”

他看着清水里的莲藕种子，心痒难耐。

解决了孟河泽的问题，宋潜机终于能走向大缸，往里面填淤泥。淤泥的触感绵软，充满生机。若用它们泼人，实在是暴殄天物。

为了让莲藕有充足的生长空间，他精挑细选后，在每口大缸中只埋下两颗种子。发嫩芽的一端朝上立起，很有精神。

又听孟河泽说："我给你煮碗面再走吧，行不行？"

少年望着他，满眼希冀。

宋潜机无奈。"好吧，我吃。"

他上辈子活了一百多年吃过的饭，都不如重生回来几个月吃得多！

"大事不好，孟师兄发疯了！"

外门弟子都这样说。

他们忧心忡忡、十万火急赶到宋院，准备合力制服狂怒的野兽，却见孟河泽系着围裙，从厨房端出一碗面，浓郁的汤汁浇头，在凉凉夜色中冒着热气，香味随春风飘散。

深夜滚烫的人间烟火，全在这个青瓷面碗中。

宋潜机埋头吃面，认真咀嚼。

孟河泽周身笼罩着一层柔和的月光，脸上挂着满足的淡然微笑，仿佛对生活充满希望，热爱着全世界。

哪儿有半分走火入魔的趋势？

"孟师兄，你还好吗？"周小芸迟疑地道，"你身上的伤……"

孟河泽不能出事，他现在不是一个人，他是全外门的希望和底气。

"我这便去治伤。"孟河泽没让她继续说下去，微笑道，"我们走吧，不要打扰宋师兄休息。"

众弟子面面相觑，一头雾水，礼貌地向宋潜机行礼告辞。

孟河泽最后退出小院，关上朱门，转过身，瞬间冷下脸色。

一行人走过鲜花小径，到了确保宋潜机听不到、不会被影响的地方，孟河泽才开口："刚才青崖书院那六人在台下？"

周小芸想了想。"我确实有看到他们，怎么了？"

"没事。"孟河泽沉默。

他觉得事情没有这么简单。

凭青崖六贤，或许可以买通他的对手，毕竟对方出身于小门派，虽有天资，却急缺修炼资源，为灵石铤而走险可以理解，但要买通场边的执事，在擂台屏蔽阵做手脚，或许还需执事堂赵虞平亲自授意。

青崖六贤被推到明面做马前卒，而赵虞平负责暗下黑手。

“明天怎么办？”有人打断他的思路，“等下一轮比试结束，就该让观战者投票了。”

外门弟子们的表情忧虑。

孟河泽刚才太凶煞，场边观战的众人没有一个不害怕的。

武试又叫表演赛，得人心者得天下。

“路还没有走绝。”孟河泽想了想，说，“虽然这次打得不好看，但如果运作得当，反而自成风格，独树一帜。”

“什么意思？”周小芸不解。

孟河泽忽然问：“你们有没有想过，为什么大家觉得妙烟最美，我们明明都没见过她，她最美的名声从何而来？”

这个问题，宋潜机曾问过他。后来他想了很多。

众人茫然摇头，心想，这跟妙烟仙子有什么关系？

孟河泽笑起来：“审美是可以被影响、被改变的。”

他无比自信的语气和神态影响了其他弟子，大家重新燃起希望。

“好，我们绝不放弃。”周小芸坚定地道，“现在需要做什么，听你的。”

“那当然是……睡个好觉。”孟河泽说，“明月清风，不要辜负。”

明月清风，有人注定不能睡个好觉。

赵太极坐在赤水峰大殿中，神色凝重。

“半路杀出一个拿大刀的女修？”他冷冷地道，“你们再说一遍。”

答话者冷汗涔涔：“的确是个女修，她本命法器是一柄金丝大环刀。刀路刚猛霸道，暴戾凶残。起码有金丹修为！”

殿中十余人，并非他赤水峰中的弟子，而是赵氏本家调来的护卫，借登闻雅会之机，他们进入华微宗，听候赵太极差遣。

赵虞平侍立一旁，大着胆子道：“莫非‘那个人’派了人来，暗中保护宋潜机？”

冼剑尘的人？

赵太极不是没有这样想过，但他很快否定了这种猜测。冼剑尘离开华微宗后，没有门徒，没有朋友。没人效忠于他，他也不需要别人效忠于他。

他能派谁保护宋潜机？

书圣有青崖书院，棋鬼有紫云观，琴仙有仙音门。

剑神只有一柄剑。

他孤身来去，踪迹飘忽不定，就连他的剑，也很久不曾示于人前。如果他真拿宋潜机当徒弟，把人带在身边，总比派人贴身保护更好。

既然不是冼剑尘，那又是谁？

赵太极在心中细细推算，仍没有头绪。因为修仙界有名的刀法霸道的金丹修士，没有任何一个人是女子。

摸不清对方的底细，他除了愤怒，更感到一丝久违的恐惧。他甚至想，如果时光倒流，他不该在乾坤殿上出剑。

至少那必杀一剑，不该刺向宋潜机。

赵太极闭了闭眼。“如果这件事我们无法解决，我会报知家主。在此之前，先摸清楚，他身边真的只有一个金丹修士吗，还有没有其他厉害角色？”

赵虞平在心中叫苦不迭，一个金丹修士已经够人受的，还敢再来？

宋潜机这么大来头，为什么还来华微宗当外门弟子，而且一当就是三年？当年被折磨得毫无还手之力，现在不装了？

风过竹海，竹叶萧萧。

竹楼四面垂着白纱，月光透过飘飞的纱幔照到楼中，照在妙烟的身上，将她的影子斜斜拉长。

楼中百花盛放，比白日里的赏花会有过之无不及。

她面前的这盆银莲花，也比她带去赏花会的那盆花更好。这竟是一株并蒂银莲，花开两朵，百年难见。

今日楼上斗花，各家女修所展示的，无一不是手里最珍奇的花草。

妙烟没有这样做。

她是仙音门弟子，除去弹琴谱曲要做满十分，其他类似花草、茶艺、弈棋等事情，只用显出九分，不必事事出尽风头。

月光下，银莲的每片花瓣闪烁微光，像无数颗细碎的星星落在水中。

——“你若喜欢这寒潭银莲，我的竹楼里还有一朵，赠你可好？”

——“不必了。”

妙烟一念及此，拿起修剪花枝的金色小剪刀，指尖微动。

“咔嚓！”

一朵花坠落水中。

并蒂莲只剩一朵，孤零零地开放。

妙烟放下剪刀，转身回到桌案前，挑灯看琴。无论每日出门做过什么，是否疲惫，回到住处她总要练琴。

她师父望舒仙子曾说，年轻一辈的音修中，数她最刻苦专注。

但妙烟喜欢弹琴，所以不觉得痛苦。

弹琴很美妙、很轻松、很解脱，所有不能说的话、不能动的念头，都可以借由琴声抒发。

她低头抚琴，直抒胸臆，一吐为快。

月照翠竹，望舒仙子随侍女穿过竹林小径。

望舒仙子今年一百二十岁，但修士驻颜有术。

时光在她身上没有留下丝毫痕迹，她依旧美丽动人，肤如凝脂，吹弹可破，凤眼长眉，云鬓高堆，举手投足间，更有种年轻女修没有的威仪气派。

像她这样地位的强者，人们已不会过多关注她的容貌如何。

望舒仙子的修行已到瓶颈，晋升化神差点机缘，但她生平有最得意的两件事：第一是拜琴仙为师；第二是收妙烟为徒。

当她走到竹楼外时，她便听见泠泠琴声，如行云流水，清泉击石。

高山流水，知音难觅。想来妙烟的心情不太好，但依然弹得很好。

她抬手示意，侍女便悄无声息地退下去。

望舒仙子收敛气息，独自登楼，静静听妙烟弹完一曲，才慈爱地开口唤道：“烟儿。”

妙烟闻声一惊，起身快步迎上，惊喜不已。“师父，您来啦！”

望舒仙子眉头一皱。“你笑多了！”

她语气严厉，目光冰冷。

妙烟停下脚步，笑容一僵，扬起的唇角稍收。

望舒仙子绕着妙烟走了一圈，上下打量。“这样才对。”

她满意之后，眉眼含笑，令人如沐春风。“为师第一次见到你，也是在这华微宗的竹楼，当时你还是个小姑娘，瘦得像只野猴子。一转眼，已经这么多年过去了。”

妙烟微笑垂眸。“是，师父。”

妙烟不能大笑，否则会破坏飘然如仙的意境，失去清丽出尘的气质。

她也不能不笑。因为她的面相并不甜美，反而嘴角天然下垂，一旦失去笑容，便显得脸颊瘦削，骨相突出，加上她的身材高挑清瘦，整体有种清苦倔强之感。

世上不存在完美的东西，只存在完美的假象。

凡事都有代价。

“我这次来，是陪你师祖和你师伯来的。”望舒仙子轻轻拉过她的手，与她一同坐下说话，亲热随和得像对待自己的女儿。

妙烟有些惊讶。“师祖他老人家亲自来了？弟子明日去拜访他？”

“不必，琴试当日，自会见到。”望舒仙子的笑容淡了些，“你师伯这次出关后，也想收个徒弟，便来琴试看看有没有合适的苗了，你师祖是陪她一起来的。”

妙烟的师祖便是琴仙。

琴仙收过两个亲传弟子，所以望舒仙子还有一个师姐，算辈分便是妙烟的师伯。

但这两个徒弟性格不合，关系冷淡。随着琴仙年岁愈大，渐少过问仙音门诸事，二人愈发剑拔弩张。

仙音门内部也分为两派。

妙烟知道，师父一直相信，得到琴仙的传承便是自身晋升化神的机缘。这次师祖亲自陪同师伯来收徒，显得偏爱师伯，师父一定不高兴。

“为师先前让你准备一首曲子，琴试结束后弹奏，你准备好了吗？”望舒仙子问。

“弟子尽力。”妙烟谨慎道。

“不是尽力。”望舒仙子紧紧盯着她，“要尽全力，尽全力！”

无论什么样的场合，只要妙烟弹过琴，人们只会记得妙烟，对其他弹奏者毫无印象。

米粒微光，岂能与明珠争辉？

望舒心想：“到了琴试，人人被妙烟压过一头，师姐你还能收到什么徒弟？”

“弟子必当竭尽全力。”

望舒仙子道：“我师姐如果有了亲传弟子，按师门传统，她的弟子将是你们这一辈中的大弟子。你以后见了那人，就算她的修为比你低、年龄比你小，你也要叫她一声大师姐。”

妙烟恍然明悟，毕竟她最擅长揣摩师父的心意。

于是她说：“我不需要大师姐。”

望舒仙子欣慰地点头。“仙音门只能有一个妙烟，修仙界也只能有一个妙烟。好了，你准备了什么曲子？快给为师弹一遍吧。”

朝阳刚跃出山岭，宋潜机已经睡到自然醒，在地里忙碌起来了。

睡好睡饱，日出而作。

菜叶尖沾着的晶莹露珠，反射第一缕晨曦，闪闪发亮。满园花草随微风摇曳，为他打气鼓劲。

仅浇水一项，宋潜机自制了浇水瓢、洒水壶、喷水壶等。不同作物告诉他不同的消息，有的需要浇透根系，有的只需给叶片洒水，有的不必每日浇灌。

紫瓣黄蕊的土豆花已经被他摘下，只剩亭亭的翠叶。

昨夜种下的藕，今早看不出明显变化。但宋潜机能感觉到，它们需要更多阳光。

采光充足的位置已经被种得满满当当。

他拥有精耕细作的菜地、参差错落的花架，以及最合理、紧凑的空间布局。两口水缸里种了藕，只能放在他的屋檐下，委委屈屈，不情不愿。

屋檐遮光，莲藕们或许不太开心。

宋潜机原本打算在檐下挂两只灯笼，照耀水缸，略微思索，却觉得不能将就。

再穷不能穷菜地，再苦不能苦作物。种地之事，有条件要种，没有条件创造条件也要种！

于是当孟河泽进门时，他便看到宋潜机坐在石桌边调制符砂，铺陈符纸。

孟河泽大感惊喜。

宋潜机报名书画试后，外门弟子送来全套笔墨纸砚和画符工具，但孟河泽从没见宋潜机练习过。

宋潜机好像忘了自己报过名。

“师兄准备练习画符？”孟河泽问。

宋潜机点头。

孟河泽第一次看人润笔，很是新鲜。“师兄要画什么符？”

“聚光符。”

孟河泽一怔。他不懂符箓，以为是自己孤陋寡闻。“还有这种符？”

宋潜机说：“会有的。”

孟河泽虚心请教：“不知师兄这符有何功效？”

宋潜机满意地微笑：“吸收阳光，然后发光。”

“还有呢？”

“没有了，只发光。”宋潜机说。

孟河泽听傻了。斗法斗到一半，激发一张符拍上对手的脸，靠发光闪瞎对方？

可以是可以，但不太合适吧？

宋院门外陆续站满外门弟子，却没人出声催促。

孟河泽知道大家在等他。“今日第六轮武试，我想换种打法。”

“好。”宋潜机只说了一个字。

孟河泽闻言，长出一口气。

但见宋潜机悬腕提笔，气息圆融顺畅，神色认真，沉稳淡定。

孟河泽随他调整呼吸，顿感安心，紧张消去大半。

“师兄，我去了。”他向宋潜机行礼，转身出门。

外门弟子精神大振，一群人神采飞扬，呼啸而去。

宋院四周静下来。

朝阳的光彩穿过山间云雾，愈发明亮，照得笔尖符砂更显艳红。紫藤花瓣无声飘飞。阳光凝聚笔端，宋潜机依然提笔未落。

“今日那小子可有消息？”书圣饮过早茶，便开口询问。

院长对此早有准备：“听说他在练习画符。”

书圣眼前一亮。“练得如何？”

“还不知道。整个外门都去看孟河泽的武试，只有他不去，在家闭门画符，寸步不移。”

书圣顿觉放心，老怀甚慰。“众人皆醉我独醒，忍得寂寞，才画得好符。不错。”

“您要见他吗？”院长问。

书圣微笑：“不急。且让这小子在书画试上出够风头，老夫再出面。”

上钩的鱼跑不了，煮熟的鸭子飞不了，到手的徒弟错不了。

他望向后山的方向，心中暗道：“这一次，你不该再跟我争。宋潜机勤于画符，或许根本不会下棋，卫平那小子，算我让给你了。”

武试第二日，同样是棋试第二日。

风烟谷松柏苍郁，清泉石上流。

此起彼伏的落子声清脆动听，伴着鸟叫声与瀑布声，回荡在山谷中。

二十局同时进行。弈者们分布山水之间，或在大石上，或在溪水边。二人对弈，旁边有执事和裁判，还有带着担架的医修。

若参赛者因为算力不足，心血枯竭、神识崩溃而昏厥，便能及时被送去救治。

棋试看似清雅如风，实则杀机暗藏。

观战者被安排在半山腰凸出的平台上。这个位置足够远，又居高临下，视野开阔，以修士的目力，能看清山谷中各盘棋的变化，却不会影响对弈者。

大家都是年轻修士，如何忍得住观棋不语。

“姚安棋风沉稳，昨日已经连胜三局，不愧是紫云观年轻一辈中的最强者。”

“姚安拖泥带水，我倒觉得赵霖杀伐果断，不负天北洲第一棋道天才的盛名。”

“今年的魁首便是这二人之一吧？其他人无论发挥得如何，只能衬托他们。”

忽然有人指了个方向。“不一定，你们看那边，那小子自从上场，未尝有败绩。”

“他是什么来头？”众人好奇。

“一个快绝户的小门派，不值一提。据说，他报名参赛只是看上登闻雅会的奖品。”

另一个人不屑地道：“这小子棋风不正，死缠烂打，像个泼皮无赖。如果输给这种人，赵霖和姚安的脸往哪儿搁？”

“哈哈，你们这些世家大族的子弟，平日占尽资源优势，还笑话小门派落后无人。若真有人闯出名堂，你们又嫌人家把争名夺利写在脸上，姿态不够好看。”这次说话的人衣着普通，神色不忿，“你说他棋风不正，难道你下得赢他？”

先前说话的那人脸色涨红，怒道：“我下不赢他又如何？你下得赢我吗？”

因为一个参赛者，观战台上爆发出一阵激烈争吵。

众人分成两派，几乎动起手来，戒律堂弟子不得不维持秩序。

山顶云雾浮动。

凉亭中有一老一少。

老者一身黑衣，一脸憔悴病容，枯坐轮椅。他身后站着的小姑娘着一身鹅黄色衣裙，活泼灵动。

若能不畏浮云遮望眼，这个位置一样可以俯瞰山谷，谷中人却看不到他们。

“师父，您看那个人，下得还不错吧？”小姑娘笑道。

棋鬼本来半合着眼，似要睡去，忽然定神看了一眼，双目焕发神采，破口大骂：“卫平自己都还半瓶子晃荡，竟敢误人子弟，去教别人下棋！这个混账东西！混账东西！”

小姑娘一惊：“您说他是卫平教出来的？”

棋鬼冷笑：“你再仔细看。”

小姑娘凝神细看，好像站在棋盘中央，周围的黑白子变化无穷，她一时入迷了，双颊泛起红晕。“……真是卫平啊！”

主峰广场上，第六轮武试抽签刚刚结束。

对战名单还未公示，盘口赌局未开，观战人群分散于四处。

一个温柔美丽的女修，带着十余人，穿行在人群中，分发绘制精美的彩笺。

围观的众人以为是哪个盘口在发赌券，伸手接过，低头一看。

“千篇一律的擂台打法，你是否已经昏昏欲睡？”

“一成不变的修真生活，你是否觉得沉闷无聊？”

“丁叁陆伍孟河泽，给你不一样的表演赛体验！”

啊？

虽然摸不着头脑，但不得不承认，他们都被这张彩笺勾起兴趣了。

“你们说的这个丁叁陆伍，昨天不是刚把对手打成残废吗？他要么是个疯子，要么已经走火入魔，我不看好他。”

“等第六轮武试结束，支持票数统计出来，他就该被淘汰了！”

分发彩笺的外门弟子们听见这些话，虽然气闷，但早有预料。昨天孟师兄在台上失控是事实，否认、辩解毫无意义。

表演赛主流打法的要点在于优美精准、收放自如，就像孟河泽得到鲜花和欢呼的第四轮武试。

他冷静地与对手周旋，最终以弱胜强，却点到为止，没有血肉横飞、骨断筋折的惨烈场面。

“确实要见点血。”周小芸嫣然一笑道，“只怕你们不敢来看。”

“笑话，我派修士又不是温室娇花，外出历练时仗剑除魔，大杀四方，谁怕见血？但这里是登闻雅会，那个孟河泽性格残暴，打法暴戾，不是咱们表演赛的正路！”

众人义正词严，维护大会的权威传统，转身向其他擂台走去，却被彩笺上的几句话吊得心痒难耐，不多时，口风一转：“所以咱们先去看看，才能有凭有据地批判他，否则他不知道自己错在哪里！”

孟河泽在围观的众人的横眉冷眼中登场。

他今天依旧束着高马尾，却没穿外门弟子服，特意换了一件雪白外袍。

少年剑修五官清秀，崭新的白衣被晨风吹动，风姿卓然。

这出场令众人眼前一亮。

很快有人回过神，嗤笑道：“他该不会以为换件新衣服，大家就能忘了他昨晚的疯魔模样吧？”

孟河泽的对面走来一个华微宗内门弟子。那人穿着内门特有的精美法袍，负手踱步，面带自信的笑容。

华微宗作为本次大会的东道主，参赛弟子比其他门派的弟子更多，同门相遇是常事。

两人站定，对方没有与他互相行礼，自报家门的意思，只感慨道：“去年这时候，你曾为我跑腿做杂活，终日奔忙，只为多赚三块灵石。今年此时，你我竟同台对战。可见登仙路百转千回，天意难测！”

他提起旧事，不是真要叙旧拉交情，而是想不战而屈人之兵，气势先压过孟河泽一头，再以孟河泽的急躁残暴衬托自身的淡定气度。

比起发疯，显然举重若轻更能征服观战者，得到支持票。

孟河泽只是挑眉一笑：“师兄，请。”

众人只见他话未说完，剑已出鞘。

而对方早有预料，更快一步抢攻。

剑锋交错，锐音刺耳，一道血线喷薄而出，飞溅到台上。

“啊！”台下爆发惊呼。

哪儿有刚交手就见血的？

大清早，尚有几分蒙眬睡意的众人像被泼了盆冰水，紧盯着孟河泽流血的左臂，顷刻惊醒。

那个华微宗内门弟子比台下的观战者更惊讶，甚至怔了怔。

这不是必杀一剑，以孟河泽最有名的轻身术，躲过去轻而易举。

他出剑的同时，心中已经判断出几处对方躲闪的方位，不料孟河泽宁肯受伤，也不肯收剑防护，闪身躲避。

孟河泽只为一剑刺到实处，刺破那内门弟子的防护法袍。

哪儿有这种打法？

杀敌八百，自损一千。

难道孟河泽想以伤换伤，快攻抢下前期战斗节奏？

那内门弟子的心中闪过不妙的预感。他当机立断，从储物袋中祭出一面护身宝镜，宝镜飞悬于身前，熠熠生光。

此等初阶防护法器，孟河泽至少需要连出五剑，才能破开他的防护。本想留待下一轮再用……

谁知，宝镜刚飞出，轰然一声巨响，一朵璀璨火花炸开。

众人下意识齐齐后退。

孟河泽竟也祭出一件初阶防护法器，却不假思索地引爆它，瞬间炸碎宝镜。

法器制作不易，价格高昂。按一般修士平日的战斗习惯，野外遇敌时，敌人的法器也是战利品，战后可以据为己有，修复后再用，谁会直接炸掉？又不是爆炸符。

“那孟河泽真是外门弟子吗？如此败家，两件法器灰飞烟灭，就只听了个响？”

“你有所不知，那不是他买的，而是他从瑶光湖畔赢来的。不是自己的东西，炸得当然不心疼，只当过节放炮了！”

二人从站上擂台，到短暂交手十招，已经炸掉八件法器。

那个华微宗内门弟子的神色由凝重到惊恐——孟河泽到底有多少法器？简直是个疯子。他是内门弟子，不是亲传弟子，家底再厚也经不起这样消耗。

只有台下的众人大饱眼福，难得欣赏法器爆炸的缤纷彩光。为这场异彩纷呈的烟火，众人恨不得鼓掌叫好，大喊痛快。

“我劝你省着点用，不然武试之后怎么办？给我跑腿做杂活吗？”孟河泽忽然问。

这话从一个外门弟子的口中说出，令对手大感荒谬，他随即怒火中烧，就要大骂。

心神稍乱，又一道鲜血飞溅。

这次不是孟河泽的血。

快剑连出，好像被无声的压力催促，二人越打越快。

孟河泽落剑的角度经过调整，造成的伤口不算深，却可以见血。受伤时他也有意调整受伤的位置。

血花炸开，血水泼洒，血雾弥漫。

这是一场鲜血盛宴。

孟河泽打得极惨烈，白袍被染红，已分不清是对方的血，还是自己的血。

“鼓点准备。”周小芸对其他外门弟子传音。

“咚！”鼓声不知从何而来。

每朵血花溅射，必有一声重鼓落下。短促有力，昂扬激荡，好像敲在围观的众人的心头，令人阵阵战栗。

缭乱剑影中，对手被快剑逼下擂台，轰然倒地。

台下寂静，没人先开口，只剩急促的喘息声。

台上的孟河泽摇摇欲坠。

“快，放鸽子！”周小芸再次传音。

两个外门弟子悄然打开手中的箱笼，六七只鸽子扑棱翅膀，飞向擂台。

众人的目光被鸽群吸引。只见碧云长空下，阳光穿过白鸽羽翼的间隙，被筛成碎片。

孟河泽用剑撑起身形，站稳了，独立于擂台上，身上光影变幻莫测，忽明忽暗。几片洁白的羽毛飘落，落到血泊中。温顺圣洁的白鸽，在他的身边环绕飞舞。

鲜红的血液，顺着他的眉峰滴答落下。

极致的对比，带来极致的视觉冲击。

孟河泽笑了笑。他生得清秀，纵然满身血污，笑起来也有种天真羞涩之感，与残忍暴戾的气质杂糅在一起。

令人心惊又目眩神摇。

“丁叁陆伍孟河泽胜——”场边执事最先回神，高声喊道。

白鸽惊飞，台下欢呼声震天。

周小芸想起孟河泽之前说过的话，此刻才了然。“……单看一张脸，只是木头美人，红粉骷髅。我们想和别人不一样，就要营造氛围，让人有参与感、沉浸感。”

“但这代价未免太沉重，孟师兄下一场还打得动吗？”

她不禁担忧。

孟河泽下场时很冷静。

外门弟子们簇拥着他，有人在暗中问：“花瓣准备好了，等会儿用吗？”

“先不用，给明天留点东西。”孟河泽说。

“那些能飞上天的灯笼……”

“晚上那轮再点。”孟河泽说，“注意看我的手势。”

“吹拉弹唱等配乐也都准备好了。”

“好，我下轮再换种打法。你们在场下注意躲避执事。”孟河泽说。

他的伤看上去很吓人，却没有那么重，他的头脑依然清醒，飞速运转着。方才的战斗在他脑海里重现，他开始复盘哪里可以做得更好。

反倒是场下的外门弟子比他紧张，生怕出差错。

“孟师兄，我们这次算是绝地翻盘了吗？”周小芸问，“他们都来看你，看得目不转睛，其他擂台边几乎没人了！”

大家都充满希望地看着孟河泽。

孟河泽却摇头。“哪儿有这么容易？别人爱看我，不等于会投票给我。想要别人心甘情愿地投票，还有几场硬仗要打。”

“孟师兄，刚才我们去调整铜镜反光的位置，不能确保光束打在你身上，最多只有一块光斑。”有三四个人赶来，表情急切，“场边不能用发光的法器，会引起执事警觉，怎么办？”

众人忧虑地皱眉。黄昏时那场比试，打光、补光的问题不解决，必然影响计划的整体效果。

孟河泽沉思片刻，忽然焕发神采。“宋师兄今早在钻研画聚光符。符箓小而隐蔽，更方便激发。原来宋师兄早想到了！师兄一贯用心良苦，心细如发！”

黄色符纸被贴在青灰色的屋檐下，随风轻晃，散发着光芒，像一轮微小的太阳，照耀抽芽不久的种子。

那光芒明亮却不刺眼，温暖却不灼人。

春风一吹，人缸中的水波倒映云影，温柔地荡漾开来。

宋潜机只是望着这一幕，就替莲藕们感到欣喜。

自创聚光符对他而言不算难，但为了调试最合适的发光时长、光照强度，他画废了十余张符纸。

孟河泽带着一群外门弟子进门时，正看见宋潜机收拾笔墨，而桌上放着两沓新画的符箓，符砂痕迹犹新。

众弟子一怔，喜出望外。“宋师兄竟真的画了符！”

除非实在没有办法，否则大家不愿打扰宋潜机，给他添麻烦。所以关于擂台新打法的安排，没人告诉他。谁知宋潜机竟然未卜先知，料事如神。

宋潜机指了指画废的符纸。“来得正好，拿去玩吧。”

孟河泽欣喜地进门，周小芸等人候在门外感叹：“宋师兄一贯面冷心热，他嘴上不提，却时刻关心着我们，能察觉我们想得不周全的地方！”

孟河泽摸着符纸，好奇道：“师兄，为何符箓分成两沓，有何区别？”

“给你的这沓符箓的符力强，光芒更亮。”宋潜机说，“你可以拿走，随便玩玩。”

这沓符箓挂在檐下大半日，就能将水缸烤干、莲藕烤死，但听说华微城的符纸涨价了，随便撕毁废符好像有些浪费。

孟河泽迟疑：“那……我要另一沓不太亮的符箓就行。我们换换吧？”

他想：“好东西当然给师兄留着自己用，我怎么好意思拿走？”

宋潜机心想：“你这小子想得倒挺美，你用了，我的两缸莲藕用什么？”当即果断拒绝：“不行！”

孟河泽拿着符箓，感动得眼泛泪光。“宋师兄，我一定不辜负你的厚望！”

“啊？”宋潜机一怔。

坏了，脑子被人打傻了。

孟河泽控制住泪意，向他行礼。“我还要赶去下一轮抽签，晚上再来给师兄煮面！”

宋潜机正想说：我也不是非得吃面，要不你打完早点洗洗睡。孟河泽已经转身离去。

一群外门弟子在他的带领下，像喝了十碗鸡血，双眼放光，步履生风。

在鲜血、鼓点和白鸽的攻势下，孟河泽侥幸没被淘汰，以最低的支持票数勉强挤进武试百强榜，排位第九十八名。

众人嘴上不愿意承认被新奇打法吸引，身体依然很诚实地等他抽签，聚在他比试的擂台下围观。

孟河泽这场比试打得不快，却屡出险招。

他用了很多需要旋转的招数，每次转身，衣摆高高飞扬。一阵风起，不知从何处吹来无数白色花瓣，飘飘洒洒，漫天飞扬，擂台上像落了一场大雪。

白色的花瓣与殷红的血光交错，美得凄艳又惊心动魄。

台下有人用竹叶吹奏乐曲，曲声哀婉，凄凄惨惨，令人无端心酸。直到孟河泽收剑，台下的众人才回神，仿佛看完一场少年艰辛求仙的历程。

“我要为他投票！”有女修哽咽道。

这轮比试结束，孟河泽远离广场，直到下轮比试前才登场。

比试开始时，天色近黄昏。

打完后四周皆暗，唯有一束光打在他身上，照亮他染血的面容。孟河泽浑身淌血，却低头从袖中抽出一枝还未开的梨花，轻轻吹开花苞，扬手将梨花扔下擂台。

“谢谢你们来看我的擂台！”

不知哪个女修先带头尖叫，台下爆发一阵哄抢。

这场比试之后，支持孟河泽的女修团体显现雏形。

有人遗憾道：“可惜每场不重复，只能看一次。”

有人小声说：“我悄悄拿影璧录下来了。”

“真的吗？你开个价格，卖给我吧，三百块灵石怎么样？”

那女修却咬牙道：“不卖，我要留着自己看！”

“三百五十块灵石！”

“不，十四岁的春天的怦然心动，是无价之宝！”

很多男修不理解。

“三百五十块灵石？都疯了吧，就为看个小白脸？”

“谁给他撒的花瓣？太浮夸了，太做作了！”

“但是真的很好看啊。反正咱们只看，不投票，先饱饱眼福。”

众人嘴上说绝不投票，却心知肚明，孟河泽若被淘汰，再没有精彩的擂台表演可看。

有些人想，既然大家都说不投，他的票数必定不高，我投一票，保他不出局就行。

这种思路令孟河泽的票数一路飙升。

陈红烛对此心情复杂，孟河泽是华微宗弟子，华微宗应该与有荣焉，但孟河泽与宗门离心，整个外门因这次武试更团结，更难管束。

已经有长老提议，登闻雅会结束后，要将所有外门弟子驱逐下山，新招一批更好管、更听话、更愿意加点打工的外门弟子上山，彻底改变外门风气。

丰紫衣与陈红烛的立场不同，只顾自己开心热闹。

她作为与孟河泽打过交道的女修，率先成为孟河泽的支持者，甚至派侍女出去分发彩笺。“丁叁陆伍孟河泽，了解一下。”

女修们拉票很有技巧，先从那些小门小派、参会只为见世面、早早被淘汰的修士开始。“这位道友，你好。”

很多人生平第一次被漂亮女修主动搭讪，激动得脸色涨红，不知该说什么，先鞠了个躬，才磕磕巴巴地道：“你……不……您好，仙子好！”

“你从哪里来，出身于哪个门派，这些都不重要，只要你为丁叁陆伍孟河泽投上宝贵的一票，我们就是好朋友！来，丁叁陆伍孟河泽，了解一下，你喜欢的打法他都有！”

这一套流程走下来，对方很难不投票。

有人指责这些女修扰乱武试秩序，审美畸形。

丰紫衣将一个白眼翻上天。“只准你们捧妙烟，不准我们捧个男修啊？”

“你怎能当众侮辱妙烟仙子?!”

“哈哈，我怎么侮辱她啦？我又没说她坏话！”丰紫衣笑道。

“妙烟仙子何等高贵，孟河泽区区一个外门弟子，怎可与其相提并论？”

另一个女修抢话道：“英雄不问出处。论修为，妙烟当年十四岁筑基，孟河泽今年也十四岁；论声望，妙烟十七岁才成为公认的第一美人，孟河泽今年若能夺魁，他就是登闻雅会历史上最年轻的魁首，差在哪里？”

“姐妹说得对，再过十年，孟河泽若能成功结丹，他就是下一个子夜文殊！”

“好大的脸，不过一个哗众取宠之辈，不仅类比妙烟仙子，还敢类比子夜师兄？你们都是瓷器啊？到处碰！”

争议越大，孟河泽的名声越响。

一号台有人打出一整套失传的剑诀，没人理；二号台有人临战突破，没人睬，大家每天为孟河泽吵得不可开交。

不管是爱是恨，是怒是怨，孟河泽都成了议论的中心。

有人觉得孟河泽为表演赛带来新鲜感，独具巧思。况且孟河泽是一株还未长成的幼苗，比起押注参天大树，赌他会晋级更有参与感。

这是改变他人命运的感觉，试过就上瘾。

也有人认为，孟河泽的支持者都是修仙界毒瘤，到处碰瓷。

但众人还是无法拒绝那些华丽的诱惑。看过孟河泽的比试，再看传统打法便觉无趣，就像吃饭不放一粒盐，没半点滋味。除非赶上某一场比试的参赛者是自己的同门师兄弟，否则他们都不愿离开有孟河泽的擂台。

他的表演赛永远花样百出。

比如恰到好处、烘托氛围的配乐。

比如法器在空中爆炸，像一场烟火。

比如上百只天灯被同时点亮，飞上夜空。

不管登闻雅会武试的结果如何，这些画面会永远留在众人记忆中，成为这个春天最浓重、最明亮的色彩。

武试因为孟河泽而陷入暴风旋涡，书画试与琴试才刚刚开始。

这天，宋潜机像平常一样浇过菜地，在屋檐下贴上新的聚光符。然后他迎着微凉的晨风，呼吸山林草木的清香，悠闲地走出家门。

他该去参加书画试了。

春日里晴光正好，枝头鸟雀啁啾。

年轻修士们三三两两结伴而行，向彩石溪畔会聚。

他们随身不佩刀剑，只佩折扇、香囊或玉佩，轻裘缓带，与同伴谈笑风生。

比起热闹喧天、热血沸腾的武试，严肃沉静、暗藏杀机的棋试，书画试的氛围轻松许多。毕竟参赛者没有两两捉对、你死我活的对手。若觉得自己发挥得不好，只要没有超出规定时间，就可以换纸重来。

七成的参赛者是青崖书院的弟子，三成是其他门派世家的符师，很少有像宋潜机这样，报名只为重在参与——在别人看来，他就是一个剑修出身的书画爱好者。

华微山的悬泉瀑布无数，这条小溪的水势不大，却别有秀丽风景，被宗内之人称为彩石溪。溪水潺潺，清澈见底，一眼能望到水下的鹅卵石。它们颗颗圆润，色彩斑斓，铺满大半条小溪。

溪畔是一片平整开阔的草甸，碧云长空下，草长莺飞，一望无际。

书画试的数千张桌椅，便设在这样风景优美、春光明媚的地方。

比试还未开始，参赛者们一边摇着扇子，沿溪畔踱步，一边高谈阔论：

“素闻李道友文采斐然，妙笔生花，不知今日准备写什么？”

“区区不才，前日观瑶光湖美景，偶得一首绝句。”

“听说刘兄画梅乃书院一绝。今日可还画《雪地梅花》？”

“近日游览华微山的山水风光，且画一幅《华微山景》吧。”

他们看似闲谈，却有很多讲究。关系好的，真诚地互吹互捧；关系不好的，明褒暗贬，词锋锐利，稍不留神便被占去口头便宜，或拿嘲讽当夸奖，成为背后的笑柄。

宋潜机穿过摇扇的人群，撩起衣摆，低头俯身，挑拣水下的鹅卵石。他檐下的水缸中种了莲藕，放几颗鹅卵石填缸正合适。

春日溪水并不寒冷，漫过五指，留下恰到好处的一点凉意，沁人心脾。

水底的石头五光十色，宋潜机认真地左挑右拣，有时惊动石缝里的几条小银鱼，从他指缝间溜过。

宋潜机将鹅卵石收进储物袋，觉得有趣又满足，便不在乎周围人的窃窃私语。

“这人是谁？他的东西掉水里了？”

“他居然在捡石头，他是不是脑子有病？”

“他看着有点眼熟……”

山间传来悠远的钟声。

“请诸位参赛者按序号入座——”场边执事齐声道。

众人嬉笑着告别，约定下次再聊，找到属于自己的桌椅，铺陈纸笔。

符师的笔大多是法器，符师往往千挑万选，才找到最适合自己的笔，惯用的墨汁和颜料也不是凡品。

华微宗不提供笔墨纸砚，全靠自带。

宋潜机找到自己的序号，拉出椅子坐下，双手仍沾着水，恰好有一块干净柔软的绢布被递到他面前。

平时孟河泽常给他递布，宋潜机习惯性接过，擦了手才反应过来，冰蚕丝缎光锦帕，料子好得过分。

宋潜机抬头，看见书画试同桌的脸。

那人长眉星眸，笑容真诚，身穿八十八重水云符文法袍，腰带缀满鲛王珠，桌上笔架挂着一支紫云烟霞笔——竟是高阶法器。

从头到脚写了无数个“贵”字。

宋潜机一怔：“多谢。”

这张脸他有些面熟，但他一时想不起，到底在何处见过。

“不谢。”同桌收回缎光锦帕，仿佛那只是一块抹布。

他笑问：“方才见道友摸水底的石子，可是在祈福？我家乡也有这个风俗。”

宋潜机：“……不，我捡石子只是用来填水缸。”

那人有些尴尬地点点头。“原来如此。不知道友要写字还是作画？”

“画画吧。”宋潜机说。

那人的眼睛亮了亮。

虽然两个人一桌，但大多数的同桌参赛者不会聊天。参赛者一旦提笔，便心无旁骛。

四周响起研墨声，仿佛春蚕啃食桑叶。

在这阵极规矩、有条理的响动中，同桌的声音更显突兀：“道友，你为何还不落笔？”

宋潜机悠然坐着，欣赏溪水风光，看云吹风。“我还没想好画什么。”

那人哑然：“你这样也敢报名？”

“报名又不花钱。”宋潜机说。

这个理由令人无法反驳。可来参加书画试的人，谁不是私下练习过千百遍，闭着眼睛也能写出来或画出来？

只剩他们二人还呆坐不动，甚至在聊天。

宋潜机拿出储物袋里的鹅卵石，开始把玩。

同桌先沉不住气，再次主动开口：“你该不会……不会画吧？”

“我会一点。”宋潜机说。

登闻雅会书画试，会一点的人也敢来?!

那人满脸失望，颓然叹气。他打开砚台，添水研墨。“算了，我不等你了。”

“你等我作甚？”宋潜机被他勾起些兴趣。

那人诚恳道：“实不相瞒，我画山水，想参考一下你的构图。”

宋潜机无语。

他想：“你直说想抄作业不就得了吗？原来刚才与我搭话，是在这儿等着我呢。”

笔力、笔意如何，全凭日积月累的苦练，构图却讲究巧思和审美，尤其是山水图，常言说，“横看成岭侧成峰，远近高低各不同”，同一座山，不同的人选择的角度不同，画出的山势与意境迥然不同。

当今山水画重意而轻形，以书圣的“远山近水法”最为流行。为了投其所好，参赛者多用此法，而且十个人作画，八个人都选画山水。

宋潜机无奈地笑笑，心想这序号和座位是按水平高低排的吗？

两个学渣做同桌，就别互相指望了吧。

那人对上他的目光，以为自己被鄙夷，不由得脸色微红，辩解道：“我只是不会构图！我笔力还行……”

“没事，我连山水都不会画。”宋潜机说。

那人的表情缓和，他安慰道：“那你画最喜欢的、此时最想画的。时间有限，别耽搁了。”

宋潜机想了想，说：“好。”

他说完便提笔。

同桌伸长脖子看他。见他用的笔墨都是最次的大路货，不由得面露同情。“你用我的吧。我带了一套多余的笔墨。”

宋潜机说不必。

寥寥几笔，一朵小花的轮廓便跃然纸上。花朵有五瓣，花心微鼓，花瓣末端有可爱的尖角。

那人愕然又茫然，心想：“你画成这样，我也没办法抄啊。”

又见那花灵动异常，虽然只有轮廓，却似要开出纸面，他忍不住好奇道：“道友画的这是什么灵植？很是可爱！”

“并非灵植，土豆花而已。”

“土豆花？”那人惊讶地大喊，“道祖在上，原来土豆长在地里，还会开花?！我还以为土豆是结在树上的，你不是在骗我吧？”

宋潜机：“……真没骗你。”

这点事咱就别惊动道祖了行吗？

有些修士的父母都出身于仙门或世家，从小食用灵稻、灵果，修炼后早早辟谷，与凡人的接触有限，以致五谷不分。

宋潜机可以理解。

他说："其实黄瓜也会开花。"

那人的表情一变，由衷地敬佩道："道友真是博学多才、见多识广！敢问道友尊姓大名？"

"……不敢当，我叫宋潜机。"

那人微怔，忽然惊叫："原来你就是宋潜机！"

四面的参赛者抬头，纷纷看向他们。

"他就是宋潜机？华微宗外门的头领？"

"这二人竟然同坐一桌？宋潜机可是个硬碴，那个人傻、钱多、话更多的废物可能要倒霉了。"

宋潜机轻咳一声："小声点。你认得我？"

"你很有名！"那人兴奋起来，"但你很少出来走动，我一直只闻其名，不见其人，大家都在猜，你到底是怎样的人……今日一见，宋道友画得一手好土豆花，果然如传闻那般，风流不羁。"

宋潜机听得茫然。

前世别人骂他，只骂他不择手段、机关算尽、心狠手辣等。"风流不羁"是什么词？他竟不知这是骂他还是夸他。

"我听说，孟河泽是你教出来的？"

"不是我。"宋潜机无奈。

对方明显不信，拍桌抱怨道："昨晚我本该画一幅画练笔，然后沐浴焚香，静气定神，修炼一整夜，为今日的书画试做准备。但我忍不住去看孟河泽打擂！他居然放天灯，这合适吗？你不管管吗？"

"你说他大晚上搞这种东西，谁今天还想考试啊？但话说回来，那天灯真美……他的擂台新打法，都是你教的吧？"

对方的话匣子一开，语速极快，如连珠炮一般，滔滔不绝。

这种说话节奏让宋潜机觉得极耳熟，他好不容易才钻到空隙否认："绝无此事！我没教过！"

他想："我没有，我巨冤。"

那人依然不信。"宋道友，舍妹也很喜欢看他打擂。孟河泽明天下场前最后一朵花，能不能扔给她？"

"这……不行吧。"

宋潜机从未听过如此奇怪的要求。

又是放灯，又是扔花，小孟到底背着他搞出了多少花样？

不容易啊。一边掌握战斗节奏，一边调度场景，要打得好看，还要打赢。

若非孟河泽有红灵玉念珠傍身，只怕早已不堪重负，无力支撑。

同桌很理解地点头。"也对，台下人山人海，黑压压一片，他哪里扔得准，是我冒昧了……啊，聊了这么多，还未自报家门，失礼失礼，在下姓纪，单名辰。"

宋潜机的脑海中闪过一道明光。"白凤郡纪辰?!"

他印象中似曾相识的脸，终于与眼前这张俊秀脸孔重合。

纪辰尴尬苦笑："没想到宋道友也听说过我。"他很努力地解释："其实我也没那么废物，我只是不会构图……"

宋潜机惊道："你为何在此参加书画试？"

纪辰更惊道："宋道友何出此问？我从小就学书画啊！"

宋潜机愣怔。

他心想："你一个大阵师，从小学书画？"

"你开始学布阵了吗？"宋潜机问。

纪辰苦着脸道："我连一张符箓都画不明白。哪儿有闲工夫学阵法？宋道友别再打趣我了！"

宋潜机不知该做何反应。

让纪辰学书画，不是等于让妙烟耍大刀，让孟河泽去练刺绣吗？

迟疑间，前方一阵骚动，不少人搁笔起身张望。

宋潜机抬头，只见两个人姗姗来迟，却不入座，径直飞身而起，向对面的山壁掠去。

"他俩是干什么的？"

纪辰兴致勃勃地解释："咱俩是来走过场、凑人头的，其他人是来争登闻雅会百强的，再进一步，最多争个前十名。所以，我们按照规则在纸面上老实落笔，平时练得几分功夫，就露几分本事……

“那两个人可不一样，他俩想做书圣亲传弟子，必须出奇制胜，才能引起圣人的注意。且看他们有什么奇招。”

宋潜机只见那两个人轻点足尖，身形轻飘飘地跃起，踏崖壁直上云霄。

山壁光滑而不生树木，平日猿猱难度。高耸直立，隔着云海，正对飞云楼的西窗。

书圣若站在窗前，以他的目力，推窗便能望见这面山壁。

二人抬手，衣袖飘飞，几乎同时在岩石上落笔。姿态潇洒自如，并不见他们如何使力，笔力却已深入山壁。

石屑纷纷崩落，坠地时烟尘四起，大地震颤。

耸立的山壁上，竟如刀刻斧凿般，显出一个个斗大的字。龙飞凤舞，铁画银钩，气势逼人。

草甸上的众人被这奇观吸引，一时忘记自己桌上的书画。

众人凝神细看，只觉两行大字要冲出山壁，当空压下，不由得高声喝彩：

“好功底！好劲力！在岩石上写字不难，难的是写得一气呵成，且笔锋清晰，深浅得宜，笔意不断。赵霂不愧是天北洲最年轻的金丹符师。”

“卫湛阳的那句也极好，一撇一捺，一钩一画，形如刀剑森立，我在纸上也写不出这么好的字。”

宋潜机的座位排在极靠后的位置，只见前方人头攒动。

纪辰踮起脚尖。“写的什么？我的修为不济，宋道友帮我看看。”

宋潜机微微眯眼。“造化钟神秀。”

“真的很‘秀’啊！”纪辰感叹，“其他人不管是昼夜练字，还是苦练过几万张山水图，这次登闻雅会都得被他们‘秀’下去。”

宋潜机微笑不语，在东道主的地盘写字，当然要先让东道主舒服。

这二人落笔灵气饱满，除非遭人为毁坏，否则不管风吹日晒雨打，以后华微宗的这面山壁上，都刻着力透山岩的两句诗。

起笔先夸华微宗人杰地灵，造化灵秀，这两句才能保留下来。

“还有一句呢？”纪辰兴奋道，“宋道友再看看！”

宋潜机念道：“一览众山小。”

“好气魄！”纪辰羡慕道，“我何时也能有这般本事？”

宋潜机摇头。“你倒不必有。”

他想：“你一个阵师，非学符箓作甚？”

纪辰明显误会了：“宋道友，你别看我这样子还不错，其实钱财乃身外之物，只有自己练的本事才靠得住。否则总惹旁人笑话，说同样的修炼资源堆给狗，狗都练得比我强。”

宋潜机忍俊不禁，笑过之后有些唏嘘。

现在的纪辰还很年轻，像个不知人间疾苦的富贵少爷。虽然话多，却不是疯话，让宋潜机有点不习惯。

他前世认识对方的时候，这人已经设阵杀全族，做了散修，整日半疯半癫，半醉半醒。

“宋道友别笑，我已经观察过，书画试设的座位有讲究，公认最厉害的两位——赵霂、卫湛阳，排在壹号、贰号，人家能直接将诗写在山壁上，写给书圣看。”纪辰认真分析道，“其他人按符道造诣排序入座。我——画不出符的符师。你——没画过符的剑修，所以咱们俩坐一桌，谁也别想抄谁的。”

宋潜机：“……没事，我们各画各的，凭真本事垫底。”

山壁不再有动静。留书的两人已飘落山崖，向溪边草甸缓步走来。

借这两人一气呵成的笔意，有些写字的参赛者已经写完停笔，一心赞美山壁石刻，另一些没写完的参赛者，继续埋头苦写。

宋潜机坐下填充土豆花的细节，纪辰在一旁欣赏片刻，不由得叫绝——

纸上无风，花瓣却沾着露水，似在风中微颤，花梗上的细碎绒毛被画得纤毫毕现。

他表情沉痛地入座，拾起价值连城的紫云烟霞笔，在纸上画了个圆圈。“我真不想来参赛，除了被人嘲笑，还能如何？但家中长辈非让我来试试。”

宋潜机画完，满意地搁笔，等墨痕自然风干时，看向对方的纸面。

运笔力透纸背，笔意圆融通达，但确实只有个圆圈。

“你既然不会山水构图，为何不写字？”宋潜机问。

“字的间架结构，也是一种构图啊！”

宋潜机恍然。纪辰对空间的认知特殊，根本无法画出任何平面的东西。他应该去搭建、去构造。他是天生的阵师，是道祖赏饭吃的天才。

"虽然我觉得你画得很好，灵气扑面，但是毕竟这土豆花……"纪辰换了种委婉说法，"太新奇。华微宗请来当世的十位书画大家来评选名次，他们可能无法接受。"

宋潜机安慰他："人生大部分事情，本就是重在参与。"

纪辰点头。"你说得对。有时候越努力，越不行。"

前桌的参赛者们听见，纷纷回头，震惊无比地看着他们。

宋潜机从那些眼神中看到十四个字："死猪不怕开水烫，杂鱼菜鸡凑一桌"。

但两人互灌丧气鸡汤，气氛竟十分和谐。

宋潜机甚至再次提笔，在对方的纸面上写了两个蝇头小字："鸡蛋"。

纪辰拍手称绝："妙啊，圆圈变鸡蛋了，我画的就是一颗鸡蛋。"

说话间，周围响起一片恭贺赞美声。

宋潜机和纪辰当然不会认为这是在恭喜他们画出了鸡蛋。

只见一人身穿白色锦袍，手摇折扇，穿过草甸和人群，站定在他们的桌前。

纪辰大惊，这不是在山壁留书的赵霂吗？他亲自来指导垫底的参赛者？

那人得意地笑道："宋道友，好巧，瑶光湖畔水榭一别，我们又见面了。"

瑶光湖畔水榭？

宋潜机略微思索，依稀记得那天不适合采泥。孟河泽得了许多法器，自己得了一朵琼玉花。至于水榭里最后来的两个人，他只记得赵济恒怀抱着许多画轴。对眼前的人，他毫无印象。

宋潜机疑惑发问："道友可是赵济恒的朋友？"

赵霂冷下脸色。"我是他堂哥。"

他心想："这人连赵济恒那种草包都记得住，居然记不住我？不过是今日风水轮流转，这人没了水榭里的风光，想故意侮辱我罢了。"

其实赵霂若能送把躺椅、送个锄头，那宋潜机不仅认得他，还会发自内心地感谢他。

赵霂向身后看了一眼，赵济恒得到指示，一个箭步蹿出来。赵济恒眼疾手快，一把抽出宋潜机的画，高高举起它，向四面八方展示："宋潜机，我说你这个剑修不去报名武试，却来报名书画试，我还以为你要画什么，到底只会画野花啊。"

纪辰抢回画，认真纠正："这位道友，它不是野花，而是土豆花。我本来也不认得，多亏宋道友见多识广……"

赵济恒故作惊讶道："我当是谁，原来是苦学符道十二年、提笔画不出半张符的纪小仙君，失敬失敬。令尊生前也是叱咤一方的强者，只可惜去得太早。"

周围响起快活的笑声。

纪辰的脸色涨红。

宋潜机微笑："总有些人开窍稍晚，大器晚成而已。"

纪辰感激地看着他。

赵霂又使一个眼神示意，赵济恒一把抓起纪辰桌上的画，拍桌大笑："大家看，这是鸡蛋！"

众人兴奋地围上前，欣赏圆润有光泽的一颗蛋，眼泪都快笑出来了。

"鸡蛋，土豆花。"赵霂淡然微笑道，"二位真不愧同坐一桌。"

"注意秩序。"场边执事轻咳，"画完停笔的参赛者，及时交卷离场。"

却没有要上前管束的意思。

宋潜机与纪辰在阵阵哄笑声中交卷。

纪辰道："我倒是习惯了，宋兄还好吗？"

对方刚才替他说话，他的称呼已由"宋道友"变成"宋兄"。

"不如跟我一起念，别人气来我不气，我若气死谁能替，何况伤神又费力……"

宋潜机知道，如果让他开口，他便很难有闭口的时候，只得打断道："去看琴试吗？"

"善！听琴可以平定心情，正适合我们。"

"宋潜机写了什么字？有没有画符？做得怎么样？"

飞云楼中，书圣一连抛出三个问题。

院长不知该如何回答。"……他没写字。他画了一朵花。"

"什么花？"

"土豆花。"

书圣一怔。"哪一种土豆花？"

院长无奈道："您忘了，世上只有一种土豆花，就是最普通的那种。"

书圣气恼道："这小子搞什么名堂？快把那该死的土豆花给我拿进来！"

院长应是，心想："您骂宋潜机便好，人家土豆花多无辜。"

"算了，老夫自己去看。"书圣忽然站起身。

琴试地点位于飞流瀑下，青石潭边。

宋潜机与纪辰从彩石溪出发看琴试，几乎要跨越大半座华微山。

山水迢迢，山道深深。但两个人心情轻松，步履轻盈，倒不觉遥远。

宋潜机轻松，是因为他散步赏景时一贯如此。

纪辰轻松，则是因为他终于应付过书画试，卸下包袱，无事一身轻。

却见对面烟尘滚滚，迎面冲来一队执事，他们高举隆重繁复的华盖、障扇等仪仗，一路横冲直撞。

宋潜机侧身站在山道边，让出道路供他们先行。

纪辰性格跳脱，他径直拦下队伍末尾的一个执事。"敢问道友，走这条路可是要去彩石溪？那边出了何事？你们为何如此匆忙？"

那执事见他的修为低微，面露不耐，手里却被塞了一个储物袋。

低头一看，那执事登时变脸，笑道："小仙君有所不知，书画试刚结束，书圣要去彩石溪畔文星楼阅卷。事发突然，我们也是刚刚接到掌门真人的调令。圣人面前不方便驾驭飞行法器，只得赶路……"

纪辰听明白了。

书圣刚才走出飞云楼，没有提前通知，华微宗高层都很惊惶。

掌门虚云真人无从揣摩圣人意图，又怕怠慢圣人，紧急召集所有峰主、长老前去迎接，顺便调动礼乐仪仗队，以备不时之需。

"小仙君若要博仙缘，现在前往彩石溪，说不定命里有缘。"那执事一拱手，说了句吉利话，便匆匆而去。

留下纪辰在原地愣怔，呆呆地望着宋潜机。"书圣要亲自来阅卷？不会吧？"

华微宗原本请来当世十位声名远播、德高望重的书画大家做考官，评判考卷，决定名次。

纪辰觉得被他们评为倒数第一虽然丢人，却不是不能接受，只要心态乐观，无非唾面自干。

但如果书圣亲口说他没救了，那他从此成为族中笑柄，人生境遇必然一落千丈，妹妹也会被他连累。

一言可定人生死，影响他人一生命运，便是顶尖强者的力量。

宋潜机起先不懂纪辰的担忧，对宋潜机而言，只要将心中所想画在纸上，这件事就圆满结束了。土豆花开在心中。至于那幅画被送去哪里、由谁评说，他已不关心。

却听纪辰道："万一书圣看见我画的那个圆圈，觉得我敷衍不敬……"

宋潜机恍然，安慰道："他老人家胸怀宽阔，学究天人，应该不会在意。"

这话半真半假。

对方胸怀的宽窄尺寸他根本不知道。但根据他前世的亲身体验，一位化神境强者，绝对懒得搭理一条炼气期杂鱼的那点破事，纪辰又不是救世主卫真钰。

纪辰踢飞路边的石子，懊恼道："早知如此，我真不该只画一个圆圈！"

宋潜机奇道："那你还能画什么？"

"至少也得画五个圆圈，比那一圆多四圆！填满整张纸，显得热热闹闹，团团圆圆！"

纪辰又将石子踢回来，苦中作乐。

宋潜机笑起来："数千张考卷，总不会正好翻到咱们俩的。能让书圣亲自过目的书画，一定被考官们择优挑选过。"

纪辰的眼睛一亮。"有道理，糟粕之作他们绝不敢拿出来，怕污了圣人的眼。咱俩凭真本事垫底，不该担心，多谢宋兄开解！"

宋潜机却想，前世书圣根本不曾现身于登闻雅会。

他初次听到这个消息时，推测是救世主在华微宗显露踪迹，但刚才在彩石溪畔，他暗中观察全场的修士，没有看到任何可疑修士。

宋潜机问纪辰："今日参加书画试的修士，有没有哪位姓卫？"

纪辰笑道："你是问卫湛阳吧，与赵霖一同在山壁留书的那位？"

"不，不是他。"

卫真钰前期韬光养晦，不为人知。

纪辰挠头。"卫姓是修仙界大姓，你要找的人，在雀舌郡卫家，还是三清郡卫家？"

“都不是，那人应该是凡人出身，并非世家子弟，或许还是个散修。”宋潜机想了想，“你今日有没有遇到过修为不高、看上去毫不起眼的卫姓弟子？”

纪辰摇头。“毫不起眼，还敢姓卫？底层修士行走修仙界，多一事不如少一事，改个姓比较方便，免得同名同姓，平白冲撞人。”

宋潜机稍感遗憾，这次或许无缘得见卫真钰了。

书圣应当与华微宗没什么交情。卫真钰若不在，他为何而来？

“这事很要紧吗？”纪辰提议，“我可以花钱请人帮忙找他，重赏之下，必有勇夫！”

宋潜机急忙拒绝：“我随口问问而已，不必麻烦。走吧，听琴去。”

松柏葱郁，云雾浮动。

“前面就是风烟谷，咱们顺便看一眼棋试？毕竟走了这么远……”纪辰说出最可怕的外出游览八字真言，“来都来了，不看亏了。”

“也可。”宋潜机点头。

山谷地势低洼，观战者只能站在半山腰的平台上，向下俯瞰。

纪辰问：“宋兄可会下棋？以前下过吗？”

“下过一次。”宋潜机想了想，“算是会一点吧。”

下棋耗费时间，前世他没有这闲工夫，但某次他闯入一位上古大能的墓室，为妙烟取一卷古琴谱，不慎陷到一方棋阵中，他解不开残局，就无法出去。

宋潜机只能翻遍墓中棋谱，边学边下，现学现卖，十三天后破阵而出，被折腾去了半条命。

按墓穴内的时间流速，破此棋局，他足足用尽十三年的光阴。

十三年分秒无休，聚精会神做一件事，神仙也要被逼疯。

那是宋潜机第一次下棋，也是最后一次。

纪辰以为宋潜机说“会一点”，意思是刚开始认规则，初学几手定式，还不会打谱，顿时如遇知音，兴奋地附和道：“我小时候下过两次，比你多一次！”

杂鱼菜鸡，就该惺惺相惜，互相垫底。

瀑布如白练悬挂山间，飞流直下，落入青石潭。

潭中水流激荡，水雾弥漫，映着阳光，显出一道彩色虹桥。

潭边不远处，三四座小竹楼相连。

参加琴试的音修们坐在楼内候场，其中七成是仙音门弟子，其他门派的弟子只占三成。他们一边饮茶谈天，一边听着潭边传来的琴声。

并不是每个参赛者都有机会弹一首完整的曲子。有人琴技不高，还没弹过半首，便被亭中考官投石入潭。石子落入水潭的声音像一声喝止，参赛者的演奏被打断，只得抱琴退场。

阳光明澈，洒满小楼。

年轻女修们三五结伴，鲜衣华服，光彩照人。照不到光的角落，有一人独坐。

几个精心打扮过的女修路过那人身旁，见到那人，很是惊讶。

“那不是何……”她们脱口而出一个姓，便立刻住口，好像不愿称对方为师妹。

她们只远远站着，对角落中的人指指点点，窃窃私语：

“她怎么也来了？”

“只要报过名，谁都能来呀。”

“她排第几个？”

“据说是最后一个登场弹琴的。”

“不是吧?!”

知道点内幕的人笑容古怪。“她的登场次序被人换过了，大会最后一个登场弹琴的本该是梦芷仙子。”

“可是今年风头正盛、人称‘小妙烟’的梦芷仙子？”

“正是！梦芷仙子弹完，就该她登场。”

“那她还弹什么？现在回家去，总好过上场只弹两个音，就被赶下来。”

又一人道：“不仅如此，我还听说，比试结束后，妙烟仙子也将弹奏一曲。”

众人看何青青的眼神顿时一变，由奚落嘲笑变为暗含同情。

以前来登闻雅会求仙途机缘，却备受打击、道心崩溃的修士，也不是没有。

夹在梦芷仙子与妙烟仙子中间弹琴？开什么玩笑？

“不知她得罪了谁，竟被调换次序。”

“或许谁也没得罪吧。”

众人想了想，更同意这种说法。“是了。”

无论是梦芷仙子的追求者为她随手拉一个垫背的，正好挑上这个软柿子。

——梦芷仙子绝对不肯与妙烟仙子连着弹奏。谁愿意为别人做铺路的陪衬？

还是青崖书院里那些看何青青不太顺眼的女修。

——自从她被院监从魔窟中救下，“子夜文殊带回来的女孩子”这个标签就贴在她的身后。这让很多女修微妙地感到不舒服。

天上的神像，不该与泥潭里的凡人扯上任何关系。

何青青谁也不用得罪，就可以被排在最后登场。因为她最好欺负，从不还手。

何青青仿佛听不到那些话。她只是抱着琴，坐在角落幽暗的阴影里，脊背挺拔如松，风雨无法撼动，任由周围人群来去，流言纷扰，她的袖中手指微动，仍在心里练习弹奏。

忽然，她的手指停下，紧紧攥起拳。

“我听说她的琴被人砸了，现在怎会有一把绿漪台？她从哪里来的灵石，能买这么贵的琴?！”

“谁知道呢，最近有没有人丢琴啊，正好丢了把绿漪台？”

何青青抬头看去，将她们的面容默默记下。

风烟谷松柏苍翠，阳光洒在棋盘上，也变得清雅幽微。

风吹林间，松涛阵阵，如潮水起落。

松涛声，泉石声，清脆落子声，此起彼伏。

半山腰凸出的观棋台虽然开阔，但宋潜机与纪辰来得晚，只能挤在边角位置。

周围人听宋潜机说“下过一次”“会一点”等语句，不由得侧目而视，面露鄙夷之色——

两个外行，去哪里凉快不好，偏来这里凑什么热闹？

纪辰伸长脖子，向下俯瞰，自来熟地与旁边的人搭讪：“道友，为何此时谷中只有一局棋？还请解惑。”

盘中厮杀正到紧要关头，那人本来不想搭理纪辰，但见他衣着华贵却态度礼貌，器宇轩昂却神色真诚，不由得耐心答道：“棋试与武试同时开始，棋试前十名的人选已定，今早起每局比试依次进行，方便被淘汰的参赛者观战。能进棋试前十的人，都是万里挑一的棋道天才。他们对局，每局棋都很有参考价值，错过可惜。”

纪辰兴奋地道：“按这个进度，莫非今夜就能决出棋试魁首？”

“当然！此时在谷中下棋的，正是魁首候选人之一，紫云观姚安！”

“原来如此，多谢道友赐教。”

纪辰转向宋潜机。“宋兄，咱俩运气真不错，正好赶上姚安这局棋，他可很有名！”

“哦。”宋潜机应了一声，定睛看了片刻，忽然问，“他持黑还是持白？”

旁边的人无语。“当然是紫衣持黑的那位师兄。你连紫云观姚师兄都不认得，还来看棋试？”

宋潜机笑道：“重在参与。”

“对，我们俩就是路过。”纪辰嘿嘿赔笑，好奇地道，“不知姚安师兄对面又是哪位高人？”

谷中二人对弈于巨石之上。

一人持黑，身着山梗紫色的道袍，端庄盘膝，落子的手很稳，颇有少年老成之相。

另一人持白，穿着粗布麻衣，正抓耳挠腮。他一会儿蹲下，一会儿站起，好像找不到舒服的姿势，浑身难受。

距他们三丈远处，有执事执笔记录棋局变化，有医师坐在担架边，还有执法堂弟子带刀护卫，以应对突发情况。

“那人出身于小门派，本来那个门派快绝户了，为得登闻雅会的奖品，那人才报名，谁知他异军突起，一路杀进前十名。不知多少世家名门的弟子都被他甩在身后。”旁观者赞叹道。

纪辰敬佩道：“果然是高人，请教高人姓名！”

另一人抢答：“他叫李二狗，师门没落，没有道号。但为了表示对他的棋道造诣的尊敬，我们称他‘李次犬师兄’。”

“次犬？”纪辰茫然地眨眼，喃喃道，“那不还是二狗吗？”

宋潜机忍俊不禁。“这位次犬道友就快赢了。”

纪辰惊道：“可他看上去很着急、很慌张啊！”

“喂，外行安静点，别误人子弟。”有人瞪了一眼宋潜机，不满地道，“此时中盘绞杀，明显是姚安师兄占优势！”

宋潜机只是笑笑，无意争辩。

另一人道：“不错，《棋经十三篇》有云，‘边不如角，角不如腹’，姚安师兄在腹地形势更强，他的棋风老练沉稳，一路稳扎稳打。李次犬师兄一直依靠奇招，屡屡险胜，这次遇到强敌，大概只能走到这里……你看，他请求‘长考’了！”

观棋台上一阵哗然。

只见李二狗举手，示意场边执事开始计时，自己跳下巨石，跑去泉边，掬水洗了把脸，又一仰脖子，咕嘟咕嘟喝下两捧水。

别人长考是穷极心力，闭目演算，这人长考竟然去洗脸、喝水。

姚安的脸色变得极难看，仿佛被李二狗泼了一盆冰冷的泉水。

紫云观弟子感同身受，他们都不喜欢李二狗。

“姚师兄真可怜，竟与这种乡野无礼之辈同盘对弈，登闻雅会，‘雅’字何存？”

“莫慌，待姚师兄取胜，咱们都不必再看见他了。”

纪辰只盯着棋盘。“好厉害。”

宋潜机说：“你若喜欢，不妨学学。”

“我下过两次棋，都被骂蠢笨。”纪辰苦笑，“我连画符箓都学不会，怎么能学会这么难的东西?!”

“这话是谁说的？”宋潜机心中微动。

纪辰毫不避讳，大咧咧地笑道：“我自幼经脉孱弱，使不得刀剑。族中长辈告诫我，我唯一可能的出路在画符，若画符不行，别的更不行啦！”

宋潜机不再开口，只传音道：“你若是李二狗，长考后走哪一步？”

纪辰一怔，不知他为何传音。“我哪儿敢走？我站这儿就行啦。”

“试试何妨？”宋潜机笑道。

纪辰思考后，勉强传音回答：“‘平’位三九路？”

宋潜机说："你下'平三九'，姚安下'入二八'，再走一步就能食你三子。"

纪辰的神色微窘，他盯着棋盘掐算片刻，恍然点头。"宋兄说得是！那我下'去'位三六路？"

宋潜机仍摇头。"再想想。"

纪辰连报十种走法，若是实战，他已悔棋十次。他觉得自己变成一只无头苍蝇，抱着白子在棋盘上横冲直撞，左冲右突，可周遭如铜墙铁壁，密不透风。

好不容易窥见一丝天光，宋潜机轻飘飘地落下一个黑子，就在他的生路前竖起一道高墙。

纪辰的额上已冒冷汗。

宋潜机："你莫以为李二狗是必败之局，只想逃出生天。他若下'上'位四二路如何？"

纪辰紧皱眉头，飞速计算。

恰逢此时，场边执事敲石，示意长考时间到。

李二狗跳上巨石，以两指捻起白子，竟不看棋盘，决然落下——

上四二。

纪辰猛拍栏杆，忽然大喝一声："好！"

这一声忘了传音，引得周围人怒目而视，责怪他大呼小叫。

纪辰不为所动，双眸发亮。

宋潜机道："你现在理解李二狗的棋路了？他的下法看似破绽百出，却是诱敌之计。再下一子，就有转机。"

"宋兄真神人！"纪辰一把握紧他的手臂，惊觉失礼，连忙放手，传音道，"李二狗果然能赢！"

"不。"宋潜机微笑，"现在我们假设你是姚安。"

随着棋局变化，观棋台上的氛围渐渐沉重，不时响起吸气声。

李二狗仿佛换了一个人，白子步步紧逼，招招见血。

一盏茶后，姚安吐血昏迷，被医师扶起喂药。李二狗跳下巨石，扬长而去。

紫云观众人惊呼，慌忙冲下观棋台。"姚安师兄！"

纪辰的神色恍惚。

现实的棋盘上，李二狗下赢了姚安。而两人心里的棋局，他在宋潜机的指导下，用姚安的黑子下赢了李二狗。

那宋潜机岂不是稳赢他俩?

纪辰张着嘴，激动且震惊。“宋兄有此绝技，为何不报棋试？”

“小道而已。有时懒得算。”

“宋兄为何教我?!”

宋潜机说：“正好无事。”

大过年打孩子，不，大太阳底下教孩子——闲着也是闲着。

纪辰无语凝噎。

宋潜机远望天色。“我先去看琴试，你不妨留在此地。趁手感不错，再多下两局。”

落日熔金，群山披霞。这局棋未免太漫长、太拖沓。

“有缘再见。”宋潜机转身。

纪辰下意识伸手拉他。“等等！”

一片衣袖从纪辰的指间滑过。

紫云观弟子们成群结队，正冲下石阶，宋潜机的背影随之没入人海，不见踪迹。

纪辰呆怔在原地，越想越崩溃。他本来以为交到了水平跟自己半斤八两的好友。

宋潜机说一句“人生大部分事情，本就是重在参与”，他回一句“有时候越努力，越不行”。两个废物互不嫌弃，是很难得的体验。而自己比宋潜机有钱，还能帮助他……

石上棋子被清空，下一局的对弈者准备上场。

忽然烟尘四起，三十余人闯到谷中，来势汹汹。

观棋台上的众人不知来者何意，议论纷纷。

纪辰也算见多识广，定睛一看——华微宗十位执事、书画试十位考官，还有些人他不认得，应该是来自青崖书院的强者，因为院长走在最后。

纪辰心中大惊，恨不得拔腿就跑。他心想：“难道我胡写乱画的卷子，真被书圣看到了？他老人家发怒，让你们来抓我？”

只听有人喊道：“白凤郡纪家纪辰可在？”

纪辰面露绝望。

“宋兄，你走得太早了，为何让我独自承受？”

华微宗的执事们率先冲上观棋台。

“您真叫我们好找。纪小仙君，恭喜恭喜！”

纪辰茫然。“喜从何来？”

方才监考的执事满脸堆笑，高声道：“您在书画试中，被书圣评为魁首！您可是今年登闻雅会的第一个魁首，快随我们去参加贺宴吧！”

观棋台上的众人肃然起敬，心想这个不懂棋的外行，看上去不学无术，谁知竟是书画试魁首。早知道，刚才真不该瞪他。

不知谁先带头鼓掌，恭喜声连成一片，如潮水般涌向纪辰。

“从前只听说白凤郡纪家大少爷是个废物，远不如旁支的那几位少爷，原来都是误传！”

“当然是造谣！咱们好运气，也算是与书画试魁首搭过话的人了。”

山谷中，棋试参赛者同样微笑鼓掌。

天上地下，整个世界围着纪辰飞速旋转。

“谁？”他瞪大眼，如被重锤猛砸脑壳，喃喃道，“这不是真的，不可能！”

“您谦虚，您所写‘鸡蛋’二字，不，现在该称为《鸡蛋帖》了，妙至毫巅，当之无愧！”

《鸡蛋帖》？

纪辰双腿一软，一把扶住栏杆，才勉强没有跌下平台，坠到谷中。“不是我写的！”

他想：“道祖在上，我到底交了个什么朋友？”

众人纷纷上前，争先恐后地搀扶他。

青崖院长自人群后缓步走出，笑得别有深意。“只论纸面，不论出处，你就是书画试魁首。跟我们走吧。”

瀑布飞流直下，水声轰鸣。

不时有琴声响起，压过水声。

夕阳斜照，潭边的几座小楼被镀上一层灿烂金光。

琴试赛程越往后，听琴者越多，其中多半人是为妙烟而来的。妙烟将在琴试结束后弹琴的消息已经传遍华微宗。

众人环绕水潭，从潭边走到山坡上，等候有“小妙烟”美称的梦芷仙子先登场。

此时人们窃窃私语，执事四处奔走。

“梦芷仙子还不上场？谁知梦芷仙子去了何处？”

“有人看见她去了妙烟仙子所在的竹楼。”

竹楼中，梦芷向妙烟屈膝行礼。“师姐好。”

妙烟微笑：“何事？”

年轻貌美有天赋的音修，妙烟见过太多，眼前的人只是其中普通的一个。她心中毫无波澜。

梦芷忧虑道：“此曲弹奏过半时，我总有两个音弹不好，斗胆来请教师姐。”

她的师父是仙音门中的一位闲职长老，这次没有来登闻雅会。她有不解之处无人可询，只得来问妙烟。

近几年她风头正盛，不知何时得了“小妙烟”的名号。她心中欢喜，但每次遇见妙烟，依然如见天上神女，顿生自惭形秽之感。

妙烟端坐着，听她弹了两个节拍，轻轻点头：“不错。白玉微瑕。”

梦芷的脸色微红，忍不住勾起嘴角，好像得到莫大鼓励。

“常言道，琴有九德，奇，古，透，静，润，圆，清、匀、芳。”妙烟虚按她的指尖，拨了两个音，“你只是不够静。”

梦芷微怔。

妙烟淡淡道：“心思浮躁，则琴声不静。想赢是好事，按弦时，却要忘记输赢。静至曲中，你的气息太紧绷，琴音便会滞涩。”

“多谢师姐！”梦芷恭敬行礼。

“去吧，好好弹。”妙烟说，“祝你夺魁。”

虽然是不被人记住的魁首。

若有人来求她指点，妙烟从来一视同仁，毫不藏私，因此仙音门中的大部分年轻弟子都真心敬服她，自发维护她的声名。

望舒以为这是徒弟笼络人心的手段，从不制止。

旁人以为这是妙烟的善良、高贵之处。

却不知这只是妙烟的自信——就算我教会你，你还是弹得不如我。

她听了大半场琴试，已经感到有些寂寞。自己写的曲子，就算百听不厌，她也快听倦了。她现在想听一首新曲子。

但修仙界哪儿来的新曲子？

千呼万唤始出来。

梦芷仙子怀抱名琴，一步步走向潭边。

人群自动向两边分开。

她身穿红裙，裙上绣满百花，大裙摆铺开，便如百花一齐绽放。

琴音响起，悠扬清脆，恰与流水声相和。

众人忽觉一阵春风拂面而来。等待时的不满和焦虑烟消云散，说不出的心怀舒畅。

潭水的波纹渐渐变化，以抚琴者为中心，振荡不休。

待渐入佳境，琴音陡然一变，如一声清越凤鸣，自九霄惊落。

四面传来扑簌簌的声响。

众人惊愕。

只见枝头的麻雀乌鸦飞来，林间的杜鹃百灵飞来，云中的大雁仙鹤飞来。无数的鸟雀纷至沓来，羽毛色彩缤纷，漫天飞舞。它们在弹琴的女修身旁盘旋，久久不落，啁啾而鸣。

琴音陡然昂扬激荡，百鸟齐鸣，声声与她相和。

一曲终了，鸟雀飞去。

梦芷起身，百花收敛。

场中寂静，唯有瀑声依旧。

众人久久难以回神，只觉神清目明，疲乏顿消。

潭心亭中。

望舒赞道："不过筑基修为，却引动百鸟朝凤之异象，实在是天资过人。"

她话锋一转，对身边的一个神色冷淡的女修道："只可惜她已经拜了师父。"

仙音门驻颜之术天下无双，望舒容色正盛。而她的师姐绛云仙子，修为与她不分伯仲，却韶华已逝，白发三千。

绛云牵动嘴角，扯出一抹微笑：“无妨，收徒之事，命里自有缘法。”

除她们二人之外，亭中还有四五个其他门派的音修，皆出身于琴道大家，但所有人都站着。

从琴试开始，站到黄昏日落。

只有一个人坐着。

此时那人微启薄唇，淡淡吐出四个字：“弹得不错。”

望舒听闻此言，忽而心生警惕。她转头，望向潭边竹楼的顶层，眼神严厉。

妙烟凭栏而立，对师父遥遥点头，心中却叹息。梦芷今日已经超常发挥，弹出她的最高水平，无论是否留名，也该无憾了。

妙烟这般想着，淡淡吩咐侍女：“去请我的琴来吧。”

至于下一个参赛者，不过无名之辈，不巧排在梦芷之后，估计很快会结束弹奏。

侍女双手捧上一方琴匣，妙烟打开琴匣，五色蕴光乍泄，使她无瑕的面容更添光辉。

不出妙烟所料，下一个参赛者上场时，众人依然沉浸在百鸟争鸣中，恨不得请梦芷仙子回来继续弹奏，再看那人，便觉得她出现得极不是时候，太快，太突兀。

那人的身形纤细，身穿朴素白裙，头戴幂篱。

“劳烦借过。”她步履沉稳，幂篱几乎不动，看不见其面容。

众人都看着她，眼神中暗含不耐。

她却没有入座，而是环顾四周，不知是在找什么东西还是找什么人。

场边执事面无表情地催促：“叁陆陆捌，青崖书院何青青。”

“何青青啊。”有人轻声重复这个名字，若有所思，笑问身边人，“子夜师兄可还记得此人？”

距离深潭不远，一方山亭独立于绝壁之上，与飞瀑遥遥相对。

受华微宗大弟子袁青石邀请，青崖书院的院监、大衍宗的大弟子，还有紫云观观主的亲传弟子，一同聚在此亭中饮茶。

山亭的位置正好，他们可以居高临下看清潭畔之人，听见琴声，却不会轻易被人打扰。

听琴是雅事，做雅事当有雅兴。

其他三人衣饰鲜亮，言笑晏晏，子夜文殊依旧着一身黑衣。

“听说她是你从魔窟救回来，送进青崖书院的。”那人继续道。

子夜文殊闻言，蹙眉沉思。

书院的学生常说，大夏天看子夜院监一眼，可解暑醒神。

他的眉骨高，眼窝深，睫毛密而长，嘴唇单薄，皮肤异常苍白。虽然姿容俊美，却少了些人气和烟火气，像一尊肃穆的神像。

袁青石见不得冷场，主动打圆场：“子夜兄贵人事忙，若要事事挂心，未免太辛苦。”

他其实很理解对方。作为华微宗大师兄，他能认清每个亲传弟子已经不易，何况子夜文殊与此人……一者在天，一者在地，不记得才正常。

子夜文殊终于想起什么了，剑眉微挑。“是她。她来作甚？”

记忆里弱小枯瘦的女孩子长高了。

“来参加琴试当然是弹琴。”有人摇头抱怨道，“本以为梦芷仙子之后，便轮到妙烟仙子，谁知还要再等。”

袁青石观察子夜文殊的神情，见其无动于衷，忍不住问：“子夜兄觉得如何？听过梦芷仙子的《百鸟朝凤》，可有触动？”

子夜文殊濒临突破，却陷入困境，否则在瑶光湖湖心亭时，他的威压不会难以自制，冲撞孟河泽。

袁青石等人认为，聆听音修弹琴，或许能梳理灵气，寻得一丝突破机缘。

子夜文殊摇头。“我杀气重，本不适合听琴。”

“此言差矣，那是因为子夜兄还未听过妙烟仙子弹琴。寻常凡音，远不能与之相比。”袁青石笑道，“昔日仙子为师父弹奏时，我曾在旁为师父斟茶，受益匪浅……”

“失陪片刻。”话未说完，袁青石不知看到什么，忽然一敛笑意，起身离亭。

他走到林间，在一棵古木下停步，伸手拍了拍树干。“你给我下来！”

陈红烛跳下树梢，嬉笑道：“大师兄，怎么了？”

袁青石皱眉。“你来干什么？”

他看了一眼妙烟所在的竹楼，又看向深潭中央的凉亭，低声警告：“仙音门的那位在此，万万不可在他面前造次！”

外人只知书圣亲自前来登闻雅会，并不知棋鬼、琴仙也在。

这场大会，当世四大绝顶强者，已至其三，虚云真人和华微宗高层为此深感费神。倘若他们三人碰面，一言不合，在华微宗闹出大乱，如何是好?

“我知道！”陈红烛气恼道，“师兄，你想什么呢？我是不喜欢妙烟，但我不至于赶来害她吧？我根本不是来看她的！”

“那你看谁？”袁青石迟疑，“梦芷仙子一曲奏毕，琴试正要收场，只剩妙烟还未弹奏，今天对她很重要，你不能……”

陈红烛伸手，遥遥指向潭边。“谁说要收场了?！这人不是刚上来吗？”

袁青石茫然。“你认得这人？”

他刚才听说何青青的事，她不过是子夜文殊带回书院，随即抛在脑后的无名小卒。

而且陈红烛从来没有朋友。

“这事你就别管啦。”陈红烛点头。

她们当然算认识。一起在宋院门口看过月亮、打过盹、吹过晚风、等过人。谁知那人半夜下山，当掉自己的剑，换来一把绿漪台。

陈红烛只是想来听听，这把琴能弹出什么样的曲子。

袁青石恢复笑容。“好，只要你不来捣乱，我当然不管！”

陈红烛看向潭边纤细的身影，心想：“你排在梦芷之后、妙烟之前，这种情况只要敢弹，就已经算赢了吧。”

何青青之前已经想好，这是她自己的战斗，如果那个人不来，她一样会拼尽全力，但当她真正走向万人中央，被人们的冷眼环绕时，仍有种“拔剑四顾心茫然”之感。

“啪，啪，啪。”

忽而，清脆的掌声响起，打破寂静。

按琴试默认的规矩，每个参赛者登场时，听琴的众人都要鼓掌，既是感谢上一个参赛者，也是欢迎这个参赛者。

但梦芷仙子的《百鸟朝凤》过于华美，众人久未回神，谁还记得为何青青鼓掌？

此时有人带头，青石潭四周才响起稀稀拉拉的掌声，犹带敷衍、催促之意。

何青青猛然转身，穿过一层白纱、重重人海，她看见那道站在人群最后的身影。

——高出周围的人一头，如鹤立鸡群，笑容温和。

他真的来了。

他还为我鼓掌。

仿佛一根定海神针落入心湖深处，何青青仰头，深深呼吸。

暮色四合，她盘腿坐于潭畔青石上，置琴于膝上。忽觉生命中再没有一刻，比此刻更好。

绿漪台碧光盈盈，与潭中碧波和夕阳交相辉映，照亮她纤长柔韧的十指。

何青青猛然按弦。

“铮”！

一声强音，似长剑出鞘，嗡鸣不休。

众人精神一振，仿佛看见一道雪亮剑光凌空滑过，直刺天边斜阳。

“铮铮铮”！

何青青的指法不变，又是三声剑鸣之音。

方才绚丽无比的百鸟、百花的残影被三道剑光刺破，瞬间荡然无存。

竹楼上，妙烟微怔，笑容凝固在嘴角。这不是她写的曲子。她从来不会将最强音放在开篇。

先声夺人后，琴音转而流畅，如滚滚洪流奔腾，似有千军冲杀，万马齐喑。

声落水中，潭水振荡，雪浪千叠。

从潭边到山坡上，听琴的众人心神震撼，忘记言语。

潭心亭中，望舒的神色惊愕。此人师出何门？修为低微，却弹得这样好！

绛云紧紧盯着弹琴的少女，好像要穿透幂篱的面纱，将她的五脏六腑看个通透。

琴声渐渐舒缓，轻盈短促地转过几个弯，铁骑与刀枪倏忽远去。

众人紧绷的神经稍稍松弛，却听得低回婉转，柳暗花明，壮阔山河在眼前铺陈开来。

夕阳余晖消散，夜幕降临，晚风徐徐。

琴声随山风飘去，飘去深谷，飘上绝壁，飘入密林。

兽吼声接连响起，重重回荡，如一问一答。

琴音转至辉煌壮丽，曲中的王者气概，竟引百兽来朝。

禽鸟振翼声、羽翅破风声、猛虎跃林声、龟鳄拍水声……

华微宗无数生灵，同奏此曲！

何青青几乎忘了自己在弹琴，全身心沉于曲中，不见人群，不见百兽。

天高地阔，无边无垠，唯有她一人。

琴声直冲云霄时，众人在心中放声嘶喊。

忽而，琴声急转直下，越转越低，如北风呜咽，雪落荒原。

众人的嘶喊声停止，随怆然悲凉的琴音向雪原深处而去。

不觉间遍体生寒。

陈红烛怔怔地听着，仿佛看见无数个夜晚，自己坐在逝水桥边，晃着双腿，割破指腹，滴血喂五色鲤。云海翻腾，五色鲤成群结队，她只有一个人。

子夜文殊闭上眼，恍惚回到西海魔窟中，前路昏暗，往后也没有退路。流不完的鲜血，杀不完的魔头。

妙烟已忘了微笑，忘了身在何处、应做何事。她看见一个小女孩，深夜在华微山的后山迷路。北风怒吼，小女孩瑟缩发抖，沿着石阶向上爬。

这是谁？为什么没有一个人来找她？

原来是自己啊。

宋潜机……宋潜机他什么也没看到。

他抬头看月亮。今夜的月亮又大又圆，像个值钱的银盘。

他想：“这真是我写的曲子吗？”

弹得还不错啊。

悲怆至极时，峰回路转。

夜风呼啸，浓云遮蔽明月。

琴声陡然激昂。

“铮”，七弦绿漪台，第一根琴弦竟然崩断。

何青青正如此琴，已到极限，灵气枯竭，经脉不堪重负，她不管不顾，琴声再度转高，又一根弦断裂！

潭边石块乍现裂纹，瀑布声轰然。

听琴者愣怔失魂，仿佛被毁天灭地般的力量击中。

何青青闷哼吐血，猛然抬头。

云破。

月来。

一束银白、灿烂的月光从九天洒落，照在她身上！

琴音戛然而止。

四下里极静，有琴曲在前，瀑布声显得微不可察。

满天星河落水潭，波光粼粼。

有人摸了摸脸，摸了满手的泪。再看身边的人，不知从何时起，竟都泪流满面。

山壁上响起呼声：“子夜师兄要突破了！”

天地灵气向此地汇聚，化作无形旋涡。

场内众人沉浸于曲中，正值某种玄妙境地，忽感灵气变化，自然吸收吐纳。

顿悟只在一瞬间，有人瓶颈松动，有人修为增进。

何青青抱琴，从石上起身，手指仍在颤抖。

她练琴时，只在僻静无人处，并且从来没有这样弹过。她的十指剧痛，经脉几乎炸裂。

“多谢仙子！”不知谁先喊起来。

“仙子高义！”

道谢声、赞美声接连成片，如潮水般淹没了她。

竹楼上，妙烟回过神，默然合上琴匣，今夜她已不必再弹，不，或许更久。

明月在前，何以争辉？

潭心亭中，琴仙睁开眼。

“琴技不错，曲更难得。这么好的曲子，我两百多年没听过了。”

“您说得是。”众人纷纷附和。

“这首曲子，你们听出了什么？”琴仙忽然问。

望舒脸色微白。“开篇虽显凄苦，却不是哀怨，而是蓄势待发，仿佛只要一阵东风，便能一飞冲天，扶摇直上。只是结局似乎并不好。”

琴仙点头。

绛云思索道：“这首曲子，分上、中、下三篇章，应是根据一人经历所作。”

只听琴仙缓缓道：“少时孤苦，白日练剑，子夜读书。尘尽光生，宝剑出鞘，天下逐鹿。功业千古，十面埋伏，英雄末路。三昼夜风雪，一首入阵曲，写尽一生。这应该是死人写的曲子，可是死人又怎能谱曲？怪哉！我现在想知道，这首曲子是谁所作。”

他自言自语，似是怔了。

亭中寂静，没人敢惊扰他的思绪。

过了良久，琴仙对潭边招了招手，微笑道：“小丫头，请上前来。”

宋潜机那夜举目见月，有感而发，借曲抒情。他写完后，只在心中默奏一遍，觉得还不赖，便将曲子给了何青青。

此时听对方弹完，一时恍惚。自己写的曲子，被灌注灵力奏出，竟有如此声势。

何青青以此曲技惊四座，名动八方，看似风光无限，却不知是福是祸。

忽听潭心亭中隐约传出一道清越温和的男声，似在校考其他人。

亭中皆是琴试考官，但那人一开口，旁人都不再说话，待他极恭敬，他的身份岂不是很明显？

宋潜机微惊，琴仙在此？他凝聚精神，试图听清那人说的话。

“少时孤苦……”

苦是苦了点，但也没什么可抱怨的，习惯成自然。

“……天下逐鹿。”

何来逐鹿？他刚爬上山顶，还没享受多久，擎天树就要倒了，世界就要玩完了。

“……英雄末路。”

宋潜机终于忍不住，扑哧一笑。从来没有人对他说“你是个英雄”。这词跟他八杆子打不着。

宋老贼是英雄——比邪道之主行善积德、疯癫阵师冷静理智还荒谬。

“……应该是死人……”

宋潜机挑眉，这句是真，他确实死过一次。

亭中人果然是琴仙。音律之道功力深厚，可窥弦外之音，以曲情推演作曲者经历。术业有专攻，他这种外行远比不了。

但愿何青青信守诺言，不会将他供出来。若真供出他，他也不会承认，只能再编故事，推到冼剑尘头上，反正一回生，二回熟。

“你笑什么？很好笑吗？”他身旁有人冷声道。

宋潜机一怔，才发觉对方是问他。

环顾四周，众人皆神色不善。他竟是唯一一个没有流泪，反而发笑的人。

众人刚擦干眼泪，心中仍有琴曲余韵，却听见一声轻笑。

今夜有此曲震撼人心，那蒙面的仙子弹得如此神妙，却有人无动于衷，还嗤笑出声，他还是人吗？

宋潜机站在人群中，顶着周围人的谴责目光，有些尴尬。

“误会，我没有笑话你们。”他解释道。

“那你在笑谁？”有人站出来，大声道，“弹琴的蒙面仙子，以琴音助我开悟，对我有恩。今天谁敢笑话她，待她不敬，我就要替她讨个说法！”

众人纷纷应是。

何青青奏这一首琴曲，不仅动人心弦，更令许多人修为寸进，得到切实的益处。

“抱歉，我没有不敬的意思。”宋潜机只得再解释。

大家见他态度诚恳，笑容温和，加上他容貌生得俊美，终于不再为难他，转而赞美琴曲。

此时最受欢迎的人，便是仙音门弟子。其他剑修、符修、阵师、炼器师，只知道叫好，却说不清哪里好。唯有音修们大谈见解，说得头头是道，妙语连珠，令人信服赞叹。

“此曲开篇虽有清苦之意，却哀而不伤，不曾自怨自艾。如宝剑藏匣，蓄势待发。”

“中篇辉煌壮丽，却乐而不淫。有道是‘欢愉之辞难工，穷苦之言易好’，靡靡之音，最容易失去灵气，落入俗流。这首曲子非但没有流俗，反而气壮山河，有王者称霸之气象，引得百兽来朝！”

“终篇苍凉悲歌，将人引入心中秘境。”

有人迟疑道：“可是，这曲似乎没有弹完？”

众人连称可惜可叹。

“曲未终，琴弦断，亦不失为一种缺憾之美。”这时，有一个年岁稍长的音修站出来总结道，“毕竟——大成若缺，大音希声！”

啪啪啪！掌声雷动。

“说得好！”

有梦芷的支持者叹息：“看来梦芷仙子比不过了……”

“比？这怎么能比？米粒岂能与日月争辉？依我看，排在后头的曲子，都不必听了。”

“往后还有妙烟仙子的一首曲子，你不听吗？”

“别说一首曲子，往后一年，我都不再听琴。今夜闻此仙乐，恐凡音污耳！”

“非也！”妙烟仙子的支持者反对，“此蒙面女修修为低微，体内灵气不足，琴道造诣不如妙烟仙子，今夜并非胜在琴技，只胜在金曲！换作妙烟仙子弹奏此曲，应比她更好！”

“这首曲子实在太妙，不知是何人写给她的。”

“曲以载道，能写出这首曲子的人，一定是位顶天立地的大英雄。”

“倒也未必。”宋潜机一直默默听着。

他听得极尴尬，脸色微红，终于忍不住开口：“说不定，他只是个小人，因为不择手段，所以不得好死。”

仙音门弟子立刻打断他：“你是音修吗？”

“我不是。”宋潜机说。

“你懂音律吗？”

“略懂。”

那仙音门弟子冷哼一声：“音律之道博大精深，高远无边。你一知半解，怎敢随意置喙？”

众人皆愤愤不平，责怪他侮辱作曲人。

宋潜机无语。他责怪自己，不该多话。千古功过自有后人评说。就算被误解、被胡说，也该忍一忍，又不会掉块肉。

“道友莫与他一般见识。”有人接道，“他不是音修，哪里懂得乐理和曲情？虽然我也不是音修，但我懂得敬畏和尊重，今日我大开眼界，知道了什么是‘如听仙乐耳暂明’‘回音不绝’‘绕梁三日’，什么是‘三月不知肉味’。”

宋潜机无奈地笑笑，望向潭边。

隔着人海，他终于看见何青青被琴仙的一句话招去，便转身离开。

不走还等什么？

这次参加登闻雅会、在潭边听琴的修士们，既有前世来围杀他的人，也有被他杀过的人。

他已记不清楚。

他也不愿费力想起。

宋潜机孤身而去，将欢声笑语、热闹赞美抛在身后，渐渐听不清了。

独步山道，明月来相照。

他突然想喝点酒，回到他的小菜园，在满园草木的陪伴下，喝醉一场。

“宋兄！”一人急促地呼喊，宋潜机的思绪被打断。

一人迎面奔来。“我四处找你，我找得你好苦！”

“纪辰？”宋潜机纳闷，“找我作甚，棋试结束了？”

他以为纪辰一直留在风烟谷旁观棋试，练习下棋。待对方奔离树影，面容被月色照亮，他才看见纪辰满目惶急，意识到可能出事了。

“你写的到底是什么字？书圣选写《鸡蛋帖》的人做魁首啊！”纪辰喘息道，“他们要抓我去参加贺宴，我趁机溜出来了！”

“什么？”宋潜机大惊，“《鸡蛋帖》？”

“就是我画了圈，你写了‘鸡蛋’的那张纸，现在变成《鸡蛋帖》了！”

“不是吧？不会吧？”宋潜机呆怔。

没找到卫真钰，书画试魁首变成一个阵师？

书圣怎么回事？放着在绝壁留书的天才不点，放着无数张精妙的山水图不点，偏要点颗鸡蛋。你当是在饭馆点菜啊，哪个好吃点哪个？他想。

“我这魁首来得荒唐，名不副实，我真的好慌！你说人生重在参与，你还说自己只会一点，你骗我，呜呜呜。”

纪辰见他愣怔，更加不知所措，索性呜呜咽咽地哭起来。

“我没有骗你！”宋潜机被他哭得头大。难道没人教过你，七尺男儿，流血不流泪吗？今天没见到卫真钰，我还在琴试被人一通猛捋。我都没哭，你哭什么？“别哭了，纪道友，发生这种事，谁都不想的，这不是咱们的错！”

纪辰抽噎道：“难道是圣人的错？就算是，谁敢说圣人犯错？”

“帕子给我！”宋潜机道。

纪辰老实地掏出一块冰蚕丝缎光锦帕。

宋潜机接过，一把将他的鼻涕眼泪擦去。“既然圣人不会犯错，他点的你，谁敢说你错？谁质疑你这个魁首，就是质疑书圣。你怕什么？”

“‘鸡蛋’二字分明是你写的！”

宋潜机吓唬他：“写别人的卷子算作弊，你说出去，咱俩都要出事。”

“那怎么办？”

“你不如认下，高高兴兴地当魁首！”

宋潜机又与他陈述利弊，一番言语，总算稳住纪辰。

“回去吧，别等旁人找来。”

“那你呢？”纪辰扯着他的袖子问，“你让我一个人去？你不跟我去参加贺宴吗？”

宋潜机摇头。“我现在不想吃饭，只想喝酒。”

他补充道：“一个人喝。”

今天接二连三发生了太多的荒唐事，命运偏与他开玩笑。他想喝酒，回到他温暖可爱的小菜园里，好好睡一觉。一觉酒醒，明天还是充实耕种的一天。

“酒？我就有！”纪辰拍拍储物袋，取出一只紫玉小酒坛，“你喝我的！”

“不烈吧？”宋潜机迟疑。

纪辰拍胸脯保证：“放心，这是我自家酿造的果酒，甜而清淡。”

“好，多谢。”宋潜机点头，“你快去。”

纪辰依依不舍。

宋潜机轻轻推了他一把。

瀑布流落，月下银屑飞溅。

数十块青石被灵气托起，静浮潭中，铺作前往潭心凉亭的路。

何青青抱着琴，一步步走过这条路。她在亭外站定，潭水映出她纤细的腰身、被幂篱遮挡的头脸。

“这曲子叫什么名字？”亭中有人笑问。

何青青低声答：“我不知道它的名字。”

“你从何处学来？”那人又问。

何青青爹着胆子抬头，但见亭中众人皆站立，肃穆端庄，只有问话的那人坐着，眉眼带笑。

他着一身玄色衣袍，依然维持着青年面貌，五官被天道精心雕琢，皮肤白皙无瑕，在月下几乎透明。

何青青忍不住想看仔细些，却对上他幽邃的双目，顿时心神一震，立刻低头。

好像看到高高在上的仙人，让人不由得敬畏，更不敢欺瞒他。

她低声但坚定地道：“我答应过别人，不能说。”

亭中数人面色一变，正要斥责她不知天高地厚。

琴仙却点头。“守诺重义，不错。”

“你是谁家弟子？可拜了师父？”琴仙问。

“我乃一介孤女，暂借读于青崖书院。”何青青答。

“你能习得此曲，便是你的机缘。”琴仙又问道，“你觉得曲中写的是什么？”

“一曲气象万千，变幻无常，我境界低微，不敢妄言。”何青青低声道。

亭中皆是琴道大家，怎轮得到她来评曲？

望舒仙子不由得紧张，这流程她太熟悉，先问出身来历，再校考造诣。她看向妙烟所在的竹楼，却见栏杆边空无一人。

妙烟去了哪里？

“无妨，心里想什么，就说什么。”琴仙微笑。

何青青：“我只觉得，是写了一个人的故事。他一生都在拼命，却命途多舛……”

“嗯。还有呢？”

何青青被那温和的笑容鼓励，大胆道：“黑夜漫长，辉煌却短暂。夙愿未偿，壮志未酬，终落得死无葬身之地。英雄至此，何必英雄？不如做个凡人！我——”

她声音陡然抬高，微微颤抖：“我为他感到不值！”

亭中数人愕然。

潭边听琴的众人闻言，震惊不已。

议论、赞美声一齐停下，所有人都盯着何青青。

琴仙不以为怪，轻声叹气：“这人间若无英雄，未免太寂寞。”

他抬头，明月皎洁无声，光彩透着寒意，银辉如纷纷白雪。“此曲有三昼夜风雪，姑且称它为《风雪入阵曲》，如何？”

望舒仙子勉强笑道：“您起的名字极好，极贴切。”

她看着何青青，眼神微冷。这小姑娘即将凭借《风雪入阵曲》一步登天，自己无力阻拦，无力改变。

绛云仙子也看着何青青，眼神含有审视之意，却一言不发，不知在等什么。

琴仙继续道：“当世年轻一辈的音修，数妙烟的造诣最深，最得仙音门真传，你若早些年入我门中，如今未必不如她……”

望舒仙子面色忽白。师父此言若传扬出去，妙烟来之不易的名声必受损害。

何青青的一颗心剧烈跳动起来，她甚至听到自己略显急促、紧张的呼吸声。

未必不如妙烟？

今夜之前，她甚至不配弹妙烟的曲子。难道今夜之后，她便能与天上仙子相比？

却听琴仙话锋一转。

“可惜，你心中有恨，弹不完这首曲子。经风历雪，或有愧于人，却无愧于天地。曲中所写的是一位真英雄，一曲终了，必回归自然，与天地同归，无爱也无恨。你本不该恨，可惜。”

他连说两次可惜，似感叹一块上好的美玉竟有瑕疵。

何青青一怔，几乎跳出胸膛的心，霎时揪紧。

她抱着琴，指尖用力到失了血色，十指钻心地痛。“我不该恨？”

“不仅不该，而且不能。”琴仙平静地道，“你若要学我的琴，就该抛却一切怨憎，你可愿意？”

冷风吹动裙摆，何青青如坠冰窟。

再看向亭中，那人笑容依旧。原来不是温和，只是淡漠。

能从琴声中推测出作曲者的心意，自然也能听出抚琴者的经历。她这个抚琴者，虽蒙着面纱，却早已被看透。

面颊上的每道瘢痕、身上的每道伤口，都被那人淡漠的眼睛看得一清二楚。

她一时难堪至极，觉得脚下的青石瞬间裂开，整个身体沉入深潭。

“我……”她张口，竟发不出声音，仿佛被冰冷潭水没过口鼻，令人窒息。

她知道自己该说愿意。只要答这一句，命运改写，她再不必受人欺辱。

亭中数人同样怔然，不知这小姑娘为何迟疑。

泼天的机缘，她还犹豫什么？难道她鲁钝，没猜出琴仙的身份？

从潭边到山坡上，无数听琴者比何青青更紧张。今夜将见证一个天才崛起，他们如何不激动？她必将抛却过往一切苦痛，彻底获得新生。

琴仙耐心地问了第二遍：“你可愿意？”

何青青转头，眺望某处。不知何时，宋潜机已经走了。

人潮涌动，无数张陌生或熟悉的面容，没有一张是她想见的脸。

那些同窗变得亲切和善，竟也在为她喝彩，好像很多事情从没发生过。

这般改命，真的是她想要的吗？

“我不曾害人，不曾作恶，不曾问过公道天理……为何连恨……我都不能恨？我不是神仙。”何青青一字一顿道，“我心恨难消！”

她习惯于低头、低声，声音从未如此高昂尖锐。

“放肆！”望舒怒喝，“琴仙在此，尔敢无礼?!”

虽早有猜测，但这个称谓真正被说破时，依然令所有人心神震动。

天下强者之一，谁不敬仰？

“我不敢无礼，只是想问，我到底做错什么事？”何青青浑身颤抖，如风中落叶，“您能告诉我吗？”

琴仙依然淡漠微笑，竟丝毫不动怒，因为这些事本就不值得他动怒。

他淡淡道：“大道通天，天意不论对错。”

何青青笑起来。

原来如此。

原来这就是神仙的道理。

“我不愿意。”她轻声说。

说罢抱琴行礼，礼数周全。

转身，背道而驰。

扬手，幂篱飘落，显露真容。

——一张瘢痕纵横、狰狞恐怖、五官难辨的脸！

众人哗然，抽气声阵阵响起。

何青青面不改色，迎着月光扬起脸。她一滴眼泪也没有掉，她已不会再哭。

人们自发让开，请她通过。

人们神色复杂，有因她容貌而惊惧者，有困惑不解者，有惋惜痛心同情者，甚至有幸灾乐祸者。

居然有人拒绝琴仙。她不是傻子，就是疯子。

“文殊师兄！”潭边山崖处响起呼喊。

轰然一声，着一身黑衣的子夜文殊径直跃下绝壁，落在潭边。

碎石崩落，烟尘四起。

青崖书院的学生们稍怔，赶忙向院监行礼。

“恭喜院监师兄突破。”他们纷纷道贺。

如此年轻的元婴境，谁不佩服，谁不羡慕？从此年轻一辈中，再没人能与子夜文殊争锋。

万众瞩目中，子夜文殊沉默不语，径直走向何青青。

黑衣青年像一尊神像，拦在容貌尽毁的白裙少女身前。

“多谢你今夜弹奏此曲，我因此冲破桎梏。”

子夜文殊的声音不大，但每个人都听见了。

“不谢。”何青青说。

“我承你恩情，不能不报。”

何青青又说了两个字：“不必。”

青崖学生们震惊地看着他们，觉得眼前这一幕极不真实。从来没有子夜文殊话多，别人话少的时候。

“随我回青崖书院，从此有我护卫你周全，供养你修炼。”子夜文殊伸出手。

他不用说更多，他向来一诺千金。

旁人惊诧之余，羡慕何青青好命，竟峰回路转。能让这般人物欠下人情，低头折腰，她就算不做琴仙的弟子，只要回到青崖书院，一样要风得风，要雨得雨。

更不知，要让多少仰慕院监的女学生掐疼手心、拧碎帕子、嫉妒红眼。

何青青道：“你救我性命，我助你突破。我何青青与你子夜文殊已经两清，再无瓜葛。”

“借过。”何青青越过黑衣青年，不再多看他一眼。

她不是别人口中那个“子夜文殊带回来的女孩子”。

她有名字，她是何青青。

子夜文殊依然伸着手，表情茫然，好似疑惑。

这次不止青崖诸生，所有人的心中激起惊涛骇浪。先后拒绝琴仙和子夜文殊，拒绝修仙界当世四大强者之一、最优异的天才。

一晚上打了两张脸，她到底想干什么？

世上竟有如此张狂至极、不知天高地厚的修士。何处还能留她，还敢留她？

何青青不知道——也不关心别人想什么，她此时只想去宋院，跟那个人道别。

世上人鬼难分，月光冰寒彻骨。

前路茫茫，是死是活，以后都要一个人走了。

“等等！”潭心亭中，传来一句呼喊。比起望舒年轻的声音，这道女声已然苍老。

“绛云，你想清楚了？”琴仙忽然开口。

绛云仙子目露悲凉。“师父，我的时间已不多。”

琴仙没有多言，只淡淡点头。“好。由你吧。”

绛云仙子迈步而出，走到何青青身前。“我名绛云，本命琴乃九霄环佩。仙音门莲花峰峰主，门下弟子三十六名，还未收亲传弟子，你可愿做我的徒弟？”

她面容苍老，白发三千，眼神严厉。但堂堂大能，居然在自我介绍。

何青青望着她，怔怔道：“我心里有恨。”

“我不管那些，你要恨便恨，想爱就爱！”绛云拉起她的手，“你若学了我的本事，谁对你好，你就去报答谁；谁欺负你，你就去报仇！”

何青青浑身一震。

“你可愿意？”绛云追问。

何青青点头，眼眶微红，哽咽道：“师父。”

“好徒弟。”绛云笑起来，皱纹舒展，她连说三个“好”字，“从此，仙音门的年轻弟子便有大师姐了！”

明月在云中穿行，照亮崎岖山路。

宋潜机打开酒坛，浓郁果香随夜风飘散而出。

阵师诚不欺我，好香的酒。不如先喝一口。

一口两口三四口，宋潜机仰脖，咕嘟咕嘟灌下小半坛酒。

入口清润，回味甘甜。简直不像酒，像醇厚的果汁。

等他走入山亭时，忽觉一阵天旋地转，不由得拍了拍亭柱。“这亭子太……太晃了。”

夜风微凉，宋潜机眯了眯眼。

亭中已经有人，一坐一站，好像是个老大爷带着他孙女出来乘凉。

那少女穿着鹅黄的衣裙，目光流转间，似幼鸟出巢，活泼灵动。那老者靠着椅背，一脸病容。

“打扰二位，我吹吹风就走。”宋潜机打了声招呼。

黄裙少女这才转头看他，惊讶道：“你能看见我们？”

师父的隐匿幻阵，可迷惑心神，在此人眼中，这里应空无一人才对。

宋潜机心想："这是什么问题，两个大活人，谁会看不到？我只是喝了一点酒，又不是瞎了。"

少女用眼神请示老者该如何处置此人，老者却无动于衷，少女便不再多问，她知道师父今天心情不太好。

书圣亲选书画试魁首的消息传出，师父满怀欣喜，派人打探那个纪辰的底细，查了个底朝天，才发觉上当。

书圣如此兴师动众，故布疑阵，是单纯无聊，惯例行骗，还是已觅得佳徒，遮掩真实目标？

若是后者，那人是谁？现在何处？

她无从得知，怕师父郁结于心，病情加重，便请师父来摘星台赏星。

华微宗摘星台地势极高，穿过夜雾，可看到风烟谷中全景，包括棋试决赛现场，李二狗对阵赵霖。

李二狗的棋路是卫平教的，并且已有些火候。

就当看卫平吧。卫平还未拜书圣为师，希望师父看了解气。

这一局将决出棋试的魁首。

二人棋力相当，杀得难解难分，一直到入夜，还未分出胜负。

宋潜机顺着二人目光看去，见山谷中有人下棋，不由得静观棋局。

亭中三人，皆观棋不语，气氛倒算和谐融洽。

直到宋潜机叫道："白子错了！"

那少女怒瞪他。"喂，醉鬼！"

他置若罔闻，等持黑者落下一子，又叫道："啊，你也错啦。"

少女冷冷道："你懂棋道吗？"

宋潜机打了个酒嗝，微笑道："我特别懂！"

孤山独亭。

山风吹起宋潜机的长发和衣袖。他皮肤白皙，酒意上涌时，便泛起一层薄红。

鼻腔内馥郁的果酒香气，头顶闪亮的星河，脚下山谷的棋局。

如此良夜，宋潜机斜靠着斑驳的亭柱，只觉得飘在云端，浮浮沉沉。

黄裙少女撇了撇嘴。"你若真懂，怎么不报名上场，去争个魁首，反倒一个人喝闷酒？”

“我就不上场，我就要喝酒！”宋潜机嘟囔。

少女皱眉。此醉鬼蛮不讲理，不如自己将他打晕，等棋局结束再唤醒他，免得他乱说醉话，打扰师父。

在棋鬼面前大言不惭地说懂棋，无异于在剑神门口要求比剑。

自不量力，不知死活。

她走到醉鬼身前，刚扬起手，蓦然对上一双清亮如雪的眼眸——

星光一照，潋滟生波，好似盛满粼粼春水的瑶光湖。又似月光下的大海，一望无边，容纳万物。

这般气质，却与他说出的狂妄醉话极不相称。

他说：“‘去四三’，哈哈，白送夜宵！不如‘平五八’！”

笑声不大，却极轻快、极自在。

少女回神，见他替白棋改了落子，下意识看向盘面，默算这一步。

确实懂点，平庸之手，无功无过罢了，不见得比李二狗的“去四三”精妙。

她不由得嗤笑：“‘去四三’尚能固守城池，你若下‘平五八’，我对‘上七三’，一刀杀断你后路！”

她说完有些懊恼，心想：“我骊英好歹也是棋鬼身边弟子，虽非亲传弟子，但与一个醉鬼有什么可争的？不是给师父丢人吗？”

宋潜机不假思索，又报出一步方位。

骊英面色微变。“刚才是我大意，棋差一着，但你根本赢不了我！劝你莫再激我出招，免得你迷于局中，自食恶果。”

修士对弈，常以神识计算推演，排兵布阵。神识脆弱、穷尽算力者，轻则头脑眩晕，胸闷烦恶，重则吐血昏迷。

宋潜机笑道：“我若赢了，如何？”

骊英气道：“真让你赢了，我叫你祖宗爷爷都行；你要是输了，得跪下磕头，叫我小姑奶奶！‘入六二’！”

她接宋潜机所言，狠狠落下一子，说完才想起看师父的脸色，见师父神色淡淡，双目微合，丝毫没有责怪她的意思，她的胆子不由得更大。

她自幼境遇顺遂，不知疾苦，活泼天真。见惯了想拜棋鬼为师的所谓天才，总觉得他们不过如此，难免生出几分自得傲气。

宋潜机不置可否，只开口应对一步。

山亭高远入云，谷中声响本不可闻，骊英的心中却响起清脆的落子声。

是她与那醉鬼的盲棋。

她一心要对方心服口服，出招越来越狠辣。

从宋潜机入亭开始，谷中二人已落下四十子，各有损益。

赵霖下得怒发冲冠，李二狗下得上蹿下跳。观棋台灯火通明，观战者时而惊呼，时而叹息。

亭中二人也说了四十句话。

少女之声如黄鹂婉转，却时而急促，时而迟疑。

宋潜机的声音醉意散漫，不论对方如何冲杀围堵，始终带着笑意。

五十步后，难解难分的困局异变乍起，石破天惊。

少女俏丽的小脸微白，猛然转头，惊讶地瞪着宋潜机。“你……你是谁家弟子？”

宋潜机仰头，灌下一口果酒，满足地喟叹：“我是个外门弟子。‘平三九’！”

骊英不信，此人的衣着简单朴素，手中的紫玉酒坛却价值连城，不知是何出身来路。算力超凡，棋路孤绝，且默然无名。修仙界何时冒出这么一号人物？

她仍不服，闭目推算。

算至百步开外，额头细汗涔涔，沾湿刘海，千万种可能的变化同时在识海中交叠行进。

不知过去多久，棋盘上纵横线条突然扭曲变形，紧紧将她缠绕，白子落下，如巨石压在她胸口。

她一时呼吸困难，眼前阵阵昏黑。

“啪”！

穷途末路、沉入黑暗时，忽然有人在她的后背一拍。

一掌轻飘飘不用力，却像一柄巨刀从天而降，瞬间斩碎胸口大石。

“人外有人，天外有天，小骊，你这次总该知道了吧？”亭中枯坐的老者淡淡道。

“师父！”

少女睁眼，乍见星辰在天，银光泻地；谷中执事挑灯，灯火通明，人影纷繁。

一种劫后余生的恍惚涌上心头，令她鼻头微酸，好似受了莫大委屈。“多谢师父！”

老者睁开眼。“‘去九四’。”

他接过黑子，接手残局，却没有看宋潜机，脸上仍带着某种倦乏之色，但一子落定，妙手生花，拨云见日。

宋潜机摇头，含混道：“打跑小的，来了老的。小的傻，老的病，我何苦来哉?！”

“你大胆！”骊英喝止他，仍喘息不定。

“无妨。”老者反倒笑了。

骊英瞪着宋潜机，心想：“师父刚被书圣摆了一道，心中郁气无处发泄，下手必是重手。你自己傻傻送上门，只能算你倒霉。”

却见那醉鬼正要开口，忽然又停下，仿佛算出这步棋的厉害，他的笑容消失，微微挑眉，眉间竟有种凛然孤绝之意。

他突然大喝一声：“来得好！‘上八六’！”

声震云海，山林萧萧。

骊英吓了一跳，无端紧张起来。

春风吹拂，酒香弥漫，宋潜机脸上红晕更浓。

老者古井无波，双眼渐渐凝聚锐利神采。

骊英耳听盲棋，心中落子，但见二人交手百步，你来我往，一时黑子如龙，冲出云霄，一时白子如河，奔腾不绝。

她越听越心惊，不敢多算，从储物袋摸出一本手札和一支小楷笔，凝神记录二人棋谱。

她依然觉得今夜极荒谬，师父心灰意懒时，一个醉鬼闯进来，竟然是个棋力卓绝的醉鬼。

师父从前说忍耐病痛折磨必有福报，难道就报在今日？

观棋台上，人群中忽然爆发一阵欢呼，震天撼地。人们拥向山谷，高呼旷世名局。

看来棋试决赛局，李二狗和赵霖胜负已分，棋试魁首已定。

但在天上山亭中，谁在乎？

春风沉醉，宋潜机摇摇晃晃，上前两步，打量老者面容。

老者双眸神光湛湛，如死海最深的漩涡，直要将人的神魂吸去。脊梁挺拔如剑，与方才枯坐之态判若两人。

宋潜机心想："这大爷看似憔悴枯瘦，精神头倒挺好，难道没病？那我可不客气了啊。"

"'去八七'。飞！"

在"日"字形的对角交叉点处落子，便称为"飞"。

骊英心神一震，此人一喝之时，竟有睥睨天下之势。她仿佛真看到苍鹰搏击长空，一飞冲天。

棋鬼蹙眉。"'去九二'，断！"

一座高山凭空拔起，截断飞鹰。

宋潜机站在棋盘星位上，抽身欲行。四面圆润黑子颗颗拔地而起，化为一座座高山，向他逼近。

万山来阻。

宋潜机的广袖飞扬，右手五指张开。

飒——

一柄长剑破空而至。

一道凛冽剑光飞出，高山崩落，黑石碎裂。

长剑在手，谁能阻他？

宋潜机一剑斩下，剑气冲霄，一条大河从天而降！他以足踏浪头，滔天白浪随他的剑势牵引，滚滚奔腾。

黑色高山再度升起，一山更比一山高，割裂天地，截断河流。宋潜机险些被撞翻，操控白河穿行其间，轰鸣水声震耳欲聋。

天宇震荡，无数颗巨大的黑子坠落，如天外陨石雨，向他当头砸下。

宋潜机挥袖，足下千叠白浪层层升高。长剑挥出，雪亮剑光一分为十，由百化千，终成万剑齐发。

黑色陨石被剑刺透，迸射出千万道白光，分崩离析。

更多陨石砸下，将整个天幕密密填满。

日月无光，万物漆黑。

唯有一条白色长河，生机不绝。

宋潜机已忘记棋局，忘记山亭，忘记所有。

他欺山赶海，迎天斩剑。

天崩，陨石碎裂。

地陷，大河溃流。

…………

宋潜机睁开眼，神色迷茫。

山亭依旧，春风依旧，星光静静落满襟怀。

他渐渐回神。

老者大笑："痛快！"

他目光明亮，如生命之火燃烧，重回盛年。

"我已许久不设阵。"他说。

平时若用，不过顺手施为，称不上阵。

"我也许久不拿剑。"宋潜机赞道，"好厉害的阵术。"

棋鬼道："好狠绝的剑法！"

他们对视一笑。

骊英呆怔："谁赢了？"

她记录棋谱的动作戛然而止，两人便已入定。

"循环劫，不分胜负。"棋鬼道。

骊英愕然。

就算师父不动灵气，在识海中以棋盘为阵，但世上还有人能杀出师父的困阵吗？

棋鬼沉声问道："后生，你可是家破人亡，身负血海深仇？"

他想："你若有仇，我替你报。"

宋潜机却道："我没有。"

"你可是忍辱负重，有莫大冤屈？"

你若有冤，我也替你伸。棋鬼想。

"我也没有。"宋潜机摇头。

棋鬼愕然。"那你年纪轻轻，为何剑法如此狠绝?!"

宋潜机打了个酒嗝："我没办法。"

这句话说得没头没尾。骊英极不解，又极好奇。

棋鬼见对方似有苦衷，也不再逼问，只道：“你是谁家的后生？师从何人？”

“无师无门，自学成才。”宋潜机道。

“为何自学？”

“为……为……”

宋潜机的记忆突然模糊，闯绝地取琴谱，陷困阵学棋道破机关，已是很多年前的事了。

他懒得多言，但方才一局，他已对这乘凉的大爷心生亲近，便长话短说，道：“说白了，就是为了一个女人。”

这个答案，令亭中的一老一少惊愕不已。

宋潜机其实也很惊讶。

他想：“我这手棋艺，能活着走出大能千渠王的墓穴，能拿走千渠王珍藏的琴谱，本以为算个高手。今夜却下不赢一个病恹恹的老大爷，只能平局和棋。”

你大爷的。千渠王，你真不行啊！

果然人外有人，天外有天。你大爷永远是你大爷。

他不敢再说自己“特别懂下棋”。

学海无涯，当然只会一点。

棋鬼讶然，以他的阅历和修为，看十五六岁的少年郎，往往只需瞥一眼，就能看个通透。

眼前的人他却看不透。

本以为能练出这般棋路、剑法之人，必然一颗心坚如磐石，不动如山，凡事能做七分，也要强求做到十分。加上天赋奇高，天资卓绝，必然眼高于顶，孤芳自赏，谁也不放在眼中。

如此性情，竟也沾染情爱吗？

“为了一个女人？”他忍不住好奇，“她是你的道侣？”

宋潜机捧起酒坛，酒液顺着唇角淌下，打湿前襟。“不算是。”

他们没行过礼，没合过籍，最多只拉过手，的确算不上道侣。

妙烟后来与救世主卫真钰成眷属，也根本不算改嫁。

骊英忽然愤愤。“不是道侣，你还为她学棋！难道你学得十分容易，拈子便悟道？”

“哪里容易？我又不是天才。我当初学得只剩半条命。等我回去，那人只说了两个字……”

“‘谢谢’？”骊英抢先道，“你既然是为了她，她一定很感激，说谢谢你！”

说完她吐了吐舌头。在师父面前，她本来不该插话，但见师父心情很好，嘴角含笑，还赞赏地看她一眼。可见师父也很想知道，只是不好意思太八卦。

骊英回了棋鬼一个眼神，师父有事，弟子服其劳，放心吧。

“哈哈，她永远不会对我说谢谢，我为她做什么都是理所应当。她说：‘不错。’”宋潜机笑得呛酒，“那时候，我以为我九死一生，能换她一句‘不错’，便是值得的。”

他虽笑着，骊英却双目酸涩，放下笔，抬手揉揉眼。

“啪”！老者忽然一掌拍向石桌。

桌角裂痕隐现。

骊英一惊，若不是华微宗摘星台有阵法护持，恐怕这亭子都要塌了。

“后生，儿女情长，英雄气短！”棋鬼气道，“你现在拜我为师，想娶什么女人娶不到？不管是天上的仙子，还是地上的妙烟，老夫给你做主了！”

骊英心想：“师父近年淡泊倦怠，连紫云观的大事都不管，居然管一个年轻人的姻缘。若无意外，以后此人就该是我师兄了。虽然是个酒徒醉鬼，却不讨人厌，本姑娘认了。大不了，我每天给师父熬药的时候，也熬醒酒汤给你喝。”

宋潜机听见“妙烟”二字，吓得连连摆手。“别别别，大爷，你千万别给我做主，打死我我都不娶妙烟！你真要让我娶，我就跟你翻脸了！”

“啊？”骊英愕然，“妙烟仙子，你不喜欢？”

“不喜欢！”宋潜机斩钉截铁地拍石桌，“不稀罕！”

骊英心想：“他意中人到底是哪个女修？他为了那人，竟然连“第一美人”，姿容绝世的妙烟仙子都不稀罕。我若早生几年，先那人一步遇见他，让师父收他入门，与他做了师兄妹。我只要待他好，他也不至于今夜一个人借酒浇愁。”

此人若非为情所困，喝酒昏沉，一定是成名最早、举世无双的天才。等哪位长辈看好他，要为他主婚，他便为她拍着桌子说：“不稀罕，我已经有师妹了。”

骊英想到此处，忍不住发笑。

但她年纪轻，如幼鸟出巢，懵懵懂懂，尚不知这种心绪因何而起。

棋鬼见多识广，心里有数，看了一眼低头发笑的女弟子，悠悠开口：“我也觉得妙烟一般般嘛。你看我这徒儿，名声不显，只是因为她不爱出风头，其实论才论貌，论天赋出身，哪样不如妙烟？”

骊英双颊飞红，低声道：“师父谬赞，我万万不敢与妙烟仙子相比。”

她本自由散漫，无拘无束，却突然扭捏起来，丝毫没有刚才打赌时，让人喊她小姑奶奶的神气。

“有什么不敢比？”宋潜机直直地盯了她片刻，大着舌头嚷道，“你只要真诚对待自己、对待别人，就比妙烟强千倍、万倍！”

骊英嗅到他一身果酒香气，脸色红得比喝醉之人还厉害，低斥：“混账话。”

宋潜机茫然。“我只说句实话，怎么就混账了？”

“我不是骂你混账，我只是……”骊英急道，“别人说什么，你都当真?!”

那个女修让他吃了多少苦头，他才凡事都从自己身上找不是？一念及此，她的眼泪不受控制，扑簌簌落下。

宋潜机大惊。怎么哭了？

他看向老大爷，以目光求助，却见大爷微微一笑，撒手不管，似喜闻乐见。

宋潜机顿时头大。

何青青找他哭，孟河泽找他哭，纪辰找他哭，现在连一个萍水相逢的小姑娘也哭给他看。

算算岁数，他能当对方祖宗爷爷，怎么好意思欺负人？

宋潜机忙道：“我混账，我混账，我有什么不对的地方，向你赔罪，你莫哭了。”

“你为什么道歉？”骊英也不管师父在一旁，哭得更厉害，“你这种性情，难怪要被女修骗！”

宋潜机心想：“我道歉也不对？讲不讲道理啊？”

“那你说要如何？小姑奶奶。”

骊英挂着满脸泪，眼珠一转，不知他平时怎么追那个女修的，可是像话本中那样，花前月下，吟诗作对，讨美人欢喜？

她耍赖道："你给我唱首歌。"

宋潜机苦笑："我不会。"

"你给我讲个笑话。"

"我也不会。"

骊英跺脚。"你给我作首诗，不许再说不会了！"

"我确实不会，打油诗行吗？"

骊英连忙点头，将簪花小笔递给他。

宋潜机握笔想了想，在石桌上落笔，一气呵成："拟将春风添醉酒，平生万事恩怨休。天下英雄谁敌手，求仙不如——"

写到最后三个字，石桌被摊开的一本手札挡住，上面是骊英方才记录的棋谱，墨迹未干。

骊英正要拿开碍事的手札，宋潜机却不愿笔意中断，便直接写在她的手札上：种土豆。

扑哧一声，少女破涕为笑。

"求仙不如种土豆，种土豆是什么呀？你胡写的对不对？"

宋潜机笑道："不是胡写的，我真的种土豆。"

骊英正要问"你为什么种这个"，忽听山腰响起嘈杂人声、脚步声。

"宋师兄，你在吗？"无数人高喊，惊飞鸟雀。

黑暗中，火光蜿蜒如长龙，一路延伸至山顶。

"我在这儿。"宋潜机喊了一句，对乘凉的大爷道："有人来找我了，我先走一步。"

他摇晃着起身，骊英上前去扶，他却已扶着亭柱站稳，示意她不必。

棋鬼笑道："今夜相聚短暂，我先送你半卷棋谱，你空闲时可以看看，打发时间。"

棋谱？

宋潜机听他说得轻松，又见他拿出半卷连封面都没有的簿册，根本不属《棋经十三篇》《四子谱》之类，更像《此生必学一百零八种定式》《一本书教你成为棋道高手》《独家名谱，助你打遍天下无敌手》之流。

从前他逃命时避入市井，混入凡人间。有些大爷午后睡醒，便摇着蒲扇，在树荫下乘凉下棋，旁边的地摊就卖这种小册子。

宋潜机顺手接过。“谢谢大爷。”

不多时，许多人涌入山亭，一拥而上，将那醉鬼团团围住。

骊英呆怔，只见有人拿绢帕给他擦汗，有人给他披斗篷，喂醒酒汤。

他们穿着华微宗外门弟子服，用敬爱、崇拜的眼神看他，好像恨不得抬一顶软轿，将他抬走。

“不用扶，我没醉！”宋潜机身披斗篷，走出几步，回头挥手，“小姑娘，老大爷，有缘再见了！”

“宋师兄，你说什么？那亭子里分明一个人都没有。”孟河泽诧异。

“没人？”宋潜机愕然，“你们看不到吗？”

外门弟子一齐摇头，斩钉截铁地回答：

“真的没人，只有两片落叶。”

“师兄喝得太多，快跟我们回去吧。你外出不归，大家都很担心。”

“我果然是醉了。”醉酒发挥不好，下不赢大爷也正常。

宋潜机笑着，任由孟河泽搀扶而去。

明月多情，春风依旧。

骊英怔怔地道：“我看他棋路孤绝，便以为他没有朋友，才一个人喝闷酒。没想到……”

“他确实没有朋友。”棋鬼叹息。

骊英望着他的背影远去。他被簇拥在人群中央，也被照顾得很好。

呼朋引伴，众星捧月。

骊英忽然觉得他很孤独，像一个人走在北风呼啸的深夜里。

月光照在他身上，冷冷清清，好似落了一层雪。

“不写在纸上，偏写在桌子上，这让我怎么带走？总不能搬华微宗的桌子吧？”骊英低头，细看石桌上的墨痕，用指尖碰了碰，“呀！”

她轻声惊呼，墨痕处陷落，石屑竟沾在她指腹。

棋鬼吹了口气，桌上一层粉尘飞扬而起，石桌上却留下清晰的刻字。

“笔力入石，举重若轻，好功底。”棋鬼双眸更明亮。

“我听说，书画试最出风头的赵霖和卫湛阳，也要运气打坐半个时辰，将气息调理至巅峰，才在岩壁上动笔，一人写下一句诗。这人提笔便写，四句诗一气呵成，岂不是比他们都厉害？”骊英拍手道。

她取出墨汁和白纸，仔细地将桌上刻字拓印下来。“这下好了，省得搬桌子。”

棋鬼看她欢喜，慈爱地叹气：“你年纪尚幼，遇见这般人物，未必是好事。”

骊英似懂非懂，只笑道：“师父何时收他入门？”

“我以为能收个比卫平更好的徒弟，石桌刻诗一出，却不一定了。”棋鬼念道，“‘天下英雄谁敌手’，好傲的脾气，哪个师父降得住他？”

“他本来也没拜师父，华微宗外门能练的功法不多，他从何处自学棋道、书道？”骊英不解。

“你已猜出他是谁？”

“宋潜机！”骊英目光一转，“方才那些人穿着华微宗外门弟子服，称他宋师兄，恨不得抬他走，在华微宗外门有此声望，人人敬重的，不是宋潜机，又能是谁？”

“他很有名？”棋鬼问，“因何成名？”

骊英兴致勃勃，先说年轻修士最喜欢的桥段，比如瑶光湖折花、赏花会闯楼等等。

后说各派掌门最关心的问题：“整个华微宗外门，被他搅得不得安生，三天两头闹罢工。这次登闻雅会上，其他门派之人表面不言语，背地却笑话华微宗掌门无能，连一群外门弟子都管不住。”

棋鬼闻言，面色更凝重，喃喃自语：“难办了。”

宋潜机这样的性情，他真会愿意做别人的弟子吗？他若愿意，早就夺去登闻雅会的棋试、书画试的双料魁首。

“从没见过师父如此担忧。”骊英道，“当真难办？”

“我又不是多情子，我没他那么自恋，他被书院那群傻学生捧惯了，以为全天下的人都愿意喊他师父。我也没他那么诡诈多疑，他机关用尽，还不知徒弟在哪里，我坐在亭中，自有一个天才送上门来。”

棋鬼喜忧参半，忧的是不知如何收下宋潜机，喜的是终于比书圣快一步。

宋潜机被人扶着，口中含混念叨：“人生啊，人世几回伤往事，山形依旧枕寒流。”

他回头，向石亭看去。“大爷，有缘再见，再来比过！”

孟河泽轻声道：“宋师兄，山上只有你一个人。酒是从哪里来的？”

怎么能让宋师兄一个人喝这么烈的酒，喝出事怎么办？

他抽出宋潜机手里的酒坛，鼓足勇气，浅尝一口……葡萄和梅子的酸甜味，混着桃花的馥郁芬芳充斥口腔。

糖水果汁?!

不，回味有酒香，确是果酒。但是这酒也太淡了吧？

孟河泽看宋潜机的眼神瞬间变了。原来宋师兄并非无所不能。

“从今往后，谁也不准给宋师兄酒喝！”他转向外门弟子道。

“是！”

宋潜机大着舌头道：“我就要喝酒！”

“宋师兄，你下考后去了哪里？我们到处找你。”孟河泽顺手没收紫玉酒坛，转移话题道，“大家给你做了横幅呢。快拿出来，让师兄看看！”

孟河泽今天有擂台要打，外门弟子们兵分两路，一部分弟子去广场为孟师兄助威，负责准备道具和舞台效果；另一部分弟子去彩石溪畔拉横幅，迎接宋师兄下考。

哗啦一声，横幅迎风展开，足足十丈长，白底黑墨，斗大的字——

热烈庆祝宋师兄圆满完成书画试。

知道的是他们来接人庆祝，不知道的以为他们是在路边讨薪。

宋潜机看了大惊，竟然有比被放上躺椅抬到外门广场游街更丢人现眼的操作，只能庆幸自己溜得早。

“随便转转，听了琴，下了棋。”宋潜机说，“没事。”

孟河泽点头。“真没事就好。”

宋潜机大多数时间都闷头种地，今天却反常，入夜还未归宋院。孟河泽怕有人不怀好意，趁宋潜机落单来找麻烦。

孟河泽在武试时表现优异，不少门派长老流露出收徒意愿，今晚纷纷来探他的口风，他却无心应付，而是带着整个外门一齐出动，分作六个小队搜寻，几乎将华微宗翻了个底朝天，惹得戒律堂弟子怒目而视，执法堂弟子叫苦不迭。

“宋师兄，孟师弟，坏事啦！”

两道人影迎面奔来，高呼。

宋潜机定睛一看，又是徐看山、丘大成这两个赌鬼。

“今天不赌！”他摆手。

徐看山急道：“此处乃摘星台地界，华微宗自古的规矩，外门弟子禁止踏足。孟师弟，执事长赵虞平知道你们来了，带着他手下的执事和一队执法堂弟子，要抓你们送审啊！”

“还啰唆什么？快离开此地！”丘大成催道。

孟河泽蓦然变脸。

他正奇怪，为何有执事好心，暗示他们来摘星台找人。

“谁走得了？”一声冷笑响起。

脚步急促，人影憧憧，山间顷刻灯火明亮。

百余个腰佩刀剑的执法堂弟子，将孟河泽等人团团围拢。

赵虞平从阴影处缓步走出。“外门弟子孟河泽，门派知你早有反心，却因惜才百般包容你。但你今日带人擅闯摘星台，铸成大错，还不束手就擒？”

他故意只向孟河泽发难，不提宋潜机，笃定宋潜机绝不可能坐视不管。

赵虞平上一次暗算宋潜机，被一个手持大刀、来路不明的白衣女修打败。这次出明招，宋潜机身边到底有没有第二个金丹高手护卫，今夜便能见分晓。

夜风萧萧，落叶簌簌。

一众修为不高的外门弟子身陷重围，仓皇相顾。

孟河泽冷笑，缓缓抽剑。剑身与剑鞘摩擦，发出刺耳长鸣，仿佛一声喝令，所有外门弟子一齐抽剑。

宋潜机摁下孟河泽的剑柄。他仍醉着，声音含混。“我给你的聚光符呢？”

孟河泽一喜，灵光乍现，一道明亮光柱从他掌心升起，直冲夜空。

赵虞平本以为他亮出法器，早有准备，却见只是一张发光符箓，不由得愣了愣。

不过片刻，四面八方地动山摇，声势大震，声声呼喊传过山岗：

“是孟师兄的符！”

“在那边找到宋师兄了！”

各处搜寻宋潜机的外门弟子，从瑶光湖，从风烟谷，从无数座山峰、无数条沟拥向此地，见符而至，循光而来。

数百个执事和执法堂弟子组成的队伍，被上千个人团团包围。

赵虞平环顾四周，额上冒汗。

武力镇压容易，可登闻雅会未完，总不能杀个血流成河，被其他门派中人指摘。

他随机应变，大声道：“诸位外门弟子，缉拿孟河泽者，赏灵石三百块！”

财帛最易动人心，但此时没有人动。

外门弟子的兵器没有转向，神色依然坚毅，好像听不懂他在说什么。

赵虞平脸色涨红。

不知什么时候开始，一切都变了。从前他只要花三块灵石，就能看这些小弟子像狗一样趴在地上抢破头，杀红眼。

他不允许自己心生恐惧，更高声地喊：“赏灵石三千块，外加一套顶级内门功法、一件初级法器！”

声音不复威严，因为过于紧绷而发抖。

一片死寂，唯有凄厉风声。

“早点回去休息吧。”忽然有人打了个哈欠，“大晚上的。”

是宋潜机。

他揉着眼睛催促：“快些让开。”

他今天外出一整日，很想家中的花草蔬菜，想门口的豆角、藤上的黄瓜、地里的土豆。

短短一日分别，从早到晚而已，却像度过无数个秋天。它们一定也很想我，宋潜机望着月亮想。

他向前走，如闲庭信步。

里圈孟河泽等人要保护他，外圈赵虞平等人不知所措地防备他，最外圈的弟子又戒备着赵虞平动手。

于是，宋潜机几步之间带动整个阵势一齐动了，人们里三层、外三层地随他前行。

宋潜机只管走自己的路。

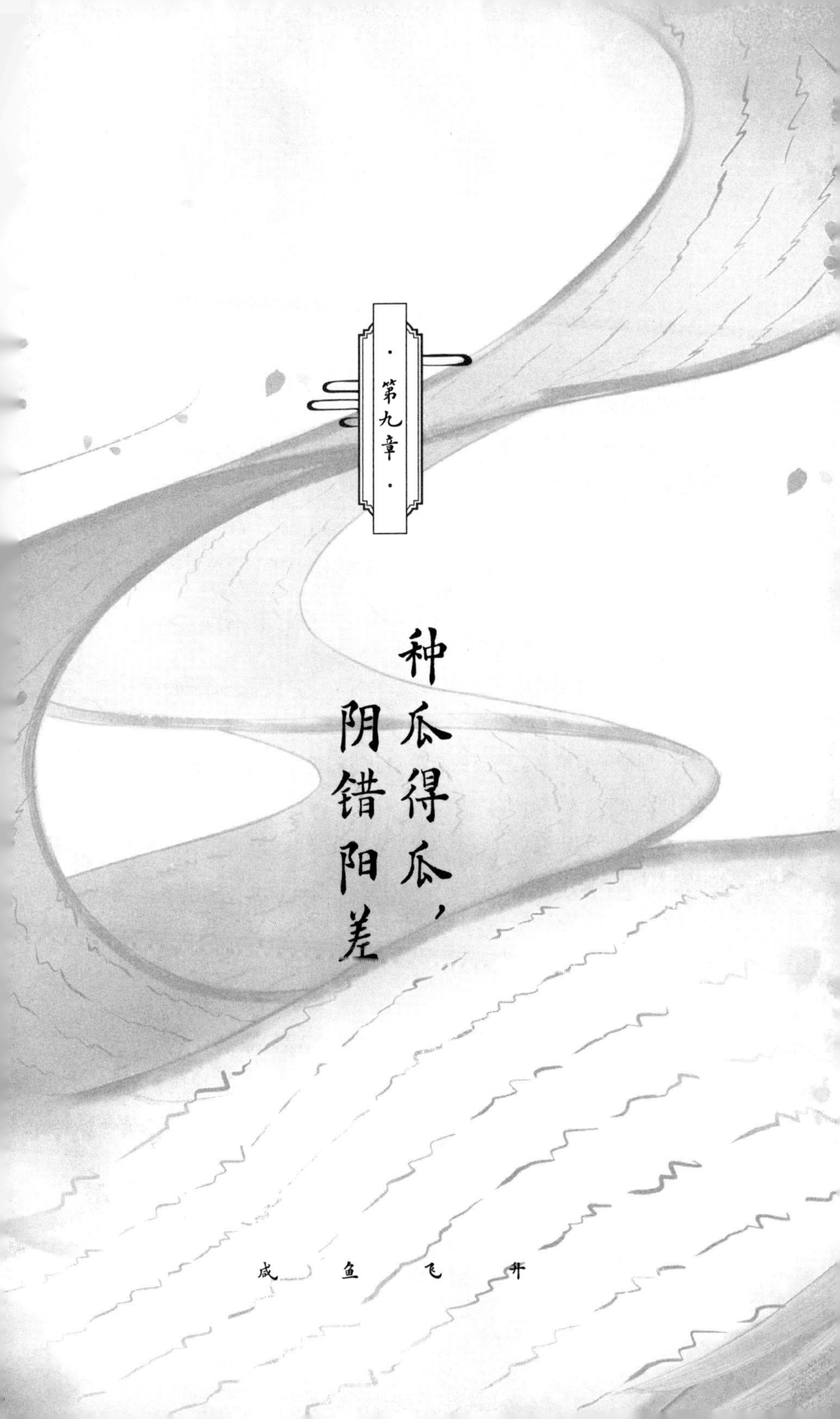

第九章

种瓜得瓜，阴错阳差

主峰乾坤殿。

灯火辉煌，礼乐肃穆。

这是虚云真人的正殿，他永远不怒而威地坐在首座，掌控全局。但今夜首座换人，他只能屈居次席。

坐首座的白衣老者微笑道："别客气，别拘束，既然是贺宴，都放松些。"他转向击编钟的乐手，吩咐："敲首喜庆的！"说罢自顾自饮酒，一副主人做派。

见书圣如此，满殿气氛渐渐活跃。

有人来向书画试魁首敬酒，纪辰端杯，一饮而尽。心里备受煎熬，自然满口苦涩滋味。

分别被评为第二、第三的赵霂和卫湛阳坐在他身后的位置，一直冷冷盯着他的背影，极为不服。

不少人在心中嘀咕，书圣点纪辰这小子做魁首，却没有收他为徒，不知是对他满意还是不满意。

酒过三巡，忽然有一人长身而起，大声地道："弟子有一事禀告，请圣人明鉴。"

乐声顿时停下。

满殿人惊愕，又顾忌圣人在此，很快静止，只互相传音议论：

"哪家的后辈，敢在书圣面前失礼?！"

"他便是纪辰的堂弟，谁不知纪辰从前是个废物，烂泥扶不上墙，这个纪家旁支出身的纪光，才是白凤郡纪家的未来。"

"他此时出面，难道是来恭喜他堂哥的？"

书圣笑意淡了。"讲。"

"'鸡蛋'二字，不是纪辰所写，他胆大包天，欺瞒圣人，他根本毫无符道天赋！”纪光一拱手，一脸正气凛然、舍生忘死之坚决，高声道，“我有证据，请看，这是纪辰之前写的字。”

众人哗然。

赵霂恨不得拍桌大笑。

但那证据还未取出，纪辰便像被踩了尾巴的猫，猛然跳起来，冲上前去，一把握住纪光的手。“太好了，多谢你替我说出口，好堂弟！你真是我的亲弟弟！”

书圣的脸色却不太好。

他面对自己身边的人时，嬉笑怒骂无所顾忌。但大庭广众之下，他面上笑容微敛，倒看不出怒意。

只有扮作书院教课先生、陪坐在书圣身后的诸位黑店掌柜知道，书圣恐怕已在心中破口大骂，问候了这个纪光全家——包括他奶奶。

偏偏还有人不长眼。

排名第二的赵霂起身，快步行至殿中，长揖及地行礼，高声道：“弟子斗胆请圣人明鉴。”

“请圣人明鉴。”另一人起身，正是书画试排名第三的卫湛阳。

乐声停了，热酒冷了，满殿死寂。

长明灯闪烁不定，灯花炸裂，噼啪作响。

这一代年轻人，胆子都很大啊，黑店掌柜们心想。

纪辰激动之下，没发觉气氛微妙变化，只顾拉着堂弟的手猛摇，口中感谢之言发自肺腑，却被后者一把甩开手，纪辰这才回过神，急忙站端正，行礼附和道：“请圣人明鉴。”

众人诧异地盯着纪辰，心想：“你跟着凑什么热闹？做魁首多风光，只要做过魁首，谁还想做回废物？承认这种事，对你有何好处？”

书圣先不理会纪光，只对赵霂、卫湛阳道：“你二人觉得，书道造诣可胜过纪辰卷上的‘鸡蛋’二字，对不对？”

他神情和蔼，像家中长辈。

“是。”赵霂咬牙道，“我辈符师钻研书道，自当奋勇争先，不甘人后！强就是强，弱就是弱。弟子在山壁留书，笔意稍损，若写在纸面上，必然胜过《鸡蛋帖》。纪辰欺瞒圣人，名不副实。”

“请再给弟子一次机会，与纪辰一较高下！”卫湛阳见状，急忙接话。

殿内起先觉得这二人莽撞的人，此时倒觉得他们有些小聪明。错过这次机会，再难见书圣一面，与其传承无缘，不如冒险一试。

成，一步登天；败，书圣为人师表最讲道理，不至于为难两个小辈。

赵霂一撩衣摆，下跪请愿。

卫湛阳和纪光紧随其后。

纪辰转头看看他们，傻愣愣跟风，竟也要跪。

“哦，原来你们是这样想的。”书圣淡淡地道。他抬手，似要向面前玉案拍去。

华微宗掌门虚云真人一直紧盯他的气息变化，察觉不妙，立刻起身。

恰逢青崖院长快步进殿。“圣人容禀。”

书圣暂且收回手。“说吧。”

虚云真人如释重负地坐下。

他本来全权掌控这里，但自从书圣、棋鬼、琴仙先后到来，局面已不再受他控制。冼剑尘的剑气依然悬在殿顶上，直呼其名便劈下雷光，约等于天下四位强者齐聚华微宗。

这种感觉实在令人憋闷，尤其是在他突破化神不成，暗伤未痊愈的时候。

院长上前，本欲开口，思量后传音道：“紫云观传来消息，棋鬼今夜与一个年轻弟子对弈，已觅得心仪传人。请您于明日辰时前往摘星台一叙。”

书圣的面色微微一变，宋潜机被发现了？

不可能。从未听说宋潜机会下棋，他没有报名棋试，更没有跟紫云观的人打过交道，他连见棋鬼的机会都没有。而且今年棋试，有一个小门派的天才异军突起，名叫李二狗，被称为李次犬，约莫是他。

既然如此，自己也不必再费心思布疑阵。

纪辰这小子有阵法天赋，他本不想让棋鬼发现，但只要对方不与他争宋潜机——

明天带纪辰一起去，就算添头，白送棋鬼啦！

书圣欣喜地想：“到底是老夫气运更好，更得天道眷顾。”

众人都极好奇，不知院长说了什么，竟让书圣喜形于色。

只见书圣笑道：“我辈符师奋勇争先，说得不错。你们心有不服，老夫很理解。既然如此，明日辰时二刻，你们前去摘星台看点东西。华微宗内，任何修习书道的年轻人都可以来看，也不妨比试一番，谁若觉得自己能写得更好，老夫便收他为徒！”

他决定明天见过棋鬼后，拿出宋潜机写的“奸商养气符”，再当众宣布，他要将传承交给宋潜机。

如此方能扬眉吐气。

赵霂与卫湛阳被喜悦冲昏头脑，哪儿还顾得上如傻子般的纪辰，齐声拜谢道：“多谢圣人！”

众人犹惊疑，不敢置信。

“原来书圣真要收徒了！”

“这消息传出去，得去多少人？”

“书圣请大家看什么？听着像早有准备。”

虚云真人面色阴沉。

摘星台地势极高，登高望远，可一览华微宗全貌，是地位的象征。棋鬼要带弟子上去观棋试，他假作欢迎，解开禁制。但明早所有人一拥而上，一群无名后辈也来，成何体统？

忍耐，“忍”字头上一把刀。虚云劝自己，登闻雅会终于要结束了。等明天一过，华微宗还是他的华微宗。

众人心思各异。

纪光愣在一旁，狠狠地盯着纪辰。

却见纪辰喜滋滋地起身，旁若无人地自斟自饮起来。“好酒，好酒！”

举杯邀月，无人对饮，他忽然想到宋潜机。不知宋兄此时身在何地？喝了他的果酒可还满意？他收藏了许多好酒，下次见面，必请宋兄喝个痛快！

冷月孤寂，夜风吹来遥远的兽吼声和水声。

火把，灯笼，聚光符，将山林照得异常明亮，也照亮每张年轻的面容。

有人神色紧张，有人在微微颤抖，但没有人退后一步。

宋潜机向前行一步，里外三层的阵势便动一下。

赵虞平进退两难。

他从不知道，一群修为低微的底层修士竟能如此团结，并因团结而拥有巨大威慑力。

抓几个小弟子示威，杀一儆百？只怕更惹众怒，立刻要打杀起来。

不如擒贼先擒王，只要擒下宋潜机，所有外门弟子投鼠忌器，哪个还敢妄动？

他向身后的人使了个眼色。

赵太极手下的六个亲信随他同来，若无赵太极撑腰，他今夜也不敢来此。

“且慢！”一声娇叱如惊雷。

一道红影仿佛凭空显形，拦在他身前。

赵虞平吓了一跳，急忙退后两步。看清来人，他脸色一变。

执事们和执法堂众人惶然，下意识收了法器。

来者竟是陈红烛。

徐看山小声笑道：“宋师兄，怎么样？多亏我反应快，先发传信符通知了大小姐！”

丘大成：“嘿，宋师兄别听他的，这法子是我先想到的！下次先带我赌！”

宋潜机忍俊不禁。

陈红烛问道：“你想干什么？”

“缉拿造反弟子！”赵虞平理直气壮，“外门弟子夜闯摘星台，违反门规，却不思悔改。”

陈红烛看了他片刻，直看得他心中发毛，才开口道：“你带人动手，杀得血流成河，其他门派中人若知晓，必谴责华微宗失道。你置华微宗声威于何处？让路吧，此事由我料理。”

赵虞平向她恭敬行礼，口中却道：“这是掌门真人的意思，还是大小姐您的意思？”

陈红烛扬手，高声喝道：“华微真令在此，见令如见掌门，还不速速退下?!”

令牌金光灿然，熠熠生辉。

持令牌者既可在华微宗内自由来去，也可号令三堂。

宋潜机无语，又公器私用。

赵虞平犹不甘心，深深看了一眼宋潜机，然而今夜情势至此，无可奈何。

“是！”

他们如何来，便如何走。如潮水般退去，不留痕迹。

众外门弟子长舒一口气，彼此对视，忽然朗声而笑。

声震山林，鸟雀惊飞。

宋潜机被孟河泽搀扶着回到宋院。

“今夜幸好有惊无险。”孟河泽笑道。

宋潜机摇头。“不险。”

“师兄说不险，那便不险。”孟河泽道，“师兄醉了，快休息吧！明日我再来为师兄煮面。”

宋潜机点头，忽然对门外喊：“进来。”

孟河泽回头。

原来陈红烛一直跟在他们身后。

孟河泽见二人似乎有话要说，又感谢她今夜解围，因而对她笑笑，径直退走。

陈红烛却没有笑。

她脸上的骄纵之色一扫而空，表情沉重。

夜深露重，满园花草在月光下舒展身形，仿佛夜风吹进这座小院，风也变得温和起来。

陈红烛站在花架下，望着躺椅上自在的宋潜机。

他好像永远都很自在。

他有那般能耐，本该是个很复杂的人，却偏偏过得很简单，且容易满足。

“今夜闹这一出，华微宗再留不得你了。”她听见自己的声音微涩。

宋潜机微笑：“我本就要下山。你忘了吗？”

陈红烛一怔。她愣愣地看着宋潜机，好像第一次认识这个人。

她的眼神渐渐冰冷。“你早就算到今日，才策反所有外门弟子，让他们在宗门造反？”

宋潜机不说话。

这些人并非天生就该给宗门打工，谈何“造反”一说？

陈红烛只当他默认。

自于逝水桥上相识以来，似乎除了都不喜欢妙烟，他们之间毫无共同立场，总站在对立面。

她不想承认，又不得不承认。

她忽然道：“你下山吧，连夜走，立刻走。”

宋潜机一走，群龙无首，外门众弟子无人教导，必逐渐离心。

否则真将整个外门赶下山，华微宗声威何存？别的门派不说，大衍宗的人一定笑得最开心。此事宣扬出去，必影响宗门以后收徒。

“我不走。”宋潜机说。

陈红烛的脸色忽白忽青，狠狠咬牙道：“你若想要我道歉，可以。当初我不该强行阻拦你，对不住！”

宋潜机依然摇头。

陈红烛怒从心生，喝道：“你还想要什么？法器？功法？灵石？你说！”

宋潜机：“我想要个能种东西的地方。”

陈红烛微微迷茫。“地方？种东西？”

华微宗乃天西洲霸主，附属国、附属地数以千计，无数凡人供奉掌门和华微宗诸位高层的金身塑像，为他们增益气运。

她恍然明悟：“你要一块封地？”

宋潜机点头。“算是吧。”

“你要一座城？”她名下有数十座凡间城池，事情不算难办。

“不。”

“你要一个国？”

“不。”宋潜机说，“我要一个郡。”

陈红烛深吸一口气：“此事我做不得主，要与父亲和其他峰主商量。”

宋潜机微笑：“去吧。”

陈红烛跨过门槛，没有回头，只开口道：“算我自作聪明，请神容易送神难，领教了。”

声音飘散在风中，宋潜机没听清。

他仍然有点头晕，进屋倒头便睡。

清晨。

澄澈的阳光斜斜入户，轻吻宋潜机浓密的睫毛。

他揉眼醒来。

这一夜，他梦见一棵高耸入云的大树，本来垂垂欲死，却重新焕发生机。

宋潜机想，昨晚曾在棋局中向天斩剑，原来也是做了一场好梦。他轻笑，心怀舒畅，忽然摸到了袖中的东西。

半卷簿册。

他嘴角笑意霎时凝固。

呼啸夜风，孤高山亭，漫天星光，还有病恹恹的大爷……一幕幕画面，一股脑冲进他的脑海。

宋潜机一惊，跳下床榻，从头到脚凉透了。

他飞速翻书，一目十行，屏息细看。

纵横交错的棋盘线条、错落的黑白棋子，映入他眼帘，飞速流动起来，形成繁复变幻的阵势。

这不是地摊棋谱，这是一本阵法秘籍！

宋潜机抓了抓头发，恨不得扇自己一巴掌。

——我到底都干了什么?!

不是果酒的问题，怪不到纪辰头上，怪他根本不知道自己酒量如何。他上辈子需要时刻清醒，从没喝过酒，只羡慕别人能喝酒。

若早知道如此，他还能用体内灵气化解酒力。谁料不死泉可以滋养经脉、疗愈伤口，却连一点果酒都解不了。

真没用。

宋潜机冲出房门，迎着灿烂朝阳，对花架上的紫藤花喊道："喝酒误事啊！"

紫藤花在晨风中抖了抖，好像在笑话他。

宋潜机拍了拍黄瓜藤。"再别喝了！不敢再喝了！"

一根根黄瓜藏到叶下，都懒得理他。

"拿了人家的东西，能还吗？"他戳戳土豆叶。

土豆只是摇了摇叶子，抖落一颗硕大的露珠，滴在他的手背，冰冰凉凉。

不如宋潜机的心凉。

白日里的摘星台，被朝阳镀着一层金光，立在碧蓝的天穹下，似一颗璀璨明珠浮出云海。

棋鬼今日换了一身崭新的墨色绸衫。

他身后有二人侍立，一个身着鹅黄裙的少女，一个身着深紫道袍的老道，正是骊英与紫云观现任观主清微真人。

离辰时还有足足半个时辰，他们已提前到来。

棋鬼有一搭没一搭地向清微问话，只说一些琐事和闲话，笑容浅浅。

清微有些紧张，心里反复斟酌后才回答。

他隐隐感觉到，师父的脾气已经一年比一年好了，不会随便把人骂得狗血喷头，也很少强硬地命令某人。

他因此感到放松庆幸，又忍不住心酸。

棋鬼年轻的时候可以掌控很多事，并乐于做个掌控者，但现在连自己吃几次药都无法控制。

他在逐渐失去对生命的主动权。

他曾认为自己不需要理解，只需要征服、胜利、让人敬畏，然而跌宕一生的尽头，他只想拥有“理解”。

一个能明悟他道法真意的传人，去完成他没做完的事。

一个最优秀的徒弟，亲手送别他直至他坐化，亲口告诉他：“我会传承你的一切意志，延续你辉煌的生命。”

“清微，等为师见过多情子，你就能见到你师弟了。”棋鬼笑道。

清微真人立刻躬身行礼，表态道：“不论师父选择谁，弟子都将帮助他、辅佐他，直到他成长为真正的强者！”

“但愿如此。”

话音未落，下方山道上飘来一声长笑：“你现在交代后事，倒也不晚。”

清微真人神色微变。“书圣到了。”

世上敢这样与棋鬼说话的人，三根指头就能数完。

书圣今日也换了崭新的衣袍，纤尘不染，迎风飘荡，比脚下的云海更白。

他身后跟着一个衣饰名贵的年轻修士和一个中年面容的青衣书生，正是纪辰与青崖书院院长。

半山腰处，浩浩荡荡地聚着两队人，紫云观与青崖书院的强者待命于此。

“辰时未到，你来早了。”棋鬼道。

“你不也是吗？”书圣反问，在石桌另一侧坐下。

书圣心里惊奇，棋鬼先前病得憔悴，一副快入土的模样，怎么今日容光焕发，宛如回光返照？

纪辰身形僵硬，手心冒汗。直到现在他也不明白，两位顶尖强者会晤，为什么书圣要带上他？

见对面那个鹅黄裙少女神情轻松，他不由得好生羡慕。

“我既然已寻得传人，以后便不与你争了。”棋鬼开门见山道，“你若还想收卫平，也随你去。”

“甚好！”书圣见不惯他得意炫耀，“老夫也寻得弟子，不是非收卫平不可。”

棋鬼以为他所说的弟子，便是昨夜点的书画试魁首，不由得抬眼看了看纪辰。

纪辰对上棋鬼那幽深难测的目光，心中蓦然一紧，挺直脊背，不敢放松，生怕这位强者长辈纳闷地反问：这不就是个废物吗？跑来干什么的？

却听棋鬼道：“不错。”

纪辰顿感惊喜。

他想，自从遇到宋兄，自己的运气就莫名其妙变好，再没听到别人喊他废物，他都有点不习惯了。宋兄果然是个福星，下次他一定请宋兄喝好酒。

棋鬼想：“这后生虽不如我找到的宋潜机好，但也算便宜多情子了。”

书圣也想：“真是便宜你这老鬼了，不过我既然先找到宋潜机，也不该再斤斤计较。”

两人自以为胜过对方一筹，对视微笑。

近百年来，他们从未这样平和地见面，像两个寻常老人一样，对坐聊天。

今天是收徒的好日子。为了这一天，他们愿意一笑泯恩仇，原谅世间的一切丑恶，包括对方。

棋鬼再看书圣，觉得他并不是那么讨厌，忽然叹息道：“你我已是无用之身，世界已不需要书圣，不需要棋鬼，不需要琴仙……”

纪辰大惊——您说什么?! 这座摘星台里唯一“无用”的，只有我吧?!

书圣却附和：“这世界需要新的英雄！”

他看棋鬼也变得顺眼起来，有些话平时憋在心中，无人可说，此时才一吐为快：“是我们让世界的规则变成这样，却妄想找人来打破规则。被选中者看似幸运，却要挑起重担，百年后救世救己，这对他们公平吗？”

“当仁不让！”棋鬼想起昨夜向天斩剑、足踏浪头的宋潜机，意气风发地笑道，“我的传人一定可以做到！不知你的如何？”

书圣怎甘示弱？

“我的传人自然像我年轻时的样子，是个了不起的风流人物。不，他比我更‘多情’。有的人心中有四分情，偏要装出有十分，他心中有十二分，却只表现四分。他对这个世界，其实有很深刻的爱，多到满溢而出，所以他一定能做到！”

纪辰毛骨悚然。他想：“难道此方世界百年后，将有一次大劫难降临？你们在寻找救世渡劫之人？我这种修为低微的修士，窥知天意会不会遭雷劈？要不我先下去，这地方太高，还怪冷的。”

但书圣和棋鬼越聊越开怀，竟像相见恨晚的好友。

他们年轻时也一起喝过酒，一起救过人，一起拼过命，还曾一起赴杀场，但他们不是朋友，人生中大部分时间，互相坑害，都恨不得对方去死。

后来修为渐长，地位渐高，他们担起各自的门派，举手投足牵动万千人事，于是连一场架也不敢打，连敌人也做不成了。

书圣吩咐身后的院长：“以后紫云观弟子前来书院，务必好好招待。阵符不分家，多与阵师交流，才好触类旁通。”

棋鬼对清微真人道：“书院弟子也一样，明年办一场法会，请他们来紫云观论道！”

纪辰一阵佩服，大佬之间的友谊，就是如此简单豪爽！

比天高，比海深！

他想：“我与宋兄，何时才能如此？”

棋鬼伸出手，他的五指嶙峋而有力，指间有常年摸棋子留下的薄茧。

书圣伸出手，他的手白皙瘦长，也因握笔而生茧。

他们即将握手言和。

然而棋鬼因为抬手而露出了衣袖下的石桌。

石桌上刻着四行字，书圣本没有注意到，却听纪辰讶然出声："咦？"

书圣下意识扫了一眼，倏忽，神色微变。

"这是？"书圣怔然。

"这是我那未来弟子所写，四句打油诗，献丑了。"棋鬼说着献丑，表情却极自豪，眉毛要扬到天上去。

"拟将春风添醉酒……"书圣念道。

第一句的笔锋潇洒飘逸，犹带三分漫不经心的醉意。

第二句的笔力加重，如潜龙在渊，宝剑藏锋。

到了第三句"天下英雄谁敌手"，字体陡然一变，如刀枪林立，霸道气势扑面而来。

书圣越念语气越冷。

念到"求仙不如"，戛然而止，书圣的脸色已变得铁青。

除了宋潜机，谁能写出这样的诗句？

纪辰的目光随之扫去，好熟悉的字迹。

"你是故意的？"书圣抬眼，冷冷盯着棋鬼。

棋鬼的脸色也变了。他似乎想到某种可能性。"他已经收了我的棋谱。你这次不要跟我抢，我可以把卫平让给你。"

"此首诗笔意透着醉气，你必然是趁他喝醉，强塞棋谱，你出诡计！"书圣拂袖，蓦然起身。

"哈哈，我本来就是'鬼'，我的计当然是'鬼计'！"棋鬼气极反笑，"难不成还是美人计？那不是要吓死你！"

书圣心中大恨，恨不得对方立刻去死，于是面无表情地咒骂："死鬼。"

纪辰本想笑，却受他的威压影响，脸色苍白，瑟瑟发抖。

他想："大佬之间的友谊，比纸脆，比云薄！根本不用撕，风一吹就散了。我与宋兄万万不能如此！"

棋鬼也站起身。

两人平视，对峙。

云海涌动，山风骤寒。

清微真人攥紧拂尘，青崖院长在袖中握紧一支铁笔。

半山腰处，一众长老感受到山顶气息变化，一齐收了谈笑。

剑拔弩张。

虚云真人冷汗涔涔，几乎手脚并用奔向山顶，立在亭外行礼："请二位圣人体恤，望三思！"

如果在华微宗动起手，几座摘星台够砸？地崩山摧，宗门大阵能不能防？

"让他自己选！"棋鬼忽然大喝一声，"你我各凭本事！"

"好，就让他选！"书圣拂袖，转身下山。

书圣走到亭外，忽然回头，问道："此诗最后一句，少了三个字，他是没有写，还是写在别处？"

棋鬼不说话。骊英微微一颤，以手在袖中拢着手札，却道："没有写。"

她已将写着"种土豆"的那页纸撕了下来，她也不知自己为何会说谎。

书圣深深看了她一眼，转身便走。纪辰连忙跟上，差点被自己过于繁复的法袍绊倒。

"走！"棋鬼带着骊英、清微二人，从另一侧下山。

两人有同样的目的地，偏要走两条路。

等他们的背影消失在视野中，虚云真人起身，松了一口气。

他不知道书圣与棋鬼因何相聚，又因何不欢而散，却生出不妙的预感。从宋潜机在乾坤殿上喊出"冼剑尘"的名字开始，他已第三次出现这种预感。

华微宗内，一定发生了他不知道的大事，很可能造成严重后果。

恰恰在此时，他收到了女儿陈红烛的传信符。

"于乾坤殿与诸位峰主、长老一叙，有要事相商。"

流云聚散，短暂的空寂后，摘星台又迎来一批年轻修士。

他们神采飞扬，不少人激动得一夜未眠，甚至想提前赶来，却怕惹圣人不喜。终于等到辰时二刻登顶，却见摘星台人去楼空。

“不知圣人请我们看什么？”

“这边刻有四句诗！”

赵霂与卫湛阳最先跑到亭中，也最先看清石桌上的字。

赵霂摸了摸凹陷的石痕，微微一震。“并非刀刻的，是有人用极柔软的小笔写上去的。”

又有人问：“难道是书圣写给我们看，希望我们观摩此诗，领悟他的运笔真意？”

卫湛阳摇头。“我家中收藏有书圣真迹，他老人家的字迹遒劲有力，笔意如浩瀚大海，气势如神威天降。此诗第一句字迹飘逸灵动，如春风中柳絮飘荡，绝非书圣所作。”

“拟将春风添醉酒。”有人念罢，纳闷道，“一首打油诗，还未写完，有何看头？”

“妙极！”一个书院的符师激动道，“第一句，‘春风’二字气若游丝，‘醉酒’二字时断时续，持笔者的醉态跃然而出。轻灵潇洒中笔力入石，意先于形，形散而神不散……”

许多人起先不以为精妙，经人指点，越看越觉得那笔迹透出无法言说的气韵，方知是自己眼力有限，才看不出名堂。

另一个符师道：“第二句，笔力由轻转重，却似河流涨水般自然，毫无匠气，‘恩怨休’的‘休’字一捺，如名士迎风挥袖，送别浮云。我认为这句最妙！”

“不，当然是第三句最好，‘天下英雄谁敌手’，大开大合，霸气无比，如巨人持刀劈斩天地。”

一时间争执不下，纸墨乱飞，众人争先拓印、临摹石桌字迹。

名家好字便是帖，此诗被人们称为《英雄帖》。

“原来书圣请我们来看，说谁能胜出，便可做他的亲传弟子，就是要我们心服口服。”

说话的是卫湛阳。他说罢，低头下山。此时此刻，他不愿再看《英雄帖》，也不愿回忆失败。

忽然有人道：“如此好字，不知是谁写的？”

“《英雄帖》中‘醉酒’二字，与《鸡蛋帖》笔意相似，必出自同一人之手！”

昨夜乾坤殿上，纪辰被纪光揭穿，竟亲口承认不是自己写的字。既然不是纪辰，又是谁？

众人茫然四顾，看谁都不像。

有人叹息道：“书画试上，我坐在纪辰前桌，听他因‘鸡蛋’而拍手称快，还回头瞪他一眼，唉，早知今日……”

忽然被人打断：“你坐他前桌，他同桌是谁?！”

场内倏忽寂静。

直到有人轻声说出那个名字，犹带不可置信地迟疑。“宋……宋潜机？”

虽不愿相信，但每个人都亲眼看到了。

赵霖在石壁留书后，带着赵济恒前去挑衅，后者先嘲笑宋潜机画的野花，再抓起纪辰的画，笑话画上面只有一个鸡蛋。

《英雄帖》的作者，竟然就是华微宗外门弟子宋潜机！难道书圣真正中意的传人，就是宋潜机？

一群人凑在一起，剥茧抽丝，终于拼出真相。

“不会吧？真是宋潜机？我记得他根本不是符师。难道是深藏不露的高手？”

“你看不出来，说明你眼光不行，我早知他绝非池中之物！”

“喂，当时看野花，笑得最大声的就是你吧？”

孤高的摘星台，从未如此热闹。只有赵霖呆怔。

他第一次见宋潜机，是在瑶光湖外的水榭，他画了美人图，却被美人忽视。第二次见面，是在彩石溪畔的书画试上，他在石壁留书，风光无限，却被书圣忽视。

他一直以为宋潜机跟自己是两个世界的人，对方只是个一时走运的外门弟子。今日方知自己错得离谱。

但为什么自己从小苦练，不如别人随手写就的打油诗？凭什么自己苦心钻研，模仿书圣年轻时的姿态，不如别人摸几块石头，画一朵野花？

他双眼直直瞪着石桌，脸色惨白，唇边竟溢出血线，却只顾挤出人群，失魂落魄地奔进山林。

摘星台热闹依旧，议论声更大。

“他这‘求仙不如’之后，少了三个字。全诗点睛之笔，为何不写？”

如琴试上的惊世一曲未完，弦已崩落，令人遗憾。

“但世上还有什么东西，能比求仙更重要？”

书院的书生摇着折扇。“诗云‘得成比目何辞死，愿作鸳鸯不羡仙’，依我看，最后一句应是‘求仙不如长相守’。”

“未必，此诗意境开阔，怎会拘泥于区区情爱？”一个符师道，“我猜是‘求仙不如写张符’！”

答案纷纭，有人一本正经地分析，也有人剑走偏锋地瞎猜。

“求仙不如求气运”“求仙不如求发财”“求仙不如求抱走”等等。

最终人们得出结论：“纵有百般不如，也不如留空三个字，任由临帖者抒发心意。琴有未完之曲，书有未尽之诗，残曲残诗，应称‘登闻双绝’！”

宋潜机浑然不知危机将至。他正劝自己振作、坚强。“就算喝醉，也没耽误下山种地之事。”

他给每株花草浇过水、翻过土，检查花架是否牢固，掩埋凋谢的枯花败叶。最后站在檐下，贴上新的聚光符。

缸中嫩荷初发，荷叶像一枚圆圆小小的青铜钱浮在水面。

宋潜机摸摸储物袋，摸出几块花纹绚丽的鹅卵石。

这便是他参加书画试最大的收获。

“扑通”。

小石落水，天光云影和他的面容霎时粼粼生波，漾开一圈又一圈涟漪。

他碰了碰荷叶，轻声哼唱：“一棵红啊一棵绿，红红绿绿催新荷。一个郡啊一个郡，一生一世种不完，种不完！”

两只白肚喜鹊落在花架上，争相啼鸣，好像在应和他。

“种什么种不完？”门口有人问。

宋潜机循声回头，见一人身着玄衣，径直跨过门槛。

不请自入。

随着此人进门，喜鹊静默，草虫不唱，满园花木招摇间，气息微妙变化，蓬勃的春日生机，仿佛蒙上一层冷漠之意。

宋潜机微微皱眉。紫府中不死泉微震，仿若示警。

只见来者青年面目，眉眼精致，极度对称，像经过了天道最细心的雕琢。

“阁下何人？”宋潜机问时，心中已有猜测。

那人微笑：“昨夜，你应当见过我。”

不速之客！宋潜机脑海中警铃大作。

他醒酒后脑子转得不慢。

何青青没供出他。但何青青的琴曲太显眼，经历又太简单。

没有亲人，没有朋友，去过哪些地方，遇见过什么人，别人对她的态度如何……以化神强者的地位资源，只要有心，一查便知。

莫非琴仙来找琴曲作者？

宋潜机轻吸一口气，冼剑尘前辈，又到你出场了！

辛苦了！

宋潜机重生以来，心思只在田间地头，少忧寡欲，如此千日也如一日，云烟般转眼即过，但昨晚对他来说，是极漫长的一夜。

他与纪辰交了两张荒唐卷子，便前往风烟谷观战棋试，引纪辰入门棋道。而后他去青石潭边听琴，听完喝了点果酒，跑到山亭下棋写诗，大耍酒疯。

此人说他们见过，其实并不准确。琴仙在亭中，与他隔着人海与一汪潭水，他看不见亭中人，只听到对方评论琴曲——

“功业千古……英雄末路。”

这令宋潜机由衷感到尴尬。

但对方毫不尴尬，对方以目光睃巡小院一周，见只有花架下一张躺椅，便径直坐下，拍拍软垫，向后靠去，调整到最舒服的姿势。

这是久居上位养成的反应，无论身在何处，仿佛他天生就该坐，别人就该站着。

宋潜机心头一紧——那是我的椅子啊！

琴仙不仅坐他的椅子，还顺手抓过一串低垂至眼前的紫藤花，一边赏玩，一边微笑道：“纵论古今名曲，《风雪入阵曲》可入前十之列。昨夜我一直在想，到底谁能写出这样的曲子。”

琴仙的做派宛如小院霸主。

紫藤花微微瑟缩，不敢随风摇晃。

宋潜机一震，就像自家猫被外人抓了后颈皮，立刻从屋檐下快步走出，直视对方。“若您为此而来，恐怕来错了。”他轻轻将紫藤花从对方掌中抽出，轻轻地安抚，“此曲乃是机缘巧合之下，我与一位前辈相见，他所传授的！”

宋潜机准备了一个故事，这个故事他曾在乾坤殿讲过，那时，听众是华微宗掌门虚云真人。他此时胸有成竹，只需要填充一些细节。

还未开口，却听琴仙赞许道：“算你诚实！我已知晓。”

宋潜机眨了眨眼，忽感茫然。

你知道啥了你就知道？

琴仙笑道：“仙音门常与华微宗打交道，我了解虚云那小子的性格……”他神清骨秀，眉目如画，却称容颜苍老的虚云真人为“那小子”，乍听十分违和。“你修为低微，凡人出身，却将华微宗外门闹得翻天覆地，背后若没座靠山，早被虚云伸手抹掉了，哪儿能安稳地侍弄花草？”

宋潜机心道：“不好，这个思路我真没想到！”但在一个了解虚云真人和华微宗的强者眼里，确该如此。

对方突换戏路，他一时接不住，只能继续听。

“昨夜，何青青拜师，子夜文殊突破，无数年轻人一同受益。仙音门有了大师姐，青崖书院有了年轻修士中最强的天才。此曲可谓轰动修仙界，声震四海。若找到作曲人，无论他是谁，必然盛名加身，扶摇直上。你能在如此情况下，还不假思索地对我说实话，确实难得……”

宋潜机察觉苗头不对，急忙道：“那是因为晚辈知晓，瞒不过您，不得已才说实话。”

琴仙似乎没听到或不相信他的否认，只问：“是谁传你此曲？”

宋潜机懒得再编个人。“正是洗剑尘前辈！”

华微宗所有峰主、长老不敢提的名字，被他说得无比顺口，就像确有其事。

“哦？”琴仙一成不变的淡淡笑容，凝固一瞬，随后闭上眼。

宋潜机心想：“这两个人不会有仇吧？记忆里分明没有，否则也不会扯这张虎皮，自找麻烦。若真有仇，你去找他算账，跟我和我的菜地没半分关系。”

琴仙睁眼，忽而笑起来。

这笑容与方才截然不同，他双眸一弯，笑得直拍躺椅扶手。“冼剑尘性格孤傲，自诩‘万般皆下品，唯有剑道高’，剑道以外的道法，一律被他视作‘小道’，从不屑于费心钻研。想不到，他竟悄悄记琴谱，还传给后人！”

宋潜机更觉尴尬，默默向孤傲剑神道歉。

“冼剑尘无亲无故，从不收徒。你既然能做他的弟子，一定有过人之处。”琴仙道。

宋潜机：“哪儿算什么弟子，恰逢他老人家兴致上头，随手传道而已。”

“他随手教的东西，你竟也学得会，可见你悟性不错。”

宋潜机再次推辞：“晚辈鲁钝，领悟不足万分之一！”

“冼剑尘近来可好？”

“仅一面之缘，我不曾再见前辈。”

就在宋潜机以为这二人原为故友时，琴仙叹气：“他还没死，真可惜啊。”

宋潜机一惊。

琴仙又叹道：“不仅没死，还有了后人，真遗憾啊。他竟是我们四人中，第一个有徒弟的。”

他盯着宋潜机半晌，神色莫名，好像要看出另一道影子，忽然道：“他教你东西，却不曾将你带在身边教导，算不得师徒。你愿不愿意学我的琴？”

宋潜机的心往下沉，哪儿来的这一出？

“前辈错爱，弟子无意音律之道。”

琴仙从躺椅上起身，前行两步。“跟我回仙音门，一人之下，万人之上，修炼资源取之不尽。机不可失，时不再来，你当真不学？”

这一刻，宋潜机只觉一座大山向他迎面迫来，他咬牙道：“不学！”

琴仙认真问：“我偏要冼剑尘的弟子弹我的琴，那你说怎么办？”

分明是他想收徒，却把问题抛给别人，真是好生霸道。

宋潜机以一手指向黄瓜藤，说出世上最简单的道理：“强扭的瓜不甜！”

琴仙又换戏路：“你困在这一方小院，如龙困浅滩，有何出路？”

"不劳您费心，我很快就要下山了。"宋潜机微笑，稍感得意，"我即将得到一处凡间封地。"

琴仙不解。凡间灵气稀薄，远不如各大仙门世家。他问："你去作甚？"

宋潜机的眼睛亮了。"种地！"

他刚重生时，不曾这样理直气壮地大声宣告。因为十五岁的宋潜机是一个刻苦勤勉的剑修。一夜之间转变太快，容易惹出"夺舍"之类的猜疑。但现在潜移默化下，整个外门都已经司空见惯，不以为奇，他便掷地有声地说出来。

种地，就是种地，谁也不能耽误他种地！

琴仙怔然。

这个答案实在出乎意料。

纵然他见多识广，也从没遇到过这样的人。

他再次环顾小院，重新审视地上蔬菜、架上鲜花、墙上绿藤，感受独特的生机与气韵。"这就是你的道？"

"不是。"宋潜机摇头，"何必事事用力，事事求道？"

琴仙听得此言，已知无可转圜。

这个后辈杀不得，又收不得，竟让他无奈。

如风中紫藤，无可奈何花落去。

他正要开口，忽然心念一动：有一个人向此地飞速靠近。来者不弱于己，竟能让他感到威胁，这种感觉很久没有过。

不，不止一个，是两个人！

他思量片刻，似在推算什么。

不多时，他恢复淡笑，对宋潜机道："相逢有缘，我送你一件礼物吧。"

"无功不受禄。"宋潜机摇头。

琴仙从袖中摸出一只小木船。

木船通体流光，甲板如凤凰木铺就，两侧栏杆如白玉雕刻。做工精致，静静躺在他的手心。

"这是一件飞行法器。虽是不值钱的小玩意，却可日行千里。你若不收，如何带这些作物前往封地？"琴仙惋惜道，"路上颠簸久了，再美的花也要枯死。"

宋潜机觉得有道理，他不怕辛苦，但作物娇贵。如果只是飞行法器，确实不算名贵。

“那我也送你一样东西。”宋潜机说。

地里的土豆花只剩三朵。

淡紫、浅蓝、纯白三色，他随手摘下一朵。

琴仙将淡紫色土豆花别在玄色衣袍的前襟，踱步出门，好像一个胜利者佩戴着他的勋章。

外门弟子都聚在主峰广场，支援孟河泽的武试决赛，整个外门空荡而寂静。

宋院门口有条鲜花小径，暮春时残红遍地，一路蝴蝶翩飞，他却没有走这条路，他轻振衣袖，清风无端吹来，将他托升而起，轻飘飘升上云端。

琴仙立在云头，静静等待。

风起云涌，日光灿烂。

一个黑衣老者从东边来，一个白衣老者从西边来。

宋院上空，棋鬼、书圣看到对方，脸色阴沉。二人看见琴仙，面色微变。

“你为何在此？”棋鬼问。

琴仙微笑：“你们为何而来，我就为何而来。”

“不可能！”书圣冷声道，“你莫痴心妄想！”

棋鬼心想，一个多情子已够麻烦，又来一个？宋潜机这小子到底学过多少东西?!

书圣心想：“若早知琴假仙来截和，我何必在摘星台跟死老鬼浪费时间。”

琴仙笑道：“许久未见，我还保持着盛年时的容貌，二位却垂垂老矣。天道无情，便如收徒机缘难测，真令人遗憾啊。”

书圣对棋鬼道：“老夫曾听说，只有未出阁的小姑娘，才会在乎自己的脸美不美，生怕被别人厌弃。”

棋鬼大笑：“哈哈，摆一张假仙脸，其实是个老不死的怪物，天下之大，还有这么滑稽的事？”

二人方才剑拔弩张，恨不得对方去死。再次相见，竟统一战线，一致对外了。

三人相看生厌，却不能动手，只能像市井泼妇一样，阴损地互相辱骂。

琴仙以一敌二，落得下风，却毫不生气，反而很诚恳地劝说：“他已经收了我的琴，你们没机会了，回去吧。”

两人怔然。

书圣咬牙，一字一顿道：“老夫不信。”

琴仙指了指前襟。“此花为凭。宋潜机亲手栽种，日夜护持，我见他诚心诚意，便收下这份不值钱的拜师礼。我本不想多说，却不忍见你二人一把年纪，还要来自取其辱。”

他深知过犹不及，轻描淡写才最真，于是淡淡一笑，驾云飘飞而去，只留下玄衣飘荡、墨发飞扬的背影。

剩下两个人，脸色由愤怒渐渐转为灰败，半晌无话。

他们在云上排着队，拿着收徒的号码牌。

流云匆匆，催人决断。

“我还是不信！”棋鬼终于道。

宝船入手片刻，宋潜机已察觉不对。

他向内灌注灵气，宝船忽生变化，船舱向上升起，变为琴身。两侧的白色栏杆向中间聚拢，化作琴弦。

显露真容，方见不凡。金光灿然，灵压大盛！

这竟是一件两用法器，既可飞上云霄，也可弹琴奏曲。

“这不是多此一举吗？我要你一把名琴有何用？”

倏忽，宋潜机意识到什么。

“琴仙诓我！”

他根本没有放弃让“剑神弟子弹琴”这个神经念头！他刚才都是装的！

宋潜机想：“我前世是一个散修泥腿子，晋升化神后都自恃身份，不再诓人了。你堂堂一个仙人，怎么能干这种阴损事？”

宋潜机深呼吸。

洗剑尘的名号能唬住华微宗众峰主，却很难在同级大佬面前畅通无阻。

此时宋潜机无比怀念虚云真人，跟他搭戏太舒服了。

他将“宝船”放在石桌上。

陈红烛做事太慢，一夜过去，竟还没有消息传来。他要凡间一个郡，又不是要一座灵石脉矿。

别人靠不住，下山种地靠自己。

他推门而出，径直向主峰乾坤殿走去。

虚云真人，这世间强者诡诈，表里不一，还是你靠得住!

只有你靠得住!

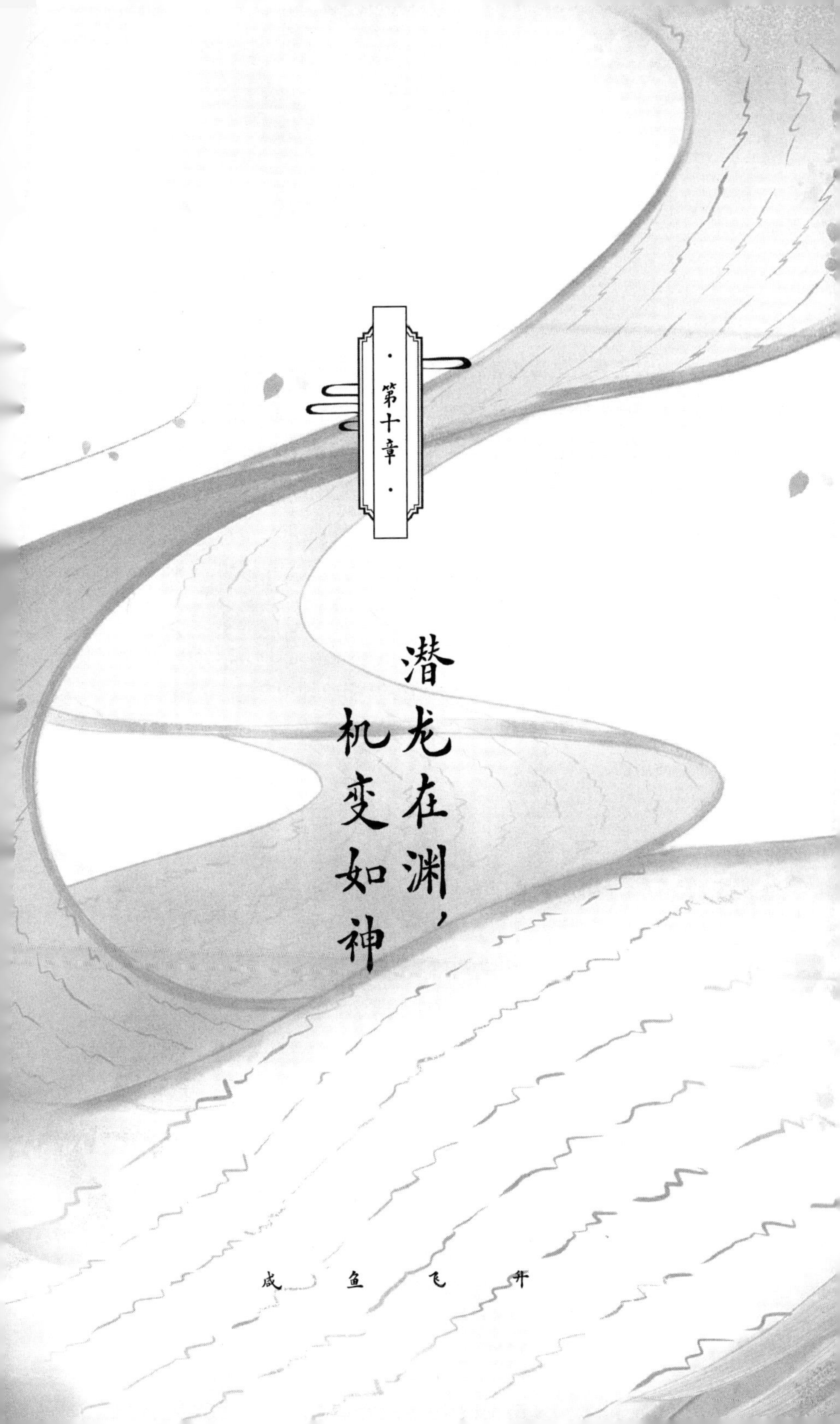

第十章

潜龙在渊，机变如神

乾坤殿外，云海如雪浪翻涌。

五色鲤刚被喂饱，成群结队地嬉戏，游过长虹般的逝水桥下。

大殿外观恢宏肃穆，殿内却宛如菜市场。

“附属地的仙官，皆由对宗门有重大贡献的修士担任。属地庙宇里，凡人都供奉咱们和那仙官的金身塑像。宋潜机区区一个小弟子，开口就要一个郡，也不怕风大闪了舌头？”赤水峰峰主赵太极冷笑，“别人供他拜他，他受得起吗？”

“他要封地，是否为了享受香火供奉、增益气运，我还不得而知。但一个郡换来外门重归正常，我认为值得。”陈红烛沉声道。

“我们本来不用付出一个郡的代价！难道给他一座城还不够？”明霞峰峰主横眉道。

“要我说，不给又如何？强行驱逐他和那群外门弟子，新招一批听话的弟子才是要紧事。”

陈红烛环视殿内表情愤愤的众人，耐着性子解释道：“宋潜机此人，不像你们想的那样简单。以我对他的了解，他要一个郡，那就是一个郡。绝不能少，也不能多。他说得出口，就是留有后手。”

“你为何总向着他说话？”有长老幽幽道，“他得一郡，对你有何好处？”

陈红烛一惊，声音尖锐道：“我是在救诸位，我是为了华微宗的未来！”

殿内有人轻笑，不信任的目光一道道落在她身上，包括她父亲虚云真人和她大师兄袁青石的目光。

陈红烛忽然觉得很疲惫。

早知今日，她不该留宋潜机到登闻雅会。

她想抽出腰上鞭子，一鞭抽翻面前的玉案，再将乾坤殿打个稀巴烂，打醒这些久居温室、抱着腐朽威严不肯撒手的人。

令人窒息的沉默后，虚云真人终于开口，声音略显严厉：“第一次，你求我留下他；第二次，你向我讨了华微真令，盯他的行踪；第三次，你来为他要封地。你从小到大，受我百般纵容，但事不过三，这回总不能再由你……”

“父亲。”陈红烛的声音颤抖，略带嘶哑，“女儿有此提议，绝无私情杂念。如今形势，选择权已不在我们手上。昨夜成百上千的外门弟子聚在一处，几乎发生暴动，若当时宋潜机一声号令，后果不可设想！”

赵太极道：“宗门赐予他们一条求仙路，他们却不知感恩。都怪我等太慈悲，太放纵他们。等新的外门弟子招来，我等一定要严加管教！”

众人纷纷附和，深以为然。

“不过是‘那个人’的便宜弟子，竟敢如此嚣张。”虚云真人转向身边的道童，冷声道，“去，叫那宋潜机过来。”

话音未落，殿外通传：“掌门真人，各位峰主，宋潜机求见——”

众人神色微变。这人来得未免太巧。

陈红烛亦怔然。

这是宋潜机第二次上乾坤殿。

乍看座无虚席，比上次热闹得多，然而随着他走近，满殿寂静，如果目光能杀人，他已经死了千百遍。

宋潜机仿佛察觉不到，大方行礼，嘴角依然挂着微笑。

虚云真人觉得比起上次见面，宋潜机又有些微妙变化。

若说这少年之前是表面谦恭，实则带有反客为主的锋芒，这次，少年就像逝水桥头的一片云，悠悠然飘进乾坤殿。

云无心以出岫。

此人看似无心，已令外门风雨飘摇。

虚云真人心情复杂，一边后悔为何没有早早发现这样的人才，为己所用，一边恼恨宋潜机心思深沉，胆大包天。

“你可是为昨夜带头造反之事，前来认错？”赵太极喝问。

“不。”宋潜机友好地说，“我是来要郡的。”

他心想：“我只要一块荒凉闭塞的不毛之地，享受开荒种田的快乐，既不要风水宝地，也不要灵山秀水，何难之有？我继续留在这里，你们比我更难受。”

华微宗众人的确很难受，皆怒发冲冠，没有人肯让他继续说下去。

“我华微宗属地无数，各处仙官无一不是金丹期以上、身怀功德之人！”虚云真人先发制人，“你入外门三年，何功之有？何德之有？如何消受一个郡的香火供奉？”

宋潜机心想，这与香火有何干系？

“一郡之地，换我即刻下山。”他说，“此生再不入华微山半步！”

两句话掷地有声，在殿宇内回荡。

峰主、长老们对视，他们嘴上强硬，却心知肚明——

杀此人，怕遭冼剑尘报复；留此人在宗内，恐日日鸡犬不宁。

就算有法子对付他，但必然麻烦，哪儿有他自己离开省事？

只是一郡的代价太大，宋潜机狮子大开口。华微宗强者如云，任由小弟子宰割岂不是很没面子？

陈红烛环顾殿内，勾起嘴角，面露嘲讽。

“看在那位前辈的面子上，我可以给你一座城。”虚云真人在心中暗骂冼剑尘。

“不行。”宋潜机摇头，“一座城太小。”

随着自己种地熟练度提升，技艺进步，必然越种越快，到时候人还活着，空地没了，这谁受得了？

两人像做生意一般讨价还价，你来我往。

虚云真人有众多峰主、长老帮腔：

“你懒惰散漫，不修炼、不上工，真给你一个郡，你如何治理？”

“你不事生产，全靠外门弟子供养，手上一块灵石也无，你要让郡内百姓跟你一起饿死吗？”

“你修为低弱，郡内若遭魔修侵略，你如何抵挡？”

宋潜机孤身一人深入敌营，却咬定青山不放松。

虚云真人双眸微眯，暗含威胁。“最多三座城，你不要敬酒不吃吃罚酒。”

宋潜机正要开口，忽听殿门口的值守弟子通传：“紫云观观主清微真人到——”

殿内众峰主长老瞬间变脸，从容淡笑起身相迎，在华微宗的地界，他们绝不愿让紫云观的人看笑话。

前世宋潜机被这紫袍道士用望气术看过，今生二人却无甚交集。他只想："怎么偏这个时候来找虚云老头？耽误我砍价。"

清微真人与虚云真人略一见礼，便径直向他走来。"恭喜这个师弟。"

师弟？

殿内众人笑容一僵，惊骇不已。

虚云真人面皮微微抽搐，不妙预感再次浮现。

宋潜机原以为对方认错人，忽然想到什么。"等等！"

清微已经开口："师弟昨夜在摘星台，与家师下盲棋一局，着实精妙无比，棋谱已由骊师妹记下。家师命人紧急制作一批玉简……"

他的声音响彻大殿，震得宋潜机头脑嗡嗡作响。

昨晚病恹恹的乘凉大爷，当真是棋鬼?!

"如此名局，理当天下共赏。家师授意，无论是我紫云观弟子，还是其他门派的阵师、棋道爱好者，皆可用一块灵石这最低价预购玉简棋谱，钻研棋法奥妙。师弟发扬棋道，功德无量。"

宋潜机忽觉袖中半卷棋谱隐隐发烫。

"如今第一批二十万片玉简已抢订一空，收入二十万块灵石，由贫道转交宋师弟，还请师弟笑纳。"

清微真人塞给他一个储物袋，宋潜机只觉手腕一沉，险些没拿稳。

华微宗众人目瞪口呆。就算再见过世面的修士，也觉得这事荒唐。

宋潜机竟然会下棋？而且是棋道天才？远胜过今年棋试魁首，竟可直接与棋鬼对弈。

又想起他们方才说此人不事生产、吃外门弟子白饭、手中一块灵石也无。一眨眼，宋潜机有了二十万块灵石，且只是第一批玉简的收入。

虚云真人对那二十万块灵石视而不见，只想清微居然称呼宋潜机为师弟。除非棋鬼有意收这小子为徒，否则清微真人素来倨傲清高，怎肯自降辈分？

陈红烛惊讶之余，隐约有种"果然如此"的感觉。好像只要是宋潜机，无论做出多少惊世骇俗之事，她都可以接受了。

清微真人向虚云真人告辞，对面色青青红红的华微宗众人微笑。

宋潜机怔然，只有他听到清微真人的传音："家师已在宋院檐下等你。师弟了却此地闲事，速速归去吧。"

他想起那夜醉酒，恨不得自扇耳光。

旁人看去，却见他不动如山，波澜不惊，仿佛早有预料。

虚云真人额上青筋暴起。

难道宋潜机早就算到此刻？讨要封地只是借口，趁机侮辱自己，侮辱华微宗所有峰主、长老才是他的根本目的?!

好狠毒、好阴沉的心思。

偏偏此子独具气运，一个冼剑尘做他的靠山还不够，又来一个棋鬼。

“掌门真人，我们继续。”宋潜机回过神，“一段插曲，别耽误咱们的正事。”

虚云真人一口血卡在喉咙，忽听殿外通报：“青崖书院院长到——”

青衫书生打扮的院长进殿，见殿内气氛不对，却不点破，只笑着与众人见礼。

虚云真人勉强微笑寒暄：“可是书圣他老人家有指教？”

“指教不敢当。”院长微笑，从袖中取出一个精致的小匣子，走向宋潜机。

虚云真人面色惨白，心想不可能吧。

宋潜机下意识后退一步。

“宋师弟，你昨夜在摘星台写下《英雄帖》，今朝许多后辈观帖、临摹、拓印，感悟你笔下真意。家师感谢你为书道和天下符修做出的贡献，特将此物赠你，以示嘉奖。”

院长将胭脂盒模样的小匣塞给宋潜机，暗中传音道：“书圣他老人家就在宋院花架下等你，棋鬼也在，师弟啊，你看着办吧。”

宋潜机不接话，传音问院长：“那个姓花的修士，假扮鉴宝的王土根、落难的白伶伶来我眼前晃，都是书圣的意思？”

“不错。”院长点头，传音，“师弟，你不要此匣，总得当面退还家师，莫为难我一个传话的。”

宋潜机苦笑接过。“别，别叫我师弟。”

院长挥挥衣袖，与华微宗众人告别。然而众人阵阵眩晕，根本听不清他说什么，也忘了礼数。

虚云真人忽然向后仰倒。

陈红烛眼疾手快，冲上前一把扶住他。“父亲！”

虚云真人闭目片刻，梳理体内乱窜的灵气。再睁眼时，仿佛瞬间苍老十岁。

天道不公，为何对宋潜机偏私至此？

他大笑，笑声略带哽咽：“我宗弟子，竟在登闻雅会有此贡献，于天下修士有此功德，奖，当然要奖！来人，将我华微宗属地地图呈上，我为宋师弟挑选一处宝地！区区一郡，何足挂齿！”

众人盯着宋潜机左手中的灵石储物袋、右手中的宝匣，挤出微笑，齐声哭喊道：“区区一郡，何足挂齿！”

宋潜机眨了眨眼，心想这也算因祸得福。“何时选定？”

“明日！”

宋潜机诚恳道：“夜长梦多，我赶时间，真人帮帮忙。”

虚云真人咬牙切齿，齿缝渗血：“今晚子时之前！宋师弟可满意？”

宋潜机满意地点头：“真人辛苦，诸位辛苦了。”

他走出大殿，遥望无垠云海，笑容逐渐变得苦涩。

宋院还有两个人在等他。

逝水桥尽头，站着两个人。浅白云雾中，青衫与紫色道袍迎风飘飞。

“二位前辈，这是？”宋潜机一怔，哭笑不得，“怕我跑路？”

“以防万一，还是师兄送师弟回院吧。”院长说。

观主道：“家师交代的差事，不敢疏漏。师弟，请吧。”

两个人一左一右，宋潜机走中间。身后还跟着两队人马——四十余人，一队来自青崖书院，一队来自紫云观。双方表面友好，暗中提防，都怕对方半路耍诈抢人。

一路队伍浩浩荡荡，引人注目。

这令宋潜机想起上次来乾坤殿，被徐看山、丘大成一路押送。

“二位前辈实在不必称我为师弟，我消受不起。”宋潜机说。

“你曾亲口说，想要一个山头。不正是想拜书圣为师吗？”见宋潜机表情茫然，院长好心提醒他，“画春山也有一个山头。”

“画春山怎么算？”宋潜机第一次听见这种说法，觉得很荒唐，“正常的山头可以开垦，可以浇水，不会被人装在匣子里，更不会突然飞出来砸死人！”

院长治学态度严谨。“它远看是山，近看还是山，本质就是山。你可以说它‘过于正常’，但不能说它‘不正常’。”

宋潜机握紧袖中拳头，努力描述：“我是说那种……每天就在那里，不会动，随时能种，‘普通正常’的山，前辈明白吗？”

“哦——师兄我明白了。”院长叹气。

画春山居然因为“过于正常、不够普通”遭人嫌弃。

他对宋潜机微笑道：“可惜晚了。家师心意已决。”

“师弟莫听他胡言，根本不晚！”观主清微真人开口，“二位圣人已达成一致，让你自己选。你选了紫云观，他们书院绝不敢拿你如何。”

“我两个都不选。”宋潜机不假思索，“我志不在此。”

清微真人怔了怔。

宋潜机试图说服对方：“我是凡人出身，修为低微，天赋普通，我不配，这不合适。”

“师弟谦虚。”清微真人笑道，“师弟志趣高洁，棋艺、书画、园艺样样精通。众人皆知，你统御外门弟子，是以德服人，并非武力威逼。”

“不，不敢当。”宋潜机感到尴尬。

他不再说话，沉默地走完全程。

原来在登闻雅会正式开始之前，他就被“王土根兼白怜怜”盯上了。

除了在华微城当铺写符，他没做过其他出格的事。

客人守规矩，店家“三不问”，黑店方能长久运行。

上辈子他进黑店如同回家，销赃倒卖的黑活干了不少，从没出过事。这辈子第一次进去就“翻车”。

不仅如此，所有事都不一样了。

上辈子此刻，他为躲避华微宗的追杀令，藏在华微城中扮乞丐、装残障之人，多次死里逃生。

这辈子他即将光明正大走正门离开。

上辈子修仙界敬畏他，称他“百战不死宋潜机”。但在一些大宗门修士、世家豪族心里，他永远是“散修泥腿子”，只会以武服人，类似俗世凡人中的暴发户、大老粗。

这辈子他居然成了才情风雅之士，喜爱下棋、写诗、栽花，唯独不动武。

离谱，实在离谱。

棋鬼的阵法秘籍、书圣的画春山、琴仙的七绝琴，还有剑神最强的剑法，都该是救世主卫真钰的。

除了这个绝对主角，谁还能接这些天大的机缘、烫手山芋？

救世主此时在忙什么？怎么不来闷声发大财？

卫真钰，你真没用！

宋潜机在心里骂了一句。

山下华微城，春风如意楼。

沉睡的卫平抽抽鼻子，轻声打了个喷嚏，喷出浓烈的酒气。

“谁骂我？”他含混地嘟囔，拉起柔软的锦被蒙头，像一只鸵鸟钻进沙坑。

“卫平，我到处找你！”

忽然有人冲进厢房，将他从温暖的巢穴里拽出来。

窗户被打开，春风入户，吹散满室酒香和脂粉味。

卫平不情愿地睁开眼。

他刚睡醒，五官虽保持着隐容术伪装，双眸却乌黑闪亮，如启明星般耀眼。

李二狗不由得愣了，下意识松开双手。

卫平眸中的光彩一闪即逝。他怒瞪来者，没好气地道：“来青楼都是找姑娘的，你找我干什么?!”

卫平骂完，踢开被子下床。

他衣衫散乱，大大咧咧露出光洁结实的胸膛，一把抓起桌上酒壶，仰头痛饮解渴。

“我按你教的方法参加棋试，但我打出的决胜局，并不是这次登闻雅会最精妙的棋局。”李二狗说。

卫平正咕嘟咕嘟灌着酒，喉结快速滑动，听他说完，呛得连连咳嗽：“你……你说什么？咯咯咯！”

李二狗急忙为他拍背。

卫平用手背一抹嘴。“不是你，还能是谁？天上掉下一颗星宿？”

“我先赢姚安，再胜赵霖，但我胜不过此人。”李二狗从怀中取出一片玉简，双手递给他，“紫云观传出消息，棋鬼在棋试当夜，与一个后生在摘星台下了一盘盲棋，那是百年难遇、三劫循环的奇局。棋谱在此。”

一份制作精良的玉简棋谱，只卖一块灵石，对很多阵师而言，约等于白送。有人买来学习，有人买来收藏，第一批玉简问世，瞬间被抢购一空。

李二狗很珍视这份棋谱，伸出双手等着接——

他想起卫平许诺时，脸上那种漫不经心又无比狂傲的神情，生怕对方恼羞成怒，怒摔玉简。

他们萍水相逢，他摸不准卫平的脾气，更猜不透卫平的底细。

卫平没有生气，皱眉看了片刻，宿醉的昏沉渐渐消退，双眸越来越亮。“有意思，有意思！”

“此局名为‘摘星三劫’。”李二狗心生佩服，他拿到棋谱后，足足用了半个时辰才推到精妙处，“如今修仙界，凡有笔墨，人人争临《英雄帖》；凡见棋盘，人人争打摘星谱。”

“《英雄帖》又是什么？”卫平问。

“全修仙界的人都知道，你不知道？”李二狗惊讶道，“《英雄帖》便是宋潜机在摘星台留下的四句诗，拓本在此。”

卫平打开。“拟将春风添醉酒……”

四句念罢，他的酒彻底醒了。

“怎么少了三个字？求仙到底不如什么？”卫平气道，“这是残篇！谁卖给你的玩意？拓印都印不全，缺德啊！”

“原本便是残篇。最后三个字，没人猜得到。或许写这首诗的人……自己也不知道。”李二狗挠头，他的笑容憨厚，“我觉得笔者是故意留白。或许他想说，虽然我辈修士求真理、求长生，但心里总要有一件事或一个人，比求仙成神更重要吧。若为仙途舍弃一切，就算得道，也不得圆满……”

卫平不说话，心想笔意未断，后面一定还有字，只是被人抹去或者藏起来了。

李二狗道：“因三个字留白，每一个临《英雄帖》的人，看见的都是他们自己，而不是最初的写诗者。此帖必将流传百世，正如未弹完的《风雪入阵曲》。”

卫平扣下玉简和拓本，低叹一声：“我以为你学了我的棋，虽不足以与前辈强者抗衡，面对同龄同辈的人却能横扫无敌……算我棋差一着。”

“不，不是你的错！”李二狗道，“宋潜机此人从前修为低微，声名不显，直到登闻雅会，才横空出世，这点谁也无法预料。《英雄帖》是他所写，‘摘星三劫’是他所下，孟河泽是他所教。除了琴试魁首何仙子，其他三试他占尽风光，将所有人比下去了。”

卫平挑眉一笑，心生好奇：“他叫什么？你再说一遍。”

“宋潜机，潜龙在渊的潜，机变如神的机。”李二狗说。

“宋潜机。”卫平低声重复，“你可亲眼见过他？”

“无缘得见。”李二狗道，“据说书圣、棋鬼两位前辈，都有意收他为徒。大家正在猜测他的选择，已经有人开了赌局。你现在穿好衣服，带够灵石下楼，还能赌上一局！”

卫平怔然，由衷高兴、庆幸之余，竟有点淡淡的失落和惘然。

他的笑容忽然消失，表情苦恼，瞪着李二狗。“按先前的约定，事若不成，你来此地找我，我该退给你二十块灵石。现在要钱没有，你还想学什么？”

李二狗摇头。“你教我的已经足够。再多，我也学不会了。”

卫平不耐烦地道：“要不然，我帮你杀个人？你挑个仇家，值二十块灵石那种！”

“真的不用！”李二狗吓了一跳，“我很感谢你，若非遇见你，我只是个门派落魄、一文不名的劳修上。我从山穷水尽到一步登天，再多的不敢奢求。”

卫平淡淡笑道：“既然如此，你还不走？”

李二狗听他毫不客气地下逐客令，心情复杂。“我不明白，你有这样的本事，为何还过这样的日子？你若亲自出面，说不定能胜过那宋潜机！棋逢对手，你不想会会他？”

卫平实在太奇怪，浑身谜团。

像一个吃了上顿没下顿的无赖，偶尔替人扬名或者替人杀人，混几块灵石花花，做事全凭兴致。

兴致来得快，去得更快。

“卫平，也不是你的真名吧？”李二狗问。

“卫真卫假，卫平卫凡，重要吗？有区别吗？”卫平又喝了一口酒，眼神变得锐利，“出了这道门，你从没见过我。”

“我明白。”李二狗不再多说，艰难点头，“反正我不记得你的样子，更无人可说。你多保重。”

李二狗走后，卫平一边欣赏玉简和拓本，一边喝一壶酒，然后他慢悠悠起身，敲了敲墙。“隔壁的朋友，贴在墙上偷听别人说话，不太礼貌吧？”

一墙之隔，忽然传来一声闷响，仿佛重物落地。

不过片刻，一个着锦衣华服、珠光宝气的少年修士推门而入，赔笑道：“我不是故意的。楼里都是这样设计的，方便客人听墙脚助兴。”

对赵济恒来说，春风如意楼就是他的第二个家。他在这里的时间，比他在华微宗的时间长得多。他熟悉这里的一草一木，对每种酒水、每首曲子、每间客房，比对华微宗功法熟悉得多。

他见棋试魁首上楼，以为遇到同道中人，却看对方神情严肃，不像来找姑娘。

李二狗进门后，他好奇地闪进隔壁房间，悄悄打开传音管探听。

此时他见卫平不恼，脸上笑容更浓，带着探知隐秘的兴奋。“李二狗的棋术是你教的，对不对？”

卫平也笑：“你想不想学呢？”

“我……”赵济恒刚开口，就脖子一凉，浑身僵硬。

冰冷剑气穿透皮肤渗入骨髓，他瞬间汗毛直竖，像被一双巨手狠狠掐住。

目光下移，他看见一柄剑。竟然只是一柄低阶剑，就能制得他动弹不得。

危急时刻，赵济恒生锈的脑子飞速转动——这柄剑好眼熟！到底在哪里见过？

“你是谁？为什么拿着宋潜机的剑?!”

卫平一怔：“谁的剑？”

那夜在黑店当铺，这柄破旧的低阶剑，与数把嵌满珍珠宝石、光彩夺目的名琴并列于桌上，像一只灰扑扑的山鸡落在凤凰群里，毫不起眼。

但他一眼看中它，觉得甚合眼缘，便要赖犯浑，强行从当铺买走。

原来那夜宋潜机也去过黑店，还留下一张“奸商符”。

原来他们差一点就碰面了。

“宋潜机，这是宋潜机的剑！”赵济恒已带哭腔，“你是不是他派来杀我的？”

卫平收手，抚剑而笑，自语：“果然有缘啊。”

赵济恒腿一软，剧烈喘气，面如金纸。

逃过一劫，他手脚并用爬起来。“我有……我有很多灵石，全都给你！你也帮我一次，就像你帮李二狗，行不行？”

他以为卫平在说与自己有缘。

卫平笑眯眯地看着他。“什么事？”

赵济恒：“帮我杀宋潜机。”

可恨的宋潜机，可怕的宋潜机。

这个念头在他脑海盘桓许久，今天他终于脱口而出。

卫平却道：“不行。”

“为什么？你怕他?！”

“不是我不够强，实在是春天的华微山风太凉！”卫平伸了个懒腰，整理好散乱的衣衫，“等盛夏再说吧。”

“吃饭可以等，这事不能等！”赵济恒伸手抓他衣角。

却见那人人影一闪，飘到窗外。

赵济恒奔向窗户，向下张望。

长街如故，人流如织，车水马龙。那人混于其中，如水滴入海，杳无踪迹。

他隐约听见一阵笑声，掺几句走调的歌声：“千场欢乐万场醉，地上浪子天上仙。”[1]

赵济恒扶着窗框，猛然摇头。他震惊地发现，自己已记不清那人的长相。无论如何用力回忆，那张平凡面容在他脑海中始终一片模糊。

难道是做了一场梦？

---

1 化用唐寅的诗歌《感怀》最后一句：万场快乐千场醉，世上闲人地上仙。

从来没有一个叫卫平的怪人，棋试魁首李二狗也没来过。

我酒还没醒。他想。

赵济恒心神恍惚地下楼，差点被绊倒。

一路朋友招呼、美人阻拦，他视若无睹，怔怔站在街上。

忽然一阵烟尘扬起，一人身穿华微宗执事服，迎面奔来。“赵执事长重伤，您别玩了，快随我回去吧！”

赵济恒大惊，瞬间将刚才的怪事抛到九霄云外。“如此紧急，先找我有什么用？还不快送人去赤水峰?！找峰主赵太极，要一颗续命的还阳丹！”

报信执事的脸色青白变幻，急哭道：“人……人就是赵峰主发火打伤的。”

“怎么可能?！”赵济恒喃喃，“我还在做梦对不对？”

这个可怕的修仙界！

春天，卫平走在华微城大街上。街道两侧绿树成荫，树上鸟雀啁啾，树下摊贩推着板车叫卖。

登闻雅会的热闹还未结束，没有请柬上不了华微山的修士，只能聚集在城里。他们穿各地服饰、说各种口音、佩各式兵器。

任何一个修士，既然能修炼，总有些超出凡人的引人注目的气质和特点。

除了卫平。

他走姿懒散，面容平凡，衣衫破旧，你就算与他擦肩而过，也绝不会回头看他第二眼。

他趿拉着草鞋，抱着破剑，像一条游鱼逆流而行，穿过人海，转入安静的老街。老街深处，当铺黑店已经关张许久。阶前落花无人清扫，不时被春风卷起。

世上又少了一个能让他坑蒙拐骗，混灵石、混功法的地方。

卫平在门口站了一会儿，忽然笑起来：“天下英雄谁敌手，求仙不如——喝杯酒！”

他仍想着《英雄帖》。

写出这首诗的宋潜机，被那两个老家伙盯上，真是天下第一倒霉鬼。

救世？这是人干的活吗？

卫平幸灾乐祸，又有点失落。仿佛那两个老家伙当面对他说：“你以为你是举世无双的天才，没了你世界就没救了吗？你不如宋潜机。你做不到的事，他就能做到。”

浪荡少年自言自语：“千金难买自由身，紫云观、青崖书院都是没滋没味的地方，哪儿有小爷睡青楼舒服？”

话虽如此，他有钱时睡青楼点美人，没钱时睡阴沟陪老鼠。反正哪里他都睡得着。

少年离家，舍弃一切，跳出规矩，改名字，隐容貌。孤身来去，像春风中的落花、深巷里的野猫。

就算他教出一千个李二狗，替一万个修士扬名，也不会有人认识他，他只是混几块灵石花花。

卫平喜欢这种生活，比他做卫真钰时自在快乐得多。

他走出老街，又一头扎进赌场。

赌场金碧辉煌，人头攒动，沸反盈天。正如李二狗所言，人们正在赌宋潜机会拜谁为师。

大厅中央，高挂一份《英雄帖》临摹版。灵石如流水般涌上赌桌。

庄家高声吆喝：“赌书圣的，下这边桌上。赌棋鬼的，下那边桌上。”

卫平站在两张桌子中间。

他还没见到宋潜机，正好奇对方是个什么样的人，但那人名声正盛，满身光华，又即将远赴紫云观或青崖书院，被千万人高高供养起来，想见一面恐怕很不容易。

“难道世上只剩两条路？”卫平忽然喊道，“没有第三条吗？”

难道只能遵守家族的规矩，依靠门派的力量，一个人不能走出一条路？

这个问题，从他离家开始，一直没找到答案。

他衣着寒酸，看起来就没钱，在赌场这种地方，自然没人搭理他。

只有两个人接话：“有，你还可以赌他两个都不拜！”

“一赔十，赔率是很高，但傻子才买喽！”

卫平转头，见这两个人穿着华微宗戒律堂的服饰，挤眉弄眼，神情兴奋，比庄家还热情投入。

“二位是？”

“在下丘大成。”

“在下徐看山。道友是新手吧？新手手壮，运气最好。等会儿能带我俩几局吗？”

二人将他引到角落，指着一张小矮几。“买他两个都不拜，就下那里。”

“我买。”卫平押了一块灵石。

“一块灵石不够下注。”桌边庄家瞥他一眼，将灵石扔给他，像打发乞丐。

“我只有一块。”卫平挠头，早知道昨晚省一点。

“三块灵石起下，道友再找两块成吗？”徐看山说，“不够的话，隔壁有当铺，你这低阶剑还能抵十块。”

卫平翻兜找袋，四处摸索。“等等啊。”

“有了，有了！”他终于掏出一个储物袋，扔给丘、徐二人，“帮我押一笔。”

上个月替人杀人的酬金还没花，他都忘了自己还有钱。

丘大成痛快答应：“行！”

庄家掂了掂储物袋，慌忙打开，脸色忽变，声音微颤：“一……一万块灵石?!”

“什么一万？”徐看山吓傻了，“是万一吧?!”

他只想挑个愣头青搭话。根据常年混迹赌场的经验，一般这种人的运气反而最好，就像跟在宋潜机身后赌遍武试所有盘口一样，他和丘大成最喜欢跟这种人下注。

庄家高声道：“这二位出价一万块，买宋潜机谁都不拜！”

沸腾的赌场瞬间转为死寂，无数道惊奇的目光射向二人，仿佛在看从哪里来的大傻子。

哦，是华微宗有名的大赌鬼啊，那没事了。

徐看山急忙摆手。“不，不是我们俩！是——”

再转头，人山人海，下注的少年已然不见。

“他刚才有自报家门吗?!”丘大成问。

“没有！”徐看山心惊胆战，“你记得他的长相吗？”

丘大成将头摇成拨浪鼓。“不记得！”

宋潜机怀着上坟的心情走向宋院。

他身后空无一人。紫云观和青崖书院的强者由观主、院长带领，默默等候在鲜花小径外。

小院四周很安静，刻有“宋院”二字的小木牌随风轻摇，像漂亮的风铃。

他能感觉到，两道极强大、极浑厚的气息，透过门板传递到铜环上，触及他推门的手。

他还是推开了门。

他才是宋院的主人。

黑衣老者站在屋檐下，低头看水缸里的亭亭的荷叶、缤纷光滑的鹅卵石。

白衣老者站在花架下，抬头看满架的紫藤花、花中穿梭的白蝴蝶。

他开门的瞬间，两个人一齐转头，直勾勾盯着他。

“二位前辈好。”宋潜机顶着如烈日般灼热的目光，抢先打招呼。

他将半卷棋谱、一方宝匣放在石桌上。这场景真像抓周啊。他忽然想笑，但强忍住了。

“老夫——”

“我——”

两位老者同时开口，互不相让，冷冷看向对方。

宋潜机：“还是我先说吧，二位前辈因何而来，我已经知晓，承蒙……”

“不错，老夫很早就想见你一面。”书圣打断他，笑道，“登闻雅会书画试，我确实因你而来。”

棋鬼心里冷笑，这时候暗示自己先来有什么用？收徒不是请客吃饭，还讲究先来后到吗？

“承蒙错……”

宋潜机再次开口，又被书圣打断：“老夫听说，你想要一座山？等你做了我的弟子，别说画春山，为师再施展神通，为你炼化一座海外仙山，取名凝秋，以后你就有两件空间法器了！”

宋潜机无语。

大爷，谁家正经的山装在匣子里啊？装在匣子里的山能是正经的山吗？

“喀喀，两件空间法器很了不起？只能飞出去砸人！”棋鬼喝道，“阵法的极致，可以控制阵内风的方向、水的流速，阵内空间归你所有，阵中生灵存亡，只在你一念之间，岂不是更痛快？喀喀喀。”

话未说完，他一阵剧烈咳嗽，惊天动地，仿佛要将五脏六腑咳出来。

宋潜机微惊，赶忙给他倒热茶。“大爷慢点。”

茶是粗茶，泛着涩味，水是井水，犹有土腥气。杯子裂了一个小口。棋鬼从来没喝过——也没人敢让他喝这么差的茶。但他端杯一饮而尽，微笑喟叹道：“好清甜的拜师茶，好后生。”

“喀喀喀。”这次换宋潜机咳嗽了。

书圣指着棋鬼鼻子大骂：“你……你又出诡计！”

“上次说了，我号棋鬼，不出‘鬼计’出什么计？美人计吗？”

宋潜机听着二人对骂。

上辈子他还没活到需要徒弟、需要继承人的时候，就已经死了。他虽不太理解双方的心态，却能感受到他们坚定的心意。

“承蒙错爱！”他突然拔高声音，彻底打断二人的争执，“晚辈无意跟随两位前辈学习，更不会拜二位为师。”

“你说什么？”书圣不可思议地瞪着他，“你别怕这老鬼，也别怕得罪我，你到底想拜谁？说实话。事关你的前程，切莫自误。”

宋潜机摇头。“我不想。”他看向同样怔然的黑衣老者，“昨夜我写过的。求仙不如——”

种土豆。棋鬼在心里接道。这三个字，天下人不知，他却是亲眼见证。

他低头，看见菜地里两朵土豆花招摇，在阳光下鲜嫩又可爱。老者皱眉，眼角微微抽动，好像在化解痛苦。

最终他只低声道：“其实，我早有预料。你也是吧，多情子？”

他的声音有些疲惫。

书圣默然。

他想起宋潜机的书画试试卷—— 一朵土豆花，笔者的珍爱之情和土豆花的生机几乎要冲破纸面。

菜园里，两朵土豆花花瓣微颤，嫩黄色花蕊沾着晶莹露珠。

他能感受到土壤下勃发的生命。

自从走进菜园，这种生命力就淹没了他，几乎让一个迟暮老人产生重回盛年的错觉。

宋潜机微笑道：“华微宗已将一郡之地给我，我今夜便下山，前往我的凡间封地。从此永居凡尘，不问修仙界之事。”

“你舍得下？”棋鬼眼神沉沉地看着他。

书圣眼神锐利地盯着他。

舍得下正在巅峰，无人不知的盛名？舍得下原本可以拥有的财富、资源、权力？

“从未拿起，谈何舍下？”宋潜机说。

书圣怔然，长叹一声：“好，好！”

宋潜机用一只手拿宝匣，另一只手拿棋谱，分别递给两人。“前辈请。”

“不行！”棋鬼不接，忽然叫道，“你这样的人，无人教导，简直是暴殄天物，辜负上苍啊！”

书圣瞬间心领神会。若最天才的后辈，缺少最强者教导，百年后谁能救世？人族命运的转机将在何处？

书圣道：“你可以不拜师，不叫我师父，但不能没人教导你、帮助你、扶持你。”

宋潜机被这思路打蒙了。心想：“怎么还跟上苍有关系？高度一下拔得太高了吧？我就是散修泥腿子的命，紫云观观主都说我心狠命硬阎王不收，还需要别人‘扶’？”

“不敢劳烦二位前辈，晚辈已有人教。”

“是谁?!”棋鬼、书圣同时开口。

宋潜机心想：“这是你们逼我的。冼剑尘啊，多少罪恶假汝之名。”

他咬牙道：“剑神！”

“冼剑尘?!”棋鬼拍桌，“他还没死?!”

“他就应该遭雷劈！”书圣仰天骂道，“你听见了吗？破化神你快一步，抢徒弟你也快一步，你赶时间投胎啊？”

宋潜机吓了一跳，心想他们这是有多大仇？

但二人神情变幻，似怒似恨，气息渐渐平复，最终表情竟停留在欣慰上。

“如果他也参与这件事……”棋鬼低声感叹。

书圣接道："那老夫倒是放心一半了。"

宋潜机暗笑。冼前辈，谢谢你，你不愧是能当救世主师父的男人。

"现在你们人也骂了，气也顺了，总该各回各家了吧？"

棋鬼依然说不行。"你只收琴假仙的七绝琴，不要我的阵书，岂不是显得我的东西不如他的？"

书圣也道："你不收阵书就算了，但画春山可是名副其实的山啊。"

"我整日忙于田间，它们留在我的手里，只能明珠蒙尘。"宋潜机看着宝匣和棋谱，"宝物有灵。它们值得更好的去处。"

明净阳光洒在紫藤花架上，照亮他满眼温和的笑意。

他想："等多年后，你们遇见卫真钰，就该后悔将这些东西给我了。"

书圣见他这一双明眸看死物也温柔，似有满眼情意，更觉得他像自己年轻时的样子。

普天之下，恐怕找不出比宋潜机更合适的传人。冼剑尘，你真是走了大运，下辈子做猪做狗也还不完啊。

"你要下山，这满院花草怎么办？"书圣问。

"自然是全部带走。"宋潜机不假思索，"我不舍得离开它们。"

"用什么装？储物袋吗？"书圣循循善诱，"储物袋里没有灵气。花木离土，损伤生机。但如果装在宝匣里，等你到了封地将它们放出来，依然水灵灵，鲜嫩嫩……"

宋潜机意动。

棋鬼不甘示弱："凡间灵气不足，收成靠天吃饭。你学点阵法，可保菜地四季常温，才能反季节种植……"

他以前从未想过，自己居然会一本正经地跟人讨论农耕。这完全是他陌生的领域，生怕忽悠不住宋潜机。

宋潜机想了想。"有道理。"

他对种地也在摸索阶段。种植是门博大精深的学问，在华微山上顺利，不代表在凡间也能成功。

"宝物我暂时保管，前辈们遇到合意的传人，随时找我要回。"宋潜机说，"我也送二位一点东西。"

地里的土豆花只剩最后两朵，被他轻轻摘下。

宋院土豆花，既送过孟河泽、何青青这样的迷茫少年、胆怯少女，也送过琴仙、棋鬼、书圣这样的绝世强者。

鲜花一朵，感怀万千。

“我更喜欢白色的花。”书圣说。

他拿到浅蓝色的花，白花在棋鬼手里。

“我们换换。”棋鬼说。

如果宋潜机选择他们二人中的某位，另一人绝不甘休，必要使出浑身解数斗下去。但宋潜机谁也没选，二人此时再看彼此，便看出一点同病相怜的憾然和释然。

人生谁能圆满?

就像写在桌上的残诗、不曾弹完的残曲，有遗憾才真实。

书圣将浅蓝色土豆花别在棋鬼的前襟。“年入神，你别死得太早，多活两年挺好。”

棋有九品，最上一品名曰“入神”。棋鬼俗姓年，曾是修仙界最年轻、最天才的入神境棋手，因而得此雅号。他用这个名号四处挑战，赢过许多前辈大能，破过许多解不开的残局。

再后来，他自己成了前辈，自然没人这么叫了。

棋鬼将白色土豆花簪入书圣的发髻。“多情子，你也晚点再死吧。”

“多情子”是书圣少年时的绰号，他用这个名号追求过许多美人，写过很多误人子弟的杂书，比如《海外修士上岸防骗手册》。

如今一切已成秘闻野史。书院为了维护他的威严形象，不许别人提起。

传人事了，心中一块大石落定。他们都知道不必再强撑下去，却还愿意鼓励彼此一句。

二人相视而笑，倏忽重回旧年，依稀看见对方年少簪花时的模样。

宋潜机立在朱门边，目送二人乘风入云，背道而驰。

“宋师兄。你在看云啊！”

不知过去多久，一道熟悉的声音打断宋潜机飘飞的思绪。

碧云长空，日影西移。

宋潜机收回目光，以孟河泽为首的外门弟子们将他团团围住。

孟河泽今天为了擂台效果，换了件深红色的衣服。少年郎束着高马尾，双眸如星，神采飞扬，呼吸间带着淡淡血腥味和药味。

“你打完了？”宋潜机问。

孟河泽骄傲地点头，轻咳一声，向两边点头示意。

立刻有外门弟子高声道：“史上最受欢迎的表演赛魁首——”

另一人附和：“支持票远超第二名一千票——”

周小芸总结：“武试奖品尽收于囊中，法器、丹药、灵石一应俱全。八大仙门、六大世家争相邀请，请魁首做内门弟子。”

欢呼、鼓掌声如雷鸣般响起：“孟师兄无敌！”

孟河泽抬起双手，向下压了压。“要谦虚，谦虚。”

欢呼声一齐收了，孟河泽期待地看着宋潜机。

宋潜机见他故意炫耀，尾巴翘上天，心里觉得好笑——等你日后成为一方威严的强者，再想起今日，不知该有多尴尬，只怕恨不得把见过这一幕的人通通灭口。

孟河泽依然直直望着他。

宋潜机怔了怔才终于明白，这是来求表扬了！

“嗯，做得不错。”他实在不知道别人家怎么夸奖孩子，勉强凑出一句话，“再接再厉，再创佳绩。”

“好，下一届我还打！”孟河泽奋力握拳。

“不，不，不用了！”宋潜机连忙打消他的这种想法，“下次登闻雅会是十年后，那时你已经结丹，怎么能跟年轻人抢风头？多跌面子。”

孟河泽一时感动无言。他想：“原来在宋师兄心里，我短短十年就能从筑基到结丹，那真比子夜文殊当年还快。我都不敢想的事，师兄竟然如此相信我，对我寄予厚望。我决不能让师兄失望。”

他顿时收了炫耀神色，像一只孔雀收起彩屏，严肃行礼：“宋师兄教训的是，谨遵师兄教诲！”

外门弟子一齐道：“谨遵宋师兄教诲。”

气势如虹。宋院门口，豆角叶颤了颤，宋潜机也吓一跳。

昨夜醉酒，他的感受不明显。此时方清晰感觉到，这些弟子经过表演赛通力合作，比从前更团结，更有力量。

表演赛不仅是孟河泽一个人的胜利。

“师兄今天想吃什么面？”孟河泽问。

宋潜机摇头。“今天不吃面，我要收拾东西。今夜子时之前，华微宗将给我一个郡。”

“师兄要下山?！”孟河泽怔然。

他早有预料，并不震惊，只是没想到这一天来得这么快。

他忽然笑起来，回头高声招呼：“下山好啊，大家都去收拾东西！”

欢呼声再次响起，众人高喊着“一起下山”。

宋潜机蒙了，他说什么你们都听?

宋潜机低斥：“你下山作甚?你得了武试魁首，无数仙门世家抢着收你入内门，你从中挑个合心意的，从此仙途顺畅，难道不好？”

孟河泽一愣。

红润双颊血色尽褪，眨了眨双眼，眼中顷刻蓄满泪水，孟河泽神情惊惶。“师兄，师兄不要我了？”

宋潜机无奈地想：“我又不是你亲爹。就算是亲爹，儿大不中留，你总该出门自立了。”

“各人有各人的缘法。你注定前途无量……”

还未说完，孟河泽的眼泪落下来。

宋潜机一看，这还得了，立刻板起脸。“你又哭?！堂堂七尺男儿，流血不流泪，打表演赛受伤你都没哭，现在跟我装……”

孟河泽惨白着一张脸，双眼通红地盯着他。

其他外门弟子也盯着他，仿佛他是个抛妻弃子的人渣。

宋潜机实在说不下去，又顾忌众目睽睽，只好低声改口：“好好，我给你赔不是，你莫再哭了，我错了，是我过分。”

宋潜机无语。前世没人敢跟他哭，为什么这辈子都来找他哭?

孟河泽却想，宋师兄一个人去凡间怎么行?

饿了，没人煮面；渴了，没人端茶；干完地里的活，没人递绢布擦手。万一遇到强敌，被人欺负，也没人保护……

他越想越崩溃。

“要走一起走，师兄带上我！”孟河泽攥着宋潜机的袖子。

“宋师兄也带上我吧。”周小芸喊道。

外门弟子们纷纷叫嚷：“我们与师兄同去！誓死追随师兄！”

他想：“我去种地，不是去打架，要这么多人‘誓死’干什么？”

宋潜机沉声道：“我要去的地方，不是灵山秀水，那里寸草不生，恶兽横行，条件艰苦，耽误你们修炼，你们真要去了，无异于自绝仙途！”

他本意是恐吓对方知难而退，但众弟子一听，信念更坚定。

怎么能让宋师兄一个人被华微宗流放到那般穷山恶水之地？

“我们不怕！”

宋潜机：“凡间生活辛苦……”

“去凡间怕什么？我们本就是从凡间来的。”周小芸道，“我从前觉得自己很卑微，凡人出身，又修为低弱，在大门派里像只蚂蚁。但自从有宋师兄答疑教导，大家不用受宗门的气，不用抢破头打工。这次表演赛我们不是成功了吗？再微弱的力量，聚在一起，拧成一股绳，也能做到很多事！”

“既然是去寸草不生的恶地。”孟河泽灵光一闪，“那我们能帮师兄开荒，开荒需要人手啊。”

“对啊！”众人附和，更说出一百种一同下山的理由，期待地望着宋潜机。

宋潜机沉默。

这么多人若留在华微宗，恐怕不会被善待。

若随孟河泽去其他门派，也不容易。

若分散各谋出路……他们刚刚同经艰险，此时情谊更胜亲友，最不愿分开。

姑且先带走他们，等他们反悔了，再为他们谋条出路，根据各自特点，传些好功法，如此也不算耽误他们。

无论是谁，跟在自己身边，他总觉得对方会后悔。

宋潜机挥手。“那便收拾东西，一同下山！”

一张杏黄色地图铺在光可鉴人的琉璃砖上，几乎铺了大半个乾坤殿。

上次这张图被取出、被展示，还是在华微宗立派千年的庆典上。彼时华微宗光辉万丈，此时山川、河流、湖泊依旧，华微宗却笼着一层惨淡愁云。

华微宗独霸天西洲，树大根深。上千座城池、上百个小国、海外十余座岛屿争相依附。

宗门派出的仙官，有的在属地比城主、国君更尊贵。各地神仙庙中供奉着各峰主、长老的金身塑像。

正因为有凡间无数香火供奉，华微宗高层们才能稳坐乾坤殿，吞吐八方气运。

华微宗如此，天下大宗门、大世家皆如此。

无论割哪一块小边角，都像割肉一样痛。

虚云真人遥遥点了某处，地图应他所指，蜿蜒的边界线亮起白光。“岩山郡山灵水秀，但位置偏僻，不影响大局……”

话未说完，崇闻峰主立刻行礼。“请掌门手下留情！岩山郡是我峰宝地！我峰占地本就不多，绝不能再失岩山郡。”

虚云真人接连点了三个郡，殿内仍争执不下。

人群中有长老插话，矛头直指某人。“今日这祸事，归根结底是他们赵家惹出来的，合该割让赵峰主名下一郡！”

赵太极脾气暴戾，修为仅次于虚云真人，平时谁也不愿得罪他。

虚云真人闻言，将一道剑气藏于袖中，准备制止赵太极暴怒拔剑，赵太极却一反常态，只阴恻恻地冷笑着。

冷寂紧张的气氛中，道童进殿，行礼来报：“宋院门口，结果已出！”

虚云真人迫不及待。“他选了谁？”

书圣和棋鬼，青崖书院和紫云观。宋潜机到底如何选择？修仙界各处开赌局，殿内每个人也恨不得立刻知道答案。

道童被无数道目光压迫，呼吸困难：“他……他谁也没选！两位圣人孤身离去。宋潜机仍要下山，还要带走所有外门弟子。”

殿内顿时哗然。

“什么？谁也没选？”

“怎会如此？送上门的靠山他不要？他傻了？”

虚云真人沉默，宋潜机当然不傻。

他非但不傻，反而极聪明、城府极深，否则怎能运筹帷幄，走一步算十步，将整个华微宗玩弄于股掌之间？

他究竟还想要什么花招？

“他不拜师，这是好事啊！”忽然有长老道，“外门风气已坏，正好连根拔起，新招一批老实听话的弟子！”

有人迟疑：“他没了师父，那一郡还给吗？”

有人哀叹：“已经答应的事，怎好反悔？他写《英雄帖》，留摘星局，声名正盛。我宗出尔反尔，威信何存？如何向天下修士交代?!”

争执依旧，甚至比方才选郡更激烈。

“既然诸位怪我惹下祸端，那由我善后，倒也合情合理。”赵太极倏忽拔高声音，“我有一郡！”

话音落下，殿内所有目光瞬间凝于其身，只等他说下去。

唯独虚云略显迟疑。“你当真愿意舍出一郡？”

赵太极点头，振袖，环顾四周，一字一顿道：“我舍千渠郡。”

千渠郡?!

殿内众人大惊失色。

“千渠郡自古便是风水宝地，水泽广袤，鱼米之乡，你当真舍得？”

“你莫不是以为双手奉上千渠郡，那些养不熟的外门白眼狼，就能念一句‘我宗仁善’？”

唯有虚云不作声，只沉沉盯着赵太极。

赵太极冷笑：“五十年前，我族老祖于千渠郡中央城设下天罗吸灵阵，突破半步化神，整郡灵气被吸干……”

他不顾震惊的众人，继续道：“自那以后，千渠郡换过十任仙官，每一任都竭泽而渔，焚林而田，肆意掠夺灵气。直到今年——”他从袖中甩出一卷卷轴。“这是千渠郡仙官今年传来的奏报，他于郡中修行一年，修为丝毫没有进益，你们自己看吧。”

本是一件不好叫同门知晓的隐秘之事，赵氏百般隐瞒。现在因为宋潜机，他反倒再无顾忌。

卷轴被人捧起，在殿内传阅。众人越看越皱眉，惊呼阵阵。

赵太极：“千渠郡辽阔，比一百座华微城还大，但如今只有十万人。百姓阳奉阴违，已不愿供奉神仙庙。而且那鬼地方，呵呵，已经三年没下过雨了。姓宋的小子本事再大，总不能干等来一场雨吧。”

虚云怒喝：“千渠郡名义上归属你赤水峰，庙中供奉你的金身塑像，但毕竟是门派属地，不是你赵氏私地，你这般行事……”

赵太极面不改色，高声打断：“的确如此，但事已至此，你们要给宋潜机一处风水宝地，纵虎归山，等他的势力日益壮大，回来报复宗门，我也无话可说，你们尽管去做好了！”

虚云几乎晕倒。

冷静，他压制体内乱窜的灵气。什么事都可以往后放，先解决宋潜机的封地问题。

天色近黄昏，按宋潜机的脾气，他快要来了。

“我们给他一处死地，如何向二位圣人交代？”虚云深吸气。

“你们都不知道千渠郡已成死地，谁还知道？地契滴血，千渠郡从此与他气运相连。等他去了发现不对，木已成舟。”赵太极当殿反问，“至于二位圣人……宋潜机拜师不成，圣人就算想管，师出无名，从何管起？”

虚云仍迟疑。

宋潜机没有拜师，是不是与二圣谈崩了？

登闻雅会上，他闹出这么大动静，冼剑尘却始终没有出面，是不是忘了这个便宜徒弟？

虚云心知肚明，赵家已与宋潜机结下死仇。赵太极必须将整个华微宗拖下水，将其与自己牢牢绑在同一阵线。但他没得选。外门弟子对宗门有恨，昨夜公然违反门规。

宋潜机今日非要与他们站在一处，居然要带走整个外门的人，必然心怀不轨，否则他要这么多人作甚?!

大道之争，你死我活，如今势成骑虎，宋潜机已成华微宗死敌。

赵太极压下最后一根稻草：“我们让他自己选，他若自己选中千渠郡，还怪得了别人吗？”

这一次，虚云还未说话，殿中众人抢先答应：

“我们只需要稍加点拨，不愁唬不住他。”

“宋潜机纵是天才，也猜不到千渠郡现况。”

虚云闭了闭眼，终于点头。

他沉声道："赵虞平处事不公，自今日起，卸任执事长，你可有话说？"

赵太极："无话可说。"

虚云严厉道："千渠郡之事，你从赵氏宗族的属地中，选出一郡，供奉宗门吧。"

赵太极咬牙。"好！"

他知道虚云必然要借此机会，指派自己的心腹接管执事堂，还要从他这里咬掉一块肉，但从今以后，赵氏与华微宗同在一条船上，谁也别想先下船。

黄昏。

苍山如海，残阳如血。

宋潜机再入乾坤殿。

殿内金灯千盏，光彩灼灼，远胜残阳。

华微宗所有长老、峰主严阵以待。

地图铺在大殿内，虚云掌门淡淡道："宗门为你挑出四处宝地，你可四选一。但凡间任何地方再好，总不能十全十美，四郡各有利弊，你自己选定，事后不得反悔，不得有怨言。"

"自然。"宋潜机笑道，"辛苦诸位了。"

他的礼数很周全，神色也温和，显得很好说话，但没有人因此放松警惕，反而更加紧张。

殿内静得落针可闻。

虚云点头，示意开始。

戒律堂长老出列，依次介绍："宝林郡，地处天西洲南边，山林连绵，空气湿润。只是常年雨水不绝，林海有瘴气毒虫……"

他每介绍一郡，地图某处便随他的手指之处亮起，边界线内的山川湖泊闪闪发光。

前三郡，优点他一句带过，缺点他大说特说。

果然，见宋潜机三次摇头。

宋潜机心想："这些地方人口密集，地都快种满了，我去哪里开荒？我生机充沛的‘不死泉’若无用武之地，岂不寂寞？”

他正要开口提点中肯意见，忽然看见最后一郡，地图北部光芒大作，每条沟渠都焕发金辉。

宋潜机挑眉。“千渠郡？”

“对！”虚云指着地图上闪烁的“千渠”二字，“上古之时，有大能自号‘千渠王’，整个郡都是他的洞天福地。”

有长老道：“你若选此地，说不定能找到千渠王的墓穴，得到他的无上传承。”

众人嘴上附和，心里清楚这话纯属瞎编，千渠郡早被挖得底朝天，门派用过各种探秘之法，都没发现大能任何墓穴和遗宝。

宋潜机大喜过望。

洞天福地是从前了，千渠郡现在什么情况，他能不知道吗？

他前世为了盗墓取宝，走遍整个千渠郡，结识不少当地凡人。凡人们将千百年间祖祖辈辈的大小事一一讲给他听。

虚云见他不说话，只热切地盯着地图，向旁边使了个眼色，示意赵太极假装阻拦，以示千渠郡之重要，引宋潜机争夺之心。

还没演到欲擒故纵，却听那少年道：“我就要千渠郡！”

“好！拿地契来！”虚云怕他反悔，握起宋潜机的手，慈爱道，“千渠郡从此就交给你了，你将与它气运相连。”

宋潜机不用他教，径直使灵力刺破指尖，逼出一滴血，滴在写满符文的淡黄薄纸上。

符文乍亮，契约结成。

一刹那，所有人都松了口气，许多长老竟不顾身份地鼓起掌来。

大殿气氛骤变。

皆大欢喜，普天同庆。

“多谢诸位忍痛割爱！”宋潜机诚恳道谢。

“不谢，不谢。”

“应该的，应该的，也没有那么痛。”

气氛更加和谐，峰主们亲切微笑，一路将宋潜机送至殿门外，又目送他捧着地契踏上逝水桥，嘴上还说“常回来看看”。

宋潜机回头，望着黑压压的人头，连连挥手。“别送了！回去吧！”

虚云果然上道。宋潜机浑身轻松，脚步比云海中五色鲤的跃动更轻快。

修仙界自有真情在！

承这份恩情，以后每年丰收的土特产，我都让孟河泽送最好的来。宋潜机想。

四野俱暗，夜幕笼罩大地，星子依次亮起。

一艘七层高的宝船几乎占据整个外门广场，在月光下泛着冷光，仿佛一只庞然巨兽。

“是宋师兄，师兄回来了！”忽然有人大喊。

一众外门弟子喜出望外。

宋潜机大步走来，衣袖飘飞。

“师兄拿到地契了？”孟河泽问。

“嗯，我们走。”宋潜机点头。

周小芸笑道：“宋师兄连如此宝船都能搞来，一张地契怎会搞不来？哪儿用你担心得团团转！”

孟河泽激动地道：“那些人老奸巨猾，诡计多端，岂是好打交道的？宋师兄孤身入虎穴……”

宋潜机却道：“掌门和各位峰主、长老都是仁善之辈，以后要好好感谢他们。”

众外门弟子愕然，彼此对视一眼。

他们表面上点头，心里却想师兄太傻太甜了，果然不能让师兄一个人走。

宋潜机满园的花草，已经连根带泥地挖起，一条根须都没有损坏，暂时存入画春山宝匣。

一众外门弟子的随身物品，都装在七绝琴变化而成的宝船中。

宋潜机本来想低调地走，但他现在拖家带口，如果不将宝船变到最大，根本坐不下这么多人，总不能要外门弟子们八万里长征，一步步走到千渠郡。

“上船。”

宋潜机一声令下，众弟子跃上甲板。

“宋师兄。”一道轻柔的女声叫住他。

宋潜机回头，见一道白影翩飞而至，似月下飞蛾。

她依旧穿白衣，戴幂篱，身形纤弱，好像什么都没有变，但月光一照，仙云纱裁成的衣裙流光溢彩，随风飘扬，令她周身泛起一层宝光，好似焕然新生。

是何青青。

“我听说你要下山了……我……我再为你弹首曲子吧！”

何青青匆匆赶来，说话间气息不稳。她的身后还跟着两个女子，二女皆身穿仙音门的湖水碧长裙，手挑碧纱灯。

一人急忙劝道：“你是仙音门大师姐了，不方便再随意为人弹琴。”

“就算要弹，也该先由对方下帖邀请。”另一人道。

何青青咬了咬下嘴唇。“不，我——”

宋潜机道：“不必了。”

听曲费时，他想早些启程，免得夜长梦多。方才在乾坤殿没看到陈红烛。他怕对方像上次一样，突然跳出来拦他。不过这次大局已定，陈红烛就算来了，也是有心杀贼，无力回天。

何青青心里难过，低声问：“宋师兄，你还会回来吗？”

宋潜机摇头。

何青青声音更低，几不可闻。“那，我能去看你吗？你去哪里，能不能告诉我？”

“千渠郡，随你。”

何青青如释重负，又笑起来。

宋潜机却叹气：“绛云仙子性情偏激，你拜她为师，眼下风光，往后不知是福是祸。”

何青青沉默，忽然撩开幂篱前的纱幔，露出残毁的面容，坚定地道：“向来随波逐流，任由命运捉弄。唯独这次是我自己选的，我绝不后悔！”

宋潜机点头，微笑道：“好，你去吧。”

何青青没有走。她怔怔地站着，目送宋潜机上船。

暮春残红已谢，夜风一吹，树影萧索。

世事是否总是如此？相逢少，离别苦，好景不常有。

"千渠郡……离仙音门有多远？"何青青问。

挑灯的年轻女修笑道："大师姐，十万八千里，山水迢迢，当然很远啦。"

何青青摇头。"十万八千里，倒是近得很。"

二人不解，对视一眼。

另一人道："今夜妙烟仙子请您于竹楼论琴，我们走吧，别误了时辰。"

飓风卷地，压倒广场外一片林木。

七绝宝船升上夜空，冲入云层，穿过星海。

驶向未知的远方。

何青青未进竹楼，先望见林中灯火，听得一阵欢声笑语。显然楼中女修不少，说是论琴，其实更像一场私下聚会。

她们不知在聊什么，笑声像风中银铃，在竹林密叶间回响。

何青青的脚步停顿，下意识攥紧袖子。她身后挑着碧纱灯的一个侍女催促："大家都在等您呢。"

另一人劝道："同门如姐妹，时常小聚，您总要适应。仙途漫漫，难道以后您孤身一人，不跟别人打交道了？"

"好吧。"何青青勉强点头。

她已经学会反抗明晃晃的"恶意"，却还不会拒绝假托"好意"的安排。

她初来乍到，处处不适应，总怕举止不够得体，显出另类和怪异，令师父蒙羞。

何青青举步上楼，脚步很轻。

侍女却高声通传："何仙子到了。"

花香混着熏香浮动在空气中。

地上铺着竹席，众女修席地而坐，笑得前仰后合，各色裙摆如盛开的鲜花。

有人抱琵琶，有人持洞箫，有人正向妙烟讨教指法。

何青青甫一露面，谈笑声瞬间停歇。

众人转头，所有目光直直落在她身上，或惊或疑，还有人轻轻蹙眉。

死一般的寂静。何青青觉得自己不该来，张口不知如何打招呼，想立刻转身下楼，又怕失礼。

一时脸色微白地杵在楼梯边。

“大师姐。”忽然有人轻声唤道。

人群最中央的女修盈盈起身，低头略一行礼。

是妙烟仙子。

“大师姐好。”

见妙烟竟然主动问候，众女修忙不迭地起身，全了礼数。

妙烟在仙音门年轻修士心中的地位仅次于各人的师父，又比她们的师父更亲近。

何青青松开攥紧的袖子，挺直脊背。“你们好，坐吧。”

妙烟拉着她的手，引她坐在自己身边。

这种突如其来的亲近，令何青青不知所措。

众女修的目光在两人面上扫过，神色有些古怪。

自《风雪入阵曲》现世，外界忙于分析曲谱。沸反盈天中，平日仙音门声名最盛的人——妙烟仙子反而被忘记了。

这次登闻雅会琴试，妙烟不曾正式露面，更没有弹琴。

按理说，妙烟应该不喜欢这个“大师姐”，就像望舒与绛云相看两相厌。

玉案上摆着一盆盛开的银莲花，广口盆，水清浅，花瓣层叠，在月光下冰冷而精致。

何青青一垂眼，便见点点银光落在水面，妙烟完美的侧脸也倒映在水中。

云鬓花颜，朱唇含笑。

两相交辉，人比花美。

她忽然自惭形秽，错开眼神。

若从前有人说，她将与第一美人同席而坐，她是绝不相信的。

妙烟柔声问道：“大师姐可带了琴来？”

何青青点头，从储物袋中取出琴，稳稳放在玉案上。

碧光流转，压过银莲光芒。

妙烟轻轻抚过琴身，没有擅自拨动琴弦。“绿漪台我见过许多把，你这把制得格外好。”

众音修纷纷附和：“大师姐这把琴，做工细致，音色柔美而不失深远。”

气氛重回轻松。

何青青终于笑起来，笑容发自真心。听别人夸她的琴好，比夸她本人更令她开心。

妙烟又道：“《风雪入阵曲》，你弹得也很好。”

何青青摇头。“我没弹完，还不够好。”

妙烟凝视着她，眼波温柔如水。何青青却觉得那眼神里带着钩子，好像要穿透自己的面纱。

妙烟说：“你没弹完的最后一篇，能不能教教我？”

“教您？”何青青怔然。

妙烟忽然起身，向她行礼：“请大师姐……教导师妹。”

“啊，不敢当！”何青青急忙扶起她。

妙烟笑道：“我从来没有这么喜欢一首曲子。自你弹后，我在心中反复默奏。只可惜我不知最后的琴谱。”

谁能拒绝妙烟？

何况众目睽睽，大家都期盼地看着何青青。

何青青点头。“最后一篇，单独弹来倒也不难。我修为不足，境界不够，才没法子奏完整曲。您一定可以。”

妙烟笑意更浓。“多谢大师姐传道。”

“不敢当。”

何青青按弦，没有用灵气，琴音轻盈地流泻而出。

众女修正色端坐，凝神聆听。

月影西移，琴声渐弱，如大雪落尽，终归静默。

妙烟怔然。

昨夜她静坐一宿而不点灯，独对古琴而不奏，心中已为《风雪入阵曲》谱下结尾。何青青此时缓缓弹来，竟与她所想的结尾相差不远，足有七分相似。

“原曲比我写得精妙，倒是我狗尾续貂了。”妙烟喃喃道，“真不知是什么样的人，才能写出这种曲子来。若此生有缘相见……”

她一时恍惚，竟忘了微笑。

“妙烟仙子。”不知为什么，何青青闻言心中微酸，“这我不能告诉您。”

妙烟回神：“没关系，我怎会为难你？”

琴仙都问不出，谁还能让何青青开口？妙烟却想：“总有一天，我能亲眼见到作曲者。”

宝船在云雾间穿行，漫天星辰仿佛触手可及。

“当年上华微山时，我也是坐着飞舟。那时还以为自己上了船，就要做天上仙人了。”周小芸拍着栏杆，感叹道，“后来，我又以为一辈子都要做外门弟子了。”

“我也是，本来都认命了，每天安慰自己，打工就打工，多少凡人想来仙门打工，还打不上呢。”有人接话道。

“我们这一走，华微宗又能招一批外门弟子了。”有人说。

远行之初，外门弟子们激动得无法打坐，都聚在甲板上吹风看星星，聊各自的过去和未来的梦想，不管是不是异想天开。

有人想学炼器，有人想做炼丹师，有人想学画符。

平时不敢说的话、怕被嘲笑的话，今夜因为同上“贼船”，少年们无所顾忌，畅所欲言。

忽闻船尾风声凛冽，一个金光闪烁的巨影破开云海，全速追来。

两船的距离不断缩短。隐约见那船的船头处有一个人指手画脚，似在示威。

众人惊愕。

“不好了，后有追兵！快去请宋师兄！”

“不，宋师兄在吃面，找孟师兄！”

宋潜机的确正被孟河泽盯着吃面。他这辈子吃的面，比上辈子挨的打都多。

孟河泽立在一旁沏茶，欣慰地微笑。他已经一天一夜没有为师兄煮面了。

乍听通传，孟河泽的脸色一变。

“师兄慢吃，我去！”他甩掉围裙冲出去，霍然拔剑，高声道，“诸位随我列阵！”

众外门弟子一齐应是，声震云霄。

"且慢。"宋潜机紧随其后，定睛一看，赶忙叫停。

你们见过这种大呼小叫的"二缺"追兵吗？

纪辰在船头蹦跳，奋力挥舞双手，高声大喊。声音却被高空迅疾猛烈的夜风吹散。

只有宋潜机看懂了他的口型："宋兄——"

"事情就是这样。我在书画试贺宴上，与旁系家族已经撕破脸，天地之大，无处可去，只能带着妹妹来投奔你了。"纪辰一拍七绝宝船的栏杆，兴奋地道，"实在是无奈之举，还请宋兄扶危济困，收留我兄妹二人！"

宋潜机心想："你笑得像白捡了十万块灵石，到底哪点像'无奈之举'啊？"

纪辰现身之初，包括孟河泽在内的外门弟子们都很紧张。毕竟纪辰的飞舟外观华丽，看上去造价高昂，破开夜雾时风声凛冽，气势凌人。

但当纪辰收了飞舟，主动跳上他们的船时，这种警惕很快消散。

——他身后跟着一个可爱的双髻少女，十三四岁，模样乖巧，梨涡浅浅。

还有徐看山、丘大成这两个熟人。

"是你。"孟河泽见少女面熟，迟疑道，"你是在场下帮忙发彩笺的那个……纪……纪星？"

"就是我！孟道友，你还记得我啊？"双髻少女的眼睛一亮，快步凑近他，好像在看什么稀奇东西。

孟河泽吓得连连后退。

少女扑哧笑了："没想到你在台下这么害羞。我还以为你随身带着鲜花彩绸。"

孟河泽看了一眼宋潜机，意在求助。

宋潜机心想："你自己要走这条路线拉票，遇见狂热的观众有什么办法。"

他轻咳一声："你们两个，又是怎么回事？"

徐看山苦笑："宋师兄，我俩的事说来话长。有个王八蛋，借我俩的手，在华微城的赌场，赌了一万块灵石啊！"

“不是一百块，不是一千块，而是整整一万块。”丘大成补充。

众外门弟子哗然。

“赌什么？”宋潜机也被勾起好奇。

“赌你！”徐看山道，“就赌你会拜谁为师。整个华微城所有赌客都输得一塌糊涂。只有那个小子赌你谁都不拜，让我俩赢尽庄家，一万块灵石翻十倍，十万块！”

宋潜机心想还有这种好事，空手套白狼啊。

丘大成哭诉：“我俩一战成名，却上了华微城所有大小赌场的黑名单。以后再没得赌了，不让我赌，还不如杀了我。”

“更可怕的是，消息传到华微宗，执法堂的人要抓我俩去戒律堂听审，说为什么别人全都押不中，只有我俩知道内幕消息，明显与你有勾结，是你留下的内奸。加上摘星台那夜，你们被赵执事长带人围堵，我俩先向大小姐通风报信……”

徐看山骂道：“我俩真的是有口难辩，那小子扔了灵石就跑，我们又不知道他的名字，更不记得他的长相，这事说出去，谁会信？”

此事如此荒谬，宋潜机听得想笑。哪儿来的败家子猜中他的想法？一万块灵石说赌就赌，说扔就扔，还给别人添这么大麻烦。

“抓人总要有罪名吧？”周小芸问。

外门弟子皆义愤填膺。

“有啊！罪名就是‘通宋’。”徐看山苦笑，“华微宗戒律堂最新出炉的一条罪状，还热乎着。”

“我们见势不妙，打听了宋师兄走的方向，赶紧御剑跑路。”丘大成笑起来，“路上遇到坐飞舟的纪道友，这不正巧嘛，天下何人不‘通宋’？哈哈哈！”

纪辰嘟囔：“我不是华微宗弟子，我可是光明正大来的。宋兄带不带你们俩说不准，但宋兄一定会带我。”

纪辰相信自己与宋潜机是真友情。虽然他们的友情开始于误会。

然而“人生重在参与”“越努力越不行”这种精神，世上只有宋兄懂。

“宋师兄，你就带上我们吧，只当买大送小。”丘大成指了指纪辰和纪星，“买他们两个大的，送我们两个小的。”

宋潜机心想不对，这分明是强买强卖。

“你们可知我要去哪里？”他沉声问。

“当然是去你的封地啊！你年纪轻轻就做了一郡的仙官，前途无量！”

宋潜机冷下脸色。“我的封地名为千渠郡，如今水源枯竭，降水稀少，哪里还有千渠？那是比沙漠、死海更可怕的地方。穷山恶水，民风彪悍……”

他语气阴森，一通夸张，将千渠郡说得比十八层地狱还恐怖。

“与我去那里不亚于上刀山，下火海。”

所以你赶紧带妹妹换个地方玩吧！你们俩也换个地方赌。

纪辰听罢，却露出视死如归的坚定神色。“嗯！宋兄，你是我交到的第一个真朋友，好兄弟就算下油锅也一起，不，先炸我！”

而纪星双颊通红，捧脸道：“哇，跟孟师兄一起上刀山，下火海，好浪漫啊。”

徐看山道：“宋师兄一贯好运，只要跟着你，就算是去地狱，心里也有底气。”

丘大成道：“是啊，下地狱还能跟阎王爷摇骰子，总比被抓进华微宗大牢好！”

“说得好！”孟河泽赞道，“恭喜你们，经受住了宋师兄的考验！”

宋潜机一怔，心想：“考验什么了？”

外门弟子见新来的四人如此坚定表态，一齐鼓掌欢迎。

双方畅所欲言，彼此引为“自己人”，只差磕头拜把子。谈笑之间，更有一种“天不怕地不怕”的慷慨豪迈，一种“迈步从头越”的乐观豁达。

只有宋潜机还傻傻怔在原地。

按计划，他一个人种整个郡的地。一路上，人越带越多。如今只希望千渠郡的荒地够多，能让他种个够本。

七绝宝船全速前进。

不觉时，繁星落尽，夜幕隐退。

一轮朝阳跃出云海，万道金光喷薄，照亮船上每一张年轻的面容。

（未完待续）

图书在版编目（CIP）数据

咸鱼飞升 / 重关暗度著 . — 长沙：湖南文艺出版社，2024.1
ISBN 978-7-5726-1472-9

Ⅰ. ①咸… Ⅱ. ①重… Ⅲ. ①长篇小说—中国—当代
Ⅳ. ①I247.5

中国国家版本馆 CIP 数据核字（2023）第 206763 号

上架建议：畅销 · 小说

XIANYU FEISHENG
咸鱼飞升

著　　者：重关暗度
出 版 人：陈新文
责任编辑：张子霏
监　　制：毛闽峰
策划编辑：尉迟玖
特约编辑：高晓菲
营销编辑：叁　叁　大　蕉
封面设计：有点态度设计工作室
版式设计：梁秋晨
题　　字：瓷　砖　仓仓仓鼠
插图绘制：秃颓颓　倾予九川　肥大不咕
图片授权：视觉中国
出　　版：湖南文艺出版社
（长沙市雨花区东二环一段 508 号　邮编：410014）
网　　址：www.hnwy.net
印　　刷：三河市鑫金马印装有限公司
经　　销：新华书店
开　　本：640 mm × 915 mm　1/16
字　　数：358 千字
印　　张：23
版　　次：2024 年 1 月第 1 版
印　　次：2024 年 1 月第 1 次印刷
书　　号：ISBN 978-7-5726-1472-9
定　　价：54.80 元

若有质量问题，请致电质量监督电话：010-59096394
团购电话：010-59320018